HARUKI MURAKAMI

村上
春樹

BOOK1

4-6月

1Q
84

賴明珠 譯

這是個馬戲團一樣的世界，

一切都是假裝的。

不過如果你相信我，

一切都可以變成真的。

It's a Barnum and Bailey world,

Just as phony as it can be,

But it wouldn't be make-believe

If you believed in me.

"It's Only a Paper Moon"

（E. Y. Harburg & Harold Arlen）

1Q84

BOOK1

4-6月

第1章 青豆 不要被外表騙了 007
第2章 天吾 一點不同的創意 021
第3章 青豆 已經改變的幾個事實 041
第4章 天吾 如果你希望這樣 056
第5章 青豆 需要專門技能和訓練的職業 077
第6章 天吾 我們會去很遠的地方嗎？ 093
第7章 青豆 要靜悄悄的別驚醒蝴蝶 109
第8章 天吾 到陌生的地方去見陌生的人 126

第9章 青豆 風景改變、規則改變 144
第10章 天吾 真正流血的真正革命 157
第11章 青豆 肉體才是人類的神殿 178
第12章 天吾 願祢的王國降臨 197
第13章 青豆 天生的受害者 214
第14章 天吾 幾乎所有的讀者過去都沒看過的東西 234
第15章 青豆 氣球綁上錨般穩固 251
第16章 天吾 妳喜歡我高興 274

第17章 青豆 不管我們將幸福或不幸 294
第18章 天吾 不再有Big Brother出場的一幕 315
第19章 青豆 分享祕密的女人們 333
第20章 天吾 可憐的吉利亞克人 348
第21章 青豆 無論想去多遠的地方 368
第22章 天吾 時間可以以歪斜的形式前進 381
第23章 青豆 這只是什麼事的開始而已 396
第24章 天吾 不是這裡的世界是什麼意思呢？ 413

第1章

青豆

不要被外表騙了

計程車的收音機，正播放著FM電台的古典音樂節目。曲子是楊納傑克作曲的《小交響曲》（Sinfonietta）。在被捲入塞車陣的計程車裡聽這音樂實在很難說適合。司機看來也沒有特別熱心地聽那音樂的樣子。中年司機，簡直像站在船頭觀察不祥浪潮的老練漁夫那樣，只能閉口眺望著前方綿延不絕的車龍。青豆深深靠在後座，輕輕閉上眼睛聽著音樂。

一聽到楊納傑克的《小交響曲》開頭部分，就能說出這是楊納傑克的《小交響曲》的人，世間到底有幾個？可能介於「非常少」和「幾乎沒有」的中間。但青豆不知道為什麼竟然可以。

楊納傑克於一九二六年創作這首小型交響曲。開頭部分的主題，本來是為了當一個運動會的開場鼓號曲而作的。青豆想像著一九二六年的捷克斯洛伐克聯邦共和國。第一次世界大戰結束，好不容易才從哈布斯皇室長久的統治下解放出來，人們在咖啡廳喝著Pilsen啤酒，製造冷酷而現實的機關槍，品嘗著造訪中歐的短暫和平滋味。懷才不遇的弗朗茨．卡夫卡於兩年前去世。不久後希特勒將從不知哪裡冒出來，轉眼就將這小而美的國家併吞，當時沒有一個人料想得到竟然會演變成如此悲慘的結果。歷史對人類所顯示的最重要命題可能是「未來的事，當時誰也料不到」。青豆一面聽著音樂，一面想像吹過波西米亞平原悠閒的風，尋思著歷史的種種。

一九二六年大正天皇駕崩，改元昭和。日本即將進入一個黑暗而可厭的時代。現代主義和民主主義的短暫間奏曲結束，法西斯主義開始興起。

歷史和運動，都是青豆所喜歡的項目之一。雖然很少看小說，但和歷史有關的書卻看了很多。她喜歡歷史，在於所有的事實基本上都和特定年號和場所相連。記憶歷史的年號，對她來說並不太難。即使不勉強記憶數字，只要掌握各種事情發生時的前後左右關係，年號就會自動浮現出來。青豆初中和高中時，歷史考試經常拿到班上的最高分。每次看到有人說不擅長記憶歷史年號時，青豆就覺得不可思議。為什麼那麼簡單的事都不會呢？

青豆是她的本姓。祖父出身福島縣，在那山中的小鄉或小村，據說真的有幾個姓青豆的人。不過她自己並沒有去過那裡。青豆出生前，父親就和老家斷絕關係。母親方面也一樣。所以青豆從來沒見過祖父母。她難得出門旅行，不過偶爾有那種機會時，總會習慣性地翻開飯店備用的電話簿，查查看有沒有姓青豆的人。但是，在她所造訪過的任何都市、任何鄉鎮，都從來沒見過姓青豆的人。每次她都覺得自己好像被單獨丟入汪洋大海裡的孤獨漂流者一樣。

要說自己姓什麼總覺得麻煩。每次說出口，對方一定以訝異的眼光，或懷疑的眼神看她的臉。青豆小姐？是的。寫成青色的豆子。讀成青豆（AOMAME）。在公司上班時，不得不用名片，所以麻煩事特別多。遞出名片時，對方會凝視片刻。簡直像冷不防收到不幸的信那樣。在電話上報出姓，有時對方會咯咯笑出來。在政府機構或醫院候診室被叫到名字時，大家都會抬起頭看她。看看姓「青豆」的人到底長成什麼模樣。

有時有人叫錯成「毛豆」。有時被叫成「蠶豆」。這時就要更正：「不是，不是毛豆（蠶豆），是青豆。雖然很像。」於是對方會一面苦笑一面道歉。或說：「哦，真是稀奇的姓啊。」在三十年的人生裡，不知聽過多少次同樣的台詞了。因為這個姓，不知道被人家開過多少次玩笑。如果生來不是姓這個，我的人生或許不是這樣。例如姓佐藤、田中、鈴木，那樣普遍的姓，我可能可以度過比較輕鬆的人生，以比較寬容的眼光看待這個世間。也不一定。

青豆閉上眼睛，側耳傾聽著音樂。管樂器齊奏的美麗聲響傳入腦中。然後忽然想起一件事。以計程車的收音機來說音質未免太好了。雖然說只以小音量播放，聲音卻有深度，可以清楚聽出泛音。她睜開眼睛傾身向前，看看嵌在儀表板裡的汽車音響。漆黑的機器，泛著自豪的光澤。雖然看不出廠牌名稱，但可以一眼看出是高級品。附有很多旋鈕，面板上浮現優雅的綠色數字。可能是高階機型。一般計程車行的車應該不會在車上裝這麼豪華的音響設備。

青豆重新環視車內一圈。上車後一直在想事情因此沒留意，不過這怎麼看都不是普通的計程車。內部裝潢質感好，椅子坐起來感覺非常舒服。更重要的是車內安靜。隔音性能優越，外部的聲音幾乎進不來。簡直就像裝了隔音設備的錄音室一樣。大概是個人計程車。有的個人計程車的司機，不惜在自己車上砸錢。她只移動視線尋找計程車的登記證，但沒找到。不過不像是無照的違法計程車。設有正規計費表，正確標出車資。正顯示車資是二〇五〇圓。但卻看不到登記司機姓名的登記證。

「很好的車子啊。非常安靜。」青豆朝司機背後開口說。「這是什麼車？」

「TOYOTA CROWN的Royal Saloon。」司機簡潔地回答。

「音樂可以聽得很清楚。」

「這車子很安靜。就因為這樣所以才選這車的。尤其在隔音方面，TOYOTA擁有世界屈指可數的優越技術。」

青豆點點頭，重新靠回椅背上。司機的說法中有什麼引起她的注意。經常把重要事情保留一件沒說似的說法。例如（只是舉例）TOYOTA的車在隔音方面沒話說，但關於其他的什麼卻有問題似的。而且說完之後，留下一點帶有含意的小小沉默。車內狹小的空間裡，那就像一朵虛構的迷你雲般孤伶伶地飄浮著。因此青豆的心情開始有點無法鎮定。

「確實安靜。」她像要趕開那雲似地開始說。「而且音響設備好像也相當高級的樣子。」

「買的時候，需要果斷。」司機以像退役的參謀談起過去的戰役時般的口氣說。「不過像這樣在車上要度過很長時間，自然希望聽到的音質能盡可能好，而且——」

青豆等著話繼續說。但沒有下文了。她再度閉上眼睛，側耳傾聽音樂。楊納傑克私底下是個什麼樣的人，青豆不知道。不管怎麼樣，他一定沒想到自己所作的曲子會在一九八四年的東京，在非常塞車的首都高速公路上，TOYOTA CROWN Royal Saloon的安靜車內，被什麼人聽到吧。

但是自己為什麼立刻就知道那音樂是楊納傑克的《小交響曲》呢？青豆覺得很不可思議。而且，為什麼知道那是一九二六年的作品？她並沒有特別迷古典音樂。也沒有對楊納傑克有什麼個人的回憶。然而從聽到那音樂的開頭第一節的瞬間開始，她腦子裡就反射地浮現各種知識。就像從開著的窗口飛進一群鳥到房間裡那樣。而且，那音樂帶給青豆，類似扭轉的奇怪感覺。其中並沒有痛或不快的感覺。只覺得身體的所有組成好像一點一點被物理性地絞緊似的。青豆不明白為什麼。是《小交響曲》這音樂帶給我這不可解的感覺嗎？

「楊納傑克。」青豆半無意識地開口。說出之後，才想到別說比較好。

「什麼？」

「楊納傑克。這音樂的作曲者。」

「不知道。」

「捷克的作曲家。」青豆說。

「哦。」司機很佩服似地說。

「這是個人計程車嗎？」青豆為了改變話題而問。

「是的。」司機說。而且停頓一下。「我是個人在跑。這是第二輛車。」

「椅子坐起來非常舒服。」

「謝謝。對了小姐，」司機稍微轉過頭朝這邊說，「您是不是趕時間？」

「我跟人約在澀谷。所以才請您走首都高。」

「約幾點？」

「四點半。」青豆說。

「現在三點四十五分。這樣來不及了。」

「塞車這麼嚴重嗎？」

「前面大概有車禍。這不是普通的塞。因為從剛才開始幾乎沒有前進。」

為什麼這位司機不聽交通路況廣播呢？青豆覺得好奇怪。高速公路陷入毀滅性的塞車狀態，被阻擋在這裡。計程車司機，一般應該都會轉到專用頻道聽路況報導的。

「不聽路況報導，也知道是這樣嗎？」青豆問。

「交通路況報導不可靠。」司機以略帶空虛的聲音說。「那種東西，有一半是說謊。道路公團只播對自己方便的資訊。現在真的發生什麼事情，只能靠自己的眼睛看，自己的頭腦判斷。」

「於是依你判斷，這塞車不能簡單解除嗎？」

「暫時還不行。」司機安靜地點頭說道。「可以保證。一旦變成這麼塞，首都高就成了地獄。您的約會有重要事情嗎？」

青豆想一想。「嗯，非常重要。因為是跟客戶約的。」

「這就傷腦筋了。沒辦法，不過來不及了。」

司機這樣說，好像要紓解痠痛似的輕輕搖幾次頭。脖子後面的皺紋像太古的生物般動著。無意間看著那樣的動作時，青豆忽然想起側背包底下放著尖銳物體的事。手掌微微冒汗。

「那，怎麼辦才好呢？」

「沒辦法。這裡是首都高速公路，到下一個出口為止沒辦法。如果是一般道路的話，還可以在這裡下車，從最近的車站搭電車。」

「下一個出口是？」

「池尻，不過要到那裡可能天都黑了。」

天黑？青豆想像自己天黑以前被關在這輛計程車裡的情況。楊納傑克的音樂還在繼續。裝了弱音器的弦樂器似乎要撫慰高昂的情緒般，浮現出來。剛才絞緊的感覺現在已經收斂多了。那到底是什麼？

青豆在砧附近招了計程車，從用賀上了首都高速道路三號線。剛開始車流還順暢。但快到三軒茶屋時忽然開始塞車，終於變成幾乎動彈不得。下行線暢行無阻。只有上行線卻悲劇性地停滯著。要是平常，過了下午三點，三號線的上行方向是不會塞車的時間帶。所以青豆才會指示司機上首都高速公路。

「高速公路並不會加收計時費。」司機對著鏡子說。「所以不用擔心車資。不過小姐趕不上約會時間一定很傷腦筋吧？」

「當然傷腦筋，可是也沒辦法吧？」

司機在鏡子裡瞄了青豆一眼。他戴著淺色太陽眼鏡。因為光線的緣故，青豆無法看出對方的表情。

「這個嘛，方法倒不是完全沒有。雖然是有點勉強的非常手段，不過也可以從這裡搭電車到澀谷。」

「非常手段？」

「不太能公然說的方法。」

青豆什麼也沒說。瞇細了眼睛等他繼續說。

「妳看，前面不是有一個車輛暫時停靠的空間嗎？」司機指著前方說。「立著Esso大看板的那一帶。」

青豆凝神注視，在二線道的道路左側，看得見設有為了供故障車臨時停靠的空間。因為首都高速道路沒有路肩，因此有好些地方設有這樣的緊急避難場所。有設緊急電話的黃色箱子，可以聯絡高速公路事務所。那空間現在沒停任何一輛車。隔著對向車道的大樓屋頂有一面巨大的Esso石油的廣告看板。笑咪咪的老虎手上拿著加油槍。

「老實說，那裡有下到地面的階梯。發生火災或地震時，駕駛者可以捨棄車子從那裡下到地面。平常有修補道路的工人在使用。從那階梯下去，附近有東急線的車站。從那裡上車，轉眼就到澀谷。」

「我不知道首都高竟然有太平梯。」青豆說。

「一般人幾乎都不知道。」

「可是沒有緊急事態，擅自使用那階梯，會不會有問題？」

司機稍微頓一下。「不知道會怎麼樣。我也不清楚道路公團的詳細規定。不過既然不會給誰添麻煩，應該不會追究吧？那樣的地方，大概沒有人在一一看守。雖然到處都有道路公團的職員，但大家都知道實際巡邏的人卻非常少。」

「是什麼樣的階梯？」

「這個嘛，類似火災用的太平梯。舊大樓後面常見的那種，有沒有？並不危險。高度雖然有大樓三層樓左右，不過一般人都下得去。入口地方雖然設有柵欄，但並不高，只要有心並不難翻越過去。」

「司機先生有沒有用過那階梯？」

沒有回答。司機只在鏡子裡淡淡地微笑。可以做各種解釋的微笑。

「全看客人的意思。」司機指尖配合著音樂在方向盤上輕輕敲著一面說。「您要坐在這裡一面聽著音質美好的音樂，一面悠閒地等候，我也一點都沒關係。因為怎麼努力都沒辦法到任何地方，所以到這個地步，彼此都要覺悟。我是說如果有緊急事情的話，這樣的非常方法也不是沒有。」

青豆輕輕皺起眉頭，看一下手錶，然後抬起頭眺望一下周圍的車子。右側有一輛薄薄蒙上一層白色灰塵的黑色MITSUBISHI Pajero。前座坐著一個年輕人開著窗，無聊地抽著菸。頭髮長長、曬得黑黑、穿著胭脂色風衣。行李室裡堆著幾片髒兮兮用舊的衝浪板。那輛車的前面停著一輛SAAB 900。貼了隔熱紙的玻璃窗緊緊關閉著，從外面看不到裡面坐的是什麼樣的人。打蠟打得非常漂亮。如果經過那裡可能可以從車體反映自己的臉。

青豆所坐的計程車前面，是一輛後保險桿凹陷的練馬區車號的紅色SUZUKI Alto。年輕的母親握著方向盤。小孩無聊地站在椅子上動來動去。母親以不耐煩的表情告誡孩子。透過玻璃窗可以讀出母親嘴巴的動作。這光景和十分鐘前一樣。在這十分鐘裡，車子可能移動不到十公尺。

青豆一直在動著腦筋。把各種要素，依優先順位在腦子裡整理。到結論出來為止並沒有花時間。楊納傑克的音樂，也像很配合似的正要進入最後樂章。

青豆從側背包拿出小型Ray-Ban太陽眼鏡戴上。然後從錢包拿出三張千圓鈔票遞給司機。

「我在這裡下車。因為不能遲到。」她說。

司機點點頭，收下錢。「要收據嗎？」

「不用了。也不用找錢。」

「那就謝謝了。」司機說。「風好像很強，所以請注意。腳不要打滑喔。」

「我會小心。」青豆說。

「還有，」司機朝向後視鏡說，「請記住一點，事情跟表面看到的不一樣。」

事情跟表面看到的不一樣，青豆在腦子裡重複那句話。然後輕輕皺一下眉。「這是什麼意思？」

司機一面選著用語說：「也就是說，現在開始您要做的是不尋常的事。不是嗎？大白天的走下首都高速道路的太平梯，普通人是不會這樣做的。尤其女性是不會這樣做的。」

「說得也是。」青豆說。

「那麼，做了這種事之後，日常的風景，怎麼說呢，看起來可能會跟平常有點不一樣了。我也有這種經驗。不過不要被外表騙了。所謂的現實經常只有一個。」

青豆想了一下司機說的話。在想著之間，楊納傑克的音樂已經結束，聽眾間不容髮地開始鼓掌。應該是哪一場演奏會的現場錄音吧。長時間的熱烈鼓掌。偶爾也聽得見安可的呼聲。眼前浮現指揮者露出微笑，朝向站起來的觀眾低頭鞠躬了好幾次的光景。他抬起頭，伸出手，和樂團首席握手，轉向後面，舉起雙手示意讚賞管弦樂團的團員，轉向前面再一次深深鞠躬。長久聽著錄音的鼓掌聲時，漸漸聽起來不像鼓掌聲。感覺好像在傾聽著沒完沒了的火星沙風暴似的。

「現實經常只有一個。」好像在書本重要的一節上畫底線似的，司機慢慢重複一次。

「當然。」青豆說。沒錯。一個物體，一個時間，只能在一個場所出現。愛因斯坦證明過。現實這東西畢竟是冷徹的、畢竟是孤獨的。

青豆指著汽車音響。「聲音非常好。」

司機點點頭。「妳說作曲家叫什麼來的？」

「楊納傑克。」

「楊納傑克。」司機反覆一次。好像在背誦重要約定語似的。然後拉起開關打開後面的自動門。「小心好走。希望妳能趕上約會時間。」

青豆提起大型側背包下了車。下車時收音機的鼓掌聲還不停的繼續著。她朝前方十公尺緊急避難用空間，沿高速公路邊緣小心走。對面車道每次大型卡車通過時，高樓下的路面就搖搖晃晃地搖動。那與其說是搖動不如說更接近波動。好像走在漂浮於大浪上的航空母艦的甲板上那樣。

紅色SUZUKI Alto車上的小女孩，從前座窗戶伸出頭來，嘴巴大大張開眺望著青豆。然後轉向母親問：「媽媽，那個女的，在做什麼？她要去哪裡？」大聲執拗地要求：「我也要出去外面走。妳看，媽媽，我也要出去。好不好，媽媽？」母親只是默默搖頭。然後對青豆一瞥，投以責備似的眼神。但那是周圍發出的唯一聲音，眼睛所見的唯一反應。其他駕駛者都只抽著菸，輕輕皺一下眉，對她以毫不猶豫的腳步走在護欄和車輛之間的姿態，只以看見眩眼東西的眼神追逐著。他們似乎暫時保留判斷。就算車子不動，但首都高速道路的路上有人走著並不算是常見的事。要把那以現實的光景當知覺來接受，多少要花一些時間。走著的人是穿迷你短裙高跟鞋的年輕女性，就更不尋常了。

青豆縮緊下顎筆直看準前方，伸直背脊，一面以肌膚感覺著人們的視線，一面以確實的腳步走著。Charles Jourdan栗色鞋跟在路面發出乾脆的聲音，風飄動著外套的下襬。已經進入四月了，風還是冷的，帶有粗暴的預感。她在Junko Shimada（島田順子）薄毛套裝上，穿一件淺茶色春裝外套，背著黑色側背包。及肩的頭髮修剪得漂亮有型。完全沒有配帶裝飾品。身高一六八公分，幾乎看不到絲毫贅肉，所有肌肉都用心鍛鍊過，不過這從外套上看不出來。

如果從正面仔細觀察她的臉的話，應該知道左右耳形狀和大小都相當不同。左耳比右耳大得多，形狀不正。不過因為耳朵經常都藏在頭髮下面，所以誰也沒注意到。嘴巴筆直地閉成一直線，暗示著無論遇到任何事都不會輕易馴服的性格。狹小的鼻子，有點突出的頰骨，寬額，長而直的眉毛，這些各增一票在在添加了這樣的傾向。不過大體上是端正的蛋形臉。就算人各有偏好，還是可以稱為美女吧。問題是，臉上的表情極端缺乏。緊閉的嘴唇，除非必要很少露出微笑。兩眼就像優秀的甲板監視員那樣，不懈怠而冷徹。因此，她的臉首先就不會給人留下鮮明印象。很多時候吸引人們注意和關心的，與其說是靜止時的容貌好壞，不如說是動態表情的自然和優雅。

大多數人都無法適當掌握青豆的面貌。眼光一旦移開，已經無法描述她的臉到底是什麼樣子。應該算是有個性的臉，但不知怎麼，腦子裡卻沒留下細部特徵的印象。在這層意義上，她就像巧妙採取擬態的昆蟲一樣。改變顏色和形狀潛入背景中，盡可能不顯眼，不讓人輕易記憶，這才正是青豆所追求的。從小她就一直這樣保護著自己的身體到現在。

然而有什麼事情皺起眉頭時，青豆那冷靜的面貌，卻戲劇性地大大改變。臉的肌肉各自朝向不同方向極力牽扯，五官的左右變形極端強調，到處出現深深的皺紋，眼睛迅速向內凹陷，鼻子與嘴暴力性地歪斜，下顎扭曲，嘴唇上翻，露出白色大牙齒。而且好像固定的繫帶斷了、面具掉落般，轉眼之間竟然變成完全不同的人。目擊者會被這驚人的變貌嚇破膽。那是從巨大的無名性跌落意外深淵的驚人跳躍。因此她在陌生人前面，絕對小心注意不隨便變臉。她會變臉，只限於獨自一個人的時候，或要威脅討厭的男人的時候。

到了緊急停車空間時，青豆站定下來環視周圍一圈，尋找太平梯。立刻就看到了。正如司機說的那樣，階梯入口有比腰部稍高的鐵柵，柵門鎖著。穿著迷你窄裙要翻越那鐵柵有點麻煩，不過只要不介意別人的眼光，也不是特別難的事。她毫不猶豫地脫下高跟鞋，塞進皮包裡。打赤腳的話絲襪可能會破。不過這種東西到處的店都買得到。

車上的人無言地看著她脫下高跟鞋，然後脫下外套的樣子。從緊停在前面的黑色TOYOTA Celica敞開的車窗，傳來麥可．傑克森的高亢聲音的背景音樂。「*Billie Jean*」。她感覺自己彷彿站在脫衣舞秀場的舞台上一樣。沒關係。愛看就盡量看吧。被困在車陣之中想必挺無聊吧。不過，各位，再下來就不會脫了。今天只到高跟鞋和外套為止。對不起。

青豆把皮包斜背在肩上以免掉落。看得見剛才坐的嶄新黑色TOYOTA CROWN Royal Saloon一直還在那邊。擋風玻璃承受著午後的陽光，像鏡子般耀眼。看不見司機的臉。不過他應該在看著這邊。

不要被外表騙了。**現實經常只有一個**。

青豆大大地吸進一口氣，吐出一口氣。然後耳邊響著「*Billie Jean*」的旋律一面翻過鐵柵。迷你裙高高捲到腰際。管他的，她想。愛看就看吧。看到裙子裡的什麼，也看不透我這個人。而且修長美麗的雙腿，是青豆對自己的身體中感覺最有自信的部分。

下到鐵柵的另一邊時，青豆把裙子拉好，拍拍手上的灰塵，重新穿上外套，皮包掛在肩上。將太陽眼鏡的鏡架推向鼻樑。太平梯就在眼前。漆成灰色的鐵梯。簡單樸素，只追求事務性、機能性的階梯。並不是為了只穿絲襪打赤腳、穿迷你窄裙的女性升降用而製作的。島田順子設計套裝時，腦子裡也沒有把上下首都高速公路三號線的緊急避難用太平梯放在念頭裡。大型卡車通過對面車道，階梯隨之搖搖晃晃。風吹過鐵梯縫隙發出聲音。但總之那裡有階梯。接下來只要下到地面就行了。

青豆最後回過頭，以演講完畢站在講台上，接受聽眾發問的人那樣的姿勢，朝著滿路大排長龍的汽車，從左至右，然後從右至左巡視一遍。汽車行列從剛才到現在完全沒有前進。大家被阻擋在那裡，無所事事，只能盯著她的一舉一動。這個女人到底要做什麼？他們滿懷疑問。關心和漠不關心，羨慕和輕蔑交錯的視線，投注在翻到鐵柵另一頭的青豆身上。他們的感情無法完全轉到一側，就像不安定的秤子那樣搖搖擺擺。沉重的沉默籠罩著四周。並沒有人舉手發問（就算被問起，當然青豆也不打算回答）。人們只是無言地等候著永遠不會來訪的契機而已。青豆輕輕收起下顎，咬緊下唇，從深綠的太陽眼鏡後面品鑑他們一圈。

我是誰，接下來要去什麼地方做什麼？你們一定想像不到。青豆嘴唇不動地這樣說。你們被綁在那裡動彈不得，哪裡也去不了。既無法前進，也無法後退。但我不一樣。我有不能不去做的工作。不能不完成的使命。所以我先走一步了。

青豆最後，很想對在那裡的人乾脆變個臉。不過還是打消了念頭。沒有閒工夫去做這多餘的事了。一旦變臉之後，要恢復原來的表情還滿費事的。

青豆轉頭背對無言的觀眾，腳底一面感覺著鐵無情的冷硬，一面開始以慎重的腳步走下緊急避難用的階梯。剛剛迎接四月的料峭春風吹動著她的頭髮，使她偶爾露出那形狀不正的左側耳朵。

第2章 Q 天吾

一點不同的創意

天吾最初的記憶是一歲半時的事情。他的母親脫掉襯衫，解開白色長襯裙的肩帶，讓不是父親的男人吸乳頭。嬰兒床上躺著一個嬰兒，那可能就是天吾。他把自己當第三者般眺望著。或者那是他的雙胞胎兄弟嗎？不，不是。在那裡的應該是一歲半的天吾自己。他憑直覺知道。嬰兒閉著眼睛，發出微小的沉睡鼻息。對天吾來說，那是人生最初的記憶。那十秒間的情景，鮮明地烙印在意識的壁上。前所未有後無來者。就像遇到大洪水的街上尖塔那樣，記憶只是單獨孤立著，探頭伸出混濁的水面。

一有機會，天吾就問周圍的人，人生想得起來的最初情景是幾歲時的事？對很多人來說，是四歲或五歲時的事。再早也只到三歲。沒有一個比這更早的例子。孩子對自己周圍的情景，某種程度能夠以合理性的東西，目擊並認識，好像至少要三歲以後。在那之前的階段，一切情景映在眼裡還只不過是不能理解的混沌狀態。世界就像稀薄的粥那樣模模糊糊不帶骨骼，無從掌握。那在腦子裡無法形成記憶，就從窗外通過了。

不是父親的男人吸著母親乳頭的情景，到底意味著什麼，當然一歲半的幼兒應該無法判斷。這很明顯。所以如果天吾這記憶是真的，他應該也沒有做任何判斷，只是讓目擊的情景原樣烙印在視網膜上而已吧。就像照相機只將物體以光和影的混合物，機械性地記錄在軟片上一樣。而且隨著意識的成長，才逐漸把那保留固定的映像一點一點加以解析，在那上面賦予意義吧。但這種事情真的可能發生嗎？在嬰幼兒的腦子裡這樣的映像可能保存嗎？

或者那只是假的記憶。一切都是他的意識日後在某種目的或企圖下，擅自捏造出來的？記憶的捏造——天吾也充分考慮過這個可能性。而且獲得應該不是這樣的結論。以捏造的來說，記憶未免太鮮明、太具有說服力了。當場的光線、氣味、鼓動，那些實際存在的感覺是壓倒性的，不覺得是造假的。而且，假定那情景是實際存在的，很多事情都可以順利說得通了。無論從理論上、或從感情上。

以時間來說大約十秒鐘，那鮮明的映像沒有前兆地就會出現。既沒有預兆，沒有猶豫。也沒有敲門聲。在搭電車時，在黑板上寫著算式時，在用餐時，在和人面對面談話時（就像這次這樣），那就會唐突地造訪天吾。像無聲的海嘯那樣壓倒性地湧來。一留神時，已經擋在他眼前，讓他手腳麻痺動彈不得。時間暫時停止流動。周圍的空氣一下子變稀薄，讓人無法好好呼吸。周圍的人和事物，全都化為和自己無關的東西。那液體牆壁將他全身吞噬。可以感覺世界被關進黑暗中，意識卻沒有變稀薄。只是軌道的轉向點被切換了而已。意識的一部分反而變得更敏銳。不恐怖。但無法睜開眼睛。眼瞼被堅固地封閉起來。周遭的聲音也逐漸遠離而去。而那熟悉的映像在意識的銀幕上映出好幾次。身體到處冒出汗來。可以感覺襯衫腋下逐漸濕掉。全身開始輕微顫抖。鼓動加速、加大。

如果是與人同席的場合，天吾會假裝暈眩。那是事實，很類似暈眩。只要時間經過一下，一切又會恢復平常。他從口袋拿出手帕，摀著嘴巴安靜不動。舉起手，向對方示意，沒什麼，不用擔心。有時三十秒就過去，有時持續一分鐘以上。在那之間同樣的映像，以錄影帶為例的話，就是在重複播放狀態下自動反覆。母親解開長襯裙的肩帶，把變硬的乳頭讓某個男人吸。她閉上眼睛，深深吐氣。微微散發著母乳令人懷念的氣味。對嬰兒來說嗅覺是最敏銳的器官。嗅覺教給他許多事情。有時候是一切事情。聽不到聲音。空氣化為混沌的液狀。聽得見的，只有自己柔軟的心音而已。

看吧，他們說。只要看這個，他們說。你在這裡，你只能在這裡，哪裡都去不成，他們說。那訊息一次又一次地重複。

這次的「發作」持續很長。天吾閉著眼睛，像平常那樣用手帕摀著嘴，咬緊牙關。不知道持續了多久。只能等一切都結束之後，看身體疲倦的程度才能判斷。這非常消耗體力。從來沒有這麼累過。花很久時間才能睜開眼睛。意識想要早一刻覺醒，肌肉和內臟系統卻在抗拒。就像搞錯季節，比預定時間提早醒來的冬眠動物那樣。

「嗨，天吾。」有人從剛才就在呼喚他。那聲音好像從橫穴的深處模糊地傳來。天吾想到那是自己的名字。「怎麼了？還是老毛病嗎？還好吧？」那聲音說。這次聽起來稍微近一點。

天吾終於睜開眼，聚焦起來，看看自己抓著桌子邊緣的右手。確定世界還存在並沒有分解掉，自己還以自己的身分存在這裡。雖然還有些微麻痺，但在這裡的確實是自己的右手。也有汗的氣味。就像在動物園的什麼動物柵欄前所聞到的那樣，奇怪而粗野的氣味。但那毫無疑問，是自己所發出的氣味。

喉嚨好渴。天吾伸手拿起餐桌上的玻璃杯，一面小心別灑出來一面喝了半杯水。休息一下調整呼吸，然後把剩下的一半喝下。意識逐漸回到原來的地方，身體感覺恢復平常的樣子。把變空的玻璃杯放下，用手帕擦擦嘴角。

「不好意思。已經沒事了。」他說。然後確認現在面對的人是小松。兩個人正在新宿車站附近的喫茶店商談事情。周圍的談話聲聽起來也像平常的談話聲了。鄰桌坐著的兩個人，懷疑發生了什麼事情似的正看著這邊。女服務生臉上露出不安的表情站在近處。或許擔心他會不會吐在座位間。天吾抬起臉，朝她微笑，點頭。像在示意沒問題，不用擔心。

「這個，不是什麼的發作吧？」小松問。

「不是嚴重的事。只是像暈眩一樣，不好受而已。」天吾說。聲音聽起來還不像自己的聲音。不過已經總算接近了。

「開車的時候發生這種事，大概麻煩就大了。」小松看著天吾的眼睛一面說。

「我不開車。」

「那最好。我有一個對杉樹花粉過敏的朋友，開車的時候開始打噴嚏，就那樣撞上電線杆。不過天吾，你的情況好像不只是打噴嚏那麼簡單啊。第一次的時候我還嚇了一跳呢。不過到了第二次，就稍微習慣了。」

「不好意思。」天吾拿起咖啡杯，喝一口杯中的東西。沒什麼味道，只是溫溫的液體通過喉嚨而已。

「讓他們加水好嗎？」小松問。

天吾搖搖頭。「不用，沒問題。已經恢復了。」

小松從上衣口袋掏出Marlboro菸盒，叼起一根菸，用店裡的火柴點火。然後瞄一眼手錶。

「那麼，剛才在談什麼呢？」天吾問。必須快點恢復常態才行。

「嗯，我們在談什麼？」小松說著眼睛望向空中，想了一下。或裝成想的樣子。天吾也分不出差別。小松的動作和談吐中有不少演技的成分。「噢，對了，我正要提一個叫深繪里的女孩的事。還有關於〈空氣蛹〉。」

天吾點點頭。深繪里和〈空氣蛹〉的事。正要對小松說明，就開始「發作」，話中斷了。天吾從皮包拿出一疊原稿的影本，放在桌上。手放在稿子上，確認一下那觸感。

「在電話上也簡單談過了，不過這〈空氣蛹〉最大的優點是沒有模仿任何人，這點。以新人的作品來說很稀奇，沒有想要像誰的部分。」天吾慎重地選著用語說。「確實文章很粗糙沒有細修，用語的選擇也很稚拙。從名稱開始，就把蛹和繭混淆不清。如果刻意挑的話，可能可以挑出很多其他缺陷。不過至少這個故事裡有吸引人的東西。故事整體雖然是幻想性的，但細部描寫卻出奇的真實。那平衡感非常好。我不知道用原創性或必然性這類用語是不是適當。如果說水準還不到這裡，或許也沒錯。不過中途一再丟開又斷斷續續讀完時，之後卻留下沉靜的手感。就算那是不舒服的、難以說明的奇怪感覺也好。」

小松什麼也沒說，看著天吾的臉。他需要聽更多話。

天吾繼續說：「我不希望只因文章有稚拙的地方，所以一下子就被初選刷掉。這幾年工作下來，讀過堆積如山的投稿。與其說讀過，或許更接近跳著讀過。有寫得比較好的作品，也有無可救藥似的東西——當然是後者壓倒性的多。不過總之看過這麼多作品了，再怎麼說，這篇〈空氣蛹〉還是第一次覺得好像有感覺。讀過後，還想從頭再讀一次，這也是第一次。」

「哦。」小松說。而且一副沒興趣似地吹著香菸的煙，撇起嘴來。不過從天吾和小松交往不算短的經驗來看，卻不會輕易被那猛一看的表情所矇騙。這個男人臉上往往露出和本意無關，或完全相反的表情。所以天吾耐心地等對方開口。

「我也讀了喔。」小松暫時擱置一段時間後才說。「接到你的電話，我馬上讀了稿子。不過，嗯，實在太差勁了。連個語助詞都不會用，搞不清楚文章想說什麼。要寫小說以前，最好先去重新把文章寫法的基礎學一學。」

「不過還是讀到最後。對嗎？」

小松微笑了。好像從平常不開的抽屜深處拉出來似的微笑。「是啊。確實正如你說的。讀到最後喔。自己都嚇一跳。投稿新人獎的作品我從來沒讀到最後過。何況部分還重新讀。這樣一來簡直就像幾顆行星排成一直線了似的。這點我承認。」

「這表示有什麼。不是嗎？」

小松把香菸放在菸灰缸，用右手中指摩擦著鼻子旁邊。卻沒回答天吾的追問。

天吾說：「這孩子才十七歲，高中生。只是讀小說、寫小說的訓練不夠而已。這次的作品要拿新人獎，或許確實很難。不過卻有留到最終決審的價值噢。只要小松先生一個人的想法就有可能對嗎？那麼一定就有下次的機會了。」

「嗯。」小松又再低吟一次，無聊似地打著呵欠。並喝了一口玻璃杯的水。「嘿，天吾，你好好想一下。讓這樣粗糙的東西留到最終決審看看。那些評審委員們一定會昏倒噢。說不定會生氣。一定不會讀到最後的。四個評審委員都是現任作家。大家都很忙。一定只啪啪讀最前面兩頁就乾脆丟開了。說這簡直就像小學生的作文嘛。這裡並沒有可以磨得出光亮的東西，為什麼我要放下身段為她熱烈辯護，誰又肯聽我的話呢？我一個人的想法就算有力，也會想保留給更有前途展望的人哪。」

「你的意思是，直截了當就刷掉嗎？」

「我可沒這麼說。」小松一面摩擦著鼻子旁邊一面說。「對這部作品，我倒有個特別的點子。」

「特別的點子？」天吾說。聽起來有點不祥的意味。

「天吾你說期待下一個作品，」小松說，「我也想期待。花時間珍惜地培養年輕作家，對編輯來說是最大的喜悅。在晴朗的夜空極目眺望，比誰都先發現一顆新星是令人雀躍的事。不過老實說，很難相信這孩子有下一次。我雖然不才，畢竟吃這一行飯二十年了。這期間看過各種作家冒出來又沉下去。所以還看得出有下一次的人和沒下一次的人。因此，如果讓我說的話，這孩子是沒有下一次的。很遺憾，也沒有下次的下次。沒有下次的下次的下次。首先這種文章，就不是花時間不斷鑽研就能進步的東西。再怎麼期待等待都沒辦法。只有空等一場。要問為什麼嗎？因為本人根本沒有表現出要來寫一篇好文章，或想變得能寫出好文章的動機。文章這東西，不是天生具有文才，就是後天拚著老命努力才精通的，二者之一。而這位叫做深繪里的女孩，兩者都不是。看得出並不是天才，而且似乎也沒有要努力的跡象。不知道為什麼。不過看來對寫文章本來就沒興趣。想說故事的意志確實有。而且意志好像相當強。這點我承認。那以直接的形式，這樣吸引了天吾你，也讓我把稿子讀到最後。試想起來還真不簡單。雖然如此，卻沒有成為小說家的未來。連臭蟲的大便那點大小都沒有。雖然好像是在潑你冷水，不過如果要我老實表達意見的話，就是這麼回事。」

天吾想了一下，覺得小松說得也有道理。小松畢竟具有身為編輯的直覺。

「不過給她機會總不是壞事吧？」天吾說。

「把她丟到水裡，看她會浮起來還是沉下去。你是這個意思嗎？」

「簡單說的話。」

「我到目前為止已經做了很多無益的殺生。不想再看更多人溺水了。」

「那麼，我的情況又怎麼樣呢？」

「天吾至少有在努力。」小松選著用語說。「在我看來你沒有偷懶。對寫文章這種工作也懷著極謙虛的態度。你知道為什麼嗎？那是因為喜歡寫文章。這方面我也給你好的評價。喜歡寫這件事，對於想當作家的人來說，是比什麼都重要的資質噢。」

「不過，光有這個還不夠。」

「當然。光有這個還不夠。一定還要有『特別的什麼』才行。至少，要含有某種讓我讀不透的東西才行。我啊，尤其以小說來講，對於自己讀不透的東西評價最高。對於我能讀透的東西，一點興趣都沒有。這是當然的對吧！非常單純的事。」

天吾沉默一下。然後開口。「深繪里所寫的東西中，含有小松先生讀不透的東西嗎？」

「噢。有啊，當然。這孩子擁有某種重要的東西。雖然不知道是什麼樣的東西，不過她確實擁有。這點很清楚。你知道，我也知道。那就像無風的下午燒柴所冒的煙那樣，誰的眼睛都能明白看到。不過天吾，這孩子所擁有的東西，可能這孩子也應付不了。」

「丟進水裡也沒有浮起來的指望。」

「沒錯。」小松說。

「所以不會讓她留到最後決審？」

「正是。」小松說。然後歪著嘴唇，雙手交握在桌上。「正因為這個，以我來說也開始不得不慎重選擇用語了。」

天吾拿起咖啡杯，望著杯裡留下的東西，然後把杯子放回去。小松還什麼也沒說。天吾開口了。

「小松先生所說的特別的點子就在這裡浮上來了，對嗎？」

小松像是面對得意門生的教師那樣瞇細了眼睛。然後慢慢點頭。「就是這麼回事。」

小松這個人有某種深不可測的地方。他在想什麼？感覺到什麼？從表情和聲音無法簡單讀出來。而且他本人似乎對讓對方墜入五里霧中也相當樂在其中的樣子。腦筋確實轉得很快。別人的想法與他無關，他是依自己的理論思考事情、下判斷的類型。不會做不必要的炫耀，但讀大量的書，對分歧的各方面都擁有綿密的知識。不只知識而已，他還能憑直覺看穿別人，擁有挑出好作品的慧眼。其中雖然含有相當程度的偏見，不過對他來說，偏見也是真實的重要因素之一。

本來就是一個話不多的人，不耐煩一一說明，但有必要時卻能口齒伶俐地以理論表達自己的看法。只要他想，也可以變得徹底辛辣。能瞄準對方最弱的部分，在一瞬之間以簡短的字眼予以刺穿。對人對作品都有強烈的個人偏好，相較之下，不能接受的人和作品要比能接受的多得多。而且當然別人對他，不具好感的，要比有好感的多得多。不過這也是他自己所求的。在天吾看來，他是寧願孤立，被別人敬而遠之——或明顯被討厭——他還樂在其中。精神的銳利無法在舒適的環境中產生，這是他的信條。

小松比天吾大十六歲，現在四十五歲。在文藝雜誌的編輯這行長久下來，在業界素以能幹聞名，不過私生活方面沒有人知道。因為就算在工作上有來往，他對誰都不談個人私事。他哪裡出生哪裡長大，現在住哪裡，天吾一概不知。即使談很久，也完全不會出現那樣的話題。這樣難以捉摸，又不跟人交往，輕蔑文壇，居然還能拿到很多稿子，大家都十分不解，但本人似乎不太辛苦，必要時就能收集到名作家的稿子。託他的福，雜誌有幾次總算能撐住門面。所以就算他不被人喜歡，大家對他還是另眼看待。

根據傳聞，小松在東京大學文學部時適逢六〇年安保鬥爭，他曾經是學生運動組織的幹部。樺美智子參加遊行示威，遭受警察隊暴行橫死時，聽說他就近在身旁，自己也受到不輕的傷。是真是假不得而知。只是這麼一說，也有令人相信的地方。他身材修長高瘦，嘴巴奇大，鼻子很小。手腳長長的，指尖滲有尼古丁的黃斑。有某種令人聯想到十九世紀俄國文學中落魄革命家知識份子的氛圍。很少笑，不過一旦笑起來就會滿臉笑意。然而就算這樣，也不覺得特別快樂。看起來只像是準備發布不祥預言邊暗自竊笑的老練魔法師而已。雖然儀容整潔大方，不過好像在向全世界宣示自己對服裝這玩意兒沒興趣似的，經常只穿類似的衣服。斜紋西裝上衣、牛津棉質白襯衫或淺灰色Polo衫、不打領帶、灰色西褲、小山羊皮鞋，就像制服一樣。眼前浮現六七件顏色質料和花紋大小稍有差別的斜紋三鈕式西裝，仔細刷乾淨，掛在他家衣櫥裡的光景。為了容易分辨或許還加以編號也不一定。

像細鐵絲般硬的頭髮，前髮稍許開始變白。頭髮蓬亂，蓋到耳朵。不可思議的是那長度，經常保持在好像一星期前就該上理髮廳的程度。天吾不知道，他為什麼能辦到這點。他的眼光銳利起來，每每像寒冬夜空閃爍的星辰般。一有什麼事情沉默下來時，則像月球背面的岩石那樣一直沉默不語。變成幾乎毫無表情。看來好像連體溫都失去了似的。

天吾是在大約五年前認識小松的。他投稿給小松擔任編輯的文藝雜誌的新人獎，進入最終決審。小松打電話來，說想見面談談。兩個人在新宿的喫茶店（就是現在這同一家）見面。小松說，這次的作品你要拿新人獎可能很難（事實上沒有拿到）。不過我個人很喜歡這作品。「不是要施惠於你，不過我難得會對人說這種話。」他說（當時不知道，不過真的是這樣）。所以下次你有寫什麼作品希望能給我看，比誰都先，小松說。天吾說，我會。

小松也想知道，天吾是什麼樣的人。成長過程怎麼樣，現在在做什麼。天吾能說的地方，盡量誠實地說明。在千葉縣的市川市出生長大。母親在天吾出生不久，就因病去世。至少父親是這樣說的。沒有兄弟姊妹。父親後來也沒再婚，一個男人一手把天吾扶養長大。父親以前是ＮＨＫ的收費員，現在得了失智症，住進房總半島南端的療養院裡。天吾從筑波大學「第一學群主修自然學類數學」名字奇怪的學系畢業。一面在代代木的補習班擔任數學講師一面寫小說。畢業時雖然也有回本地縣立高中任教的機會，但他選擇上班時間比較自由的補習班講師。住在高圓寺的小公寓一個人過日子。

自己不知道是不是真的想當專業小說家。也不清楚自己有沒有寫小說的才華。只知道，自己每天不寫就不自在的事實。寫文章這件事，對他來說就像呼吸一樣。小松沒有特別說出什麼感想，只安靜聽著天吾說。

不知道為什麼，小松好像私下挺喜歡天吾的樣子。天吾體格魁梧（從中學到大學一直是柔道社的核心選手），眼睛長得像早起的農夫一樣。頭髮剪得短短的，膚色好像經常曬太陽的樣子，耳朵像花椰菜般圓圓地皺成一團，看來既不像文學青年也不像數學老師。這種地方似乎也符合小松的偏好。天吾寫好新的小說，就會拿去小松那裡。小松讀過會說出感想。天吾會根據他的忠告改稿。把重寫的稿子帶去時，小松又再針對那個提出新的指示。好像教練把標竿一點一點往上移那樣。「你的情況可能需要花時間，」小松說，「不過不用著急。定下心每天不停地繼續寫。寫出來的東西盡量不要丟掉都保存起來。因為日後可能會有用處。」天吾說，我會。

小松也把一些瑣細的文筆工作轉給天吾。小松的出版社所出的女性雜誌需要一些無署名的稿子。從投書的改寫、電影和新書的簡介，到星座占卜，只要有委託，都寫好交稿。天吾隨手寫來的星座占卜居然常常很準，因此風評很好。他寫出「早晨請注意地震」時，有一天早晨真的就發生大地震。這種額外工作，以臨時收入來說很有幫助，而且也成為寫文章的練習。自己所寫的文章，不管什麼形式，能變成印刷品在書店排出來總是可喜的事。

天吾終於被交付文藝雜誌新人獎稿件的初審評閱工作。本人是新人獎投稿者的身分，另一方面卻成為候選作品的初讀者，好像很不可思議，但天吾並不介意自己立場的微妙，只公正地過目這些作品。而且靠著閱讀堆積如山的無聊不良小說，而深深學到，什麼是無聊不良小說。他每次都讀約上百篇，選出大約十篇好像有點意思的作品，拿去小松的地方。每篇作品都附上便條寫上感想。最終決審會留下五篇，由四位評審委員從中選出新人獎。

除了天吾之外也有別的初讀的臨時副手，除了小松之外也有好幾個編輯擔任初審。雖然期望能公正，不過也沒有必要特地那樣費事。至少有可取之處的作品，不管總數有多少，頂多也只有兩三篇，由誰來讀都不會錯過。天吾的作品有三次進入決審。天吾自己畢竟沒有選自己的作品，但另外兩位初讀者，和編輯部的主持人小松會留下來。那些作品雖然沒有得到新人獎，但天吾並不覺得失望。一方面因為小松「不妨花一點時間」的話烙印在腦子裡，再說天吾自己並沒有現在馬上要當小說家的想法。

只要把上課的課程調整恰當，一星期就有四天可以在自己家做自己喜歡的事。七年來一直在同一家補習班當講師，在學生之間評語相當好。教法得要領，不囉嗦，任何問題都能當場適當回答。天吾自己都很驚訝的是，他居然具有說話口才。既擅長說明，聲音也清晰宏亮，還能說笑話引起滿堂哄笑。在當老師之前，還一直以為自己不擅長說話。到現在跟人面對面說話，還會緊張得說不太出來。進入人數少的團體時，經常只有聽人說的份。不過一旦站上講台，面對不特定的多數人時，頭腦會忽然清朗起來，不管多長時間都可以輕鬆地繼續說下去。人真是不可思議的東西，天吾重新這樣想。

對薪水沒有不滿。雖然收入不算多，不過補習班是以能力支付報酬的。他們會定期實施學生對講師的審查，如果評價高，待遇就跟著提高。因為他們害怕優秀的老師會被其他地方挖角（實際上遇到幾次這樣的挖角）。一般學校不會這樣。薪水是按年資計算的，私生活由上司管理，能力和人氣沒有任何意義。他對補習班的工作也覺得很愉快。大部分的學生都懷著要考大學這樣明確的目的意識而來教室，認真聽講。講師除了在教室教課之外可以不做任何事。這對天吾來說是值得慶幸的。不必為學生的不良行為和違反校規等麻煩問題傷腦筋。只要站上講台，教授數學問題的解法就好了。而且用數字這種道具做純粹觀念的運行，又是天吾天生得意的強項。

在家時，早晨很早起來，大約寫小說到將近傍晚。用Montblanc鋼筆和藍墨水，四百字稿紙。只要有這個天吾就覺得很滿意了。一位有夫之婦的女朋友一星期會到他的公寓來一次，一起度過一個下午。和大他十歲的有夫之婦做愛，沒有未來可言，相對的也輕鬆，內容是充實的。傍晚做長長的散步，天黑後一面聽音樂一面一個人看書。不看電視。有ＮＨＫ的收費員來時，就禮貌地拒絕說，很抱歉我沒有電視。真的沒有。到裡面檢查也沒關係。不過他們並沒有進來屋裡。ＮＨＫ的收費員依規定是不許進屋的。

「我在考慮的是，稍微大一點的事。」小松說。

「大一點的事。」

「是的。新人獎這種小兒科就別提了，乾脆把目標放大一點。」

天吾沉默不語。雖然不清楚小松的意圖何在，不過可以感覺到其中含有某種不穩的東西。

「是芥川獎啊。」小松隔了一會兒才說。

「芥川獎。」天吾把對方的話，像在濡溼的沙上用木棒大大地寫出漢字那樣重複一次。

「芥川獎。連這麼不經世故的天吾也知道吧。報紙大大地刊登出來，電視新聞也會播出。」

「可是小松先生，我搞不太清楚，不過我們現在難道不是在談深繪里的事嗎？」

「是啊。我們在談深繪里的〈空氣蛹〉的事沒錯。除此之外，話題應該沒有提到其他事情。」

天吾咬著嘴唇，想讀取那事情背後的情節。「可是這作品要得新人獎已經很難了，我們不是一直在談這個嗎？說這是沒有任何指望的。」

「沒錯啊。是沒指望。這是很明白的事實。」

天吾需要一點時間思考。「這麼說來，您是指要在投稿的作品上動手腳嗎？」

「除此之外沒有別的辦法啊。編輯對有希望的投稿作品，提出建議讓投稿者改寫是常有的例子。並不稀奇。只是這次不是由作者本身，而是由別人來改寫。」

「別人？」這麼一說，那答案在開口提問之前，天吾已經心裡有數了。只是慎重起見再問一下而已。

「由你來改寫呀。」小松說。

天吾尋找著適當話語。但找不到適當話語。他嘆了一口氣，說：「可是，小松先生，這作品只修改一下還是不夠的。必須從頭到尾根本改寫才可能完全整合。」

「當然要從頭到尾改寫。故事的骨架可以照用。文體的氣氛也盡量保留。不過文章幾乎要完全換掉。也就是所謂的脫胎換骨。實際書寫由天吾負責。由我擔任整體製作。」

「事情能這麼順利嗎？」天吾彷彿自言自語地說。

「你聽我說，」小松拿起咖啡匙，像指揮家用指揮棒指定獨奏者般指向天吾，「這位叫做深繪里的女孩擁有某種特別的東西。這只要讀〈空氣蛹〉就知道。這想像力可不尋常。但很遺憾的是，文章實在不行。粗糙得不得了。另一方面你可以寫文章。素質好、品味也好。有大氣，文章富有知性而纖細。也確實擁有一股氣勢般的東西。不過你跟深繪里相反，還掌握不住該寫什麼才好。所以往往看不到故事的核心。本來你該寫的東西，應該確實在你心裡的。然而，那東西卻像逃進深深的洞穴裡的膽小的小動物那樣，老是不出來。知道那東西就躲在洞穴深處。可是牠不出來就沒辦法抓到。我說不妨花一些時間，就是這個意思。」

天吾在塑膠椅上笨拙地變換姿勢。什麼也沒說。

「事情很簡單。」小松一面細微地揮動著那咖啡匙一面繼續。「讓這兩個人合為一體，捏造出一個新人作家就行了。深繪里所擁有的故事粗胚，天吾賦予它完整的文章。以組合來說很理想。你有這種力量。所以我到目前為止，一直在支持你，不是嗎？接下來的事情可以交給我來辦。只要同心協力，拿一個新人獎很簡單哪。芥川獎也綽綽有餘。這個業界的飯我也算沒白吃。這方面做法背後的背後我都了然於心。」

天吾輕輕張開嘴，盯著小松的臉看了一會兒。小松把咖啡匙放回碟子上。不自然地發出巨大聲響。

「如果拿到芥川獎的話，接下來要怎麼樣呢？」天吾回過神來問道。

「如果能拿到芥川獎就會受到好評。世間大半的人，幾乎都不懂小說的價值。可是又不想落後於世間的潮流。所以如果有得了獎成為話題的書，就會買來讀。如果作者是在學的女高中生的話就更不用說了。書一暢銷就有很多錢進來。賺的錢三個人就來適度分配。這方面我會好好安排。」

「錢的分配問題，現在怎麼樣都無所謂。」天吾以缺乏潤澤的聲音說。「可是這樣做，難道不會跟編輯者的職業道德相抵觸嗎？如果這樣的設計在世間被揭露的話，一定會造成大問題喲。公司也待不住了吧。」

「不會那麼輕易被揭露的，我只要想幹就可以運作得非常小心。而且萬一事跡敗露，公司的工作我也樂於辭掉。反正上面也對我評價不好，我一直都在吃著冷飯。工作要找馬上找得到。我啊，並不是為了錢而做這種事的。我想做的，只是愚弄文壇一下啊。聚集在黑暗的洞裡蠢蠢鑽動，一面互相讚美吹捧，彼此舔噬傷口，互扯後腿，一面高唱文學使命如何如何，一群愛逞強又沒辦法的傢伙們，我想痛痛快快地嘲笑他們。直搗系統的背後，徹底開他們玩笑。你不覺得很愉快嗎？」

天吾並不覺得有多愉快。因為他根本還沒見識過文壇。而且當他知道了像小松這樣有能力的人，竟然會由於這樣孩子氣的動機而正想強渡危險的橋樑時，一瞬間說不出話來。

「小松先生所說的事，我聽起來好像是一種詐欺。」

「合作並不是稀奇的事。」小松皺起眉頭說。「雜誌的連載漫畫有一半左右都這樣。工作小組一起動腦想出創意，編出故事，畫動畫的人畫出簡單線畫，助手繼續把細部描畫完整，再補上色彩。就像附近的工廠在製造鬧鐘一樣。小說的世界也有類似的例子。例如羅曼史小說就是。那有很多，是根據出版社方面所設定的模式（know-how），雇用作家寫出那類故事。換句話說是分工系統。因為不這樣就無法量產。但是堅實的純文學世界，表面上這種方式是行不通的，所以以實戰的戰略，我們讓深繪里這個女孩一個人站出表面。如果真相被揭穿的話，當然可能會鬧成醜聞。不過並沒有違反法律。這不如說已經成為時代趨勢了。而且我們所談的並不是巴爾札克或紫式部的事情。只是把普普通通的高中女生所寫的漏洞百出的作品加以加工，把它修成更像樣的作品而已。有什麼不對呢？只要出來的作品是品質優良，能讓許多讀者讀得開心的話，不是很好嗎？」

天吾想一想小松說的事。然後慎重選擇用語。「有兩個問題。本來應該有更多問題的，不過暫且提出兩個。一個是作者深繪里這個女孩，是不是同意經由別人的手來改寫她的故事。如果她說No的話，當然事情一步也進行不了。另外一個問題，假定她同意，實際上我是不是能把那個故事改寫得很好？所謂共同作業是非常微妙的，事情可能沒有小松先生所想的那麼簡單。」

「如果是天吾就辦得到。」小松好像預料到會有這個意見似的，毫不遲疑地說。「辦得到不會錯。我第一次讀到〈空氣蛹〉時，這個想法立刻就在我腦子裡浮現。這東西應該讓天吾來改寫。進一步說的話，這是適合天吾改寫的故事。是等著讓天吾改寫的故事。你不覺得嗎？」

天吾只搖搖頭。說不出話來。

「不用急。」小松以安靜的聲音說。「這是重大的事情。不妨好好想個兩三天。重新再讀一次〈空氣蛹〉吧。然後好好考慮看看我的建議。對了，這個也交給你。」

小松從上衣口袋拿出茶色信封，交給天吾。信封裡放有兩張制式彩色照片。是女孩子的照片。一張是大頭照，另一張是全身的生活照。好像是同時拍的。她站在某個階梯前面。寬闊的石頭階梯。古典美的容貌，長長的直頭髮。白襯衫。小個子，瘦瘦的。嘴唇努力裝出笑容，眼睛卻在抗拒這個。非常認真的眼睛。追求著什麼的眼睛。天吾輪流地看了那兩張照片一會兒。不知道為什麼，在看著那照片之間，想起了那個年代時的自己。而且胸前有一點疼痛。那是長久以來沒有嘗到的一種特別的疼痛。她的身影中似乎有喚起那種疼痛的東西。

小松說：「這就是深繪里。長得相當美吧。而且是清秀型的。十七歲。沒得挑剔。本名深田繪里子。但本名不出現。要始終只用『深繪里』。如果拿到芥川獎，你不覺得會造成不小的話題嗎？媒體就會像黃昏時分的蝙蝠群那樣在頭上繞著飛。書一出版就暢銷。」

小松是從哪裡拿到這兩張照片的？天吾覺得不可思議。投稿不可能附上照片。不過天吾並沒有問這個。回答——無法預測會有什麼樣的回答——不過也不想知道。

「那個你可以帶著。或許有什麼用處。」小松說。天吾把相片放回信封，放在〈空氣蛹〉的稿子影本上。

「小松先生，我對業界的事情幾乎什麼也不知道。不過以一般常識來推測，這是非常危險的計畫。

一旦對世間說謊之後，就必須永遠說謊下去。不得不繼續配合著圓謊。這在心理上技術上，應該都不是簡單的事。不管是誰在什麼地方出了一點差錯，可能就會要全體的命。你不覺得這樣嗎？」

小松拿出新的香菸點上。「沒錯。你說的既健全又正確。確實是有風險的計畫。現在這個時間點，不確定因素有點過多。無法預測會發生什麼。或許會失敗，搞得大家都覺得無趣。這點我很清楚。不過啊，天吾，在考慮過各種事情之後，我的本能告訴我：『前進吧。』因為這樣的機會是可遇不可求的。到目前為止一次都沒遇過。往後大概也不會遇到了。拿賭博來比喻或許不適當，不過牌都湊齊了。籌碼也充足。各種條件萬事俱備。這次機會錯過，會終生後悔。」

天吾默不作聲，望著對方臉上露出的有點不祥的微笑。

「然後最重要的是，我們正要把〈空氣蛹〉，改造成更優秀的作品這一點。那是應該可以寫得更好的故事。那裡面有什麼非常重要的東西。必須有人巧妙地去拿出來的什麼。天吾內心應該也是這樣想的。不是嗎？因此我們才要合力來做。擬定計畫、把每個人的能力集合起來。以動機來說，是拿到哪裡都不可恥的噢。」

「不過小松先生，不管搬出什麼樣的理論，舉出什麼大義名分，這怎麼看都是詐欺行為呀。或許動機是拿到哪裡都不可恥的東西，但實際上卻哪裡也拿不出來。只能在背後鬼鬼祟祟地轉著。如果詐欺這字眼不適合的話，也是背信行為。就算不違背法律，其中還有道德問題在。畢竟編輯捏造出自己文藝雜誌社的新人獎作品，以股票來說就像內線交易一樣的東西，不是嗎？」

「文學不能跟股票比。這是兩個完全不同的東西。」

「例如什麼地方不同呢？」

「例如，這個嘛，你遺漏了一個重要的事實。」小松說。他的嘴巴開心地咧得從來沒見過的大。

「或者應該說，你故意把眼睛轉開不面對那事實。那就是，你自己已經很想做這件事了。你的心情正轉向改寫〈空氣蛹〉。這點我很清楚。沒什麼風險、道德、狗屁道理的。天吾，你現在應該想要親手改寫〈空氣蛹〉想得不得了。應該想代替深繪里自己把那什麼取出來，想得不得了。嘿，這才正是文學和股票的不同啊。這裡頭沒有善也沒有惡。有比金錢更重要的動機在推動著各種事情。回到家不妨好好確認一下自己的真心。不妨站在鏡子前面好好看看自己的臉。臉上會清楚地這樣寫著噢。」

覺得周遭的空氣好像突然變稀薄了。天吾短暫地望一眼四周。那個映像會再出現嗎？不過沒有這跡象。那空氣的稀薄是從什麼別的領域來的。他從口袋拿出手帕，擦掉額頭的汗。小松說的經常是對的，不知道為什麼。

第3章

青豆

已經改變的幾個事實

青豆只穿著絲襪的赤腳，走下狹窄的太平梯。風吹過無遮蔽的階梯發出聲音。身上的迷你裙雖然是緊身的，但偶爾被下方灌進的強風吹動，就像帆船的帆一般膨脹起來，把身體往上推變得不安定。她徒手抓緊充當扶手的鋼管，背朝外一階一階地往下移步。有時停下來把臉上的頭髮拂開，調整一下斜背的皮包位置。

眼底是國道二四六號線的車流正奔馳著。引擎聲、汽車喇叭聲、車輛防盜警報聲、右翼政黨街頭宣傳車播出的古老軍歌、大鐵鎚正擊碎某處水泥牆的聲音，其他各種都會的噪音，把她團團圍住。噪音從周圍三百六十度，由上面、從下面，所有方向湧過來，隨風起舞。聽到這個（雖然並不想聽，但也沒有餘裕去塞住耳朵），逐漸開始感到類似暈船的不舒服。

走下梯子一小段的地方，有一段伸向高速公路中央再轉回來的平面甬道。從那裡再接著走下筆直朝下的梯子。與無遮蔽的太平梯隔街對面，有一棟五層樓的小住宅大廈。造型相當新的茶色磚瓦建築。朝梯子這邊有陽台，但每扇窗都緊閉著，窗簾或百葉窗都拉上。到底是哪一種建築師，會特地在緊臨首都高速公路的位置設計陽台呢？應該沒有人會在那種地方曬床單，也沒有人會在那種地方一面眺望傍晚的塞車一面喝一杯Gin Tonic吧。雖然如此，還是有幾個陽台上照例拉著尼龍曬衣繩。有一個陽台上甚至還放有庭園椅和橡膠樹的盆景。垂頭喪氣褪色的橡膠樹。葉子紛紛掉落，滿地茶色枯葉。青豆不得不同情那橡膠樹。如果轉世投胎也絕對不要變成那樣的東西。

太平梯平常大概幾乎沒有使用，好些地方掛著蜘蛛網。黑色小蜘蛛緊緊貼在那裡，耐心等候小獵物上網。不過以蜘蛛來看，或許沒有特別忍耐的意識。蜘蛛除了張開網子以外，並沒有其他技能，除了靜靜在那裡等候之外，也沒有其他生活方式可以選擇。留在一個地方繼續等待獵物，在那之間生命就結束，於是死去、乾掉。一切都在遺傳因子裡事先被設定好了。其中既沒有迷惑、沒有絕望，也沒有後悔。沒有形而上的疑問、道德上的糾葛。或許。不過我可不是。我必須依照目的移動，所以才會不惜弄破絲襪，在這沒什麼可取的三軒茶屋一帶，一個人走下首都高速道路三號線莫名其妙的太平梯。一面撥開可憐的蜘蛛網，一面眺望愚蠢陽台的骯髒橡膠樹。

我移動，故我存在。

青豆一面走下階梯，一面想著大塚環的事。並不打算想，但腦子裡一浮現，就停不下來。環是她高中時代最好的朋友，一起加入壘球社。兩個人搭檔一起到很多地方去，一起做了很多事。有一次還學過女同性戀的樣子。暑假兩個人去旅行時，睡同一張床。只能訂到小雙人床的房間。兩個人在那床上撫摸對方身體的各種地方。她們並不是女同性戀。只是被少女特有的好奇心驅使著，大膽嘗試看看像那樣的事情而已。那時候兩個人都還沒有男朋友，也完全沒有性經驗。那一夜所發生的事，現在想起來，只是以人生中「一個例外而有趣的」插曲留在記憶中而已。但一面走下無遮蔽的鐵梯，想起和環身體接觸的事情時，青豆身體深處似乎有點開始熱起來。環的橢圓形乳頭、稀薄的陰毛、臀部美麗的弧度、陰核的形狀，到現在還鮮明得不可思議地留在青豆的記憶中。

在追溯這鮮活的記憶之間，青豆的腦子裡那楊納傑克的《小交響曲》管樂的慶祝齊奏就像背景音樂般，朗朗響起來。她的手掌輕輕撫摸大塚環的腰身部分。對方剛開始還覺得癢，後來就不再咯咯笑了。呼吸改變了。那音樂本來是為了作為某運動會的開場鼓號曲而創作的。隨著那音樂，微風溫柔地吹過波西米亞的綠色草原。她發現對方的乳頭突然硬起來。自己的乳頭也同樣硬起來。然後定音鼓敲出複雜的音型。

青豆停下腳步輕輕搖幾次頭。不能在這種地方想這種事。必須集中精神下階梯，她想。然而思緒卻停不下來。那時候的情景一一浮現在她的腦子裡。非常鮮明。夏天的夜晚，狹窄的床，輕微的汗味。說出口的話。沒說出口的心情。已經被遺忘的承諾。未能實現的希望。落空的憧憬。一陣風揚起她的頭髮，打在她的臉頰。那疼痛讓她的眼睛薄薄湧起淚水。接著吹來的風又把那淚吹乾。

那是什麼時候的事了？青豆想。然而時間在記憶中糾纏不清，變得像一團揉亂的線那樣。失去了筆直的軸心，前後左右亂掉了。抽屜的位置對調了。該想得起的事不知怎麼想不起來。現在是一九八四年四月。我出生在一九五四年。到這裡還想得起來。然而那種刻印下來的時間，在她的記憶中急速失去實體。眼裡浮現印有年號的白色卡片，在強風中紛紛吹散到四面八方的光景。她跑著，想把那一張張盡量撿回來。但風太強。失落的卡片也太多。1954、1984、1645、1881、2006、771、2041……這些年號一一被吹散了。系統遺失了，知識消失了，思考的階梯在腳下一一崩潰散落了。

青豆和環在同一張床上。兩個人十七歲，正在盡情享受著被賦予的自由。那對她們來說，是第一次，和好朋友出遊旅行。這件事讓兩個人感到興奮。她們泡過溫泉，從冰箱拿出罐裝啤酒各分一半喝，然後關燈上床。剛開始兩個人只是鬧著玩。半開玩笑地互相戳戳對方的身體。不過環在某個時點伸出手，從當做睡衣的薄T恤上悄悄捏青豆的乳頭。青豆的身體像閃過一股電流般。兩個人終於脫下T恤，脫下內褲，光著身體。夏天的夜晚。那是到什麼地方旅行呢？想不起來了。哪裡都行。她們沒有誰先開口，就互相仔細查看對方的身體。看看、碰碰、撫摸、親吻、用舌頭舔。半開玩笑，然後半認真。環個子小，算起來屬於豐滿的。乳房也大。青豆個子算是高瘦的。屬於肌肉體質，乳房不太大。環經常說不減肥不行。不過青豆覺得那樣就夠漂亮了。

環的皮膚很柔，很細。乳頭呈橢圓形凸起。令人想到橄欖的果實。陰毛薄薄細細的，像纖細的柳葉那樣。青豆的則粗粗硬硬的。兩個人互相笑著彼此的不同。兩個人互相摸著對方身體的細微地方，互相交換什麼部分最敏感的訊息。有些地方一致，有些地方不同。然後兩個人伸出手指，互相觸摸對方的陰核。兩個人都有自慰的經驗。有很多。摸起來和自己摸的感覺相當不同，彼此都這樣想。風吹過波西米亞的綠色草原。

青豆又站定下來，再搖頭。吐一口大氣，重新抓緊階梯的鋼管。這種幻想非停止不可。非集中注意力在下階梯不可。青豆想，應該已經下一半以上了。不過噪音為什麼這麼大？風怎麼這麼強？感覺這些好像在責備我、處罰我似的。

姑且不管這個，如果下到地面時，有人在那裡，問我怎麼回事，打探我的來歷，到底該怎麼回答？說：「高速公路塞車，因為有急事，所以就用太平梯下來。」這樣行得通嗎？說不定會有什麼麻煩。青豆不想被捲入任何麻煩。至少今天。

幸虧下到地面並沒有人看到她而責備她。青豆下到地面之後首先從皮包拿出鞋子穿上。階梯下面是被二四六號線的上行線和下行線夾著的高架道路下的空地，當堆放材料的場所。周圍用鐵皮圍籬圍起來，空地上橫躺著幾根鐵柱。可能是什麼施工剩下的吧，就那樣生鏽被丟棄了。有一個角落蓋有塑膠屋頂，下面堆著三個布袋。不知道裡面裝什麼，不過為了避免被雨淋濕而蓋了塑膠布。那可能也是某個工程最後剩下的東西。要一一運走嫌麻煩，所以就那樣放著似的。屋頂下也有幾個變形的大紙箱。地上丟著幾個保特瓶，幾本漫畫雜誌。此外什麼也沒有。只有塑膠購物袋被風吹得漫無目的地飛著而已。

入口設有一扇鐵絲網門，但纏了幾圈鍊條，上了大鎖頭。高聳的門扉，上方繞著一圈帶刺的鐵絲網。實在不可能翻越。就算能翻越過去，衣服也會被割得破破爛爛。試著推一推拉一拉門扉，文風不動。連貓可以過的縫隙都沒有。真要命，為什麼需要這樣門禁森嚴呢？並沒有什麼可偷的貴重東西呀。她皺起眉頭，臭罵起來，還往地上吐口水。真是的，好不容易從高速道路下來，卻被關在材料堆放場，真豈有此理。瞄一眼手錶。時間還有一點餘裕。可是也不能老在這裡磨磨蹭蹭。而且當然，現在也不可能再回到高速公路上了。

絲襪在兩邊腳跟的地方都破了。確定沒有人看得見之後，脫下高跟鞋，拉起裙襬褪下絲襪，從兩腳上扯下來，再穿上鞋子。把有破洞的絲襪收進皮包。這樣情緒稍微鎮定一點。青豆一面小心謹慎地探視周圍，一面繞著那材料放置場走。像小學的教室那麼大。一下就繞完一圈。確實只有一個出入口。只有上了鎖的鐵絲網門扉。周圍的鐵皮圍籬材質雖然薄，但都用螺絲牢牢固定著。如果沒有工具是不可能卸下螺絲的。投降了。

她檢查了一下塑膠屋頂下的紙箱。然後發現那好像是床墊的形狀。捲著幾張起毛的毛毯。還不太舊。可能有流浪漢在這裡過夜。所以周圍才會散落著雜誌，和飲料的保特瓶。不會錯。青豆動著腦筋。既然他們在這裡過夜，一定有什麼可以出入的漏洞。他們擅長避開別人的耳目找到可以遮風擋雨的地方。而且悄悄確保只有他們自己才知道的祕密通路，像獸徑那樣。

青豆仔細地一一檢查鐵皮圍籬。用手推推看，確認會不會搖動。果然，稍一使力，有一個螺絲好像鬆開了，發現一片鐵皮會搖動。她把那往各個方向動動看。稍微變換一下角度輕輕往裡一拉，就形成一個人可以穿過程度的空隙。那流浪漢天黑後一定是從這裡進來，在屋頂下舒服地睡覺吧。如果被發現人在這裡一定有麻煩，因此天色還亮著之間一定就在外面尋找糧食，收集空瓶子換取一點小錢。青豆感謝那夜間的無名居民。在大都會的背後，不得不以無名者的身分悄悄移動，青豆在這一點上也是他們的夥伴。

青豆彎下身，穿過那個狹縫。小心注意著，別讓昂貴的套裝被尖銳的部分勾破。因為這不僅是她所中意的套裝，也是她所擁有的唯一一套套裝。平常她並不穿套裝。也沒有穿過高跟鞋。但是為了這個工作，有時候不得不穿得講究一點。這麼重要的套裝可不能毀了。

幸虧，圍籬外沒有人影。青豆再檢查一次服裝，讓表情恢復平靜之後，走到紅綠燈前，穿過二四六號線，走進眼前看見的藥妝店買了新絲襪。拜託女店員讓她使用裡面的空間，穿上絲襪。這樣一來感覺舒服多了。胃一帶留下的些許類似暈船的不快感，現在也完全消失了。她向店員道過謝走出店門。

可能是首都高速公路因車禍造成塞車的消息傳開了吧，和那平行的國道二四六號線的交通，比平常擁擠。所以青豆放棄計程車，從附近的車站搭上東急新玉川線。這個決定沒錯。不能再被計程車捲進塞車陣裡了。

在她走向三軒茶屋車站途中，和一個警察擦身而過。高高的年輕警察，正快步走向什麼地方。她一瞬間緊張起來，不過警察好像急著走，筆直看著前方，視線甚至沒有轉向青豆。正要擦身而過之前，她發現那個警察的服裝跟平常不一樣。不是看慣了的警察制服。雖然同樣是深藍色上衣，但款式微妙地不同。變得比以前休閒一點。沒有以前那麼貼身。材質也柔軟一點。衣領小一點，藍色也淡了一些。其次槍的型也不同。他腰上佩帶的是大型自動式的。日本警察平常佩帶的是輪轉式手槍。在槍枝犯罪極少的日本，警察幾乎沒有被捲入槍戰的機會，因此舊式六連發的左輪槍就夠了。輪轉結構單純，便宜而故障少，也容易保養。但這個警察不知為什麼，卻佩帶著可以半自動發射的最新型手槍。九毫米的子彈可以裝十六發。可能是克拉克（Glock）或貝瑞塔（Beretta）。到底發生了什麼事？警察的制服和配槍也在她不知道之間變更了嗎？不，不可能。青豆相當頻繁地查看新聞報導。如果有這樣的改變，應該會大幅報導的。而且她經常注意警察的身影。到今天早晨為止，才幾個小時前，警察還穿著平常那硬邦邦的制服，佩帶著和平常一樣的庸俗左輪槍。她還記得清清楚楚。真奇怪。

不過青木沒有餘裕深入思考。她還有非做不可的工作要做。

青豆把外套寄放在澀谷車站的投幣式寄物櫃，只穿著套裝，就朝那飯店的方向快步走上坡道。是一家中級的都會飯店。雖然不是特別豪華的飯店，但設施一應俱全，乾淨，而且沒有不正經的房客。

一樓有餐廳，也有便利商店。離車站近，地點好。

她一走進飯店，就直接進去洗手間。很幸運，洗手間裡沒有任何人。先在馬桶坐下來小便。非常長的排尿。青豆閉上眼睛不想什麼，只像在傾聽著遠方海潮的聲音那樣聽著自己的排尿聲。然後面向洗臉台，用肥皂仔細地洗手，用梳子梳頭髮，擤過鼻子。拿出牙刷，不沾牙膏地快速刷了牙。因為不太有時間了因此省掉牙線。沒有必要做到那個地步，並不是來約會的。對著鏡子淡淡地擦一點口紅。也補一下眉毛。脫掉套裝上衣，調整一下胸罩的鋼絲位置，拉平白襯衫的皺紋，聞一下腋下。沒有汗味。然後閉一下眼睛，像平常那樣唸著祈禱字句。那字句本身沒有任何意義。意義無所謂。重要的是要唸祈禱這件事。

祈禱完，睜開眼睛看看鏡子裡自己的模樣。沒問題。從哪裡看都沒有漏洞，一副能幹職業婦女的模樣。背脊挺直，下巴收緊。只有巨大的鼓鼓的側背包有點不搭配。可能該提一個薄薄的手提公事包。不過這樣看來反而比較務實。注意再注意，再檢查一遍皮包裡的東西。沒問題。一切都收在該放的位置。任何東西一伸手就拿得到。

接下來只要照預定去實行就行了。必須以不動搖的信念和無慈悲的心，勇往直前。然後青豆解開襯衫最上面的釦子，以便向前彎身時容易看見胸部的乳溝。如果胸部能再大一點效果就更好了，她很遺憾地想。

沒有引起任何人的注意，搭電梯上到四樓，走過走廊立刻就看見四二六號的房門。從皮包拿出預備好的紙夾，抱在胸前，敲敲房門。輕輕簡潔地敲。等了一下。再敲一次。比剛才稍微用力一點，強硬一點。聽得見裡面移動的聲音，門打開一小縫。男人探出頭來。年齡大約四十歲上下。穿著海軍藍的襯衫，灰色法蘭絨長褲。散發著生意人暫且脫下西裝、解開領帶的氣氛。眼睛紅紅不太開心的樣子。大概是睡眠不足吧。看到穿著套裝的青豆的模樣，表情有點意外。可能以為是來補充室內冰箱東西的女服務生。

「對不起打擾您休息。我是飯店經理，敝姓伊藤，空調設備出了一點狀況，我來檢查一下。只要五分鐘就好，請讓我進來房間一下好嗎？」青豆一面微微笑著，一面以俐落的口氣說。

男人不愉快地瞇細眼睛。「我正在進行緊急的重要工作。一小時左右就會離開房間，請等到那時候好嗎？而且現在這房間的空調好像也沒什麼問題。」

「很抱歉，因為這是跟漏電有關的緊急安全確認，所以要盡量快一點完成才行。我們正在這樣一間間巡迴檢查房間。麻煩您配合一下，不到五分鐘就結束。」

「真沒辦法。」男人接著嘖了嘖說。「我就是想不被打擾地工作，才特地訂了房間的。」

他指著桌上的文件。從電腦上列印出來的詳細圖表堆積如山。可能正在準備今晚會議用的必要資料。有計算機，便條紙上列著許多數字。

青豆知道這個男人在石油相關企業上班。是和中東各國的設備投資有關的專家。根據獲得的資料，是在那個領域有能力的人。從舉止可以看出來。教養好、收入高、開Jaguar新車。少年時代就備受寵愛，到國外留學，英語和法語流利，任何事情都自信十足。而且不管任何事情，都無法忍受別人要求。也無法忍受別人批評。尤其如果是女性提出的話。另一方面，自己對別人的要求則毫不在意。對於用高爾夫球桿打斷妻子的幾根肋骨也不感到痛癢。以為這個世界是繞著自己為中心轉的。以為如果沒有自己的話，地球可能無法順利轉動。如果有人妨礙或否定自己的行動就會生氣。而且是激烈地生氣。就像節溫器掛掉了那樣。

「不好意思打擾您了。」青豆露出業務用的明朗微笑說。而且好像要造成既有事實般，把身體一半推進房間裡，一面用背抵著房門一面攤開公文紙夾，用原子筆在那上面填寫著什麼。「先生，嗯，深山先生對嗎？」她問。雖然看過幾次照片記得臉的長相了，但確認沒有搞錯人總不會損失。如果搞錯可就無法挽回了。

「是啊，我是深山。」男人以粗暴的口氣說。然後好像放棄了似的嘆一口氣。「好吧，隨便妳好了。」似的。然後一手拿著原子筆走向書桌，準備重新拿起讀到一半的文件。整齊鋪好的雙人床上胡亂丟著西裝上衣，和條紋領帶。看起來都是昂貴的東西。青豆肩上還背著皮包，筆直朝衣櫥走。事先獲知空調的配電板在那裡。衣櫥裡掛著柔軟料子製的風衣，和深灰色喀什米爾圍巾。行李只有一個皮製公事包。既沒有替換的衣服也沒有盥洗包。可能沒打算在這裡逗留。桌上有向客房服務生點的咖啡壺。假裝檢查配電板三十秒左右之後，她就對深山開口說：

「謝謝您的配合，深山先生。這個房間的設備沒有任何問題。」

「所以我一開始不是說過，這個房間的空調沒問題嗎？」深山頭也沒看這邊，就以蠻橫的聲音說。

「啊，深山先生，」青豆誠惶誠恐地說，「很失禮，您的脖子上好像有什麼的樣子。」

「脖子上？」深山這樣說著，用手在自己的脖子後面摸一下。再摩擦一下後，懷疑地看看那手掌。

「好像沒有什麼啊。」

「對不起失禮了。」青豆說著走近書桌。「可以讓我靠近看嗎？」

「啊，好啊。」深山說，一副搞不清楚怎麼回事的模樣。「妳說有什麼，是什麼樣的東西？」

「好像是油漆。鮮艷的綠色。」

「油漆？」

「不太清楚。從顏色看好像是油漆。對不起，可以用手摸一下嗎？可能可以擦掉。」

「噢。」深山說著往前傾，把脖子朝向青豆。好像剛剪過頭髮，脖子上沒有頭髮。青豆吸一口氣，停止呼吸，集中意識迅速地找出**那個部分**。然後好像做記號般用指尖輕壓那裡。閉上眼睛，確認那觸感沒有錯。對，就是這裡。本來應該花久一點時間慢慢確認的，然而沒有這個餘裕。只能在賦予的條件下盡力而為。

「對不起，可以請您保持這個姿勢安靜不動嗎？我可以從皮包裡拿出小手電筒來，以這個房間的燈光看不清楚。」

「可是怎麼會在那種地方沾上什麼油漆呢？」深山說。

「不知道。我現在馬上查看看。」

青豆手指繼續輕輕按在男人脖子上的一點，從皮包拿出一個塑膠硬盒子，打開蓋子拿出薄布捲著的東西。用單手靈巧地攤開那布，裡面出現一個像小型冰錐般的東西。全長十公分左右。柄的部分是緊緻的小木柄。但那不是冰錐。只是形狀像冰錐而已。不是只用來碎冰的東西。那是她自己想出來，訂製的。尖端就像縫衣針那樣尖銳。為了不讓那尖銳的尖端折斷，還用一小片軟木栓穿刺著。特別加工像棉花般軟的木栓。她用指尖非常小心地取下那木栓，放進口袋。然後把露出的針尖對準深山脖子上的**那個部分**。要鎮定，這裡是最關鍵的，青豆對自己說。連十分之一毫米的誤差都不容許。如果稍有差錯，一切努力都歸於泡影。集中精神比什麼都重要。

「還要花時間嗎？這樣要等到什麼時候？」男人好像焦躁起來說。

「對不起。馬上好。」青木說。

沒問題，一轉眼工夫就結束了，她在心中對那個男人說。只要再等一下啊。那麼接下來就什麼都不用想了。關於石油精煉系統、重油市場動向、對投資集團的分季財報、到巴林王國機票的預定、對官員的行賄、給愛人的禮物，一切的一切都不用再多考慮了。這些事情要一一考慮也很辛苦吧？所以很抱歉，就請稍等一下。我正在這樣集中注意力認真工作呢，別吵我。拜託。

一旦決定位置，下定決心，她右手掌抬到空中，停止呼吸，停頓一下，然後咻然落下。朝向木柄部分。不能太用力。太用力的話針在皮膚下面會折斷。事後可不能留下針尖。輕輕地、彷彿帶著慈愛般，保持適當角度，以適當力道，落下手掌。不抗拒重力，咻然一下。然後讓那細細的針尖在那個部分，好像非常自然地被吸進去似地。深深、滑滑、而致死地。重要的是角度和使力的方法——不，應該說是不使力的放鬆法。只要留意這個，剩下的就像針刺豆腐一樣簡單。針的尖端刺穿肉，到達腦下部的特定部位，像吹熄蠟燭那樣停止心臟的跳動。一切都在一瞬之間終結。簡直可以說太快了。那是只有青豆才能辦到的事情。其他任何人都沒辦法用手摸到那樣微妙的一點。但她能。她的指尖擁有這樣特別的直覺。

聽得見男人呼地吸一口氣的聲音。全身肌肉抽動收縮一下。確認過那感覺之後，她快速抽出針來。然後立刻從口袋裡拿出預備好的小紗布壓著傷口。以防止出血。針尖非常細，被那插上只短短數秒。就算有出血也只是極少量。但還是必須小心再小心。不能留下血的痕跡。一滴血都會要命。小心謹慎是青豆的本錢。

一度僵硬的深山身體，隨著時間的過去徐徐放鬆力量。就像籃球的氣消掉時那樣。她的食指繼續壓在男人脖子上的一點，讓他的身體趴在書桌上。他的臉以文件當枕頭，朝側面伏在桌上。眼睛露出吃驚般的表情張開著。好像最後目擊了什麼非常不可思議的東西那樣。並沒有畏怯，也沒有痛苦。只是單純的驚訝而已。自己身上發生了什麼不尋常的事。但發生什麼，卻無法理解。那是痛呢？是癢呢？是快感呢？還是什麼的啟示呢？連這都不清楚。世界上有各種死法，但可能沒有像這樣輕鬆的死法吧。

對你來說這死法未免太輕鬆了，青豆這樣想著皺起眉頭。未免太簡單了。我或許應該用五號鐵桿把你的肋骨敲斷兩三根，讓你充分嘗到痛苦的滋味，然後才慈悲地放你死去。因為你是個適合那樣慘死法的鼠輩渾蛋。因為那是你實際上對你太太所做的事情。不過很遺憾，我沒有做那選擇的自由。讓這個男人，神不知鬼不覺，迅速確實地離開這個世界，是我被賦予的使命。而我現在已經完成這個使命。這個男人剛才還好好活著。現在卻死了。連本人都還沒發現，就已經跨過分隔生與死的門檻了。

青豆等了整整五分鐘，紗布壓著傷口。以不會留下指痕程度的力道，耐心地等。在那之間她的眼睛沒有離開手錶的秒針。漫長的五分鐘。令人感覺像要永遠繼續的五分鐘。只是現在如果有人打開門進來，而且看到她正一手拿著細長的兇器，用手指壓著男人脖子的話，一切就完了。沒有可以狡辯的餘地。服務生可能來收咖啡壺。現在就可能會來敲門。但這卻是不能省略的重要的五分鐘。她靜靜地深呼吸讓神經鎮定下來。不能慌張。不可以喪失冷靜。必須保持平常冷酷的青豆才行。

聽得見心臟的鼓動。隨著那鼓動，楊納傑克的《小交響曲》，開頭的鼓號齊奏在她腦子裡響起來。微風無聲地吹過波西米亞的綠色草原。她知道自己正分裂成兩個。一半正極其冷酷地繼續壓著死者的脖子。另外一半卻非常害怕。她想把一切的一切都丟開，立刻從這個房間逃出去。我在這裡，同時不在這裡。我同時在兩個地方。雖然違反愛因斯坦的定理，但沒辦法。這是殺手的禪。

五分鐘終於過去。但青豆為了小心而再增加一分鐘。再等一分鐘吧。越急的事，最好要越小心謹慎。那沉重的一分鐘怎麼還沒結束？她安靜忍耐。然後手指慢慢離開，以筆型小手電筒查看傷口。連蚊子咬過程度的痕跡都沒留下。

從那腦下部的特別一點用極細的針插所造成的，是酷似自然死的死。一般醫師的眼裡怎麼看應該都只會以為是心臟病發作。正在書桌前工作之間，突然心臟病發作，就那樣斷了氣。因為過勞和緊張。看不出什麼不自然的地方。沒有解剖的必要。

這個人物雖然很能幹，但有點工作過度。雖然收入很高，但死掉也用不到了。就算穿Armani西裝、開Jaguar汽車，結果還不是和螞蟻一樣？工作、工作、無意義地死去。他曾經存在這個世界的事終究也會被忘記。可惜還年輕，人家可能會這樣說，也可能不會這樣說。

青豆從口袋拿出軟木栓，把針的尖端刺上。重新把那纖細的工具用薄布捲起來，放進盒子裡，收進皮包底部。從浴室拿出擦手毛巾來，把留在房間裡的所有指紋全部擦掉。留有她指紋的，只有空調的配電板與門把而已。其他地方她都沒有用手碰過。然後把毛巾放回原位。把咖啡壺和杯子用客房服務的托盤裝著，拿出去放在走廊。這樣來收咖啡壺的服務生不用敲門，就可以相對拖延發現屍體的時間。等到打掃的女服務生在這房間發現屍體，順利的話，就會到第二天退房時刻之後了。

他如果沒有出席今晚的會議，人家可能會打電話到這個房間。但沒有人接電話。大家可能覺得奇怪而請經理把門打開。或者不會。就看事情怎麼發展了。

青豆站在洗手間的鏡子前，確認服裝沒有凌亂。扣上襯衫最上面的釦子。沒有必要再讓人看到乳溝了。何況那個差勁的鼠輩渾蛋也根本沒有好好多瞧我一眼。到底以為人家是什麼？她適度地皺一下眉。然後整理一下頭髮，用手指輕輕按摩讓臉上的肌肉放鬆，對著鏡子甜美地微笑。露出才剛讓牙醫研磨過的白牙齒。好了，我現在該從死者的房間走出去，回到平常的現實世界了。必須調整氣壓才行。我已經不再是冷酷的殺手。而是穿著時髦套裝、面帶笑容的能幹職業婦女。

青豆稍微打開房門，看看周圍，確定走廊沒有任何人後溜出房間。不用電梯，走樓梯下去。穿過大廳時也沒有人注意到她。她挺直背脊，注視前方，快步走著。但不至於快到引人注意的地步。她是專業的。而且是近乎完美的專業。如果胸部再大一點的話，或許可以成為更無可挑剔的完美專業吧，青豆很遺憾地想。臉再一次輕輕皺眉。不過沒辦法。只能接受天賦的條件活下去。

第4章

天吾

如果你希望這樣

天吾被電話鈴吵醒。時鐘的夜光針指著一點過一些。不用說，周遭是一片漆黑。一開始就知道這是小松打來的。凌晨一點過後會打電話來的朋友，除了小松沒有別人。而且這樣執拗，非等到對方拿起聽筒不肯罷休地繼續讓鈴聲響的人，除了他也沒有別人。小松是沒有時間觀念的。只要自己想到什麼，就立刻打電話。完全不考慮是什麼時間。不管是半夜也好、清晨也好、新婚初夜也好、臨終病榻也好，對方接到電話會不會深受打擾這種散文式的想法，似乎不會浮現在他那雞蛋形的腦袋裡。

不，應該不是對誰都這樣。小松也是在組織裡工作、領人家薪水的人。不可能分不清對象是誰而經常做這種沒常識的事。只因對象是天吾才能這樣。天吾對小松來說，或多或少就像是自己的延長線上的存在似的。像手和腳一樣。這裡沒有自己和他人的區別。所以只要自己還沒睡，就以為對方應該也還沒睡。天吾如果沒事的話，晚上十點就上床，早上六點就起床。大體上過著十分規律的生活。睡得很沉。不過一旦有事被叫醒之後，就不太能再入睡。這種地方很神經質。這件事已經告訴過小松不知多少次了。半夜請別打電話來，明白拜託過了。如同懇求神明，收穫前拜託別把蝗蟲送到田裡來的農夫那樣。「知道了，半夜不會再打電話給你。」小松說。不過這種承諾並沒有充分在他的意識裡生根，所以只要下一次雨就會被沖刷得一乾二淨。

天吾從床上起身，一面不知道碰撞到什麼，一面好不容易走到廚房的電話前。在那之間鈴聲依然毫不容情地響個不停。

「我跟深繪里談過了。」小松說。照例沒打招呼，也沒開場白。沒有「睡了嗎？」，也沒有「抱歉夜深了。」真了不起。每次都不得不佩服。

天吾在黑暗中皺著眉頭沉默不語。半夜裡被吵起來，頭腦一時還轉不過來。

「喂，有沒有在聽？」

「我在聽啊。」

「雖然是在電話上，不過總是談過了。幾乎都是我這邊在說，那邊在聽而已，所以從一般常識來說，實在不能算是談話。不過她畢竟是個話很少的孩子。說話方式也很不同。實際聽到就會知道。不過，總之，我把我的類似計畫大概說明一下。說如果借用第三者的手改寫〈空氣蛹〉，寫成更完整的形式，然後試著投稿新人獎怎麼樣，之類的。因為是在電話上，所以我這邊也只能大概說。具體的部分要見面才能談，首先想問看看她對這種事有沒有興趣。有點繞圈子問。畢竟話題內容敏感，如果說太直了，以我的立場而言或許會出問題。」

「然後呢？」

「沒有答案。」

「沒有答案？」

小松在這裡很有效果地停頓一下。叼起香菸，用火柴點著。透過電話光聽到這聲音，眼前就歷歷浮現那光景。他不用打火機。

「深繪里說，想先跟你見面。」小松一面吐著煙說。「她既沒說有興趣，也沒說沒興趣。沒說可以，也沒說不行。總之先見到你，當面談好像最重要。她說見了面之後，才能回答要怎麼辦。你不覺得責任重大嗎？」

「然後呢？」

「明天傍晚有空嗎？」

補習班的課早上很早開始，下午四點結束。不知是幸還是不幸，在那之後沒有任何約。「有空啊。」天吾說。

「傍晚六點，到新宿的中村屋去。我會用我的名字先預約後面安靜的桌子。我們公司可以報帳，你可以隨便點喜歡的東西。兩個人好好談吧。」

「那麼，小松先生不來嗎？」

「想跟天吾兩個人單獨談，是深繪里提出的條件。她說現在還沒有必要見我。」

天吾沉默不語。

「就這樣。」小松以明朗的聲音說。「你們好好談吧，天吾。你個子雖然高大，不過給人相當有好感。而且又是補習班的老師，所以也很習慣和早熟的女高中生講話吧。比我更適合。只要親切地微笑說服她，給她信賴感就行了。等你的好消息喲。」

「請等一下。可是這本來是小松先生提出的事情不是嗎？連我都還沒答應。就像我上次說過的那樣，這是相當危險的計畫，我推測事情可能並不那麼容易推動。也可能成為社會問題。我自己的態度都還沒決定該接受還是不接受，怎麼可能去說服一個從未謀面的陌生女子呢？」

小松在電話上暫時沉默。然後說：「嘿，天吾，這件事情已經確實開始動起來了。事到如今，已經不可能說要下車而叫電車停下了。我心裡已經決定。你心裡應該也已經決定一半以上了。我跟天吾正是生死與共、一蓮托生的命啊。」

天吾搖搖頭。一蓮托生？要命。到底什麼時候開始，事情變成這麼嚴重了？

「不過上次小松先生不是說，可以花時間慢慢想嗎？」

「已經過了五天了。那麼你慢慢想之後怎麼樣？」

天吾詞窮了。「還沒有結論。」他老實說。

「那麼，總之先跟這位叫做深繪里的女孩見面談談看也好。然後再下判斷就行了。」

天吾用指尖用力壓著太陽穴。腦袋還不太靈光。「好吧。總之先去見見這位叫深繪里的女孩。明天六點在新宿的中村屋。大概的情況也由我親口來向她說明。不過我不保證有更進一步的事情噢。就算能說明，卻實在沒辦法說服噢。」

「當然，這樣就行了。」

「還有，她對我的事情知道多少？」

「大概情形我說明過。年齡大約二十九或三十，單身，在代代木的補習班當數學講師。體格高大，但人不壞。不會把年輕女孩吃掉。生活樸實，心地善良體貼。而且很喜歡妳的作品。大概是這樣吧。」

天吾嘆一口氣。想思考一點什麼時，現實就忽而靠近忽而遠離。

「嘿，小松先生，我可以回去睡覺了嗎？快一點半了，天亮以前我希望能盡量多睡一點。明天從早上開始就有三堂課呢。」

「好啦。晚安。」小松說。「做個好夢吧。」然後就那樣乾脆地掛了電話。

天吾手拿著聽筒看了一會兒，才放回去。如果能睡著希望立刻就去睡。能作好夢的話也很想作。不過這樣的時刻被勉強吵醒，又提到麻煩的話題，明知道不可能輕易入睡了。喝點酒再睡也是辦法。不過並沒有想喝酒的心情。結果就喝了一玻璃杯的水，回到床上開著燈，開始看書。想看到睏的，卻到天亮前才睡著。

在補習班上完三堂課，搭電車到新宿。在紀伊國屋書店買了幾本書，然後到中村屋去。在門口報了小松的名字，就被領到後面安靜的桌子。深繪里還沒來。天吾對服務生說，等朋友來再點。等的時候需要喝什麼嗎？服務生問。天吾說什麼都不需要。服務生把水和菜單放下就離開。天吾把剛買的書攤開，開始讀。是關於符咒的書。評論在日本社會中，符咒發揮了什麼樣的機能。符咒在古代社會中扮演了重要的角色。在彌補社會系統的不完備和矛盾上，符咒發揮了作用。真是相當愉快的時代。

六點十五分了，深繪里還沒出現。天吾並不在意，繼續看書。對於對方遲到也沒有特別驚訝。反正這件事本來就莫名其妙。進展得莫名其妙，也沒有誰能抱怨。就算她改變心意不現身，也沒什麼奇怪。反倒是，希望她最好不要出現。那樣事情還比較簡單。等了一小時左右，深繪里這女孩子還是沒有來喲，只要這樣向小松報告就行了。事後會怎麼樣，天吾才不管呢。一個人吃過東西，就那樣回去最好。這樣對小松也有交代。

深繪里六點二十二分出現了。她由服務生領著走到桌前，在對面的位子坐下。把小巧的雙手放在桌上，外套也沒脫，就一直看著天吾的臉。既沒說「對不起我來晚了」，也沒說「讓你久等了」，連「很高興認識你」甚至「你好」都沒有。嘴唇緊緊閉成一直線，只從正面看著天吾的臉而已。好像從遠處眺望沒見過的風景那樣。真不簡單，天吾想。

深繪里個子小，整體感覺都小，容貌比照片看到的更美。她臉上最吸引人的，還是那對眼睛。令人印象深刻，有深度的眼睛。被她那一對潤澤漆黑的眼珠注視之下，天吾心情開始不太鎮定。她幾乎眨都不眨一下眼。看起來連呼吸都沒有似的。頭髮好像有人用尺一根一根畫線那樣筆直，眉毛的形狀和髮型相當搭配。而且像許多美麗的十幾歲少女那樣，表情中缺乏生活氣味。此外她身上還有某種不平衡的感覺。或許因為眼珠深度左右有點不同的關係。讓看的人感覺有點不舒服。她在想什麼，有令人難以推測的地方。在這層意義上她並不屬於適合當雜誌模特兒，或偶像歌手的那種美少女。但也因此，她具有挑起對方注意，吸引人想接近的東西。

天吾把書闔上放到桌子旁邊，伸直背坐正姿勢，喝了水。確實正如小松說的。這種少女如果獲得文學獎，媒體大概不會放過。一定會引起不小的騷動。這麼做，真的不會出事嗎？

服務生走過來，在她面前放下水杯和菜單。這樣，深繪里還是沒動。手沒碰菜單，只是看著天吾的臉。天吾沒辦法只好說：「妳好。」坐在她前面，感覺自己的體格更高大了。

深繪里也沒回答招呼，繼續凝視著天吾的臉。「我知道你。」深繪里終於小聲這樣說。

「知道我？」天吾說。

「你在教ㄕㄨˋㄒㄩˊㄝ。」

天吾點點頭。「沒錯。」

「我聽過兩次。」

「我的課？」

「對。」

她說話的方式有幾個特徵。去除修飾的句子，慢性的缺乏輕重音，詞彙有限（至少給對方有限的印象）。就像小松說的那樣，確實有點怪。

「也就是說，妳是我們補習班的學生？」天吾問。

深繪里搖搖頭。「只是去旁聽。」

「沒有學生證應該不能進教室。」

深繪里只輕微聳一下肩。好像在說，大人了還說這種傻話似的。

「上課怎麼樣？」天吾問。又再問了沒意義的問題。

深繪里視線沒有轉開地喝一口水。沒有回答。既然來兩次，第一次的印象大概沒那麼差吧，天吾推測。如果沒有引起興趣，應該一次就不再來了。

「妳是高中三年級吧？」天吾問。

「算是。」

「準備考大學？」

她搖搖頭。

那是表示「不想談考試的話題」呢，還是表示「不想考」呢？天吾無法判斷。他想起小松在電話上說過的，可能是個話非常少的孩子。

服務生走過來，聽他們點餐。深繪里還穿著外套。她點了沙拉和麵包。「這樣就好。」她說，把菜單還給服務生。然後忽然想到似地補充道：「白葡萄酒。」

年輕的服務生好像要問她年齡似的，被深繪里凝視之下臉漸漸紅了起來，就那樣把話吞回去。不簡單，天吾重新感覺到。天吾點了義大利海鮮寬扁麵。然後配合對方，也點了一杯白葡萄酒。

「當ㄌㄠˇ ㄕㄡ在寫ㄒㄧˇㄠ ㄕㄨㄛ。」深繪里說。好像是在對天吾發問的樣子。不帶問號的問法，好像是她語法的特徵之一。

「現在是。」天吾說。

「兩種都看不出。」

「也許是。」天吾說。想微笑但不太順利。「我有教師資格，也在補習班教書，但算不上正式的老師，雖然在寫小說，但也沒有印出來，所以也還算不上小說家。」

「什麼都不是。」

天吾點點頭。「沒錯。現在，我什麼都不是。」

「喜歡ㄕˋㄨ ㄒㄩˊせ。」

天吾在她的發言末尾加上問號後，才重新回答她的問題。「喜歡。從以前就喜歡，現在也還喜歡。」

「什麼地方。」

「你是說喜歡數學的什麼地方嗎？」天吾補充她的話。「這個嘛，面對數字的時候，心情會非常安定噢。好像東西都各自歸位到該在的位置。」

「ㄐㄧㄈㄣ的課很有趣。」

「妳是說我在補習班講的課？」

深繪里點頭。

「妳也喜歡數學？」

深繪里短短地搖頭。不喜歡數學。

「可是覺得積分的課很有趣？」天吾問。

深繪里又再微微聳肩。「好像很重要似地講著ㄐㄧㄈㄣ的事。」

「是嗎？」天吾說。這種事情第一次有人提起。

「好像在說重要的人的事情。」少女說。

「在講數列的課時，可能可以更熱情。」天吾說。「在高中的數學課裡，我個人還滿喜歡數列的。」

「喜歡ㄕˋㄨˋㄌㄧˋㄝ。」深繪里又沒帶問號地問。

「那對我來說就像巴哈的平均律一樣的東西。不會膩。經常有新發現。」

「我知道ㄆㄧˊㄥ ㄐㄩㄣ ㄌˋㄩ。」

「妳喜歡巴哈？」

深繪里點頭。「ㄉㄠˇ ㄕ經常在聽。」

「老師？」天吾說。「是妳學校的老師？」

深繪里沒回答。臉上露出要談這個還太早的表情看著天吾。

然後她好像想起來似地脫下外套。像昆蟲蛻皮時那樣扭動身體把那褪下，也不折疊就放在鄰座的椅子上。外套下穿的是淺綠色圓領薄毛衣，白色牛仔褲。沒有佩戴飾品。也沒有化妝。雖然如此她還是很亮眼。身材雖然苗條，但胸部以比例來說卻大得有點引人注目。形狀也非常美。天吾不得不小心眼光別轉向那邊。雖然一面這樣想，但視線還是難免投向胸部。就像眼光不由自主地轉向大漩渦的中心一樣。

白葡萄酒杯送來了。深繪里喝了一口。像落入沉思般望著玻璃杯，然後把杯子放在桌上。天吾只意思一下喝一口。接下來必須談重要事情了。

深繪里伸手摸一下筆直的黑頭髮，用手指梳過幾縷髮絲之間。姿勢優美。手指漂亮。看起來纖細的手指好像一根一根都擁有各自的意志和方針似的。甚至令人感覺到其中含有某種符咒性的東西。

「喜歡數學的什麼地方嗎？」天吾為了把注意力從她的手指和胸部移開，再一次出聲問自己。

「所謂數學這東西就像流水一樣。」天吾說。「雖然也有很多有點難的理論，不過基本道理卻非常簡單。就像水從高處往低處以最短距離流下一樣，數字的流向也只有一個。凝神注視的話，自然可以看出那水道來。妳只要一直注意看就行了。什麼都不必做。只要集中注意力盯著看，對方就會明明白白地全部顯示出來。在這廣大的世界，只有數學對我這樣親切。」

深繪里對這個想了一想。

「為什麼寫ㄒㄧˇㄠ ㄕㄨㄛ。」她以缺乏重音的聲音問。

天吾把她的這個問題轉換成比較長的句子。「如果數學這麼輕鬆的話，就沒有必要辛苦地去寫小說吧。一直只教數學不好嗎？妳想說的是這個意思嗎？」

深繪里點頭。

「這個嘛。實際的人生和數學不同。在那裡事情不一定會以最短距離流動。數學對我來說，該怎麼說才好呢？未免太過於自然了。那對我來說，就像美麗的風景一樣。只是存在那裡的東西。甚至不必跟什麼調換。所以在數學裡面時，有時覺得自己好像逐漸變透明了似的。有時會覺得很可怕。」

深繪里目不轉睛地，筆直看著天吾的眼睛。就像把臉貼在玻璃窗上探視著空屋裡面那樣。

天吾說：「寫小說時，我用語言把我周圍的風景，轉換成對我比較自然的樣子。也就是重新改造。藉由這樣做，來確認我這個人確實是存在這個世界的。這是和在數學的世界時相當不同的工作。」

「確認ㄘㄨㄣˊㄗㄞˋ這件事。」深繪里說。

「不過我還沒做得很好。」天吾說。

看起來深繪里雖然並沒有認同天吾的說明，但已經不再多說。只把葡萄酒送到嘴邊。然後就像用吸管吸似的不出聲地小口吸著。

「我覺得，結果妳也在做一樣的事。妳把眼睛見到的風景，轉換成妳的語言重新改造。然後確認著自己這個人的存在位置。」天吾說。

深繪里停下拿著葡萄酒杯的手，想了一下。但還是沒有說出意見。

「而且把那過程以形式留下來。以作品的形式。」天吾說。「如果那作品喚起許多人的同意和共鳴的話，那就成為擁有客觀價值的文學作品。」

深繪里斷然搖頭。「我對形式沒有ㄒㄧˋㄥ ㄑㄩˋ。」

「對形式沒有興趣。」天吾重複道。

「形式沒有、ㄧ、ㄧ。」

「那妳為什麼寫下那個故事，投稿給新人獎？」

深繪里把葡萄酒杯放在桌上。「我沒有做。」

天吾為了鎮定情緒，拿起玻璃杯喝一口水。「妳是說，妳沒有投稿給新人獎？」

深繪里點頭。「我沒有寄。」

「那麼到底是誰，把妳寫的東西，當成投稿新人獎的稿子寄去出版社呢？」

深繪里輕輕聳一下肩。然後沉默了十五秒。才說：「是誰都無所謂。」

「是誰都無所謂。」天吾重複說。然後從撇著的嘴慢慢吐出一口氣。真要命，事情並沒有那麼順利。正如預料的那樣。

到目前為止，天吾和補習班的女學生私下交往過幾次。話雖這麼說，那是她們已經離開補習班，上了大學之後的事情。她們主動聯絡他，說想見面，見面之後或談話，或一起去什麼地方。她們到底被天吾的什麼地方吸引，天吾自己並不知道。不過不管怎麼說他是單身的，對方也已經不是他的學生了。要和他約會也沒有理由拒絕。

約會之後，也有兩次進一步發展成肉體關係。不過跟她們的交往，都不會長久持續，不知不覺間就會自然中斷。和剛上大學的活潑女孩子在一起，天吾不太能鎮定。不太自在。就像陪精力旺盛的小貓玩一樣，剛開始雖然覺得新鮮而有趣，不久就會漸漸累。而對方女孩子也會發現，這位數學老師站在講台上熱心教數學時，和下了台時，簡直判若兩人的事實，似乎有點失望。那種心情天吾也可以理解。

能讓他感到安心的對象，是比他大的女人。只要一想到什麼事情都不必自己帶頭時，就覺得肩膀的重擔卸下來了。而且很多比他大的女人都對他有好感。所以從大約一年前他和一個大他十歲的有夫之婦有關係以來，就完全不再跟年輕女孩子約會了。每星期一次，在自己的公寓和那個年紀大的女朋友約會，幾乎解除了他對女性身體的慾望（或必要性）。其他時間就一個人窩在房間寫寫小說，讀讀書，聽聽音樂，有時到附近的室內游泳池游泳。除了在補習班和同事稍微交談之外，幾乎跟誰都沒講話。而且對這樣的生活並不覺得有什麼不滿。不，這對他不如說是更接近理想的生活。

不過眼前面對這位名叫深繪里的十七歲少女時，天吾自然感受到類似激烈的心的震撼。那和第一次看到她的照片時所感到的雖然是同樣的感覺，但面對真人實體時，那震撼變得更強烈。並不是像戀愛的情緒、性的慾望，這類的感覺。而是像有什麼從細小的空隙鑽進來，正要填滿他心中的空白。那樣的感覺。那不是深繪里所製造出來的空白。而是天吾心中本來就有的空白。她在那裡投注了特殊的光，因而重新照亮出來。

「妳對寫小說沒有興趣，作品也沒有投到新人獎。」天吾像在確認似地說。

深繪里眼光沒有從天吾移開地點頭。然後像在抵抗初冬寒風那樣微微縮一下脖子。

「也不想當小說家。」天吾驚訝地發現自己也在省略問號地發問。這種語法一定是有傳染力。

「不想。」深繪里說。

這時候食物送來了。深繪里的是用大缽子盛的沙拉，和捲麵包。天吾的是義大利海鮮寬扁麵。深繪里以好像在檢查報紙的大標題時那樣的眼光，用叉子把生菜葉子翻來翻去。

「不過總之，有人把妳寫的〈空氣蛹〉寄去出版社角逐新人獎。然後我擔任來稿的初審，注意到那作品。」

「ㄎㄨㄥ ㄑㄧˋ ㄩˇㄥ。」深繪里說。然後瞇細了眼睛。

「〈空氣蛹〉是妳所寫的小說名字啊。」天吾說。

深繪里什麼也沒說，只是繼續瞇細眼睛。

「這不是妳取的名字嗎？」天吾不安起來問道。

深繪里輕輕搖頭。

天吾的頭腦還有點混亂，不過關於名字問題決定暫且不再追究。必須再往前進才行。

「這沒關係。總之是不錯的名字。有氣氛，能吸引人。會讓人想到這到底是什麼。不管是誰取的，我對名字沒有不滿。我雖然不太清楚蛹和繭的區別，不過這不是大問題。我想說的是，讀了那作品我的心被強烈吸引的這件事。所以我把稿子拿去小松先生那裡。他也喜歡上〈空氣蛹〉。不過如果認真想拿新人獎的話，文章必須再下一些功夫，這是他的意見。因為跟故事的強比起來，文章相對稍微弱一點。而且他想，文章的改寫，不是由妳，而是由我來做。我對這件事，還沒下定決心。也還沒答覆他要不要做。因為我不太知道，這樣做對不對。」

天吾在這裡把話打住，看看深繪里的反應。沒有反應。

「我現在想知道的是，我代替你改寫〈空氣蛹〉這件事，妳怎麼想？因為不管我怎麼下決心，如果沒有妳的同意和協助，是成不了事情的。」

深繪里用手指拿起一個小番茄來吃。天吾用叉子叉起一個淡菜來吃。

「你可以做。」深繪里簡單地說。然後又拿起一個番茄。「可以隨你高興地改寫。」

「妳要不要再花一點時間好好考慮。因為這是相當重要的事。」天吾說。

深繪里搖搖頭。沒有這必要。

「假定我修改你的作品，」天吾說明，「我會注意不要改變故事，只補強文章。可能會改變很大。不過作者當然還是妳。這作品終究是叫做深繪里的十七歲女孩所寫的小說。這是不能動搖的事實。如果這作品能獲得新人獎是妳得獎。妳一個人得獎。如果印成書，作者是妳一個人。我們會組成一個工作小組。妳和我，和那位叫小松先生的編輯，我們三個人。不過表面上只出現妳一個人的名字。另外兩個人退到後面不出聲音。就像戲劇中搬動道具的人那樣。我說的妳明白嗎？」

深繪里用叉子把芹菜送進嘴裡。輕輕點頭。「明白。」

「〈空氣蛹〉這個故事終究是妳自己的東西。從妳身上出來的東西。我不能把那占為己有。我只不過是在技術層面上當妳的幫手而已。而且我幫妳的事情，妳必須始終保密才行。換句話說，我們是在同謀欺騙全世界。這怎麼想都不是簡單的事。一直在心裡保有一個祕密是——」

「你說這樣，那麼就這樣。」深繪里說。

天吾把淡菜的殼撥到盤子角落，叉起寬扁麵後，又改變主意停了下來。深繪里拿起小黃瓜，像要品嘗從未看過的東西那樣，小心地咬一口。

天吾手還拿著叉子說：「我再問妳一次，妳對於我改寫妳所寫的故事沒有異議嗎？」

「隨你高興。」深繪里吃完小黃瓜後說。

「怎麼改寫，妳都沒關係嗎？」

「沒關係。」

「妳怎麼能這樣想呢？妳對我一無所知啊。」

深繪里什麼也沒說，輕輕聳一下肩。

兩個人接下來暫時什麼也沒說地吃著。深繪里專心吃著沙拉。偶爾在麵包上抹奶油吃，拿起葡萄酒杯來喝。天吾機械式地把寬扁麵往嘴裡送，尋思著各種可能性。

他放下叉子說：「剛開始小松先生提出這個建議時，我想開什麼玩笑，豈有此理？這種事情不可能。我想盡量拒絕。不過回到家仔細想想這個建議之後，想試試看的心情逐漸增強。姑且不管道義上是否正確，我對妳所創造出來的〈空氣蛹〉這個故事，開始很想試著加上我的新形式。該怎麼說才好呢？那是好像非常自然的、自發式的慾望似的東西。」

不，與其說慾望，不如說更接近渴望，天吾在腦子裡這樣補上。正如小松預言的那樣。那渴望漸漸變得難以壓抑了。

深繪里什麼也沒說，只以中立的美麗眼睛，從深處望著天吾。看來她似乎在努力想理解天吾口中所說的話。

「你想改寫。」深繪里問。

天吾從正面看她的眼睛。「想。」

深繪里漆黑的瞳孔映出什麼似地微微閃一下。至少在天吾看來是這樣。

天吾用雙手，在空中做出一個支持虛構的箱子那樣的姿勢。雖然是沒有特別意義的動作，不過那種虛構的東西，在傳達感情上正需要這樣的媒介。

「我不太會說，不過我在重讀幾次〈空氣蛹〉之間，開始覺得我也看得見妳所看到的東西了。尤其是Little People小小人出現的地方。妳的想像力確實很特別。那該怎麼說呢？是擁有原創性而具有傳染性的。」

深繪里把茶匙安靜地放在碟子上，拿起餐巾擦擦嘴角。

「真的有Little People。」她以安靜的聲音說。

「真的有？」

深繪里停了一下。然後說：

「就像你和我一樣。」

「像我和妳一樣。」天吾重複說。

「只要想見，你也看得見。」

深繪里簡潔的語法中，有不可思議的說服力。從她口中說出的一字一句，感覺就像合尺寸的楔子那樣準確地嵌入。然而天吾還無法判斷，這個叫做深繪里的女孩到底有多正常。這位少女，有某種脫離常軌的地方，有不平常的地方。那或許是天賦的資質。現在在他眼前的可能是實實在在的才能。也有可能只是偽裝的假象而已。頭腦好的十幾歲少女有時會本能地演戲。有時會裝出表面性的怪異來。口中說出相當暗示性的語言來迷惑對方。這種例子他碰過幾次。有時很難分辨是真的還是演技。天吾決定把話題轉回現實。或比較接近現實的地方。

「只要妳可以，我明天就想開始著手改寫〈空氣蛹〉。」

深繪里點頭。

「如果你希望的話。」

「我希望。」天吾簡潔地回答。

「我想帶你見一個人。」深繪里說。

「我願意去見那個人。」天吾說。

「什麼樣的人？」天吾問。

問題被忽視。「和那個人談一談。」少女說。

「如果有需要，可以去見。」天吾說。

「星期天早上有空。」她發出沒有問號的疑問。

「有空。」天吾回答。好像打手旗信號談話似的，天吾想。

用完餐，天吾和深繪里就道別了。天吾往餐廳的粉紅色公共電話投入好幾枚十圓硬幣，打電話到小松的公司。小松還在公司，但過了很久才來接。在那之間天吾把聽筒抵著耳朵等候。

「怎麼樣？談得順利嗎？」來接電話的小松首先這樣問。

「關於由我來改寫〈空氣蛹〉的事，深繪里基本上同意了。我想大概是這樣。」

「那真不得了。」小松說。聲音變得很高興。「太美了。說真的，我還有點擔心。怎麼說呢？我還想天吾的個性可能不太適合這種交涉的事情。」

「我並沒有交涉。」天吾說。「也不必說服。我只是大概說明一下，接下來好像就由她一個人自己決定似的。」

「怎麼樣都沒關係。只要結果出來了就沒得抱怨。這樣計畫就能推動了。」

「只是在那之前我必須先去見一個人。」

「一個人？」

「不知道是誰。總之希望我去見那個人物，跟他談一談。」

小松沉默幾秒鐘。「那麼什麼時候去見那個對方？」

「這個星期日，她要帶我去見那個人。」

「關於祕密，有一個重要的原則，」小松以認真的聲音說，「那就是知道祕密的人越少越好。現在全世界只有三個人知道這個計畫。你和我和深繪里。可能的話我希望這數目盡量不要增加。知道吧？」

「理論上。」天吾說。

然後小松的聲音又再轉為溫柔。「不過不管怎麼樣，深繪里已經同意由你動手改寫稿子。再怎麼說這都是最重要的。其他的事總有辦法。」

天吾把聽筒換到左手拿。然後用右手食指慢慢壓著太陽穴。

「嘿，小松先生，我總有一點不安。不是有什麼明白的根據，不過總覺得自己現在，正要被捲進一件不尋常的事情似的。在面對深繪里這個女孩子時，並沒有特別覺得，但和她分開剩下一個人之後，這種感覺漸漸開始轉強。不知道該說是預感，還是蟲子的告知，但總之其中有什麼奇怪的東西。不平常的東西。不是頭腦，而是身體這樣感覺。」

「見過深繪里，然後有這種感覺嗎？」

「或許。我想深繪里可能是真的。當然這只是我的直覺。」

「你是說擁有真正的才能嗎？」

「算不算才能還不知道。因為才剛見面。」天吾說。「只是她可能實際看見了我們所沒看見的東西，可能擁有什麼特殊的東西。這一點讓我想不通。」

「你是說頭腦很奇怪嗎？」

「她是有怪異的地方，不過我想腦筋並不奇怪。說話還通情達理。」天吾說。稍微頓一下。「只是我有一點想不通。」

「不管怎麼樣，她對你這個人有興趣。」小松說。

天吾尋找著貼切的話語，但怎麼也找不到。「這個我就不知道了。」他回答。

「她跟你見面，然後至少認為你擁有改寫〈空氣蛹〉的資格。也就是中意你的意思。真是好結果喔，天吾。以後的事我也不知道。當然有風險。不過風險是人生的調味香料。現在馬上就著手改寫〈空氣蛹〉吧。沒有時間了。改寫好的稿子必須盡量早一點放回堆積如山的投稿裡才行。要跟原始的稿子對調噢。十天可以寫好嗎？」

天吾嘆一口氣。「好趕哪。」

「不必是最後的定稿。下一個階段還可以再稍微修改。總之只要能先寫出個樣子就行了。」

天吾在腦子裡構想著作業梗概。「那麼有十天的話，或許可以想辦法。雖然還是不簡單。」

「就去做吧。」小松以明朗的聲音說。「以她的眼睛看世界。由你當媒介，把深繪里的世界和現實的世界結合起來。你辦得到。天吾。我——」

這時十圓硬幣用完了。

第5章 青豆 需要專門技能和訓練的職業

完成工作之後，青豆暫時走了一會兒才招計程車，到赤坂的飯店。回家睡覺前，有必要用酒精讓綳緊的神經放鬆下來。畢竟剛剛才把一個男人送到那一邊去。雖說對方是被殺也沒得抱怨的鼠輩渾蛋，但人畢竟是人。她手上還殘留著生命消失而去時的觸感。吐出最後一口氣，靈魂離開身體而去。青豆去過那家飯店的酒吧幾次。在高層大廈最頂樓，視野遼闊，吧台很舒服。

走進酒吧時是七點稍過。鋼琴和吉他的年輕二人組正在演奏著「*Sweet Lorraine*」。雖然是模仿納金．高的老唱片，但不錯。她像平常那樣坐在吧台，點了Gin Tonic和一盤開心果。酒吧客人還不多。一對正眺望著夜景一面喝雞尾酒的年輕情侶，像是在談生意的西裝四人組，手拿著馬丁尼玻璃杯的外國中年夫婦。她花時間慢慢喝著Gin Tonic。不想太早就醉。夜還很長。

從皮包拿出書來讀。關於一九三〇年代滿洲鐵道的書。滿洲鐵道（南滿洲鐵道株式會社）是在日俄戰爭結束的翌年，蘇俄將鐵道路線和權益轉讓給日本而誕生的，規模急速擴大。後來成為大日本帝國侵略中國的尖兵，一九四五年被蘇聯軍解散。在一九四一年德蘇戰爭開始之前，這條鐵路可以和西伯利亞鐵路串連搭乘，從下關到巴黎十三天就能到達。

青豆想，年輕女孩如果穿著上班套裝，身旁放著大大的側背包，認真讀著有關滿洲鐵道的書（硬殼精裝本）的話，即使一個人在飯店酒吧喝酒，也不會被誤以為是在挑選客人的高級妓女。但真正的高級妓女通常都做什麼樣的穿著打扮，青豆也不太清楚。如果她是以富裕生意人為對象的妓女的話，為了不讓對方緊張，也為了不被飯店趕出去，可能也會努力裝成不像妓女的樣子吧。例如可能穿上島田順子設計的上班套裝、白襯衫，盡量淡妝，帶著實用性大型側背包，翻開有關滿洲鐵道的書在看。這樣想來她現在正在做的事情，實質上和等待客人的妓女也沒有什麼差別。

時間過去，客人漸漸開始增加。一留神時周圍已經充滿嘈雜的說話聲了。但她所想要的那類型客人卻始終沒有現身。青豆點了續杯 Gin Tonic，和棒切生菜（她還沒吃晚餐），繼續看書。終於有一個男人走過來在吧檯位子坐下。沒帶伴。曬得恰到好處，穿著做工精緻的藍灰色西裝。領帶品味也不錯。不太豪華、不太樸素。年齡大約五十上下。頭髮已經變得相當稀薄了。沒戴眼鏡。可能到東京出差，把工作案子解決，睡前忽然想喝一杯吧。和青豆一樣。讓適度的酒精進入體內，放鬆緊張的神經。

到東京出差的上班族，大多不會住這樣高級的飯店。他們會選住宿費比較便宜的商務旅館。離車站近、床幾乎占掉房間的所有空間，從窗戶只能看見旁邊大樓的牆壁，手肘不得不碰到牆壁二十次左右才能沖完澡的地方。各樓走廊，放著飲料和盥洗用具的自動販賣機。可能公司本來就只給這種程度的出差費，或打算住便宜飯店將省下的出差費放進自己口袋，這二者之一。他們只會到附近的居酒屋去喝完啤酒後睡覺。在隔壁的牛丼快餐店簡單解決早餐。

但住在這家飯店的，卻是和他們不同類型的人。他們因公來到東京時，只會搭新幹線的頭等廂，一定住固定的高級飯店。工作一結束，就到飯店的酒吧放鬆下來喝昂貴的酒。他們多半在一流企業上班，擔任高階主管。或自己開公司，或醫師、律師等專業人士。到了中年階段，不愁金錢問題。而且或多或少習慣遊玩。青豆放在腦子裡的就是這種類型。

青豆自己也不知道為什麼，從二十歲以前開始，就被頭髮稀薄的中年男人所吸引。與其完全禿，她更喜歡稍微留下一些頭髮的。但並不是頭髮越薄越好。頭的形狀一定要好看才行。她的理想是像史恩．康納萊那樣的禿法。頭的形狀非常漂亮、性感。光眺望著就會心跳起來。吧檯上，離她兩個位子坐著的那個男人，頭型就相當不錯。當然沒有史恩．康納萊那樣端正，不過也自有他的氣氛。髮際退到額頭的很後方，剩下的少許頭髮，令人想起降霜的晚秋草地。青豆從書本只稍微抬起眼睛，頻頻欣賞那個男人的頭型。容貌並不令人印象深刻。雖然不胖，但下顎已經開始有幾分鬆弛。眼睛下方也有了眼袋。到處可見的中年男人。不過再怎麼說，還是中意那頭型。

酒保把菜單和毛巾拿來時，男人也不看菜單，就點了蘇格蘭威士忌的高球杯。「有沒有特別喜歡的品牌？」酒保問。「沒有特別偏好。什麼都可以。」男人說。聲音安靜而沉著。聽得出帶有關西腔。然後男人忽然想到似地，問有沒有Cutty Sark威士忌。酒保說有。不壞，青豆想。選的不是Chivas Regal或講究的純麥，這點有好感。在酒吧過分拘泥於酒的種類的人，大多是對性淡泊的，這是青豆的個人見解。理由不太清楚。

關西腔也符合青豆的偏好。尤其喜歡生長在關西的人來到東京，要勉強說東京話時，有點不適應的落差。詞彙和重音不一致的地方，有說不出的妙味。那獨特的音響奇妙地讓她的心覺得安穩。就這個男人吧，決心已定。這半禿的頭髮，想用手指盡情地摸弄一番。酒保送來Cutty Sark時，她叫住酒保，以有意讓男人聽見的聲音說：「Cutty Sark，加冰塊。」酒保無表情地回答：「好的。」

男人解開襯衫最上面的釦子，把印有細花紋的深藍領帶稍微鬆開。西裝也是深藍色。襯衫是淺藍色正規領。她一面看書，一面等Cutty Sark送來。在那之間若無其事地把襯衫第一個釦子解開。樂隊演奏著「*It's Only a Paper Moon*」。鋼琴師只唱了其中一段。威士忌送來之後，她把杯子送到嘴邊，啜了一口。她知道男人的眼光正往這裡瞄。青豆把臉從書本抬起來，往男人的方向看一眼。若無其事，好像碰巧似的，視線和男人相遇時，她露出似有似無程度的微笑。然後立刻把眼光轉回正面，假裝眺望窗外的夜景。

這是男人向女人開口的絕佳時機。她特地製造了這樣的狀況。但男人並沒有開口招呼。真是的！到底在幹什麼？青豆想。又不是到處可見的沒見過世面的小伙子，應該懂得這種微妙的氣氛吧。大概沒這膽量，青豆推測。他大概擔心自己五十歲對方二十多歲，要是開口對方可能不理，心想頭髮都禿了，可能被瞧不起。真要命。一點都不了解人家。

她把書闔上，收進包包裡。然後自己主動向男人開口。

「您喜歡Cutty Sark嗎？」青豆問。

男人吃驚地看看她。露出被問到什麼，還搞不太清楚的表情。然後才放鬆下來。「啊，嗯，Cutty Sark。」好像想起來似地說。「我從以前就喜歡他們的商標，常常喝。因為有帆船的圖。」

「喜歡船哪！」

「是啊。我喜歡帆船。」

青豆拿起玻璃杯。男人也把高球杯稍微舉高一點。好像示意乾杯似的。

然後青豆把放在鄰座的包包掛在肩上，拿起威士忌酒杯，移動了兩個座位，來到男人旁邊的位子。男人有點驚訝的樣子，但努力不讓驚訝表現在臉上。

「我跟高中時代的同班女同學約在這裡，不過好像被放鴿子。」青豆一面看著手錶說。「沒露臉，也沒聯絡。」

「對方會不會搞錯日期？」

「也許是。從以前就很粗心大意的女孩。」青豆說。「我想再等一下好了，在那之間可以跟您聊一下嗎？或者您想一個人靜一靜？」

「不，沒這回事。一點都不。」男人以有點不著邊際的聲音這樣說。皺起眉頭，以好像在審查擔保品般的眼光看看青豆。似乎在懷疑這是不是在物色客人的妓女。但青豆沒有這種氣氛。怎麼看都不是妓女。這使男人的緊張程度稍微緩和。

「妳住在這家飯店嗎？」他問。

青豆搖搖頭。「不，我住在東京。只是跟朋友約在這裡。你呢？」

「我來出差。」他說。「從大阪來開會。很無聊的會議，不過總公司在大阪，所以這邊沒有人來參加就不像個樣子了。」

青豆禮貌地微笑。嘿，你那邊工作怎麼樣，我這邊可一點也不在意。青豆在心裡想。這邊只是看上你的頭形不錯而已。不過當然這種事並沒有明說出口。

「一件工作結束，想來喝一杯。明天早上再完成一件工作，就要回大阪了。」

「我也才剛剛完成一件大工作。」青豆說。

「哦，什麼樣的工作？」

「不太想談工作的事，不過，算是一種專門職業。」

「專門職業。」男人重複說。「一般人不太做得來，需要專門技術和訓練的職業。」

你是活字典嗎？青豆心想。不過這也沒說出口，只露出微笑。「嗯，差不多。」

男人又喝一口高球杯，從缽裡拿起一個核果來吃。「我對妳做什麼樣的工作很感興趣，但妳好像不太想講。」

青豆點頭。「現在不想。」

「是不是要用語言的職業？例如，對了，編輯，或大學的研究者。」

「為什麼這樣想？」

男人手摸一下領帶的結眼，重新好好繫緊。襯衫的釦子也扣上。「有點這種感覺。因為妳好像很認真地在看厚厚的書。」

青豆用指甲輕輕彈著玻璃杯口。「書只是喜歡所以讀，跟工作無關哪。」

「那我就投降了。想像不到。」

「應該想像不到。」青豆說。可能永遠想不到。她在心裡補充。

男人若無其事地觀察著青豆的身體。她假裝掉落什麼東西彎下身子，讓對方盡情地窺視胸部的乳溝。應該稍微看得見乳房的形狀。還有蕾絲花邊的白色內衣。然後她抬起臉，喝了加冰塊的Cutty Sark。玻璃杯裡圓形的大顆冰塊發出喀啷的聲音。

「要不要續杯？我也要點。」男人說。

「好啊。」青豆說。

「酒量不錯喔。」

青豆曖昧地微笑。然後忽然變得一臉正經。「對了，我想起來了。想問一個問題。」

「什麼事？」

「最近警察的制服是不是換了？還有佩帶的槍種類也換了嗎？」

「妳說最近，是指多久？」

「大概這一星期左右。」

男人稍微露出奇怪的表情。「警察制服和佩槍確實換過，不過這是好幾年前的事了。以前貼身的制服，換成像運動外套似的休閒樣式，手槍也換成新型的自動式。我覺得後來好像就沒有很大改變了。」

「日本警察不是都佩帶舊式的左輪槍嗎？到上星期為止。」

男人搖搖頭。「沒這回事。從很久以前開始，警察就都帶自動手槍了。」

「你有把握這樣說嗎？」

女人的口氣讓男人稍微畏縮。眉間皺起來，認真地追溯記憶。「啊，被這樣認真地問起來，我開始有點糊塗。不過報紙對所有警察槍枝的款式換新應該會有報導。當時發生過一點小問題。因為槍的性能太好，政府照例被市民團體抗議。」

「那是幾年前？」青豆說。

男人叫了年紀大的酒保來問，請問警察制服和佩槍換新是幾年前的事？

「兩年前的春天。」酒保毫不遲疑地回答。

「妳看，一流大飯店的酒保什麼都知道。」男人笑著說。

酒保也笑了。「沒有，沒這回事。只是我弟弟碰巧是警察，所以這件事我記得很清楚。我弟弟不喜歡新制服的款式，抱怨了好幾次。槍也說太重。現在還會抱怨。新的槍是貝瑞塔九毫米的自動式，只要撥一下就可以切換成半自動的。現在好像三菱也獲得授權在國內生產。日本幾乎沒有槍戰，也沒有必要擁有這樣高性能的手槍。如果被偷了反而令人擔心。不過政府也有提高強化警察機能的方針。」

「舊的左輪槍怎麼樣了？」青豆盡量壓低聲音問。

「應該是全部回收，解體處分了吧。」酒保說。「我在電視上看到正在解體作業的新聞報導。數量那麼多的槍要解體處分，子彈要報廢也很費事。」

「不如賣給外國。」頭髮稀薄的上班族說。

「憲法禁止武器輸出。」酒保謙虛地指出。

「妳看，一流飯店的酒保——」

「換句話說從兩年前開始，日本警察就完全沒有在使用左輪手槍了。對嗎？」青豆打斷男人的發言，問酒保。

「就我所知。」

青豆稍微皺起眉頭。是我頭腦有問題嗎？今天早上，我才剛剛看到穿著以前的制服，佩著舊式左輪手槍的警察。也沒聽過舊式手槍一把都沒剩地被處分掉的事。可是這個中年男人和酒保兩個人也不可能一起搞錯，和說謊。那麼是我弄錯了嗎？

「謝謝。這件事我知道了。」青豆對酒保說。酒保露出像適當的句讀點般的職業性微笑，回去工作。

「妳對警察有興趣嗎？」中年男人問。

「不是這樣。」青豆說。然後含混其詞。「只是記憶有點模糊了。」

兩個人分別喝著新送來的高球杯Cutty Sark和加冰塊的Cutty Sark。男人談起帆船的事。他擁有自己的小遊艇，停泊在神戶附近的西宮遊艇碼頭。一到假日就去駕遊艇出海。在海上一個人感覺著海風吹拂全身，是一件多麼美妙的事情，男人熱心地說。青豆並不想聽什麼遊艇的事情。倒不如滾珠承軸的歷史，或烏克蘭礦物資源分布狀況的話題還比較有趣。她看看手錶。

「夜深了，我可以開門見山問一個問題嗎？」

「可以呀。」

「該怎麼說呢，是很個人的問題。」

「只要我答得出來。」

「你的老二大嗎？」

男人嘴巴輕輕張開，眼睛瞇細，一直望著青豆的臉。好像無法相信耳朵聽到的話。不過青豆卻滿臉正經。不是開玩笑的。看眼睛就知道。

「這個嘛。」他認真地回答。「不太清楚，大概普通吧。忽然被這樣問，不知道該怎麼說……」

「你幾歲？」青豆問。

「上個月剛剛變成五十一。」男人以不明確的聲音說。

「擁有普通的腦袋活了五十年以上，跟別人一樣地工作，甚至還擁有遊艇，這樣對自己的老二到底比世間一般的標準大還是小，都無法判斷嗎？」

「這個嘛，可能比一般大一點吧。」他稍微想了一下，然後好像很難開口地說了。

「真的嗎？」

「妳為什麼在意這個？」

「在意？誰說過在意了？」

「不，沒有人說……」男人在高凳上有點畏縮地說。「可是現在這件事好像成為問題了啊。」

「不成問題呀，完全不成問題。」青豆斷然說。「我啊，只是對大老二有個人偏好。視覺上的。並不是不大就沒有感覺，之類的。而且也不是只要大就好。只是心情上，比較喜歡大一點的而已。不行嗎？每個人都有偏好吧？不過大過頭了也不行。只有痛而已。明白嗎？」

「那麼，如果順利的話妳可能會喜歡。我想是比普通大一點，完全不會大過頭。也就是說，適度的……」

「你沒說謊吧？」

「這種事情說謊也沒有用。」

「嗯。那麼，讓我看一看吧。」

「在這裡？」

青豆一面壓抑著一面皺眉。「在這裡？你有沒有問題？一把年紀了，到底在想什麼活的？穿著高級西裝，打著領帶，難道沒有所謂社會常識嗎？在這種地方露出老二，到底要怎樣？想想周圍的人會怎麼想。現在就去你的房間，在那裡脫下褲子讓我看哪。只有兩個人。這種事情是一定的吧。」

「給妳看，然後怎麼樣呢？」男人擔心地問。

「看了之後怎麼樣？」說著青豆停止呼吸，相當大膽地皺起眉頭。「當然是做愛呀。其他還有什麼可做？特地到你的房間去了，難道只看完老二，然後說：『謝謝，辛苦了。讓我看到好東西了。那麼，晚安。』就回去嗎？你呀，頭腦什麼地方脫線了嗎？」

男人目睹眼前青豆的臉戲劇性的變化倒吸了一口氣。她一皺起眉開始變臉，大多的男人都會畏縮起來。如果是小小孩的話可能會尿失禁。她的變臉有這樣的衝擊性。是不是太過火了，青豆想。不能讓對方這麼害怕。因為在那之前還有事情必須先辦。她趕快把臉恢復原狀，勉強露出笑容。然後好像要重新說給對方聽似地說：

「總之到你的房間去，上床做愛。你該不是同性戀，或性無能吧？」

「不，我想不是。我也有兩個孩子……」

「嘿，沒人問你有幾個孩子吧？又不是在做人口普查，所以請你不要一一提到多餘的事情。我要問的是，你跟女人上床，老二會好好站起來吧？只有這個。」

「到目前為止重要的時候，從來沒有不行過。」男人說。「不過，妳是專業的……或者，是工作上在做這個的嗎？」

「不是啦。少來了。我不是職業的。也不是變態。只是一般市民哪。只是一般市民單純地、老實地，想跟異性發生性行為而已。不是特殊的，只是極普通的。這有什麼不行呢？我剛剛完成一件困難的工作，天黑了，想喝一點酒，跟不認識的人做愛發洩一下。想讓神經休息。有必要這樣做。你是男人，一定可以了解這種感覺吧。」

「這當然可以了解，可是……」

「你的錢我一毛都不要。如果你能好好滿足我的話，我甚至可以付你錢。保險套我準備了，你也不用擔心會有病。明白嗎？」

「這我明白，可是……」

「你好像不起勁啊。對我不滿意嗎？」

「不，沒這回事。只是，我搞不清楚。妳這麼年輕，我的年齡大概可以當妳爸爸了……」

「好了，別說無聊話了。拜託。不管年齡差多少，我又不是你的什麼差勁女兒，你也不是我的什麼差勁老爸。這種事情太明白了吧。如果要談到那種無意義的一般事情，神經會崩潰掉。我啊，只是喜歡上你的那個禿頭。喜歡那形狀。明白嗎？」

「不過妳這麼說，我可還沒有到禿頭的地步。確實髮際是有點……」

「你真囉嗦，唉。」青豆真想乾脆皺起眉頭卻一面忍耐著說。然後聲音稍微轉溫柔幾分。不能讓對方過份畏縮。「這種事情怎麼樣都沒關係吧。拜託好不好，別再提這種傻事了。」

不管你自己怎麼想，那都是禿頭沒錯，青豆想。如果人口普查有禿頭這個項目，你一定會被標上記號。如果到天堂，你會到禿頭的天堂去。如果下地獄，你會下禿頭的地獄。明白嗎？如果明白了，就別逃避現實。好了，走吧。現在開始，你就要直達禿頭的天堂了。

男人結了酒吧的帳，兩個人移到他的房間。

他的陰莖確實比標準大了幾分，但並沒有達到過大的地步。和他自己申報的沒有差。青豆很得要領地摸弄它，讓它變大變硬。脫下襯衫，脫掉裙子。

「你覺得我的乳房很小吧。」青豆一面俯視著男人一面以冷冷的聲音說。「我的老二相當大，妳的奶子卻很小，你正這樣瞧不起吧！覺得自己吃虧了嗎？」

「不，我沒有這樣想。妳的胸部並不小。形狀非常美麗。」

「是嗎？」青豆說。「不過，我聲明在先，平常我可沒有穿這麼華麗俗氣的蕾絲胸罩。因為工作沒辦法才穿的。為了露一點胸部。」

「那到底是什麼類型的工作？」

「嘿，我剛才已經明白說過了。在這裡不想談工作的事。不過，不管是什麼樣的工作，身為女人很多方面都很辛苦。」

「男人也是，要活下去很多方面都不簡單。」

「不過至少男人不想的話，可以不必穿蕾絲胸罩吧。」

「那當然是……」

「那麼，就請不要說自以為懂的話。女人哪，有很多比男人辛苦的地方。你，有穿著高跟鞋走下很陡的樓梯過嗎？有穿著迷你窄裙跨越柵欄過嗎？」

「對不起。」男人老實地道歉。

她把手繞到背後脫掉胸罩，把那丟到地上。把絲襪捲起來脫下，也丟到地上。然後在床上躺下來，開始再一次摸弄男人的陰莖。「嘿，相當氣派的東西嘛。服了你喲。形狀也好，大小也好，都相當理想，硬得像樹樁一樣。」

「妳能這樣說，我很感謝。」男人總算安心了似地說。

「你看，姊姊現在開始要好好的疼你。讓你活蹦亂跳心花怒放喔。」

「在那之前要不要先沖個澡？流汗了。」

「你真囉嗦。」青豆說。而且像在警告似的，用手指輕輕彈一下他右側的睪丸。「嘿，我到這裡是來做愛的。不是來沖澡的。明白嗎？先做再說。盡興地做。流汗管他的。又不是害羞的女學生。」

「明白了。」男人說。

做完愛之後，男人筋疲力盡地趴著，露出脖子，青豆一面用手指撫摸著那脖子，一面強烈感覺到想在那特定一點用銳利針尖刺下的慾望。甚至想真的這樣做。包包裡還放著用布捲起來的冰錐。花時間磨細的針尖刺在加工得特別柔軟的軟木栓上。如果想的話可以簡單辦到。右手手掌把那木柄部分咻地推下去。對方就會在莫名其妙間死掉。完全沒有痛苦。可能會被當成自然死來處理。不過她當然停止這樣想。沒有任何理由必須把這個男人從社會上抹殺。除了對青豆來說已經不再有任何存在理由之外。青豆搖搖頭，把那危險的想法從腦子裡趕走。

這個男人並不是壞人，青豆對自己說。做愛也還算高明。等她達到高潮為止暫時不射精的節制也保持得很好。頭的形狀，禿的情況，都相當喜歡。陰莖的大小也剛好。有禮貌，服裝品味好，不會給人壓迫感。教養可能也不錯。談話確實無聊極了，實在令人火大。不過這應該還罪不至死。應該不至於。

「可以開電視嗎？」青豆問。

「好啊。」男人依然趴著說。

赤裸地躺在床上，直到把十一點的新聞全部看完。在中東，伊朗和伊拉克依然繼續血腥戰爭。戰爭已經陷入泥沼，絲毫看不到解決的頭緒。伊拉克將逃避徵兵的年輕人吊在電線杆上以儆效尤。伊朗政府責備伊拉克的海珊使用神經毒氣和細菌武器。在美國，孟岱爾，和哈特，正在角逐總統選舉的民主黨候選人提名。兩個人看來都不像是世界上最聰明的人。因為聰明的總統往往會成為暗殺對象，所以或許頭腦比普通人稍微好一點的人都盡量不當總統吧。

月球上正在進行永久觀測基地的建設。美國和蘇俄在那裡很罕見地合作。就像在南極觀測基地的案例一樣。月球表面的基地？青豆歪頭想一想。沒聽過這回事。到底怎麼了？不過對這個她決定不想太多。因為眼前還有更重要的問題。九州煤礦火災造成多人死亡，政府正在追究原因。在月球表面已經設立基地的時代，世人還在繼續挖煤礦，這件事本身反而讓青豆感到驚訝。美國強硬要求日本開放金融市場。摩根史坦利和美林證券煽動政府，尋找新的賺錢途徑。島根縣聰明的貓被介紹給觀眾。貓會自己開窗外出，出去後還會自己關窗。主人這樣訓練牠。青豆很佩服地看著黑貓轉身，伸出一隻手，以煞有其事的眼光慢慢關窗的一幕。

有各種各樣的新聞。但並沒有報出澀谷某飯店發現屍體的新聞。新聞節目結束後，她按遙控器關掉電視。周遭靜悄悄的。只聽到躺在旁邊的中年男人發出微弱的睡眠鼻息而已。

那個男人應該還保持著相同的姿勢，趴在書桌上。他看來應該是睡得很沉的樣子。就像躺在我身旁的這個男人一樣。卻聽不見鼻息。那個鼠輩渾蛋醒來的可能性，完全沒有。青豆繼續注視著天花板。腦子裡浮現屍體的樣子。輕輕搖搖頭，一個人皺起眉頭。然後下了床，把丟在地上的衣服一件件撿起來。

第6章

天吾 我們會去很遠的地方嗎？

小松打電話來，是星期五的早晨，五點過後。天吾那時候正夢見走過一座長長的石砌的橋。要到對岸去拿一件遺忘的某個重要文件。走在橋上的只有天吾一個人。好些地方有沙洲的美麗大河。水緩慢地流著，沙洲上長著柳樹。看得見鱒魚優雅地游著。鮮綠的柳葉溫柔地垂在水面。像中國彩繪瓷盤那樣的風景。這時他醒過來，在漆黑中看一下枕邊的時鐘。這種時間有誰會打電話來，當然在拿起聽筒前就料到了。

「天吾，你有文字處理機嗎？」小松問。既沒有「早安」，也沒有「起來了沒？」這個時刻他還沒睡，一定是熬通宵吧。並不是想看日出而早起的。一定是在什麼地方就寢前，想到該對天吾說的什麼事了。

「當然沒有。」天吾說。周遭還很暗。而且他還在長橋的正中央一帶。天吾很難得作這麼清楚的夢。「不是我自豪，我可買不起那種東西。」

「會用嗎？」

「會用啊。不管電腦或文字處理機，只要有的話還是會用的。到補習班去就有，工作上也經常在用。」

「那麼，你今天就出去找一台文字處理機買回來。我對機器這種東西完全不懂，所以什麼廠牌啦，機型的就交給你辦了。多少錢事後再報帳吧。我希望你用這個，盡快開始改寫〈空氣蛹〉。」

「話雖這麼說，便宜的也要二十五萬圓左右喔。」

「這個程度，沒關係。」

天吾拿著話筒歪著頭。「換句話說，小松先生要買文字處理機給我嗎？」

「是啊，讓我來掏腰包。這件工作有必要做這樣的投資。小氣巴拉的成不了大事。你也知道〈空氣蛹〉寄來的是用文字處理機打的稿子，那麼要改寫如果不用文字處理機就不妥當了。盡量採取跟原來稿子相似的格式。今天可以開始改寫了嗎？」

天吾想了一下。「可以呀。想開始的話馬上就可以開始。可是深繪里要我星期天去見一個她所指定的人，當准許改寫的條件，但現在還沒見到那個人。見過面如果談不成，不是白白浪費時間金錢嗎？這不是不可能。」

「沒關係。那件事總有辦法。你不用在意一些細節，現在馬上就開始動手吧。這件事要跟時間競爭啊。」

「你有自信面談會順利嗎？」

「第六感。」小松說。「我的第六感很靈。不管什麼，我好像都沒有天賦才華，不過只有第六感很強。不好意思，不過就憑這一點活到現在。嘿，天吾，才華和第六感，最大的差別你想是什麼？」

「不知道啊。」

「不管有什麼天賦的才華都不一定能填飽肚子，不過如果有靈敏的第六感，卻不愁沒飯吃。」

「我會記得。」天吾說。

「所以你不用擔心。趕快從今天開始作業沒關係。」

「如果小松先生這樣說，我也沒關係。只是不想自以為機會來了就開始動起來，事後卻發現『白費力氣』而已。」

「這方面一切由我負責。」

「明白了。下午我跟人有約，然後就有空了。我早上就先上街去買文字處理機回來。」

「就這樣辦吧，天吾。靠你了。你們兩個人同心協力把世界翻過來吧。」

九點過後有夫之婦的女朋友打電話來。她開車送先生和小孩到車站之後的時間。那天下午她本來會來天吾的住處。星期五是兩個人每次約會的日子。

「今天身體不太舒服。」她說。「很遺憾今天沒辦法去。等下星期吧。」

所謂身體不太舒服，是指進入生理期的婉轉說法。她有這種高雅而婉轉表達的教養。雖然在床上她並沒有這種高雅和婉轉，不過這是另外一個問題。不能見面我也很遺憾，天吾說。不過，既然這樣也沒辦法。

不過只以這星期來說，不能和她見面並沒有多遺憾。和她做愛雖然快樂，但天吾的心情已經轉向〈空氣蛹〉的改寫上了。各種改寫的想法，像太古的海裡生命萌芽的騷動般，在他腦子裡浮現又消失。這麼一來，自己和小松沒有兩樣，天吾想。事情在拍板定案之前，心情已經擅自朝那個方面動起來了。

十點出門到新宿去，刷信用卡買了富士通的文字處理機。最新的機型，比同線產品以前的機型輕多了。也買了備用色帶和列印紙。提著那個回到公寓，放在桌上接上電線。在工作場所他用過富士通的大型文字處理機，這雖是小型的，但基本功能沒什麼兩樣。天吾一面確認機器的操作性能，一面開始著手改寫〈空氣蛹〉。

這本小說要怎麼改寫，並沒有稱得上明確的計畫。只是關於各個細部有幾個想法而已。並沒有準備好為了改寫的一貫方法或原則。本來像〈空氣蛹〉這種幻想性、感覺性的小說，天吾就沒有確實的信心，能不能合理地改寫。正如小松說的那樣，文章顯然必須大幅修改，然而這樣修改，能不損傷作品原來的氛圍和資質嗎？那是不是等於給蝴蝶加骨骼呢？一想起這種事就開始迷惑，不安逐漸升高。不過事情已經動起來了。而且時間很有限。沒有工夫袖手思考了。總之只能先從細微的地方開始一一具體整理下去。在動手處理細部之間，或許整體形象就會自然浮現吧。

天吾，你可以辦到。我知道，小松很有自信地斷言。而且不知道為什麼，天吾總之就能把小松說的話完全接受下來。他雖然是個言行相當有問題的人物，基本上也只為自己著想。如果情況必要，可能會把天吾乾脆捨棄。而且頭也不回地走掉。不過就像他本人說的那樣，身為編輯的他第六感中有某種特別的東西。小松經常毫不猶豫。不管什麼事都能當機立斷，付諸行動。毫不在意周圍的人會怎麼說。這是傑出的前線指揮官所必備的資質。而這怎麼看都是天吾所沒有的資質。

天吾實際改寫，是從中午的十二點半開始的。他把〈空氣蛹〉原稿的開頭幾頁到適合告一段落的地方，依原文先打字到文字處理機的畫面。試著先把這個段落改寫到可以接受的程度。內容本身不動，只徹底調整文章。就像改變住宅的裝潢一樣。基本結構保持不變。因為結構本身沒問題。水管線路的位置也不變。除此之外可以換掉的東西——地板、天花板、牆壁、隔間——都拆除，換成新東西。我是包辦一切的巧手木匠。天吾這樣告訴自己。沒有已經決定的設計圖之類的東西。只能隨時當場臨機應變，憑直覺和經驗下功夫。

一讀之下難以理解的部分加上說明，讓文章容易看出脈絡。多餘的部分和重複的形容予以削除，述說不足的地方加以補充。有些地方，章節順序調換。因為形容詞和副詞本來就極少，因此一面尊重少這個特徵，同時如果感覺有必要增加某種形容表現時，則選擇適當語言補充上去。深繪里的文章整體上是稚拙的，優點和缺點清清楚楚，因此取捨選擇並不如預想的那麼費事。因為稚拙而有不容易理解、不容易讀的部分，另一方面也有雖然稚拙，卻因而有令人驚奇的新鮮表現。前者乾脆切除用其他東西代替，後者則原樣保留下來。

天吾在一面進行改寫時，重新感覺到的事情是，深繪里並不是在為了留下文學作品的心情下寫這作品的。她只是把自己心裡有的故事——借用她的語言，是把她實際看到的東西——總之用語言記錄下來而已。不用語言也可以，只是除了語言之外，找不到適當的表現方法。只是這樣而已。所以從一開始就沒有所謂文學的野心。完成的東西也不打算當成商品，所以沒有必要仔細用心在文章的表現上。以房屋來比喻，就是只要有牆壁有屋頂，可以遮風擋雨就夠了。所以天吾不管在她的文章上加多少功夫，深繪里都不介意。因為她的目的已經達成。她說：「你可以隨你高興去改。」可能完全是她的真心話。

雖然如此，構成〈空氣蛹〉的文章，絕對不是自己一個人了解就可以的那種文章。如果深繪里的目的只是要把腦子裡浮現的東西以資料記錄下來的話，用各別條列式寫法記下來應該就夠了。沒有必要採取麻煩的順序特別整理成讀物的形式。這怎麼看，還是以希望有別的誰拿起來讀為前提所寫的文章。所以儘管〈空氣蛹〉不是以文學作品為目的所寫的，而且那文章是稚拙的，還是擁有能打動人心的力量。不過這所謂別的誰，似乎和近代文學以原則放在心上的「不特定多數讀者」不同的樣子。天吾讀著之間，不由得不這樣感覺。

那麼，她假想的是什麼樣的讀者呢？

天吾當然不知道。

天吾只知道〈空氣蛹〉是同時具備大優點和大缺點正反兩面的，極特別的小說，其中甚至擁有某種特殊目的似的。

改寫的結果，稿紙字數大約膨脹了兩倍半。與其寫過多的地方，不如寫不足的地方要多得多，因此照情節順序寫的話，整體的量無論如何都會增加。畢竟一開始是稀稀疏疏的。文章改寫成合理通順的正常文字。觀點安定，因而變得容易閱讀。但整體的流動卻有點悶。理論太外露了，最初的原稿所擁有的銳利味道卻減弱了。

其次要進行的，是將那膨脹的稿子中「不必要的部分」刪除的工作。把贅肉一一抖落。刪除工作比附加工作要簡單多了。由於這作業使文章的量減到大約七成左右。這是一種頭腦的遊戲。先設定能增加盡量增加的時間帶，其次再設定能削減盡量削減的時間帶。在這樣的工作交互執拗地繼續進行之間，振幅逐漸縮小，文章量也自然落到該安定的地方。到達無法再增加，也無法再削減的地點。自我被削去，多餘的修飾被篩落，過於明顯的理論退到房間後面去。天吾天生擅長這種工作。天生的技術人。擁有在空中飛翔尋找獵物的鳥般銳利的集中力，搬運水的驢子般的耐力，始終忠實地遵守遊戲規則。

聚精會神，繼續埋頭在那樣的作業中，鬆一口氣看看牆上的鐘時，已經快三點了。這麼一說，還沒吃中飯。天吾到廚房去，燒一壺開水，在那之間磨了咖啡豆。吃了幾片夾了起司的餅乾，啃了蘋果，水燒開之後泡了咖啡。邊用大馬克杯喝，為了轉換心情，邊想了一會兒跟年紀大的女朋友做愛時的事情。本來這時候，應該正在跟她做著那個的。這時他在做什麼，她在做什麼。他閉上眼睛，對著天花板，深深嘆了一口含有沉重暗示和可能性的嘆息。

然後天吾回到書桌，把頭腦的迴路再度切換回來，在文字處理機的畫面上，重讀改寫過的〈空氣蛹〉開頭的一節。就像史丹利．庫柏力克的電影《光榮之路》開頭的一幕，將軍到戰壕陣地巡視那樣。他對自己所看到的成果點頭。不壞。文章改進了。事情往前進展了。但還不算十全十美。還有很多不能不做的事。到處都有崩塌的沙包。機關槍的子彈不夠。看得出鐵絲網有幾個地方太薄弱。

他把這文章先列印在紙上。然後存檔起來，關掉文字處理機的電源，把機器推到桌子旁邊。把列印出來的稿子放在前面，一手拿著鉛筆，再仔細重讀。覺得多餘的部分再刪除，感覺說得不夠的地方再補充，前後不順的地方改寫到認可為止。好像在選適合浴室細縫的瓷磚那樣，慎重選擇那個場所必要的語言，從各個角度檢查鑲嵌銜接的情況。如果銜接不良，就調整形狀。一點點語氣上的微妙差異，就可以使文章活起來，或毀掉。

在文字處理機的畫面上看，和用紙印出來看，完全同樣的文章看起來的印象卻也有微妙的不同。用鉛筆寫在紙上，和用文字處理機的鍵盤輸入，所用的語言感覺也會改變。有必要從兩個角度來檢查看看。打開機器電源，把用鉛筆寫在列印稿上的修正地方，一一輸入畫面。然後在畫面上重讀這次的新稿。不壞，天吾想。每段文章都各自擁有該有的分量，從中產生自然的節奏。

天吾仍然坐在椅子上伸直背脊，仰望天花板，吐出一口大氣。當然這並不是完全完成了。放幾天再重讀時，應該會看出還需要修改的地方。不過現在這樣就行了。到這裡已經是注意力的極限了。需要有冷卻期間。時鐘的指針接近五點了，周遭開始暗下來。明天再開始改下一段。光修改開頭的幾頁，幾乎就花掉整整一天。比預估的費事。不過一旦鋪好軌道，產生了節奏之後，作業應該可以進行得更迅速。而且不管是什麼，最困難最費事的，就是開頭部分。只要解決了這個，接下來就——。

然後天吾腦子裡浮現深繪里的臉，想到她讀了改寫過的稿子，到底會有什麼感想。不過天吾無法推測她會有什麼感想。關於深繪里這個人，他等於完全不了解。除了她十七歲，高中三年級學生，但對考大學完全沒興趣，說話方式自成一格，喜歡白葡萄酒，擁有會讓人心亂的那種美麗臉孔，此外一無所知。

不過對深繪里在這〈空氣蛹〉的作品中想描寫（或想記錄）的世界成立方式，自己大致上已經逐漸能正確掌握了，天吾心中產生了這種手感，或接近手感的東西。深繪里用那獨特的限定語言想描寫的光景，由於天吾很用心、很仔細地加以改寫之後，變得比以前更鮮活、更明確地浮上來了。這裡產生了一種流動。天吾知道。他雖然只是從技術層面著手補強，然而就像本來就是自己寫的東西一樣，那加工非常自然地融為一體。而且稱為〈空氣蛹〉的故事，正要從那裡強而有力地站起來。

這讓天吾覺得比什麼都高興。改寫工作因為要長時間集中精神，因此身體很累，但相對地心情卻很亢奮。關掉文字處理機的電源，離開書桌後，往往收斂不住還想繼續改寫的心情。他打心底喜歡改寫這個故事的工作。如果這樣繼續下去，應該不會讓深繪里失望才對。話雖這麼說，但天吾無法好好想像，深繪里高興或失望的模樣。何止這樣，連嘴角逐漸放鬆微笑起來，或臉上稍微罩上陰雲的時候都無法想像出來。她的臉上沒有所謂表情這東西。是本來就沒有感情，所以沒有表情呢？還是有感情，但那和表情連不起來？天吾不清楚。總之是個不可思議的少女，天吾重新這樣感覺。

〈空氣蛹〉的主角可能是過去的深繪里自己。

她是十歲的少女，住在山中特別的社區（或類似公社的場所）照顧著一隻盲眼的山羊。那是她被賦予的工作。所有的小孩都分別被賦予工作。這隻山羊雖然年紀老了，卻是對社區具有特別意義的山羊，有必要好好看守不要出什麼差錯。眼睛不能稍微離開一下。她被這樣吩咐。但終於疏忽眼睛轉開一下，在那之間山羊竟死掉了。她因此受到處罰。和死掉的山羊一起被關進舊倉庫裡。在那十天之間，少女完全被隔離，不許外出。不許和任何人說話。

山羊擔任Little People和這個世界的通路角色。Little People是好人還是壞人，她不知道（天吾當然也不知道）。到了晚上，Little People就會透過這隻山羊的屍體來到這邊的世界。然後到天亮了又回去那邊的世界。少女可以和Little People說話。他們教少女做空氣蛹的方法。

天吾佩服的是，眼睛看不見的山羊的習性和行動，都非常詳細地被具體描寫出來。這樣的細節，讓這部作品整體變得非常生動。她是不是真的飼養過瞎眼的山羊呢？還有她是不是像上面所描寫的那樣，真的在山中的社區裡生活過呢？天吾推測可能有。如果完全沒有那樣的經驗的話，以一個說故事者來說，深繪里更是擁有罕見的天賦才華了。

下次見到深繪里時（應該就是星期日），天吾想問問她關於山羊和公社的事。不過當然不知道深繪里肯不肯回答這種問題。想起上次交談的對話時，她看來好像只回答認為可以回答的問題。不想回答，或不打算回答的問題，則乾脆忽視。好像聽不見似的。和小松一樣。他們在這方面彼此很像。天吾則不是。如果被問到什麼，不管是什麼樣的問題，都會規規矩矩作答。這種事情可能是天生的個性吧。

五點半時，年長的女朋友打電話來。

「你今天做了什麼？」她問。

「一整天，一直在寫小說啊。」天吾說。一半真的，一半假的。因為不是在寫自己的小說。不過也不必說明得這麼詳細。

「工作順利嗎？」

「馬馬虎虎。」

「今天忽然這樣對不起噢。我想下星期可以見面。」

「很期待。」天吾說。

「我也是。」她說。

然後她談到小孩的事。她常常對天吾談到小孩。兩個小女孩。天吾沒有兄弟姊妹，當然也沒有小孩。所以不太知道小小孩是什麼樣的東西。不過她不介意這種事情而談到自己的孩子。天吾不會主動多談。不管什麼，都喜歡聽別人說。所以她說的話他都很有興趣地傾聽。她說小學二年級的長女，在學校好像被欺負。小孩自己什麼都沒說，不過同班同學的母親告訴她好像有這回事。天吾當然沒見過那女孩。有一次她給他看過照片。不太像母親。

「是什麼原因被欺負呢？」天吾問。

「因為氣喘有時候會發作，所以沒辦法跟大家一起行動。可能因為這個。個性很乖的孩子，功課成績也不錯。」

「真不明白。」天吾說。「氣喘會發作的孩子應該受到保護，不應該被欺負啊。」

「小孩的世界，沒那麼簡單。」她說著嘆一口氣。「有時候只因為跟大家不一樣就會被排斥。雖然大人的世界也很類似，不過小孩的世界會以更直接的形式出現。」

「具體上是什麼樣的形式？」

她把具體的例子一一搬出來。每一個例子雖然都不是很嚴重的事，不過這成為日常生活的一部分時對小孩來說就感覺很難過了。他們會隱藏什麼。不開口。會做惡意的模仿。

「你小時候，有被欺負過嗎？」

天吾回想小時候。「我想沒有。雖然可能有，不過我沒留意到。」

「如果沒留意到的話，就表示一次也沒有被欺負。因為欺負這件事，目的本來就在讓對方感覺到自己正在被欺負。如果被欺負的本人沒留意到，這欺負就不成立了。」

天吾從小就個子高大，也很有力氣。大家都對他另眼看待。可能因為這樣所以沒有被欺負。不過當時的天吾，還有比欺負更嚴重的問題。

「妳有被欺負嗎？」天吾問。

「沒有。」她明白地說。然後似乎有點猶豫。「倒是欺負過別人。」

「跟大家一起嗎？」

「對。小學五年級的時候。大家約好了，不跟一個男生說話。為什麼要這樣做，我怎麼也想不起來了。一定有什麼直接原因，不過既然想不起來，我想應該也不是什麼了不起的事。不過不管怎麼樣，現在覺得那樣做很不對。覺得很羞恥。自己也不太清楚，為什麼會做那樣的事。」

由於這個，天吾忽然想起一件事。那是很久以前發生的事，現在偶爾記憶還會甦醒過來。無法忘記。不過他沒有提這件事。要提的話會很長。而且那是一旦化為語言，最重要的微妙感覺就會喪失的那種事。他過去從來沒對誰提過，往後可能也不會提。

「結果，」年長的女朋友說，「大家對於自己不是屬於被排斥的少數方，而是屬於排斥別人的多數方，都可以感到安心。啊，幸虧在那邊的不是自己。無論任何時代任何社會，基本上都一樣，跟在很多人這邊時，可以不太需要擔心會遇到麻煩。」

「如果加入少數人這邊的話，就必須經常擔心遇到麻煩該怎麼辦了。」

「就是這樣。」她以憂鬱的聲音說。「不過如果處在那樣的環境，或許至少自己就學會動腦筋了。」

「可能自己會動腦筋了，卻老是去想一些麻煩事。」

「這也是一個問題。」

「還是不要想太深比較好，」天吾說，「最後也沒有演變到多嚴重。因為班上一定有幾個，可以用自己的頭腦認真思考的孩子。」

「是啊。」她說。然後獨自不知道想了什麼一會兒。天吾的聽筒還抵著耳朵，耐心地等她想清楚。

「謝謝。跟你談過覺得輕鬆點了。」她稍後才這樣說。好像已經想到什麼了。

「我也覺得輕鬆點了。」天吾說。

「為什麼？」

「因為能跟妳說話。」

「下星期五見。」她說。

掛斷電話後，天吾走出外面，到附近的超級市場去買食物。抱著紙袋回家，把青菜和魚一一用保鮮膜包起來放進冰箱冷藏。然後一面聽著FM廣播的音樂節目一面準備做晚餐時，電話鈴響了。一天有四通電話，對天吾很稀奇。這種情況一年有幾次都數得出來。這次是深繪里打的。

「這個ㄒㄧㄥ ㄑㄧˊ ㄊㄧㄢ的事。」她沒有開場白地說。

電話那頭聽得見汽車喇叭聲不停地響著。司機好像對什麼很火大的樣子。可能是從靠大馬路的公共電話打的。

「這個星期天，也就是後天我要跟妳見面，然後去見一個什麼人。」天吾為她的話添上內容。

「早上九點，新宿車站往ㄌㄧˋ ㄔㄨㄢ的最前面。」她說。其中排列出三個事實。

「也就是說在中央線的下行月台，最前面一節車廂的上車處等候，對嗎？」

「對。」

「車票要買到哪一站？」

「隨便。」

「隨便先買，到了再精算車資。」天吾推測、補充。就像改寫〈空氣蛹〉的工作那樣。「那麼我們會去很遠的地方嗎？」

「你現在在做什麼。」深繪里不理天吾的問題，問道。

「我在做晚飯。」

「什麼東西。」

「一個人，所以不做什麼了不起的東西。烤梭子魚乾、做蘿蔔泥。煮青蔥蛤蜊味噌湯，搭配豆腐一起吃。也做醋拌小黃瓜和海帶芽。然後白飯和醃白菜，這樣而已。」

「好好吃的樣子。」

「是嗎？並不是什麼特別好吃的東西。我經常都吃類似的東西。」天吾說。

深繪里不說話。以她的情況，似乎並不介意長時間一直不說話的樣子。但天吾卻不行。

「對了，我從今天開始改寫妳的〈空氣蛹〉。」天吾說。「雖然還沒有得到妳最後的許可，不過因為工作天數不太多，不開始會來不及。」

「ㄒㄧˇㄠ ㄙㄨㄥ先生要你這樣做。」

「是啊。小松先生叫我開始改寫。」

「你跟ㄒㄧㄠˇ ㄙㄨㄥ先生很好。」

「是啊。大概很好吧。」這個世界上可能找不到能跟小松處得好的人。不過這件事說來話長就算了。

「改寫順利嗎。」

「到目前為止。大致上還好。」

「那就好。」深繪里說。這好像不是口頭上說話而已的表達方式。聽起來改寫的工作進行順利，她也相當高興似的。只是有限的感情表現，只能顯示到這個程度為止。

「但願能讓妳滿意。」天吾說。

「不擔心。」深繪里毫不遲疑地說。

「為什麼這樣想？」天吾問。

深繪里沒有回答這個。聽筒那頭只是沉默著。刻意的那種沉默。可能是為了要天吾思考什麼的沉默。不過不管怎麼絞盡腦汁，天吾還是完全不知道她為什麼有那樣堅強的信念。

天吾為了打破沉默說：「嘿，我想問妳一個問題。妳真的在公社那樣的地方住過，飼養過山羊嗎？那些事情的描寫非常逼真。所以我有點想知道，是不是真的發生的事？」

深繪里輕輕乾咳一下。「不談山羊的事。」

「沒關係。」天吾說。「如果不想談，可以不談沒關係。我只是問一下而已。請不要介意。對作家來說，作品就是一切。沒有必要加上任何說明。星期天見吧。還有，跟這個人見面，要不要注意什麼事情？」

「不太明白。」

「也就是說……最好穿整齊一點，或帶什麼禮物去比較好，之類的。因為我不知道對方是什麼樣的人，沒有一點提示。」

深繪里又再沉默。不過這次不是刻意的沉默。只是她單純地對天吾提問的目的，還有那發想本身，還無法理解。那問題似乎沒有在她意識的任何領域著陸。已經超越意義性的邊緣，永遠被吸進虛無中了。像孤獨的行星探查火箭直接通過冥王星旁邊那樣。

「沒關係，不是什麼重要的事。」天吾放棄地說。對深繪里提出這樣的問題本身就搞錯了。算了，就在什麼地方買個水果去好了。

「那麼星期天九點見。」天吾說。

深繪里停了幾秒鐘後，什麼也沒說地掛斷電話。沒說「再見」也沒說「那麼，星期天見」。只是電話卡一聲斷掉而已。

或許她對天吾行過禮、點過頭才掛上電話也不一定。但很遺憾，肢體語言大多無法在電話上發揮原來的功效。天吾放下聽筒，深呼吸兩次讓頭腦的迴路切換到比較現實的東西上，然後繼續做那樸實的晚餐。

第7章

青豆

要靜悄悄的別驚醒蝴蝶

星期六下午一點過後，青豆造訪了「柳宅」。那宅院種有幾棵歷經歲月的巨大茂盛柳樹，從石圍牆探出頭來，被風一吹就像一群無處可去的幽靈般無聲地搖曳著。因此附近的人從以前開始就理所當然似地，把這棟古老的西洋宅邸稱為「柳宅」了。坐落在麻布陡坡上到頂的地方。可以看見一群輕盈的鳥正停在柳枝頂端。屋頂有一隻大貓正在陽光下瞇細了眼睛曬太陽。老宅周圍通道狹窄，又彎彎曲曲，幾乎沒有車子經過。很多高大的樹，給人白天都陰陰的印象。一踏進這轉角時，甚至覺得時間的腳步都稍微放慢了似的。附近有幾家大使館，但出入的人並不多。平常靜悄悄的，一到夏天則大為改觀，蟬的聲音叫得人耳朵都痛。

青豆按了門鈴，朝對講機報了名字。然後臉朝頭上的攝影鏡頭，稍微露出一點微笑。鐵製的門扉以機械操作慢慢開啟，青豆進入裡面後，背後的門扉隨即關上。她像平常那樣穿過庭園，朝宅邸的玄關走。因為知道有監視器在捕捉她的身影，所以青豆像服裝模特兒那樣挺直腰背，收緊下巴筆直走過小徑。青豆今天穿著深藍色風衣、灰色連帽上衣、藍色牛仔褲，這樣休閒的服裝。白色籃球鞋、肩上背著皮包。今天沒放冰錐。沒必要時，那個就在衣櫃的抽屜裡安靜休息。

玄關前放著幾張柚木庭園椅，一個大個子男人正無聊地坐在其中的一張上。雖然不太高，但看得出上半身肌肉驚人地發達。年紀可能四十上下，剃光頭，鼻子下留著細心修過的短髭。穿著寬肩灰西裝，雪白襯衫，繫深灰色絲領帶。腳上穿的漆黑哥多華馬皮鞋一塵不染。兩耳戴著銀耳環。看來既不像區公所的出納課職員，也不像汽車保險推銷員。猛一看像專業保鑣，實際上那也是他以前的職業。有時也扮演司機角色。是空手道高段，必要時可以有效地使用武器。也能露出銳利的牙齒，變得比誰都凶暴。不過平常的他卻既安穩冷靜，又富有知性。如果一直凝視他的眼睛——這是說如果得到他的允許——也能從中看到溫暖的光。

在私生活上，興趣是玩弄各種機械，和收集從六〇年代到七〇年代的前衛搖滾唱片，他和當美容師的年輕英俊男朋友，兩人也住在麻布的一角。名叫Tamaru。那是名字，還是姓，不清楚。也不知道漢字怎麼寫法。大家都叫他Tamaru先生。

Tamaru還坐在椅子上，看見青豆點個頭。

「你好。」青豆說。然後在男人對面的椅子坐下。

「聽說有個男人死在澀谷的飯店裡。」男人一面檢視著哥多華馬皮鞋的光澤一面說。

「我還不知道。」青豆說。

「因為不到上報的程度。好像是心臟病發作。才四十出頭而已，真可憐。」

「不注意心臟不行喔。」

Tamaru點點頭。「生活習慣很重要。不規律的生活、壓力、睡眠不足。這些都會要人命。」

「人遲早總會被什麼殺死。」

「理論上是這樣。」

「有沒有解剖檢查？」青豆問。

Tamaru彎下身，把眼睛看得見或看不見程度的灰塵從皮鞋表面拂掉。「警察很忙。預算也有限。看不到外傷的完好屍體沒有閒工夫一一去解剖。對遺族來說，已經安靜死去的人，也不想去無意義地切開吧。」

「尤其是從留下的太太立場來說。」

Tamaru沉默了一會兒，然後把那棒球手套般厚的右手伸向她這邊。青豆握住那手。緊緊的握。

「累了吧。該休息一下。」他說。

青豆像一般人該露出微笑時那樣嘴角稍微向兩端牽動，但實際上沒有露出微笑。只有像暗示般的表情。

「Bun還好嗎？」她問。

「嗯，很好。」Tamaru回答。Bun是這個宅邸養的母德國牧羊犬。個性很好，又聰明。不過有幾個奇特的習性。

「那隻狗還吃菠菜嗎？」青豆問。

「吃很多。最近菠菜價格居高不下，有點吃不消。因為牠食量很大。」

「我沒看過喜歡吃菠菜的德國牧羊犬。」

「那傢伙並不把自己當狗。」

「那麼當什麼想呢？」

「好像認為自己是超越這種分類的特別存在。」

「Superdog？」

「或許吧。」

「所以喜歡吃菠菜嗎？」

「跟那個沒關係，菠菜只是單純的喜歡。從小狗的時候就這樣了。」

「不過因為這樣或許會有什麼危險的思想。」

「有可能。」Tamaru說。然後看看手錶。「對了，今天的約應該是一點半吧？」

青豆點頭。「是的，還有一點時間。」

Tamaru慢慢站起來。「請在這裡等一下。時間也許可以提早一點。」然後消失到玄關裡。

青豆一面眺望著氣派的柳樹一面在那裡等著。沒有風，那枝條靜靜地朝地面垂下。像一個耽溺於不著邊際的思索的人那樣。

過一會兒，Tamaru回來了。「請從後面繞過去。今天說想請妳到溫室去。」

兩個人繞進庭園，從柳樹旁邊通過，朝溫室走。溫室在本館後方。周圍沒有樹木，可以充分照到陽光。Tamaru為了不讓裡面的蝴蝶飛出來，小心翼翼地把玻璃門打開一個小縫，讓青豆先進去。然後自己也靈巧地溜進去，立刻關上門。不是大個子的人得意的動作。不過他的動作卻很得要領，而簡潔。只表示並非得意而已。

玻璃大溫室裡毫不保留的完美春天已經降臨。各種花繽紛美麗地盛開著。擺在那裡的植物大半是到處可見的東西。架子上排著劍蘭、白頭翁、雛菊等，到處可見的普通草花盆栽。還有在青豆眼裡看來只不過是野草的植物也混在裡面。像高價的蘭、品種珍貴的玫瑰、波里尼西亞群島的原色花，很不簡單似的類別反而一樣也沒有。青豆對植物並沒有興趣，不過倒滿喜歡這個溫室這種不做作的地方。

相對的溫室裡卻生息著許多蝴蝶。女主人在這寬闊的玻璃房裡，與其種植珍奇的植物，似乎更關心養珍貴的蝴蝶。裡面的花，也以蝴蝶喜歡的擁有豐富花蜜的種類為中心。要在溫室裡飼養蝴蝶，需要非比尋常的細心、知識，和勞力，但青豆完全不知道這種細心到底用在什麼地方。

除了盛夏之外，女主人有時會在溫室接待青豆，兩個人在這裡單獨談話。在玻璃溫室裡，不用擔心說話被誰聽見。她們所交談的內容，不是可以到處大聲宣揚的那種事。而且在花朵和蝴蝶的環繞下，也比較可以讓神經休息。看她的表情就可以知道。在溫室裡雖然溫度對青豆來說太暖，不過還不至於到無法忍受的地步。

女主人是一位七十開外的小個子婦人。美麗的白髮剪得短短的。穿著長袖粗布工作服、奶油色棉長褲，弄髒的網球鞋。戴著白色工作手套，用大金屬花灑為一盆盆的盆栽澆水。她身上穿的衣服，看來都大了一號，雖然如此，穿在身上還是很舒服的樣子。青豆每次看到她的身影，對那毫不做作的自然氣質，都不禁油然生起類似敬意的感覺。

戰前嫁入貴族之家，身為有名財閥的女兒，卻完全沒有給人虛假做作或嬌弱的印象。戰後不久丈夫去世後，參與親族所擁有的小投資公司的經營，在股票運用上表現出卓越才能。那是任何人都承認的，也可以說是天生的資質。投資公司在她主持下急速發展，存下的個人資產也大為膨脹。她以這為本錢，購入好幾筆其他舊貴族和舊皇族擁有的都內精華地段。十年左右前退休下來，看準時機將擁有的股票高價賣出，財產因而更增加。由於極力避免出現在人前，因此世間一般人幾乎都不知道她的名字，但在商界卻無人不知。據說在政界也擁有廣大人脈。不過以個人看來，則是個豪爽而聰明的女性。而且不知道什麼叫害怕。相信自己的第六感，一旦決定的事一定貫徹到底。

她看到青豆，放下花灑，指著入口附近的小張鐵製庭園椅，示意在那裡坐下。青豆依指示坐下後，她也在對面的椅子坐下。她無論做什麼，幾乎都不發出聲音。就像穿過森林的聰明母狐狸那樣。

「要喝什麼飲料嗎？」Tamaru問。

「熱香草茶。」她說。然後看青豆。「妳呢？」

「一樣。」青豆說。

Tamaru輕輕點頭離開溫室。探視過周圍，確定沒有蝴蝶靠近後打開一道門縫，快速閃出去，再關上門。就像踩著社交舞步那樣。

女主人脫下工作棉手套，把那像對待晚宴用絲質手套般，細心地重疊放在桌上。然後以溫潤閃亮的黑眼睛筆直看著青豆。那是曾經見過許多世面的眼睛。青豆以不失禮的程度回望那眼睛。

「好像有一個可惜的人去了啊。」她說。「在石油相關業界似乎相當有名的人。據說還很年輕，是個頗有實力的人。」

女主人說話經常很小聲。風稍強一點就會被吹掉程度的音量。所以對方必須經常側耳傾聽才行。青豆有時，會被一股想伸手把音量鈕向右轉的欲望所驅使。但當然任何地方都沒有那樣的音量鈕。所以只能緊張地豎起耳朵來聽。

青豆說：「不過那個人突然消失了，看來好像也沒什麼不方便。世界還是照樣在轉動。」

女主人微笑著。「這個世界，沒有誰是不可取代的。不管擁有多強大的知識和能力，一定在什麼地方有他的後繼者。如果世界充滿了找不到後繼者的人，我們一定會很困擾。當然——」她補充。而且像要強調似的將右手食指筆直舉向空中。「像妳這樣的人，要找代替的人可能就很難找。」

「就算代替我的人很難找，但代替的手段卻不難找吧。」青豆指出。

女主人安靜地看著青豆。嘴角露出滿足的微笑。「也許。」她說。「不過就算這樣，我們兩個人現在在這裡這樣共同擁有的東西，那裡恐怕找不到。妳是妳。只有妳，我非常感謝。甚至到無法用言語表達的地步。」

女主人向前彎，伸出手，疊在青豆的手背上。她把手停在那裡十秒鐘左右。然後移開，臉上帶著滿足的表情，把背靠到後面。蝴蝶翩翩地從空中飛來，停在她藍色工作服的肩上。是白色的小蝴蝶。有幾處紅色斑紋。蝴蝶好像不知道害怕似的，在那裡睡著了。

「妳以前應該沒有看過這隻蝴蝶。」女主人一面瞄一眼自己的肩頭說。那聲音裡聽得出輕微的自負。「這在琉球都很難找到。這種蝴蝶只從一種花攝取營養。一種只在琉球山上開的特別的花。養這蝴蝶，必須先把那花運到這裡來種植養育。相當費工夫。當然費用也很高。」

「這隻蝴蝶好像跟妳很親啊。」

女主人微笑著說。「這個人把我想成是朋友。」

「可以跟蝴蝶成為朋友嗎？」

「要跟蝴蝶成為朋友，首先你必須成為自然的一部分才行。消除人的氣息，在這裡安靜不動，把自己完全當成樹木和草和花。雖然花時間，不過一旦對方對你放心之後，就能自然地成為朋友了。」

「妳會給蝴蝶取名字嗎？」青豆出於好奇地問。「換句話說，就像狗和貓那樣，每隻都取名字。」

女主人輕輕搖頭。「不會給蝴蝶取名字。但就算沒有名字，只要看到花紋和形狀就能分出每一個人了。何況給蝴蝶取名字，反正蝴蝶不久就會死去呀。這些人，是沒有名字的極短暫期間的朋友。我每天來這裡，跟蝴蝶見面打招呼，什麼話都說。不過蝴蝶時間到了就會默默的消失無蹤。我想一定是死了，但就算找也找不到死骸。就像被吸進空中了一樣。不留任何痕跡就這麼消失蹤影了。蝴蝶是比什麼都脆弱優美的生物。他們不知道從哪裡生出來，只安靜地追求有限的極少東西，然後又悄悄地不知消失到什麼地方去。可能是跟這裡不同的世界。」

溫室中的空氣溫暖而帶著濕氣，充滿悶悶的植物氣味。而且很多蝴蝶，就像將沒有開始也沒有終了的意識之流分隔開來的短暫句讀點那樣，隨處出現又隱藏。青豆每次進到這個溫室，就彷彿失去時間的感覺似的。

Tamaru端著裝有美麗青瓷茶壺和兩個成套茶杯的金屬托盤進來。並附有布餐巾，和裝了餅乾的小碟子。香草茶的香氣，和周遭的花香相融。

「Tamaru，謝謝。接下來由我來。」女主人說。

Tamaru把托盤放在庭園桌上，行一個禮，腳步靜悄地走開。然後以和剛才一樣輕巧的連串步驟開門，關門，走出溫室。女主人拿起茶壺蓋子，聞聞香味，確認過葉子舒展的情況後，在兩個杯子裡慢慢注入。留意讓兩杯的濃度平均。

「也許多問了，不過為什麼入口不裝紗門呢？」青豆問。

女主人抬起頭來看青豆。「紗門？」

「嗯，如果內側裝上紗門成為雙層門的話，每次出入，就不必小心翼翼地防止蝴蝶逃走吧。」

女主人左手拿著碟子，右手拿著杯子，把那送到嘴邊，安靜地喝了一口香草茶。品嘗著香氣，輕輕點頭。把杯子放回碟子，碟子放回托盤。用餐巾輕輕壓一下嘴角後，放在膝上。這些動作，以非常保守來算，她就花了普通人的大約三倍時間。就像森林深處在吸著有營養的朝露的精靈那樣，青豆想。

然後女主人輕輕乾咳一下。「我不喜歡網子這種東西。」

青豆沉默地等她繼續說，但沒有下文。所謂不喜歡網子，是對束縛自由的事物的整體姿態，或從審美觀點出發，或沒有特別理由只是生理上的好惡？話題在不明之間已經結束。不過現在，這不是特別重要的問題。只是忽然想到就問而已。

青豆也和女主人一樣把香草茶的杯子連碟子一起拿起來，不發出聲音地喝了一口。並沒有特別喜歡香草茶。她偏好的是像深夜的惡魔般又熱又濃的咖啡。不過那可能不是適合在下午的溫室裡喝的飲料。所以每次來溫室，她都喝和女主人一樣的茶。女主人請她吃餅乾，青豆拿起一片來吃。是薑餅。剛烤好的，有新鮮生薑的味道。女主人戰前曾經有一段時期在英國住過。青豆想起這件事。女主人也拿起一片餅乾，一點一點小口地咬。好像不要吵醒在肩頭睡覺的蝴蝶那樣輕悄安靜。

「要回去的時候Tamaru會像每次那樣，給妳鑰匙。」她說。「事情辦完後，妳再郵寄回來。像每次那樣。」

「明白了。」

安穩的沉默持續了一會兒。在緊閉的溫室裡任何外界的聲音都傳不進來。蝴蝶好像很安心地繼續睡覺。

「我們沒有做錯任何事。」女主人直視著青豆的臉說。

青豆輕輕咬著嘴唇。然後點頭。「我知道。」

「請看看那個信封裡的東西。」女主人說。

青豆拿起放在桌上的信封，把裡面的七張拍立得相片，排在高雅的青瓷茶壺旁邊。像塔羅牌占卜時排出不吉的牌那樣。年輕女子裸體的局部特寫。背部、乳房、臀部、大腿。甚至連腳底。只有臉部的相片沒有。各個地方都留下暴力的痕跡，烏青斑痕、紅腫條痕。似乎是用皮帶抽打的。陰毛被剃掉，那附近有像被香菸燙過的痕跡。青豆忍不住皺起眉頭。她以前也看過類似的相片，但沒有到這麼嚴重的地步。

「妳是第一次看到這個吧？」女主人問。

青豆無言地點頭。「大概情況是聽說了，不過照片是第一次看到。」

「是那個男人做的。」老婦人說。「三個地方的骨折處理過了，一邊耳朵顯示有重聽症狀，可能無法復元。」女主人說。音量不變，不過聲音比之前變冷變硬。好像被那聲音所驚嚇般，停在女主人肩頭的蝴蝶醒了過來，展開翅膀翩翩飛到空中。

她繼續說：「會做這種事的人，無論如何，都不能放過他。」

青豆把照片整理好放回信封。

「妳不覺得嗎？」

「是啊。」青豆同意。

「我們做了對的事。」女主人說。

她從椅子上站起來，可能為了鎮定情緒，拿起放在旁邊的花灑。彷彿拿起精巧的武器那樣。臉有點蒼白。眼睛銳利地凝視著溫室的一角。青豆把目光轉向那視線前方，但看不到任何奇怪的東西。只有薊的盆栽而已。

「謝謝妳特地來一趟。辛苦了。」她還拿著變空的花灑說。這樣面談似乎結束了。

青豆也站起來，拿起皮包。「謝謝妳的茶。」

「我要對妳再說一次謝謝。」女主人說。

青豆只稍微笑一下。

「不用擔任何心。」女主人說。口氣不知不覺間恢復了原來的平穩。眼睛浮起溫暖的光。她的手輕輕放在青豆的手腕上。「因為我們是做了正確的事。」

青豆點頭。每次都以同樣的台詞結束談話。她可能對自己也不斷重複這樣說吧，青豆想。就像曼陀羅或祈禱那樣。「不用擔任何心。因為我們是做了正確的事。」

青豆確認過周圍沒有蝴蝶的身影後，打開一小縫溫室門，走出外面，關上門扉。留下女主人手上拿著花灑。走出溫室後，外面的空氣涼涼的很新鮮。有花草樹木的香氣。這裡是現實世界。時間照平常那樣流著。青豆盡情地把那現實的空氣送進肺裡。

Tamaru 坐在玄關同一張柚木椅上等著。要拿給她私人信箱的鑰匙。

「事情辦完了？」他問。

「我想辦完了。」青豆說。然後在他旁邊坐下，收下鑰匙放進皮包的夾層裡。

兩個人暫時什麼也沒說地，眺望著飛到庭園裡來的一群鳥。風依舊完全停止，柳葉安靜地低垂著。幾根枝頭末梢，差一點就碰到地面。

「那個女的還健康嗎？」青豆問。

「哪個女的？」

「在澀谷飯店裡心臟病發作的男人的太太。」

「目前不能算太健康。」Tamaru一面皺著眉說。「受到太大的打擊。還不太能說話。需要時間。」

「是什麼樣的人？」

「三十出頭。沒有小孩。長得漂亮、氣質也好。身材也相當不錯。可惜今年夏天可能沒辦法穿泳裝了。明年夏天可能也還不行。妳看到拍立得照片了？」

「剛才看到了。」

「很過分吧？」

「相當過分。」青豆說。

Tamaru說：「這是常有的模式。男人以世間的眼光來看是能力很強的人。周圍的評價也很高，教養好、學歷高。社會地位也高。」

「可是一回到家就完全變了個人。」青豆接下來繼續說。「尤其喝了酒就變得更兇暴。話雖這麼說，卻是只會對女人出手的類型。只會打太太。對外表面上卻很好。周圍的人看來，都以為他是個溫和的好丈夫。即使太太投訴說明自己受到多悽慘的暴力對待，也絕對沒有人會相信。男人也知道這點，所以用暴力的時候，都選擇別人看不到的地方。或不留痕跡地做。是這樣嗎？」

Tamaru點頭。「大致上是。不過他一滴酒也不喝。這傢伙不喝酒，大白天就堂堂幹起來。惡性更重大。她希望離婚。但丈夫卻頑強地拒絕離婚。也許喜歡過她。也許不想放開手邊的犧牲者。也許喜歡以蠻力強暴太太。」

Tamaru輕輕舉起腳，再確認皮鞋的光澤情況。然後繼續說：

「如果提得出家暴證據，離婚自然能成立，可是那既耗時間，又花錢。而且如果對方請了高明的律師的話，還會受到不愉快的對待。家事法庭很擁擠，法官人數不足。就算順利離婚，判定了贍養費和生活補助費的金額，卻很少男人會老實支付。總會找藉口賴掉。日本幾乎沒有哪個前夫因為沒付贍養費而被關進監獄的。只要擺出願意支付的姿態，象徵性付了一點，法院都會從寬放過。日本社會依然還在縱容男人。」

青豆說：「不過幾天前，那個暴力丈夫在澀谷的一個飯店房間裡，很巧活該心臟病發作。」

「很巧活該的形容法有點過於直接。」Tamaru輕輕咋舌說。「我比較喜歡說是上天的巧妙安排。無論如何，死因既沒有可疑之處，保險金的金額也沒有到引人注目的高額地步，所以人壽保險公司也不會懷疑。應該會順利支付。話雖這麼說，金額還是不錯的。以這筆保險金她可以重新踏出新人生的第一步。何況還可以完全省下離婚訴訟所須花費的時間和金錢。可以迴避掉由於繁雜而無意義的法律手續和事後糾紛所帶來的精神折磨。」

「而且，不再放任這種雜碎般的危險傢伙繼續在世間撒野，就不會在什麼地方發現又出現新的犧牲者了。」

「上天的巧妙安排。」Tamaru說。「幸虧心臟病發作，一切都順利收場。最後好的話一切都好。」

「如果什麼地方有這所謂最後的話。」青豆說。

Tamaru嘴角做出令人聯想到微笑的短暫皺紋似的表情。「在什麼地方一定有最後的，只是沒有一一寫出『這裡是最後』而已。樓梯的最上面一段有寫著『這裡是最後一段。請不要再踏出去』嗎？」

青豆搖搖頭。

「跟那一樣。」Tamaru說。

青豆說：「動用常識，好好睜開眼睛的話，自然知道哪裡是最後了。」

Tamaru點頭。「就算不知道——」他以手指做出落下的動作，「不管怎麼樣，那裡就是最後了。」

兩個人暫時無言聽著鳥的聲音。安穩的四月的午後。到處都看不到惡意或暴力的氣息。

「現在這裡住幾個女人？」青豆問。

「四個。」Tamaru即刻回答。

「都是處境相同的人？」

「大概類似。」Tamaru說。然後撇一下嘴。「不過另外三個人的情況，沒那麼嚴重。對方那個男人，全都是沒什麼用的卑劣傢伙，不過沒有我們現在談的這個人那樣惡質。全都是虛張聲勢的小人物。不需要煩勞妳出手。這邊大概就可以處理。」

「合法地？」

「大致合法。頂多也只是稍微恐嚇一下。不過當然心臟病發作也是合法的死因。」

「當然。」青豆搭腔。

Tamaru暫時什麼也沒說，雙手放在膝上，安靜地眺望著下垂的柳枝。

青豆稍微遲疑一下後乾脆開口。「嘿，Tamaru先生，我想請教你一件事。」

「什麼事？」

「警察制服和槍是幾年前換新的？」

Tamaru稍微皺一下眉。她的語調中似乎稍微含有提起他戒心的聲響。「為什麼忽然這樣問？」

「沒什麼特別理由。只是剛才忽然想到。」

Tamaru看著青豆的眼睛。他的眼睛始終是中立的，其中沒有所謂的表情。留有可以轉向任何一方的餘地。

「八一年的十月中旬，激進份子與山梨縣警在本栖湖附近發生槍戰，第二年警界就有了重大改革。那是兩年前的事。」

青豆表情不改地點頭。完全不記得有這種事，不過只能配合對方的話。

「是一個血腥的事件。舊式六連發左輪手槍，對上五把卡拉希尼可夫AK47。沒辦法跟那東西比勝負。三個可憐的警察，好像被縫衣機車過般被打得體無完膚。自衛隊的特殊空降部隊即刻出動直升機。警察的面子掛不住。後來，中曾根首相立刻決定認真強化警察力量。組織大幅改組，設置特殊武裝部隊，一般警察也開始佩帶高性能自動手槍。貝瑞塔九二型。妳射擊過嗎？」

青豆搖搖頭。怎麼可能？她連空氣槍都沒射過。

「我射過。」Tamaru說。「十五連發的自動式。用九毫米的帕拉貝倫（Parabellum）子彈。有一定評價的槍型，美國陸軍也採用。雖然不便宜，不過沒有西格（Sig）或克拉克那麼貴是它的賣點。不過這不是新手能簡單操作的槍。以前的左輪式重量只有四九〇公克，而這則重達八五〇公克。這種東西讓訓練不夠的日本警察帶著，更沒有作用。在這麼擁擠的地方射擊高性能手槍，傷及一般市民就完了。」

「那種東西，你在哪裡射？」

「啊，經常有噢。有時候在泉水湖邊，彈豎琴時，妖精不知道從哪裡忽然出現，交給我貝瑞塔九二型，就以那邊的小白兔試射。」

「說認真的。」

Tamaru嘴角紋路稍微加深一點。「我只說認真的。」他說。「總之制式手槍和制服換新是在兩年前的春天。正好這個時候。這有沒有回答妳的問題？」

「兩年前。」她說。

Tamaru再一次，向青豆投出銳利的視線。「嘿，如果有什麼事情掛心，可以對我說。妳跟警察有什麼瓜葛嗎？」

「不是這樣。」青豆說。然後雙手的手指在空中輕輕搖著。「我只是稍微想到制服的事而已。我想是什麼時候換的。」

沉默繼續了一陣子，兩個人的對話在這裡自然結束。Tamaru再一次伸出右手。「很慶幸事情順利結束。」他說。青豆握了那手。這個男人明白。在完成事關人命的重大工作之後，伴隨著肉體接觸的溫暖安靜的鼓勵是有必要的。

「休個假吧。」Tamaru說。「有時候也需要停下來深呼吸，讓腦子放空。不妨跟男朋友去關島度假。」

青豆背起皮包，調整一下連帽上衣的帽子位置。Tamaru也站起來。個子雖然一點也不算高，但他一站起來，看起來簡直像那裡生出一堵石牆般。經常會讓人對那緊密的質感感到驚訝。

Tamaru在背後一直目送著她走出去。青豆一面移動腳步，背上一面繼續感覺著那視線。因此收緊下顎，伸直背脊，像沿著一條筆直的線走般踏著確實的步子走。然而在看不見的地方，她卻感到很混亂。在自己所不知道的地方，陸續發生自己所不知道的事情。稍早前，世界還在她的掌握中。還沒有什麼破綻和矛盾。然而現在卻開始分崩離析了。

本栖湖的槍戰？貝瑞塔九二型？

到底發生了什麼事？那樣重要的新聞青豆不可能沒注意到。這個世界的系統不知道什麼地方開始亂了。一面走，她的腦子裡一面繼續轉著。不管發生什麼，總要想辦法重新把這個世界整理成一束。一定要合乎道理。而且要趕快。不這樣的話還不知道會發生什麼。

青豆內心正混亂著，這點Tamaru應該看穿了。他是個很謹慎，直覺很靈的男人。而且也是個危險的男人。Tamaru對女主人懷有深深的敬意，盡忠職守。為了保護她的人身安全幾乎所有的事他都做。青豆和Tamaru互相肯定，彼此懷有好感。至少懷有類似好感的東西。不過如果他判斷由於某種理由，青豆的存在對女主人不利的話，可能會毫不猶豫地捨棄青豆，把她處理掉。非常務實地。然而這種事不能怪Tamaru。因為那畢竟是他的職責。

青豆穿過庭園時，門扉打開了。她對著監視攝影鏡頭盡可能露出可親的微笑，輕輕揮揮手。就像什麼事也沒發生過那樣。走出牆外後，背後的門扉慢慢關上。青豆一面走下麻布的陡坡，一面在腦子裡整理出現在自己不得不做的事情，列出表來。細密，而有要領地。

第8章 天吾

到陌生的地方去見陌生的人

很多人把星期天早晨當成休息的象徵。但整個少年時代，天吾從來沒有把星期天早晨當成喜歡的事情來想過。星期天經常讓他心情沉重。一到週末他身體就會變得沉甸甸的，沒有食欲，全身到處痛起來。對天吾來說，星期天就像只是一直面對著形狀扭曲的月亮的黑暗背面那樣。少年時代的天吾經常想，如果星期天不來的話該多好。如果每天都要去學校，沒有休假日的話不知道有多快樂。他還祈禱過希望星期天不要來——當然那樣的祈禱沒有被聽到。長大後，星期天已經不再是現實的威脅後的現在，星期天早晨醒來，有時心情也會莫名地黯淡起來。覺得身體的關節咯咯作響，有時還會噁心想吐。那種反應已經深入內心深處。可能深到潛意識的領域了。

父親以前當過ＮＨＫ的收費員，一到星期天就帶著年紀還小的天吾到處去收款。那是從天吾上幼稚園以前開始的，到他上小學五年級為止，星期天除了學校有特別活動之外，一次也沒有例外地持續。早上七點起床之後，父親就會幫天吾用肥皂把臉洗得乾乾淨淨，仔細檢查耳朵和指甲，幫他穿上盡量清潔（但不華麗）的衣服，並約好：「結束後會帶你去吃好吃的東西喲。」

其他的ＮＨＫ收費員假日是不是也工作，天吾並不清楚。只是在他的記憶中，父親星期天是一定會工作的。不如說比平常更賣力地工作。因為星期天比較容易逮到平常不在家的人。

他帶著幼小的天吾去到處收款，有幾個理由。把幼小的天吾一個人留在家裡不妥當，這是一個理由。平日和星期六可以把他放在托兒所或幼稚園或小學，但星期天這種地方也休息。另一個理由是，有必要讓兒子看到，父親在做什麼樣的工作。自己的生活是建立在什麼樣的營生上的，所謂勞動是什麼樣的事，必須從小就讓他知道。父親自己從懂事開始，就不分星期天與否地被帶去田裡幫忙，這樣長大的。農忙期連學校都暫時休息不去。那樣的生活，對父親來說是理所當然的事。

第三個，也是最後的理由是比較有打算的，也因此對天吾造成最深的傷害。帶著小孩同行的話，比較容易收到款，這點父親很清楚。面對牽著幼小兒童的收費員很難說：「我不想付這種錢，所以請你回去。」小孩一直抬頭盯著你看時，很多本來不想付的人也付了。所以父親總是把特別難收的家庭比較多的路線排在星期天。天吾一開始就感覺到自己被期待這種效用，覺得厭煩得不得了。但另一方面為了讓父親高興，他也不得不動用他的智慧，扮演好被期待的演技。就像耍猴戲的猴子那樣。如果能讓父親高興的話，天吾那一整天就會受到溫柔的對待。

對天吾唯一的救贖，是父親所負責的區域，離自己家有一點距離。天吾家住在市川市郊區的住宅區，父親收款的地點則在市內的中心地帶。學區也不一樣。所以總算可以避免到幼稚園或小學同班同學家去收款。雖然如此，走在市內的鬧區街上，偶爾也曾遇到同學。那時候他會很快地閃到父親背後躲起來，以免對方發現。

天吾同班同學的父親，幾乎都是在東京都心通勤的上班族。他們把市川市當成像由於某種原因碰巧被編在千葉縣的東京都一部分那樣。一到星期一早晨，同學們就會熱烈地談論自己到什麼地方去做了什麼事情。他們到遊樂場、動物園或棒球場去。夏天到南房總海邊去游泳，冬天去滑雪。父親開車載他們去兜風，或帶他們去爬山。他們熱烈談論那樣的經驗，交換有關各種場所的資訊。然而天吾沒有任何東西可談。他既沒去過觀光地也沒去過遊樂場。星期天從早晨到傍晚，都跟父親一起去按一家家陌生人家的門鈴，對出來的人低頭收錢。如果有人說不想付，就會或威脅或哄騙。碰到愛辯的人，就會爭論起來。有時像野狗般被罵著趕走。這種經驗談也不可能在同學面前披露。

小學三年級時，他父親是ＮＨＫ的收費員的事，成為班上同學大家都知道的事。應該是他和父親在街上走著收款時，被誰看到了。畢竟每個星期天，從早到晚都跟在父親背後走遍市區的大街小巷。被誰目擊到了也是理所當然的事（他的個子已經長得太大，無法躲在父親身後了）。反而是以前沒被發現更令人吃驚。

於是他被安上「ＮＨＫ」的綽號。在白領中產階級的孩子聚集的社會中，他不得不成為一種「特異人種」。因為許多對其他孩子來說是當然的事情，對天吾來說卻不是當然的。天吾和他們住在相異的世界，過著不同類的生活。天吾在學校成績特別好，也很擅長運動。身材高大，很有力氣。老師們也特別照顧他。所以雖然是「特異人種」，卻沒有被排擠。反而凡事都被另眼看待。不過無論被誰邀約，下次星期天到什麼地方去吧，到我們家來玩嘛，都無法答應。他一開始就知道就算對父親說：「下星期天同學家有聚會。」父親也不會理會。只能拒絕說很抱歉我星期天不方便。在拒絕了多次之後，當然就沒有人會再邀他了。一留神時，他已經不屬於任何團體，經常都是一個人獨來獨往了。

星期天不管有什麼事，他都必須跟著父親從早晨到傍晚去收款路線繞。這是鐵則，沒有例外也沒有變更餘地。就算感冒咳嗽不停，有點發燒，或拉肚子，父親都不容許他不去。那樣的時候，他一面昏昏沉沉搖搖晃晃地走在父親後面，一面常常想如果能就這樣倒下去死掉該有多好。那麼父親或許會稍微檢討一下自己的行為吧。會反省對小孩是不是過分嚴厲了。不過不知是幸或不幸，天吾天生身體就很健康強壯。就算發燒、胃痛、噁心想吐，也不會昏倒或失去知覺，都能跟父親一起走完漫長的收款路線。從來沒有哭鬧過一次。

天吾的父親在戰爭結束那年，身無分文地從滿洲撤退回來。他父親生為東北農家的三男，和同鄉的夥伴一起參加滿蒙開拓團渡海到滿洲去。滿洲是一片王道樂土，土地寬闊肥沃，到那裡去的話一定可以過豐足的生活，政府的這種宣傳他並沒有完全相信。從一開始就知道，哪裡也不會有所謂王道樂土這種地方。只是他們很窮，處於飢餓狀態。留在鄉下也只能過著餓死邊緣的生活，而且世間正逢嚴重的不景氣，到處充滿失業者。就算到都會去也無法指望能找到像樣的工作。那麼只有到滿洲去才找得到生路了。於是把握機會接受了帶槍開拓農民的基礎訓練，聽了滿洲農業概況的起碼知識的課，在高唱三聲萬歲聲中被歡送離開故鄉，從大連搭上火車被送到滿蒙邊境附近。在那裡領到耕地、農具和手槍，和同伴們一起開始經營農業。到處是石頭的貧瘠土地，冬天整個冰天雪地。因為沒有可吃的東西，所以連野狗都吃。雖然如此，最初幾年還有政府的補助，總算能在那裡活了下來。

一九四五年八月，就在生活好不容易安定下來時，蘇聯卻打破中立條約，全面入侵滿洲。歐洲戰線結束後的蘇聯軍，將大量兵力從西伯利亞鐵路轉運到遠東，為了越過國境正逐步整頓軍備。父親從一點因緣而認識的官員聽到那樣緊迫的情勢，預期蘇聯軍將侵襲過來。關東軍力已經減弱根本挺不住，還是準備一下就算雙手空空也要逃走為妙，那個官員悄悄對他耳語。他說，逃得越快越好。所以一聽到蘇聯軍似乎已經突破邊境的消息，就立刻騎著準備好的馬趕到車站，搭上往大連的最後倒數第二班火車。同伴中能在那年之內平安回到日本的只有他一個人而已。

戰後，父親到東京做過黑市買賣、當過木工學徒，全都不太順利。一個人吃飯都很勉強的地步。一九四七年秋天，正在幫淺草一家酒店送貨時，在路上碰巧遇到滿洲時代認識的人。正是悄悄告訴他日俄即將開戰的那個公務員。他原本是在滿洲國的郵政相關機構服務，現在回到日本在老巢的遞信省上班。可能因為是同鄉的關係，而且也知道天吾的父親是個吃苦耐勞的人吧，對他好像頗有好感的樣子，邀他一起吃飯。

知道天吾的父親找不到像樣的工作正苦惱著，那個公務員就問，有沒有興趣做ＮＨＫ的收款工作。說在那個單位有熟人，可以幫忙介紹。能這樣幫忙當然最好不過了，父親說。雖然不知道ＮＨＫ是什麼樣的地方，不過只要是有固定收入的工作什麼都行。公務員幫忙寫了介紹信，甚至還幫他擔任保證人。託他的福，父親輕易地當上了ＮＨＫ的收費員。接受了講習，領到了制服，分到工作配額。世人好不容易從戰敗的衝擊中重新站起來，在貧窮的生活中需要娛樂。收音機所提供的音樂、笑話和運動成為身邊最便宜的娛樂，收音機廣泛普及到戰前所無法比的地步。ＮＨＫ需要大量現場人員去收聽取費。

天吾的父親非常認真地完成他的職務。他的強項是擁有強壯的身體，而且吃苦耐勞。畢竟有生以來，難得好好吃飽過一餐。對這樣的人來說，ＮＨＫ收款業務並不算多辛苦的工作。不管人家怎麼臭罵，他都毫不在乎。而且，雖說屬於末端單位，但自己能屬於巨大組織這件事，帶給他很大的滿足感。本來是按件計酬、沒有身分保障的委外收費員，工作一年後，由於成績好、工作態度認真，於是就被錄用為ＮＨＫ的正式收費員。這對ＮＨＫ的慣例來說是破格拔擢。由於在收款難度特別高的地區達到優良成績也有關係，但當然保證人來自遞信省發揮了影響力。基本薪資固定，另外還有各種津貼。有宿舍可住，還能加入健康保險。跟幾近用完就丟的一般委外收費員的待遇簡直是天壤之別。這是他的人生中所遇到的最大幸運。無論如何，總算能在圖騰柱的最下段位置定下來了。

這是父親一再說給天吾聽的事情。父親既不會唱搖籃曲，也不會在枕邊讀童話給他聽。只會把自己過去實際體驗過的事情，重複說給他聽。生在東北貧窮的佃農家，經常在勞動和挨打下像狗一樣被養大，成為開拓團一員渡海去到滿洲，在連小便都會在途中結冰的土地上，拿著槍一面趕走馬賊和野狼群一面耕作，在蘇聯的戰車軍團壓境之下勉強撿回一條命，沒有被送到西伯利亞集中營而能平安歸國，而後一面抱著空肚子在戰後混亂騷動中苟延殘喘，如何在偶然的機會下幸運地成為ＮＨＫ的正規收費員的經過。成為ＮＨＫ的收費員這件事，是他的故事最後的快樂結局。在這裡故事終於可喜可賀地結束了。

父親相當擅長說這種事情。雖然無法確認什麼程度是事實，不過事情總算合情合理。而且就算稱不上有內涵，但細節倒是相當栩栩如生，述說的口氣也多彩多姿。有愉快的事，有心酸的事，也有粗暴狂野的事。有荒唐無稽令人啞然吃驚的事，也有聽幾次都難以理解的事。如果人生是以插曲的多彩程度來計算的話，或許他的人生也可以算是豐富多彩了。

然而被任用為ＮＨＫ的正規職員之後，父親的故事不知怎麼卻急速失去色彩和真實感。他所說的事情漸漸缺少細部，缺乏整體感。那對他來說似乎已經成為不值一提的後日談了。他跟一個女子認識後結婚，生了一個小孩——也就是天吾。母親在生下天吾的幾個月後，得了病很快就死去。以後他沒有再婚，一面當個ＮＨＫ的收費員勤勉地工作，一面一個大男人拉拔天吾長大。直到現在。完畢。

他是經過怎麼樣的過程邂逅天吾的母親，然後結婚的？她是什麼樣的女性？死因是什麼？（她的死和生下天吾有關嗎？）她的死是算比較安詳的？還是充滿痛苦的？關於這些，父親幾乎隻字未提。即使天吾問起，他也把話題轉開不作回答。很多次，甚至不高興地沉默下來。母親的照片一張也沒留下。也沒有結婚典禮的相片。父親解釋，因為沒有餘裕辦結婚典禮，也沒有照相機。

不過天吾基本上不相信父親的話。父親一定隱瞞了事實，捏造了故事。母親並沒有在生下天吾的幾個月後死掉。在他殘留的記憶中，母親到他一歲半為止還活著。而且就在天吾睡著的旁邊，和父親以外的男人互相擁抱，親熱。

他的母親脫掉胸罩，解開白色長襯裙的肩帶，讓不是父親的男人吸乳頭。天吾就躺在旁邊發出沉睡的鼻息。但同時他並沒有睡著。他正在看著母親的身影。

這是對天吾來說母親的紀念照。那十秒鐘左右的情景清清楚楚地烙印在他的腦子裡。那是他所擁有的，關於母親的唯一具體情報。天吾的意識透過那印象勉強和母親相通。以假想的臍帶連繫著。他的意識浮在記憶的羊水中，傾聽著從過去傳來的回聲。然而父親並不知道，天吾腦子裡烙印有那樣鮮明的光景。並不知道他像原野的牛那樣不斷地反芻著那情景的片段，從那裡獲得重要的營養。父子分別懷著深深的黑暗祕密。

這是一個晴朗得很舒服的星期天早晨。不過吹過的風依然稍帶著寒意，雖說已經四月中了，但季節卻告訴我們它還可以簡單地逆轉回去。天吾在黑色圓領薄毛衣上，加一件學生時代就穿到現在的杉綾織的夾克、淺茶色的工作長褲、Hush Puppies的茶色鞋子。鞋子算是比較新的。這是他所能辦到盡量清爽的穿著了。

天吾來到中央線新宿車站往立川的月台最前面車廂候車處時，深繪里已經在那裡了。她一個人坐在長椅上，身體動也不動，瞇細眼睛看著空中。在怎麼看都是夏天料子的印花棉布洋裝上，套一件厚厚的冬季草綠色毛線衣，沒穿襪子的腳上穿著褪色的灰色運動鞋。以這樣的季節算是有點難以想像的搭配。洋裝太薄、毛衣太厚。不過她這樣穿，卻並不讓人覺得古怪。或許她藉著這樣的不搭調，表現她自己的世界觀吧。看來不是沒有這樣的意味。不過她可能什麼也沒想，只是隨便亂選的衣服而已。

她沒看報紙，沒看書，也沒聽隨身聽，只安靜坐在那裡，以大大的黑眼睛一直眺望著前方。好像在注視著什麼，也好像什麼也沒看。像在想什麼，又像什麼也沒想的樣子。從遠遠看，就像是用特殊素材塑成的寫實主義雕像那樣。

「等很久嗎？」天吾問。

深繪里看看天吾的臉，然後頭輕輕搖了幾公分而已。那黑眼珠上有絲綢般鮮明的光澤，但和上次見到時一樣，完全看不到任何表情。看來她現在還不太想跟人說話。所以天吾也放棄繼續對話的努力，什麼也不說地在她旁邊坐下。

電車來了，深繪里默默站起來。然後兩個人上了那輛電車。假日往高尾的快速電車乘客很少。天吾和深繪里並排坐在椅子上，無言地眺望著對面窗外通過的都會光景。深繪里依然沒有開口，天吾也保持沉默。她好像在準備迎接即將來臨的嚴寒般，把毛衣領子緊緊拉攏，朝向正面，嘴唇閉成一直線。

天吾拿出帶來的文庫本開始看，但猶豫一下又作罷。他把文庫本放回口袋，像要陪著深繪里那樣，雙手放在膝上，只恍惚地看著前方。想思考什麼，卻想不起任何一件可以想的事。由於暫時集中精神在改寫〈空氣蛹〉，所以腦子可能在排斥思考什麼有條理的事。頭腦的芯好像有整團散亂的線頭糾纏著。

天吾眺望著窗外流過的風景，傾聽著鐵軌發出的單調聲音。中央線簡直像用尺在地圖上畫一條線那樣，無止境地筆直延伸出去。不，不需要聲明是簡直或好像，當時的人一定是實際上就是那樣把路線鋪出來的。關東平原的這一帶，沒有任何一個值得一提的地勢上的障礙物。因而完成了一條人們無法感覺任何轉彎或高低，既沒有橋樑也沒有隧道的路線。只要有一把尺就夠了。電車只要往目的地一直線地跑就行了。

不知道從哪一帶開始，天吾在不知不覺間睡著了。感覺到震動而醒來時，是電車正徐徐減慢速度即將停靠荻窪站的時候。短暫的睡眠。深繪里還以和剛才同樣的姿勢一直注視著正面。不過天吾並不知道，她實際上在看著什麼樣的東西。只是從那彷彿集中精神在什麼事情上的氛圍推測，可能暫時還沒有要下車的打算。

「妳平常都看什麼書？」天吾受不了無聊，在電車過了三鷹站一帶時這樣問。這是之前想過要找機會問深繪里的事。

深繪里瞄了一眼天吾，然後臉又再朝向正面。「我不看書。」她簡潔地回答。

「完全不看？」

深繪里短短地點頭。

「對看書沒興趣嗎？」天吾問。

「看書很花時間。」深繪里說。

「因為看書很花時間所以不看嗎？」天吾不太懂地反問。

深繪里依然朝著正面沒有作答。這似乎表示並不否認的意思。

當然以一般來說，看一本書自然要花一些時間。和看電視、看漫畫不同。讀書這件事是在比較長的時間性中所進行的持續行為。不過在深繪里所說的「花時間」這個詞語中，似乎含有和一般論有幾分不同的意味。

「妳說花時間，也就是……非常花時間的意思嗎？」天吾問。

「非常。」深繪里斷然說。

「比一般人要花更長時間？」

深繪里深深點頭。

「如果要那樣花時間的話。那麼上學一定很困難吧？上課必須讀很多書。」

「假裝在讀。」她若無其事地說。

天吾頭腦裡傳來不祥的敲門聲。那聲音如果可能真希望不要聽見，但不可能。他必須知道事實的真相。

天吾問：「妳說的，也就是像所謂的 dyslexia 嗎？」

「dyslexia。」深繪里反覆一次。

「閱讀障礙。」

「有人說過。dys——」

「誰說的？」

少女輕輕聳聳肩。

「也就是說——」天吾像摸索著般尋找用語，「從小時候開始就一直這樣嗎？」

深繪里點頭。

「那麼，以前也幾乎沒有讀過像小說的東西。」

「自己沒有。」深繪里說。

難怪她所寫的東西，沒有受到任何作家的影響。這是合理的說明。

「自己沒有讀。」天吾重複說。

「有人讀給我聽。」深繪里說。

「是爸爸或媽媽唸書給妳聽嗎？」

深繪里沒有回答這個。

「不過雖然不能讀，寫卻沒有問題嗎？」天吾提心弔膽地問。

深繪里搖搖頭。「寫也很花時間。」

「非常花時間嗎？」

深繪里又再輕輕聳聳肩。表示Yes的意思。

天吾重新坐回椅子上，改變身體的位置。「這麼說來，會不會〈空氣蛹〉不是妳自己寫的？」

「我沒有寫。」

天吾停了幾秒。沉重的幾秒。「那麼是誰寫的？」

「是薊。」深繪里說。

「薊是誰？」

「比我小兩歲。」

又再有一次短暫空白。「那個孩子代替妳寫〈空氣蛹〉。」

深繪里非常理所當然地點頭。

天吾拚命動腦筋。「也就是說，妳說故事，薊把那寫成文章。是這樣嗎？」

「ㄉㄚˇ ㄗˋ後ㄌㄧㄝˋ ㄧㄣˋ出來。」深繪里說。

天吾咬著嘴唇，把她所提出的幾個事實在腦子裡排出來，把前後左右整理好。然後說：「也就是說，薊把那ㄌㄧㄝˋ ㄧㄣˋ出來的東西寄去投稿雜誌的新人獎。或許沒有告訴妳，還加上〈空氣蛹〉的標題。」

深繪里歪著脖子看不出是表示Yes或No。但沒有反駁。可能大致對了吧。

「薊是妳的朋友嗎？」

「住在一起。」

「妳的妹妹嗎？」

深繪里搖頭。「ㄌㄠˇ ㄕ的孩子。」

「老師？」天吾說。「妳是說那個老師，也跟妳住在一起嗎？」

深繪里點頭。好像怎麼到現在還問這種問題似的。

「我現在要去見的人，一定就是這位老師了對嗎？」

深繪里轉向天吾，以像在觀察遠方雲的流動似的眼神看著他的臉好一會兒。或在思考記性不好的狗有何用途的眼神。然後點頭。

「我們要去見ㄌㄠˇㄕ。」她以缺乏表情的聲音說。

對話到這裡暫時結束。天吾和深繪里又再陷入沉默，兩個人並排眺望著窗外。平平的單調土地，沒有特徵的建築物，無止境地排列著。無數電視天線，像蟲子的觸角般伸向天空。住在那裡的人有沒有確實繳納ＮＨＫ的收訊費？星期天天吾動不動就會想到收訊費的事情。雖然這種事情根本就不想去想的，卻沒辦法不想。

今天，在這晴朗的四月中的星期天早晨，有幾件很難說是愉快的事實明朗化了。首先第一件是，深繪里不是自己寫〈空氣蛹〉的。如果完全相信她所說的話（目前想不到不能相信的理由），深繪里只是說故事，由另一個女孩把那寫成文章。以形成過程來說，和《古事記》及《平家物語》等口傳文學相同。這件事實使天吾對自己動手修改〈空氣蛹〉的罪惡感多少減輕了一些，然而以整體來看，事態則更加——說白一點是到了進退維谷的地步——複雜化了。

而且她有讀字障礙，沒辦法正常讀書。天吾試著把對dyslexia所有的知識整理了一下。在大學修教育學分時，聽過關於這方面障礙的課。理論上，dyslexia的患者可以讀和寫。智商沒有問題。不過讀起來很花時間。讀短的文章沒有障礙，但累積增加之後，處理資訊的能力就會漸漸追趕不上。文字和字意無法順利在腦子裡連接上。這是一般dyslexia的症狀。原因還沒完全找到。不過在學校，一班有一兩個dyslexia的小孩，也不值得驚訝。愛因斯坦是這樣，愛迪生和查爾士・明格斯也是。

天吾不知道，有讀字障礙的人，在寫文章方面，一般是不是會感覺到像讀文章時同樣的困難，不過以深繪里的情況來說，似乎是這樣。她在寫的方面，也感覺到和讀的方面同樣程度的困難。

如果知道這件事的話，小松到底會怎麼說呢？天吾不禁嘆一口氣。這個十七歲少女，天生就有讀字障礙，無論讀書，或寫長文章都不能得心應手。對話的時候（如果不是刻意這樣），一次大概只能講一個句子。就算只是裝樣子也好，要把她裝成一個專業小說家，根本就免談。就算天吾能把〈空氣蛹〉改寫得很好，拿到新人獎，出版獲得好評，也無法繼續欺騙世人的眼光。就算最初進行順利，不久大家一定也會開始想到：「有點奇怪。」這時如果事實拆穿了，全體相關者一定會一起毀滅。天吾小說家的生涯就會在此——在還沒正式起步之下——輕易斷送命脈。

本來這種缺陷累累的計畫就不可能進行順利。從一開始就有如履薄冰的感覺，到了現在這種形容更嫌太簡單了。在腳踏出之前，冰已經發出咯吱咯吱逐漸裂開的聲音了。回家後打電話給小松，只能說：「對不起，小松先生，這件事我要退出。實在太危險了。」這是精神正常的人該做的事。

不過一想到〈空氣蛹〉這篇作品時，天吾的心卻激烈地混亂、分裂了。不管小松所擬的計畫多麼危險，要在這時候停下〈空氣蛹〉的改稿作業，天吾似乎辦不到。若是在開始改寫以前，或許有可能。但現在卻難了。他現在已經一頭栽進那作品裡。呼吸著那個世界的空氣，被那個世界的重力同化了。那個故事的精髓已經滲透進他五臟六腑的內壁了。那個故事迫切地要求天吾親手來改變，他可以清清楚楚地感覺到那要求。那是只有天吾才做得到的事情，有去做的價值，也是不能不做的事情。

天吾在座位上閉起眼睛，這種狀況自己該如何對應，試著找出暫時的結論。但結論出不來。正混亂又分裂的人，不可能想出合理的結論。

「薊把妳所說的話照樣寫成文章嗎？」天吾問。

「照我說的。」深繪里回答。

「妳說的話，她照著寫出來。」天吾問。

「不過必須小聲說。」

「為什麼必須小聲說？」

深繪里環視車內一圈。幾乎沒有乘客。只有一個母親帶著兩個幼小的孩子，坐在對面座位稍微離開一點的地方而已。看起來三個人好像要到某個快樂的地方去的途中。世間也有這樣幸福的人存在。

「就像不要讓那些人聽到一樣。」深繪里小聲說。

「那些人？」天吾說。從她焦點不定的眼睛看來，顯然不是指這母子三個人。並不在這裡。深繪里所說的，是她所熟知的——而天吾不知道的——具體的誰。

「妳說的那些人是誰？」天吾問。他的聲音也多少變小了。

深繪里什麼也沒說，眉間聚起細小的皺紋。嘴唇緊緊地閉著。

「是Little People嗎？」天吾問。

還是沒有回答。

「妳所說的那些人，如果故事印刷出來在世間發表，造成問題，他們會生氣嗎？」

深繪里沒有回答這個問題。眼睛焦點依然沒有固定在任何地方。等了一下確定沒有回答之後，天吾問了別的問題。

「關於妳所說的ㄌㄠˇㄕ，可以告訴我嗎？他是什麼樣的人？」

深繪里以不可思議的表情看天吾。好像不明白這個人到底在說什麼似的。然後說：「我們現在要去見ㄌㄠˇㄕ。」

「沒錯。」天吾說。「確實像妳說的那樣。反正現在要去見他了。直接見面自己確認就好了。」

在國分寺站一群穿著像要登山模樣的老人上車了。總共有十個人左右，男女各半，年齡看起來從六十歲後半到七十歲前半之間。分別背著背包、戴著帽子，好像要去遠足的小學生那樣吵鬧而快樂的樣子。他們有些把水壺掛在腰間，有些塞在背包的口袋裡。自己老了以後也會像這樣快樂嗎？天吾想。然後輕輕搖搖頭。不，大概不可能。天吾想像著老人們在某個山頂得意地從水壺喝水的光景。

Little People雖然身體很小卻要喝很多水。而且他們喜歡的不是自來水而是雨水，或附近小河裡流的水。所以少女白天的時候用水桶從小河汲了水來，讓Little People喝。如果下雨，就把水桶放在屋簷下接水。因為同樣是自然的水，跟小河的水比起來，Little People更喜歡雨水。他們很感謝少女體貼的行為。

天吾發現自己的意識開始無法集中了。這是不好的徵候。可能因為今天是星期天的關係。他心中某種混亂開始了。感情平原的某個地方似乎正在發生不祥的沙塵暴。星期天常常會發生這種事。

「怎麼了。」深繪里不帶問號地問。她似乎能察覺天吾所感到的緊張。

「不知道會不會順利？」天吾說。

「什麼。」

「我能順利說話嗎？」

「能順利說話嗎。」深繪里問。好像不太能理解，他想說什麼。

「跟ㄉㄠˇ ㄕ。」天吾說。

「跟ㄉㄠˇ ㄕ能順利說話嗎。」深繪里反覆道。

天吾猶豫一下，坦白說出自己的心情。「結果會不會，很多事情意見都不合，一切都白費工夫？」

深繪里轉過身子，從正面筆直看天吾的臉。「怕什麼。」她問。

「妳問我怕什麼嗎？」天吾把她的提問換個說法。

深繪里默默點頭。

「我可能害怕跟陌生人見面。尤其是星期天早晨。」天吾說。

「為什麼ㄒㄧㄥ ㄑㄧˊ ㄊㄧㄢ。」深繪里問。

天吾腋下開始冒汗。感覺胸前緊縮起來。跟陌生人見面，並將面臨某種新的狀況。那將威脅到自己現在的存在。

「為什麼ㄒㄧㄥ ㄑㄧˊ ㄊㄧㄢ。」深繪里再問一次。

天吾想起少年時代星期天的事。花了一整天把預定的收款路線走完後，父親會帶他到車站前的餐廳去，說想吃什麼都可以點。就像獎賞一樣。這對於簡樸過日子的兩個人來說幾乎是唯一在外面吃飯的機會。父親這時候會稀奇地點啤酒（父親平常幾乎不喝酒）。不過話雖這麼說，天吾卻絲毫沒有食欲。平常經常都餓肚子，但只有星期天不知道為什麼不管吃什麼都不覺得好吃。點的東西要全部吃完——絕對不容許剩下——只覺得痛苦。有時甚至不禁想吐。這就是對少年時代天吾而言的星期天。

深繪里看著天吾的臉。尋找他眼睛裡的東西。然後伸出一隻手，拉起天吾的手。天吾吃了一驚，但努力不讓驚訝顯露在臉上。

電車到達國立站之前，深繪里就那樣繼續輕輕握著他的手。她的手比想像中硬，滑溜溜的。既不熱，也不冷。那手幾乎只有天吾手的一半大而已。

「不用怕。這跟以前的ㄒㄧㄥ ㄑㄧˊ ㄊㄧㄢ不一樣。」少女好像在告訴他誰都知道的事實似地說。

她同時說出兩個以上的句子，這可能是第一次，天吾想。

第9章

青豆

風景改變、規則改變

青豆從自己家到附近的區立圖書館去。並在櫃檯請求閱覽報紙的微縮版。一九八一年九月到十一月的三個月分。有朝日、讀賣、每日和日經，請問妳希望讀什麼報？圖書館員問她。戴眼鏡的中年女人，看起來與其說像圖書館的正式職員，不如說更像按時計酬的家庭主婦。雖然並沒多胖，但手腕像火腿般圓滾滾的。

青豆說隨便都可以，每種報紙都差不多。

「或許是這樣，不過還是請決定一種，否則我很為難。」女人好像要抗拒其他爭議似的，以沒有抑揚頓挫的聲音這樣說。青豆本來也不打算爭論，因此沒有特別理由地選了《每日新聞》。然後坐在有隔板的書桌座位上攤開筆記，一隻手拿著原子筆，眼睛開始掃瞄報紙上刊登的報導。

一九八一年的初秋，並沒有發生多大的事件。那年七月，查理王子和黛安娜舉行結婚典禮，餘波到現在依然繼續。兩個人到了什麼地方做了什麼事情，戴安娜穿了什麼衣服，戴了什麼配飾。青豆當然知道查理王子和戴安娜舉行婚禮的事。但她對這個並沒有太大興趣。青豆完全無法理解為什麼世人對英國皇太子和皇太子妃的命運要那麼關心。從外貌看來，查理與其說像皇太子，不如說更像腸胃有病的物理老師。

在波蘭，華勒沙議長所率領的「團結工聯」加深與政府的對立，蘇聯政府對此表示「憂慮」。以比較明白的用語來說，就是波蘭政府如果無法控制事態，就要像六八年「布拉格之春」時那樣送戰車部隊的意思。這方面的事情青豆大約記得。也知道結果蘇聯在各種事情之後放棄介入。所以沒有必要詳細讀那報導。只有一件值得注意的事是，美國雷根總統可能以牽制蘇聯對波蘭內政干涉為目的，發表「期待波蘭的緊張，不至於妨礙美蘇共同在月球上建設基地的計畫」聲明。在月球上建設基地？沒聽過這件事。不過這麼說來，上次電視新聞上好像提到這件事。就是在赤坂的飯店和從關西來的頭髮稀薄的中年男人做愛的那天晚上。

九月二十日雅加達舉行了世界最大規模的風箏大會，一萬人以上聚集在一起放風箏。青豆不知道有這新聞，不過不知道也不特別奇怪。三年前在雅加達所舉行的風箏大會的新聞誰還記得呢？

十月六日埃及總統沙達特，被回教激進恐怖份子暗殺。青豆記得這件事，再次感到沙達特總統死得可憐。她還滿喜歡沙達特總統頭的禿法，一直強烈厭惡牽連宗教的基本教義派。光想到這些傢伙褊狹的世界觀、自命不凡的優越感、滿不在乎地逼迫他人就怒火中燒。她無法適度控制那憤怒。不過那跟她現在所面臨的問題沒關係。青豆深呼吸幾次，鎮定神經之後，移到下一頁。

十月十二日東京板橋區的住宅區，ＮＨＫ的收費員（56歲）和拒絕付費的大學生發生口角，從皮包拿出隨身攜帶的尖刀刺傷對方腹部造成重傷。收費員被趕來的警察當場逮捕。收費員手拿著血淋淋的尖刀幾乎陷入失心狀態呆呆佇立在那裡，被逮捕時完全沒有抗拒。據一位同事說，該收費員六年前成為正式職員，工作態度極為認真，成績也優異。

青豆不知道發生過這件事。青豆訂了《讀賣新聞》，每天把報紙從頭到尾都看過一遍。社會新聞──尤其和犯罪有關的──都會詳細閱讀。而且那種報導，占晚報社會版的將近一半。這麼大的事件不可能看漏。不過當然，也有可能因為某種原因而沒讀到。雖然是極不可能的事，但也不能斷言完全不可能。

她皺起額頭，考慮一下這可能性。然後把日期和事件概要寫在筆記上。

收費員的姓名是芥川真之介。很氣派的名字。像文豪一樣。沒附照片。只登出被刺者名叫田川明（21歲）的照片。田川是日本大學法學部三年級的學生，劍道二段。如果帶著竹刀可能就不會那麼容易被刺了，不過一般人並不會一手拿著竹刀跟NHK的收費員說話。而且普通的NHK收費員也不會在皮包裡隨身攜帶尖刀。青豆仔細追蹤後來幾天的報導，但沒看到那位被刺的學生死去的報導。大概撿回一條命了吧。

十月十六日北海道夕張的煤礦坑發生重大意外。地下上千公尺的採掘現場發生火災，正在作業的五十多人窒息而死。火勢向地上延燒，又再造成十人在那裡喪命。公司為了防止延燒，沒有確認剩下的作業人員的生死，就用幫浦將坑道灌水淹沒。死者合計達九十三人。是一件令人心痛的事件。煤炭既是「高污染」能源，採掘工作又危險，開採公司不肯花錢投資設備，勞動條件惡劣。意外多，對肺確實不好。不過就因為廉價，所以才有煤炭需要者和企業存在。青豆對這件意外還記憶深刻。

青豆所找的事件，是在夕張的煤礦火災還餘波未了的十月十九日發生的。曾經發生過這樣的事件——在幾小時前聽Tamaru提到之前——青豆完全不知道。這怎麼說，都不可能。因為事件的大標題占了報紙整版，以不可能看漏的巨大字體印刷著。

在山梨縣山中和激進派槍戰　警察三人殉職

大張照片刊出。是事件發生現場的空拍照片。在本栖湖附近。也有簡單地圖。在從開發為別墅地的區域稍往深處的山中。三名山梨縣殉職警察的臉部相片。搭直升機出動的自衛隊特種空降部隊。迷彩野戰服，附有瞄準器的狙擊槍和槍身短的自動步槍。

青豆的臉大大地扭曲了一陣子。為了正當表達感情，臉上各部分的肌肉盡可能伸張到極限。但因為桌子兩側有隔板，因此誰也沒看到青豆臉上的那種激烈變化。然後青豆大大地深呼吸。把周圍的空氣盡情吸入，盡情吐出。像鯨魚浮出水面，將巨大肺部的空氣完全換新那樣。背對背坐著正在用功讀書的高中生，聽到那聲音吃了一驚回過頭來看青豆這邊，當然什麼也沒說。只是害怕而已。

她的臉扭曲一陣子之後，努力讓各部分的肌肉放鬆，恢復原來普通的臉。然後用原子筆末端，咯咯咯地一直敲著門牙。然後試著整理思緒。其中一定有什麼原因。或不如說，不可能沒有原因。為什麼這麼重大的，震撼整個日本的事件，我會看漏呢？

不，不只這個事件。還有NHK收費員刺傷大學生的事件，我也不知道。非常不可思議。不可能連續看漏這樣大的事件。我怎麼說都是一個一板一眼小心注意的人。只要有一毫米的誤差都會注意到。對記憶力也有自信。因此能把幾個人送到那邊去，一次都沒出錯過，還能這樣活到現在。我每天都仔細看報紙，當我說「仔細看報紙」時，就表示只要有一點點意義的資訊都絲毫不會放過的意思。

當然那本栖湖事件連續幾天報紙都以大篇幅報導。自衛隊和縣警為了追捕逃走的十個激進派成員，展開大規模搜山行動，射殺了三個人，使兩個人重傷，逮捕了四個人（其中一個是女性）。一個依舊行蹤不明。整張報紙都被這事件的報導所占滿。因此被ＮＨＫ收費員刺傷的板橋區大學生事件的後續報導，就不知被拋到什麼地方去了。

ＮＨＫ——當然沒有露面——肯定鬆了一口氣吧。如果沒有這種大事件的話，媒體想必會大聲窮追猛打質疑ＮＨＫ的收款系統，和ＮＨＫ組織的成立本身。那年年初，發生了自民黨對ＮＨＫ所製作的洛克希德行賄案專題節目表示不滿，要求更改內容的事件。ＮＨＫ於是在播出前向執政黨的幾個政治家詳細說明播放內容，並恭恭敬敬地請教：「這樣的內容可以播出嗎？」令人驚奇的是，這竟然是日常經常在進行的程序。ＮＨＫ的預算需要經過國會通過，ＮＨＫ的高層害怕如果得罪執政黨和政府機構，不知會受到什麼樣的報復。而且執政黨內，有人認為ＮＨＫ只不過是自己的傳聲筒。那樣的內幕暴露出來，當然許多國民已經開始不信任ＮＨＫ節目的獨立性和政治公正性。而且也加強了拒繳收訊費運動的氣勢。

除了這個本栖湖事件，和ＮＨＫ收費員事件之外，青豆對那個時期所發生的其他事情、事件和事故，都還記得清清楚楚。除了這兩件事以外的新聞，記憶都沒有遺漏。任何報導記得當時都確實讀到過。可是，只有本栖湖的槍擊事件和ＮＨＫ收費員的事件，完全沒有留在她的記憶中。為什麼呢？如果我的頭腦出現了什麼問題，難道能只略過這兩件報導，或只把相關的記憶巧妙消去嗎？

青豆閉上眼睛，指尖用力壓著太陽穴。不，這種事情說不定有可能。在我的腦子裡，或許產生了類似想改變現實的機能，那會只選擇特定的新聞，完全用黑布蓋起來，不讓我的眼睛看見，不會留在記憶中。包括警察的制式手槍和制服更新的事，美蘇共同建設月球基地的事，NHK收費員拿尖刀刺傷大學生的事，以及激進份子和自衛隊特種部隊在本栖湖發生過激烈槍戰的事。

不過這些事情之間，到底具有什麼樣的共通性？

怎麼想都沒有共通性。

青豆以原子筆末端咯咯咯地繼續敲著門牙。並轉動著腦筋。

經過很長時間，青豆忽然這樣想。

難道不能這樣想嗎？——問題不是出在我自己身上，而是圍繞著我的外部世界。不是我的意識或精神出現異常，而是由於某種莫名其妙的力量作祟，使我周圍的世界本身起了變化。

青豆越想越覺得這種假設比較可能。因為無論如何都對自己的意識有某種缺陷或扭曲的事，沒有真實感。

所以她把這假設更往前推。

發生錯亂的不是我，是世界。

對，這樣就對了。

在某個時點我所知道的世界消滅了，或退場了，由別的世界取而代之。就像可以切換的鐵路道岔那樣。換句話說，現在在這裡的我，意識還屬於原來的世界，世界本身卻已經變成別的東西了。在這裡所進行的事實的變更，目前仍然有限。新世界的大部分，還是沿用我所知道的原來的世界。所以生活上，還沒有什麼現實上的障礙（目前幾乎還沒有）。但以後我周圍一定會產生越來越多這種「已變更的部分」。誤差將逐漸膨脹加大。而且有時這種誤差，或許會破壞我所採取的行動的理論性，使我犯下致命的過失。如果那樣的話，那真是名副其實致命的。

平行世界。

好像嘴裡含進什麼極酸的東西時那樣，青豆皺起眉頭。不過不像剛才那樣嚴重的皺法。然後又再用原子筆末端咯咯咯地用力敲著門牙，喉嚨深處發出沉重的吟聲。背後的高中生聽到那聲音，但這次假裝沒聽見。

這樣一來變成科幻小說了，青豆想。

或許我只是為了自我防禦，而隨意製造出這假設的。實際上可能單純只是**我的頭腦有問題**了。我認為我自己的精神完全正常。覺得自己的意識並沒有扭曲。不過自己完全正常，周圍的世界發狂了，這不是一般精神病患者的主張嗎？我提出所謂「平行世界」這樣脫離常軌的假設，難道只是想讓自己的瘋狂勉強正當化而已嗎？

需要冷靜的第三者的意見。

然而也不能去看心理分析師。因為事情太複雜了，太多無法說明的事實了。例如我最近在做的「工作」，毫無疑問是違反法律的。畢竟是用手製冰錐祕密地殺死男人。那種事總不能向醫師表白。就算對方是死有餘辜的極端卑劣的壞蛋。

就算那違法部分能巧妙遮蓋，我有生以來所經歷過人生的合法部分，也令人不敢恭維。就像塞滿了髒衣服的行李箱那樣。那裡面塞著足夠逼一個人精神變異常的充分材料。不，或許塞有夠兩三個人份吧。光拿性生活一件來說就足以說明。不是能在人前提得出來的東西。

不能去醫師那裡，青豆想。只能自己一個人解決。

我自己來試著把假設再往前推一點看看。

如果真的發生這種事情，換句話說，如果我所站立的世界真的是掉換過的，那具體上的切換點，是在什麼時候，在什麼地方，如何進行的呢？

青豆試著再一次集中意識，追溯記憶。

首先想到的第一個世界變更部分，是幾天前，在澀谷飯店的一個房間處理油田開發專家那天。在首都高速道路三號線下了計程車，用太平梯下到二四六號線，換穿了絲襪，朝東急線的三軒茶屋車站走時。途中青豆和年輕警察擦肩而過，第一次發現那看起來和平常不一樣。那是開始。那麼，應該是在那稍前，世界的道岔進行了切換。因為那天早晨在自己家附近所看到的警察還穿著看慣的制服，配戴舊式左輪手槍。

青豆想起在被捲進塞車陣的計程車裡，聽到楊納傑克《小交響曲》的開頭時所經驗到的，那不可思議的感覺。那是身體像被絞緊般的感覺。身體的組成，有像抹布被絞緊那樣的感覺。而且那個司機，告訴我首都高速道路上有太平梯存在這件事，我脫下高跟鞋走下那危險的階梯。我打赤腳一面被強風吹著，一面走下那階梯之間，那《小交響曲》的開頭部分還一直在我耳朵裡斷續響著。或許那就是開始，青豆想。

計程車司機也給人某種奇怪的印象。他在臨分手時說出的話，青豆還記得。她盡量正確地在腦子裡重現那句話。

做了這種事之後，日常的風景，看起來可能會跟平常有點不一樣。不過不要被外表騙了。所謂的現實經常只有一個。

當時青豆想，說話好奇怪的司機。不過不太清楚他要說什麼，也沒太在意。她正在趕時間，也沒有閒工夫去多想麻煩的事。然而現在這樣回想起來，那些話實在太唐突也太奇怪了。既像忠告，也可以當成暗示的訊息。司機到底想傳達給我什麼？

還有楊納傑克的音樂。

為什麼我會立刻就知道，那音樂是楊納傑克的《小交響曲》呢？我為什麼會知道，那是一九二六年的作品？楊納傑克的《小交響曲》，並不是任何人一聽到開頭的主題都會知道的那麼通俗的音樂。而且，我過去也沒有特別熱心聽古典音樂。連海頓和貝多芬的音樂有什麼不同都不太清楚。為什麼一聽到計程車的收音機裡所播出的音樂，立刻就知道：「這是楊納傑克的《小交響曲》」呢？而且為什麼那音樂，帶給我身體激烈的個人性震撼般的東西呢？

對，那是一種非常個人性的震撼。簡直像長久之間一直沉睡的潛在記憶，由於某種契機而在意想不到的時候被喚醒了似的，那種感覺。有肩膀被抓住被搖撼似的感覺。那麼，或許在我過去的人生的什麼地點，曾經和那音樂有過深深的關聯也不一定。那音樂流過來，自動開啟開關，使我心中的某種記憶逐漸甦醒過來。楊納傑克的《小交響曲》。但不管怎麼搜尋記憶深處，青豆都想不起來。

青豆環視周圍一圈，看看自己的手掌，檢查指甲的形狀，為了慎重起見，試著用雙手隔著襯衫抓住乳房確認形狀看看。並沒有什麼改變。同樣的大小和形狀。我還是平常的我，世界還是平常的世界。但卻有什麼開始不一樣了。青豆可以感覺到。就像尋找圖畫的不同一樣。這裡有兩張畫。就算左右並排掛在牆上比較看看，看來都是一模一樣的畫。但如果仔細檢查細部之後，就會發現幾個細微的東西是不同的。

她把心情轉換過來，翻著報紙微縮版的頁面，把有關本栖湖槍戰的詳情做了筆記。五把中國製卡拉希尼可夫自動步槍，推測可能是由朝鮮半島走私進來的。可能是軍中淘汰的中古品，性能還不錯。也有充足的彈藥。日本海的海岸線很長。把工作船偽裝成漁船，趁黑夜的掩護帶進武器彈藥，並不是那麼困難的事。他們就是這樣把毒品和武器帶進日本，把大量日圓帶回去的。

山梨縣警的警察不知道激進派集團竟然那麼高度地武裝起來。他們以傷害罪——終究只是形式上的——取得搜索狀，分乘兩輛巡邏車和迷你巴士，以平常的裝備出發前往那稱為「黎明」的集團作為根據地的「農場」。集團成員表面上在那裡經營有機農業。他們拒絕讓警察進入農場搜查。當然就演變成互相推擠，然後由於某種契機便爆發了槍戰。

實際上沒有用到，但他們竟然準備有中國製的高性能手榴彈。沒有用到手榴彈攻擊，是因為他們才得手不久，還不熟悉使用方法。那真是幸運。因為如果用了手榴彈的話，警察和自衛隊的傷亡應該會更慘重。警方當初連防彈衣都沒準備。警方被指責情報分析過於樂觀，和裝備陳舊。不過民眾最感驚訝的是激進派中居然還一直存在那樣的實戰部隊，在水面下活潑地活動著這個事實。大家本來以為六〇年代後半段那轟轟烈烈的「革命」騷動已經成為過去，激進派殘黨也已經在淺間山莊事件中瓦解了。

青豆完成所有的筆記之後，把報紙微縮版還給櫃檯，從音樂相關的架子選了《世界作曲家》的厚厚的書，回到書桌。然後翻開楊納傑克那一頁。

楊納傑克一八五四年生於莫拉維亞的村莊，死於一九二八年。書上刊登晚年的肖像照。並沒有禿頭，頭上覆蓋著旺盛野草般的白髮。看不出頭型。《小交響曲》作曲於一九二六年。楊納傑克雖然過著沒有愛的不幸婚姻生活，然而，一九一七年，六十三歲時邂逅有夫之婦卡蜜拉墜入情網，展開兩個已婚者的熟年之愛。曾經有一段時期為低潮煩惱的楊納傑克，以邂逅卡蜜拉為契機，重新湧起旺盛的創作欲望。晚年傑作陸續問世。

有一天，兩個人在公園散步時，看見露天音樂廳正在舉行演奏會，於是站定下來聽演奏。那時楊納傑克突然全身感到一股幸福感，而獲得這首《小交響曲》作曲靈感的樂念。事後他回憶道，當時他腦子裡有某種迸裂的感覺，被一股鮮明的恍惚感所包圍。楊納傑克當時碰巧受委託要為一個大型運動會的開場作曲，那開場曲的主題，和在公園裡所獲得的「樂念」合而為一作出了《小交響曲》這作品。雖然取了「小交響曲」的名字，但構成完全是非傳統的東西，將銅管樂器所帶來的光輝慶祝氣氛，和中歐式優雅穩重的弦樂合奏互相組合，形成獨自的氛圍——有這樣的解說。

青豆為了慎重起見，把這些傳記的內容和樂曲說明也一一記入筆記。至於《小交響曲》這音樂，和青豆之間到底有什麼接點，或可能有什麼樣的接點，書中的記述並沒有給她任何暗示。走出圖書館後，她在已近黃昏的街頭漫無目的地走著。有時自言自語，有時搖搖頭。

當然一切都只不過是假設，青豆一面走一面想。不過現在那對我來說是最具有說服力的假設。至少，在更具有說服力的假設出現之前，有必要順著這假設來行動。否則難保不會被甩到什麼地方去。

因此我不妨為我所處的這種新狀況，取個適當的名稱。為了和警察還隨身佩帶舊式左輪槍的過去世界作一區別，需要一個獨自的稱呼。連貓和狗都需要名字。受到這變更的新世界不可能不需要。

1Q84年——我決定這樣稱呼這個新世界，青豆這樣決定。

Q是question mark的Q。背負疑問的東西。

她一面走一面獨自點頭。

不管喜不喜歡，我現在正置身於這「1Q84年」。我所熟知的1984年已經消失無蹤不存在了。現在是1Q84年。空氣變了，風景變了。我對帶有問號的世界的成立方式，必須盡可能快速適應。就像剛被野放到新森林裡的動物那樣。為了保護自己的身體，為了生存下去，必須早一刻理解那個場所的規則，加以配合才行。

青豆走進自由之丘車站附近的唱片行，尋找楊納傑克的《小交響曲》。楊納傑克並不是很有名的作曲家。陳列楊納傑克唱片的角落非常小，收錄有《小交響曲》的唱片也只看到一張。是喬治・塞爾（George Szell）指揮的克里夫蘭管弦樂團演奏的。A面收錄的是巴爾托克的《管弦樂協奏曲》。不知道是什麼樣的演奏，不過因為沒有選擇餘地，於是她就買了那張LP。回到家，從冰箱拿出Chablis白葡萄酒，打開瓶蓋，把唱片放在唱盤，落下唱針。於是一面喝著適度冰涼的葡萄酒，一面聽著音樂。那段熟悉的開場鼓號曲喇叭聲嘹亮響起。和在計程車上聽到的一樣的音樂。沒錯。她閉上眼睛，集中精神在那音樂。演奏得不錯。但什麼也沒發生。只有音樂在那裡響著而已。既沒有身體的扭曲，也沒有感覺的變貌。

音樂聽到最後播完，她把唱片收回唱片套，坐在地板上，靠在牆上喝著葡萄酒。一個人一面想事情時所喝的葡萄酒，幾乎沒有味道。她到洗手間去用肥皂洗臉，用小剪刀把眉毛修齊，用棉花棒清潔耳朵。

是我正在變怪，還是世界正在變怪呢？這兩者之一。不知道是哪一邊。瓶子和瓶蓋的大小不合。可能是瓶子的關係，也可能是蓋子的關係。但不管怎麼樣，尺寸不合則是無法動搖的事實。

青豆打開冰箱，檢查著裡面的東西。因為這幾天沒採購，所以裡面的東西自然不太多。拿出成熟的木瓜用刀切成兩半，用湯匙舀來吃。然後拿出三根小黃瓜用水洗過，沾美乃滋吃。慢慢花時間咀嚼。倒一玻璃杯豆漿喝。這就是全部的晚餐。雖然簡單，但為了防止便祕卻是最理想的吃法。便祕是青豆在這個世界最厭惡的事情之一。和濫用家庭暴力的卑劣男人、擁有褊狹精神的基本教義派一樣討厭。

吃完東西，青豆脫掉衣服，沖了一個熱水澡。淋浴完畢，用毛巾擦乾身體，在門上附的鏡子上看看赤裸的全身。苗條的腹部，繃緊的肌肉。不怎麼起眼歪向左右的乳房，和令人聯想到疏於整理的足球場的陰毛。在望著自己的裸體之間，忽然想起再過一星期自己就三十歲了。沒什麼值得慶賀的生日又來了。真是！第三十次生日偏偏得在這莫名其妙的世界迎接，青豆想到。於是皺起眉來。

1Q84年。

那是她所在的場所。

第 10 章

天吾

真正流血的真正革命

「轉車。」深繪里說。然後再度牽起天吾的手。電車即將到達立川車站。

下了電車，上下樓梯轉移到不同月台之間，深繪里仍一直沒放開天吾的手。從周圍的人眼裡看來，兩個人一定是像感情很好的戀人吧。雖然年齡相差不少，不過天吾看來比實際年齡輕。以體形的差別來看，一定也會讓旁觀者不禁微笑。春天星期日早晨的幸福約會。

不過在握著他的手的深繪里手中，感覺不到像對異性的情愛般的成分。她以一定的力道繼續握著他的手。在她的手指間，有類似醫師探測患者脈搏的，職業性的周到細密。或許這位少女正試圖透過手指和手掌的接觸，來交流語言所無法傳達的訊息。天吾忽然這樣想。不過假如其中確實有這樣的作為，那與其稱為交流不如說更接近單向通行。天吾心中的什麼，或許深繪里可以透過她的手掌吸取感知，但天吾卻無法讀到深繪里的心。不過天吾並不介意。因為不管什麼被讀取，自己都沒有什麼不方便被深繪里知道的事情或感情。

不管怎麼樣，這位少女即使並沒有性的意識，但對自己應該懷有某種程度的好感。天吾這樣推測。至少應該沒有壞印象。要不然，不管她有什麼打算，應該都不會這樣長久繼續握著他的手。

兩個人轉到青梅線的月台，上了在那裡等著的起站電車。雖然是星期天，車內卻出乎意料之外的擁擠，有不少做登山打扮的老人和家庭。兩個人沒有座位，並排站在門口附近。

「他們好像是來遠足的。」天吾環視車內一圈說。

「可以握著你的手。」深繪里問天吾。上了電車之後，深繪里依然沒有放掉天吾的手。

「當然可以。」天吾說。

深繪里好像放心了似的，就那樣繼續握著天吾的手。她的手指和手掌依然滑溜溜的，完全沒有流汗。那手好像還繼續在他的內部探尋著、確認著什麼。

「不再害怕。」她省略問號地問。

「覺得不再害怕了。」天吾回答。並沒有說謊。襲擊他的星期天早晨的恐慌，或許由於被深繪里握著手的關係，確實失去威力。已經不再流汗，也聽不見強力的悸動了。幻覺不再來訪。呼吸也恢復平常安穩的呼吸了。

「太好了。」深繪里以沒有抑揚頓挫的聲音說。

天吾也覺得太好了。

空中傳來以快速簡單的口吻播出電車即將開車的廣播，電車終於像疲弊的大型動物醒過來搖動身體那樣，車廂門發出呼嚕呼嚕誇張的聲音關上了。電車好像終於下定決心似的慢慢離開月台。

天吾一面和深繪里手握著手，一面眺望窗外的風景。剛開始是相當平常的住宅區風景。但隨著前進之後，武藏野的平坦風景漸漸轉變成可以明顯看見山的風景。從東青梅站開始往前鐵軌變成單線。在那裡換乘四節車廂的電車後，周圍的山存在感又再逐漸增加一些。從這一帶開始已經不屬於都心的通勤圈。山的肌理雖然還殘留著冬季的枯枝色調，但常綠樹的綠意也開始鮮明地映入眼簾。每到一站，車門開啟時，就知道空氣的氣味變了。也許因為心理作用，聲響也好像不同了。沿線田園明顯多起來，農家風格的建築物也增加了。小卡車的數量逐漸超越私家轎車。來到好遠的地方了啊，天吾想。到底要去到哪裡呢？

「不用擔心。」深繪里好像讀出天吾的心似地說。

天吾默默點頭。覺得現在好像要去提親，見對方的父母似的，他想。

兩個人在一個叫做「二尾」的車站下車。車站的名字沒聽過。相當奇怪的名字。小小的木造舊車站，除了他們兩人之外，有五個左右的乘客在那裡下車。沒有人上車。人們為了在空氣清新的山路走路而來到二尾。絕對沒有人是為了看《夢幻騎士》的公演，或到以狂野著名的迪斯可舞廳，或看Aston Martin英國跑車展示中心，或以焗龍蝦聞名的法國餐廳為目標而來到二尾的。看看下車的人的穿著就可以知道。

車站前沒有稱得上商店的店，也沒什麼人，不過還是停了一輛計程車。可能是配合電車到站時間而來的。深繪里輕輕敲了車窗。門開了，她上了車。並招手要天吾也上車。車門關上，深繪里簡短指示司機目的地，司機點頭。

在計程車上時間並不算長，但路線卻非常複雜。爬上危險的山丘，下了危險的斜坡，通過難以會車的農道般狹小道路。彎路和轉角特別多。但在那樣的地方司機都不太減速，天吾提心吊膽，不得不一直緊緊抓著車門上的握把。接著計程車開上像滑雪道般陡峭得驚人的斜坡，在一個小山頂般的地方才終於停了下來。與其說搭了計程車不如說感覺像搭了遊樂場的遊樂器材那樣。天吾從皮夾拿出兩張千圓鈔票，找回零錢和收據。

在那古老的日本房子前面，停著短型黑色MITSUBISHI Pajero，和大型綠色Jaguar。Pajero擦得閃閃發亮，Jaguar則是舊型的，厚厚地積了一層白灰，都快看不出原來的顏色了。擋風玻璃也很髒，看來好像很久沒開了。空氣新鮮得驚人，周遭一片寂靜。為了配合，連聽覺都不得不調整得深深寂靜。天空彷彿穿透了般高，露出的肌膚可以直接感受到陽光溫柔的暖意。偶爾傳來沒聽慣的鳥的尖銳啼聲。眼睛卻見不到鳥的蹤影。

這是一棟頗具風格的大宅院。似乎是相當久以前興建的，不過保存整理得很好。庭園樹木也修剪得很美。由於修剪得太仔細了，有幾棵樹看來甚至像塑膠製的一樣。大松樹在地面投下寬大的樹影。視野相當遼闊，但極目所見，周遭竟看不見任何人家。會特地選在這樣不方便的地方興建住宅，一定是相當討厭跟別人接觸的人物吧，天吾推測。

深繪里喀啦喀啦地拉開沒上鎖的玄關門走進去，示意要天吾也跟著進來。沒有任何人出來迎接。他們在相當寬闊的安靜玄關脫下鞋子，走上擦得亮亮的冷冷走廊進入客廳。客廳窗外的層層山巒看起來就像是全景模型。也看得見反射著陽光、蜿蜒蛇行的河流。好美麗的視野，但天吾卻沒有享受那視野的悠閒心情。深繪里讓天吾在大沙發坐下後，什麼也沒說便離開房間。沙發有古老時代的氣味。至於是多古老時代的，天吾則沒有概念。

客廳完全沒有裝飾的感覺。在一張厚厚的木板所做成的矮桌上，完全沒有擺放任何東西。沒有菸灰缸，沒有鋪桌巾。牆上也沒有掛畫。沒有時鐘和月曆。沒有一個花瓶。沒有邊櫃之類的。也沒有放雜誌和書。鋪著褪色的，連花紋都已經看不出來的舊時代的地毯上，只放著一組同樣老舊的沙發而已。一張天吾正坐著的皮筏般的大沙發，和三張單人沙發。有很大的開放型暖爐，但沒有最近在那裡燒過火的痕跡。已經四月中旬了，房間裡還冷冷的。冬天裡久久滲透著的冷似乎還固執地留著。自從這個房間下定決心不歡迎任何人造訪之後，看來似乎已經過了相當久的歲月了。深繪里回來，依然一言不發地在天吾旁邊坐下。

長久之間兩個人都沒開口。深繪里窩在自己一個人的謎樣的世界。天吾一面安靜地深呼吸一面讓心情鎮定下來。除了偶爾聽得見遠方鳥的啼聲之外，房間裡始終靜悄悄的。側耳傾聽時，天吾可以感覺到那寂靜中似乎含有幾種意味。不只是沒有任何聲音而已。就像沉默本身其實正在述說著自己的什麼那樣。天吾沒有用意地看了一下手錶。抬起頭看看窗外的風景，然後又再看看手錶。時間幾乎沒有經過。星期天早晨的時間只會過得很慢。

過了十分鐘左右後，沒有預告，門唐突地打開，一個瘦瘦的男人以匆忙的腳步走進客廳。年齡大約六十五歲左右。身高約一六〇公分，但因體態良好，所以看來並不感覺窮酸。背脊像有鐵柱穿過般挺得筆直，下顎往後收得緊緊的。眉毛濃密，好像要威脅人似的，戴著漆黑的粗框眼鏡。這個人物的動作，令人想到一切部分都壓縮緊密的精緻機械。一切都沒有多餘，所有部位都有效地咬合著。天吾想站起來打招呼，對方迅速用手示意他就那樣坐著。天吾站起一半又依指示重新坐下時，對方也像跟他競爭般在對面的單人沙發椅上快速坐下。然後男人有一會兒之間，什麼也沒說地只注視著天吾的臉。雖然不是銳利的眼光，不過卻是毫不懈怠地看遍所有角落的眼光。眼睛有時瞇細，又再睜大。像攝影師在調整鏡頭的光圈時那樣。

男人在白襯衫上穿一件深綠色毛衣，深灰色毛長褲。看起來都是像日常就這樣已經穿了十年的衣服。穿起來舒適貼身，不過已經有幾分舊了。可能是不太在意穿著的人。而且，周圍可能也沒有會幫他留意的人吧。頭髮開始變薄，因而強調出前後比較長的頭型。臉頰瘦削，顎骨呈方形。只有孩子氣的豐滿小嘴唇，和整體印象不太合。好些地方有沒刮乾淨的鬍子。不過可能只因光線的關係看起來才這樣的也不一定。從窗戶照進來的山地陽光，成分和天吾平常看慣的陽光似乎有幾分不同。

「很抱歉，勞駕你特地來到這麼遠的地方。」那個男人的說話方式中有特殊的抑揚頓挫。長久習慣在不特定多數人前說話的人的講話方式。而且可能還是理論性的話題。「因為某種原因不太可能離開這裡，所以只好特地勞駕你到這裡來。」

天吾說一點都不麻煩。並報了名字。也為沒有名片而道歉。

「我姓Ebisuno。」對方說。「我也沒有名片。」

「Ebisuno先生嗎？」天吾反問。

「大家都叫我老師。連親生女兒也稱呼我老師。」

「字怎麼寫？」

「這個姓很罕見。偶爾才會看到。繪里，妳把字寫給人家看。」

深繪里點頭，拿出記事本般的東西，用原子筆在白紙上慢慢的花時間寫出：「戎野」。好像用鐵釘刻在瓦片上那樣的字。不過也算自有一種味道。

「以英語來說是field of savages。我以前是專攻文化人類學的，名字和那學問相當適合。」老師說。嘴角並露出幾分類似笑意的表情。雖然如此，眼睛的不懈怠依然絲毫不變。「不過很久以前就已經和研究生活絕緣了。現在做的是和那無關的事情。轉移到另一種field of savages的生活。」

確實是很罕見的姓，不過天吾記得聽過這姓。一九六〇年代後半，確實有過一位姓戎野的著名學者。出過幾本書，當時評價相當好。雖然不知道細節是什麼樣內容的書，只有名字還留在記憶的角落。不過在不知不覺間就不再聽到那名字了。

「我想我聽過您的大名。」天吾試探著說。

「有可能。」老師好像在談不在場的別人時那樣，望著遠方說。「不管怎麼樣，那都是很久以前的事了。」

天吾可以感覺到坐在旁邊深繪里的安靜氣息。緩慢而深沉的呼吸。

「川奈天吾先生。」老師好像在讀出名牌那樣說。

「是的。」天吾說。

「你在大學專攻數學，現在在代代木的補習班當數學老師。」老師說。「不過另一方面也在寫小說。這些我是之前從繪里那邊聽來的，這樣對嗎？」

「沒錯。」天吾說。

「你看起來既不像數學老師，也不像小說家啊。」

天吾苦笑著說：「不久前，才剛聽人說過同樣的話。一定是體型的關係吧。」

「我說這話並沒有惡意。」老師說。然後用手指推一下黑眼鏡框的鼻樑。「不像什麼絕對不是壞事。因為這表示還沒有被框架框住。」

「您這麼說是我的榮幸，不過我還沒有當上小說家。只是在試著寫小說而已。」

「試著？」

「也就是正在做各種嘗試錯誤。」

「原來如此。」老師說。然後好像剛剛才發現室內很冷似的雙手輕輕搓著。「還有據我聽到的是，繪里所寫的小說，你要幫忙修改成更完整的作品，讓她去拿文藝雜誌的新人獎。想讓這孩子以一個作家身分在世間嶄露頭角。可以這樣解釋嗎？」

天吾慎重地選擇著用語。「基本上正如您所說的。這是姓小松的編輯所想的計畫。我不知道，這種計畫實際上是不是能順利推展。也不知道道義上對不對。這件事我所參與的，只有把〈空氣蛹〉這部作品的文章實際上改寫的部分而已。也就是單純的技術者。關於其他部分則由那位小松先生負責。」

老師暫時集中精神思考。在安靜的室內，好像可以聽到他的頭在旋轉的聲音。然後老師說：「是那位姓小松的編輯想到這個計畫，而你則由技術層面從旁協助。」

「是的。」

「我本來是學者，老實說對小說之類的並沒有熱心去讀。所以不太知道小說世界的慣例，不過你們正要做的事情，對我來說總覺得聽起來像是一種詐欺行為。我錯了嗎？」

「不，沒錯。我聽起來也這樣覺得。」天吾說。

老師輕輕皺起眉頭。「可是你對這計畫一方面在道德上存疑，一方面卻還想積極參與。」

「不能說積極，不過確實打算參與。」

「那是為什麼呢？」

「那是我在這一星期之間，反覆問自己的疑問。」天吾老實說。

老師和深繪里默默等著天吾繼續說。

天吾說：「我所有的理性、常識和本能，都告訴我趕快從這件事情抽手比較好。我本來是一個慎重而合乎常識的人。不喜歡賭博和冒險。甚至算是膽小的。不過只有這一次，對小松先生提出的這危險話題，無論如何都無法說不。理由只有一個，因為我的心被〈空氣蛹〉這作品強烈吸引。如果是別的作品，我會二話不說早就推辭了。」

老師暫時稀奇地看著天吾的臉。「也就是說你對計畫詐欺的部分沒興趣，但對作品的改寫這件事非常感興趣。是這樣嗎？」

「正是這樣。比非常感興趣更強烈。如果〈空氣蛹〉不得不改寫的話，以我來說，很不願意把這工作委由他人之手來做。」

「原來如此。」老師說。而且好像嘴裡誤含了什麼酸東西似的表情。「原來如此。你的心情我好像大致可以理解了。那麼小松這位人物的目的又是什麼呢？是金錢，還是名望？」

「老實說，小松先生的心情我也不太了解。」天吾說。「不過跟金錢或名望比起來，我想他的動機可能是更大的東西。」

「例如？」

「他本人可能不會承認，不過小松先生也是被文學所魅惑的人之一。這種人所追求的，只有一件事情。一生之中就算只有一件也好，希望能找到貨真價實的好作品。把那放在托盤上呈獻給世人。」

老師暫時望著天吾的臉。然後說：「換句話說你們各自有不同的動機。既不是金錢也不是名望的動機。」

「我想是這樣。」

「不過不管動機的性質怎麼樣，正如你自己說的，這是相當危險的計畫。如果在某個階段事跡敗露了，那一定會成為醜聞，遭到世間非議的應該不只你們兩位。或許會讓繪里的人生在十七歲時就受到致命傷。那是我對這件事最憂慮的地方。」

「您的擔心是當然的。」天吾點頭後說。「正如您所說的那樣。」

又黑又濃的一對眉毛間隔縮到一公分左右。「儘管如此，就算結果繪里會陷入危險，你也希望能由你親手改寫〈空氣蛹〉嗎？」

「就像剛才也說過的那樣，因為那心情是從理性和常識所無法觸及的地方出來的。以我來說，當然也希望能盡量保護繪里小姐。不過也不能保證，對她不會造成危害。那會變成說謊。」

「原來如此。」老師說。然後好像要讓論旨告一段落似的乾咳一聲。「不管怎麼說，你好像是個誠實的人。」

「至少我想盡可能坦白。」

老師好像在看沒看慣的東西似的，望著放在長褲膝上的自己的雙手好半晌。看看手背，再翻過來看看手掌。然後抬起臉來說：「那麼，這位小松編輯認為這個計畫真的能順利推展嗎？」

「他的意見是『事情一定會有兩面』。」天吾說。「好的一面，和不太壞的一面，這兩個。」

老師笑了。「相當特別的見解。小松這個人物是樂天派，還是自信家，他屬於哪一種？」

「都不是。只是憤世嫉俗而已。」

老師輕輕搖頭。「這位人物開始憤世嫉俗起來，就變成樂天派，或自信家了。是嗎？」

「或許有這種傾向。」

「好像是個挺麻煩的人。」

「是相當麻煩的人。」天吾說。「不過並不愚蠢。」

老師慢慢吐一口氣。然後轉向深繪里的方向。「繪里，怎麼樣？妳對這個計畫怎麼想？」

深繪里暫時凝視著空中無名的一點。然後說：「這樣就好。」

老師把深繪里簡潔的發言，補上必要的話。「也就是說，讓這個人改寫〈空氣蛹〉也沒關係嗎？」

「沒關係。」深繪里說。

「這樣一來，說不定妳會遇到麻煩呢。」

深繪里沒有回答這個。只把毛衣領口的地方，拉攏得比之前更緊而已。不過這個動作明白顯示她的決心不受動搖。

「這孩子可能是對的。」老師放棄了似地說。

天吾看看深繪里握成拳頭的小巧雙手。

「不過還有一個問題。」老師對天吾說。「你和這位姓小松的人物，正想把〈空氣蛹〉推出來，把繪里包裝成小說家。不過這孩子有閱讀障礙的傾向。Dyslexia。你知道這件事嗎？」

「剛才在電車上，已經了解大概的情形了。」

「可能是先天的。因此，在學校一直被認為智能遲緩，實際上是腦筋很好的孩子。擁有很深的智慧。不過雖然如此，她有dyslexia的事，以保守來說，對你們所想的計畫應該會有不太好的影響。」

「知道這個事實的人，總共有幾個？」

「除了她本人，就三個。」老師說。「我和我女兒薊，然後你。其他沒有人知道。」

「繪里小姐上的學校，老師不知道這件事嗎？」

「不知道。鄉下的小學校。應該是聽都沒聽過dyslexia這個字吧。而且她上學也只有很短的期間。」

「那麼或許可以巧妙隱藏。」

老師像在估價似地暫時看著天吾的臉。

「繪里好像很信任你。」他稍後對天吾說。「不知道為什麼。不過——」

天吾默默地等待他接下去說。

「不過，我信任繪里。所以如果她說可以把作品交給你的話，我也只好認可。不過如果你真的打算要進行這個計畫的話，不得不先知道有關她的幾個事實。」老師好像發現了細小的毛屑般，用手輕輕拂了幾次長褲的右膝一帶。「關於這孩子是在什麼地方度過什麼樣的童年的，以及我為什麼會收養深繪里，雖然說來話長。」

「請告訴我。」天吾說。

深繪里在天吾身旁重新坐好。她又再把毛衣領子用雙手抓緊，在脖子的地方合攏起來。

「好吧。」老師說。「話題回到六〇年代。繪里的父親和我是老交情的好朋友。我比他大十歲左右，不過我們在同一所大學，同一個學系教書。個性和世界觀雖然相當不同，但不知怎麼卻很投緣。我們兩個人都晚婚，婚後不久都生了女兒。因為同樣住在宿舍，所以兩家人來往密切。工作也進行順利。我們當時以所謂『新銳學者』的形象嶄露頭角。也常常在媒體上露面。那是個朝氣蓬勃、充滿趣味的時代。

「然而隨著六〇年代接近尾聲，世間卻逐漸開始變得烏煙瘴氣起來。七〇年有反對日美安全保障條約的學生運動高張，有大學封鎖，有學生和機動隊的衝突，有血淋淋的內部抗爭，也死了人。因為發生這麼多麻煩事，我決定從大學退下來。原本我就跟學院派不合，到了那時候更深深感到厭煩。順體制也好反體制也好，都無所謂了。反正都只是組織和組織的對抗而已。而且不管是大是小，我對組織這東西根本就不信任。看你的樣子，那時候應該還不是大學生吧。」

「我上大學時，騷動已經完全平息了。」

「所謂的節慶之後。」

「正是這樣。」

老師把雙手高舉到空中一會兒，然後放下在膝上。「我從大學退下來，繪里的父親也在兩年後離開大學。他當時信奉毛澤東的革命思想，支持中國的文化大革命。因為文化大革命有多殘酷、多不人道的一面，這些資訊當時並沒有傳進我們耳裡。對部分知識份子而言，高唱毛語錄甚至是一種知性的時髦。他組織了一部分的學生，在校內搞起模仿紅衛兵的先鋒部隊，參加大學的罷課。也有人信奉他，從其他大學過來加入他的組織。而且他所率領的支部一時之間規模變得相當大。在校方的要求之下機動隊衝入大學，躲在裡面的他和學生們被一起逮捕，被問以刑事罪。事實上並被學校解雇。繪里因為還小，可能不記得這些了。」

深繪里沉默不語。

「深田保是她父親的名字，不過他離開大學之後，就率領了紅衛兵部隊的核心份子，也就是十個左右的學生進了『高島塾』。這些學生大半都是被大學開除的，暫時需要個棲身的地方。高島是個不錯的棲身地。這在當時的媒體也稍微造成話題。你知道嗎？」

天吾搖搖頭。「這件事我不知道。」

「深田家族也一起行動。也就是說妻子和這位繪里。全家人都進了高島。你知道高島塾的事吧？」

「知道大約的情況。」天吾說。「他們是類似公社的組織，完全過共同生活，以農業維持生計。也致力於酪農，規模是全國性的。完全不承認私有財產，擁有的東西都要變成共有的。」

「沒錯。深田在這種高島的體制中追尋烏托邦的理想。」老師臉色嚴肅地說。「不過當然不用說，所謂的烏托邦，在任何世界都不存在。就像鍊金術和永動機到處都不存在一樣。高島的做法，以我看來，等於在製造什麼都不會想的機器人。從人的頭腦，取出自己思考的配線。就像喬治．歐威爾寫在小說上的世界一樣。不過就像你可能也知道的那樣，這個世界上也有不少傢伙是主動追求那種腦死狀況的。因為那樣怎麼說都比較輕鬆啊。可以不必考慮任何麻煩的事，只要默默地照上面的吩咐去做就行了。不愁沒飯吃。對於追求這種環境的人來說，高島塾或許確實是烏托邦。

「不過深田並不是這種人。他是要徹底用自己的頭腦思考事情的人。以這個為專門職業活到現在的人。所以他不可能對高島那樣的地方感到滿足。當然這種事深田從一開始就知道了。只是被大學趕出來，領著一群理論派的學生，走投無路，暫且選這裡當避難的地方。說得更明白的話，他所求的，是高島這種組織系統的know-how。首先最重要的，是必須讓他們學會農業技術才行。深田和學生們都是都市長大的，對農業的做法一竅不通。就像我對火箭工學一竅不通一樣。因此有必要完全從初步開始學起，親身體驗，把知識和技術學會。有關農產運銷的結構、自給自足的可能性和極限，共同生活的具體規則等，該學的事情非常多。在高島裡生活了兩年多，能學的都學會了。他們是只要想學就能比別人學得快的人。也正確分析過高島的優點和缺點。然後深田就帶著自己的一派人離開高島，獨立出去。」

「在高島很快樂。」深繪里說。

老師微笑。「對小孩來說，一定是很快樂的地方吧。不過成長到某個年齡，開始產生自我之後，對很多小孩來說高島的生活卻變成近乎人間地獄了。因為自己頭腦裡想要思考事情的自然欲望，會被上面來的力量強迫壓制掉。說起來，那就像頭腦的纏足一樣。」

「ㄔㄢˊ ㄗㄨˊ。」深繪里問。

「以前的中國，會將幼小女孩的腳勉強塞進小鞋子裡，讓它長不大。」天吾說明。

深繪里什麼也沒說，想像著那光景。

老師繼續：「深田所率領的分離派的核心，當然就是那些一直和他一起行動像紅衛兵的原來學生，此外也出現一些想加入他們團隊的人，分離派像滾雪球般膨脹起來，人數比預料的多。雖然懷著理想進入高島，卻有不少人不滿意那裡的狀況而感到失望。其中也有些成員是抱著想過嬉皮式社群生活的，有些是在大學紛爭中受到挫折的左翼份子，有些是對到處可見的現實生活感到不滿，想追求新的精神世界而進高島的。有單身的，有像深田這樣攜家帶眷的。可以說是由形形色色的成員湊合而成的一個大家庭。深田擔任他們的領導。他是個天生的領導者。就像率領以色列人的摩西那樣。頭腦清晰、辯才無礙、判斷力卓越。也具備領袖氣質。身材魁梧。對了，就像你一樣的體格。人們當然把他擁護在團隊的中心，服從他的判斷。」

老師攤開雙手，比出那個男人的身體有多大。深繪里望一眼那雙手的寬度，然後看看天吾的身體。不過什麼也沒說。

「深田和我，個性和體格都完全不同。他是天生的群眾領導者，我是天生獨行的一匹狼。他是個政治性人物，我則是徹底的非政治人。他個子高大，我個子小。他長得英俊適合出場亮相，我長得頭形奇怪是個不足取的學者。不過雖然如此，我們還是感情很好的朋友。互相認同，彼此信任。不是誇張，我們是彼此一生唯一的朋友。」

深田保所率領的團隊在山梨縣的山中，找到一個符合目的人煙稀少的村子。那個村子找不到願意繼續經營農業的年輕人，只靠留下來的老人無法再做粗重的農田工作，幾乎變成廢村。他們在那裡以等於免費的價格買到了耕地和房子。還附有塑膠布溫室。地方政府也以接手既有農地繼續從事農業為條件，發給他們補助金。至少最初幾年，也享受到減稅優待。除此之外，深田還有類似個人的資金來源。至於那是從什麼地方來的什麼類的錢，戎野老師也不清楚。

「關於那資金來源，深田口風很緊，對誰都沒有透露祕密。不過總之是從**某處**來的。深田為了建立公社的需要，募集了相當數目的資金。他們以這資金買齊了各種農機具，購入建築材料，儲蓄準備金。自己動手修改既存的房舍，建立起三十個成員能生活的設施。那是一九七四年的事。他們開始以『先驅』的名字稱呼這新生的公社。」

先驅？天吾想。聽過這名字。不過想不起是在哪裡聽到的。記憶無法追溯。那使他的神經前所未有地焦躁。老師繼續說：

「在適應新土地的前幾年，公社的營運想必會很艱辛，深田有這樣的心理準備，然而事情卻比預料的進行順利。一則是蒙老天爺幫忙，一則是附近居民也伸出援手。大家對領導者深田的誠實人格懷有好感，看到『先驅』的年輕成員們揮著汗認真投入農業的姿態，也打心底感到佩服。當地的鄉親經常會過去看看，提供他們各種有用的建言。就這樣，他們親身學會有關農業的實地知識，體會到和土地共生的方法。

「基本上他們把在高島所學到的know-how，在『先驅』照樣襲用，但也在幾個地方加上自己獨創的工夫。例如換成完全有機農法。不用化學殺蟲劑，只用有機肥料栽培蔬菜。而且以都會的富裕階層為對象開始進行宅配的郵購販賣。因為這樣才能提高利潤。也就是所謂生態農業的先驅。著眼點很好。因為很多成員是都市長大的，非常了解都市人需要什麼。為了獲得沒有污染，新鮮而美味的蔬菜，都市人願意支付比較貴的價錢。他們跟宅配業者簽約，簡化配送流程，建立起能夠快速將食品送達都會的獨立系統。『沾有泥土、大小不一的蔬菜』反而成為賣點，也是他們帶頭開始的。」

「我造訪過幾次深田的農場，和他談過。」老師說。「他在那裡得到新的環境，在那裡嘗試新的可能性，看起來非常生氣蓬勃。那一段日子對深田來說可能是最平穩而充滿希望的時代。家人看來也都很適應新生活的樣子。

「聽到『先驅』農場的好評，希望加入的人越來越多。透過郵購，這名字也漸漸被世間知道，以公社生活的成功範例登上了媒體。世間有不少被金錢和資訊所追逐逼迫，想逃離現實世界，在自然環境中揮汗勞動的人，『先驅』正好吸引了這個階層。有一些希望進來的人前來，必須接受面談和審查，看來能發揮功用的才讓他們加入。並不是來者不拒一律接受。成員的素質和道德必須保持一定的高度。他們歡迎有農業技術在身的人，和能夠耐得住嚴格肉體勞動的健康人。男女比例希望接近一半一半，所以女性也受歡迎。人數增加之後，農場規模也隨之擴大，但附近仍有不少剩餘的耕地和房舍，因此要擴大設施並不困難。農場成員剛開始以單身年輕人為中心，後來攜家帶眷加入的人也逐漸增加。參與計畫的新成員中，也有受過高等教育從事專門職業的人。例如醫師、工程師、教師、會計師等。這些人受到共同體的歡迎。因為專門技術能派上用場。」

「在這公社裡也採用高島那樣的原始共產制的系統嗎？」天吾提出問題。

老師搖搖頭。「不，深田沒有採用財產共有制。他在政治上雖然激進，卻也是個冷靜的現實主義者。他所追求的目標是更寬鬆和緩的共同體。建立像螞蟻窩般的社會，並不是他的目標。他採取的方式，是把整體分割成幾個單位，在那單位中過著寬鬆和緩的共同生活。承認私有財產，某種程度也做報酬分配。如果對自己所屬的單位不滿，也可以移動到其他單位。如果想離開『先驅』這個團體也可以自由離開。和外部可以自由交流，幾乎也沒有實施思想教育和類似洗腦的事情。採取這種通風良好的自然體制，勞動效率會比較高，這是他在高島時所學到的。」

在深田的指導下，「先驅」農場的營運順利地上軌道。但社群卻逐漸清楚地畫分成兩個派別。這樣的分裂，只要深田設定採取寬鬆和緩的單位制，是不可避免的。一個是武鬥派，以深田以前所組織的紅衛兵單位為核心的革命取向團隊。他們把農業公社的生活，始終視為革命的預備階段。一面從事農業一面潛伏著，等到時機來臨，就要拿起武器站起來——這是他們不可動搖的姿態。

另一派是穩健派，在反資本主義體制這一點上和武鬥派是共通的，但和政治則保持距離，以在自然中過自給自足的共同生活為理想。人數以穩健派在農場內占多數。武鬥派和穩健派就像水和油不相容一樣。平日在從事農業工作時，目的是一致的，所以沒有發生問題，但在社群的整體營運方針上要有某種決定時，意見卻經常分成兩派。往往找不到折衷讓步的餘地。這時就會發生激烈爭論。這樣一來公社的分裂只是時間的問題了。

隨著時間的過去，處在中間的人被接受的餘地漸漸變窄。終於深田也被逼到最後不得不選擇一個立場的地步。那時候他也大致覺悟到，一九七〇年代的日本沒有發動革命的空間和局勢。而且他本來放在念頭的，是可能性的革命，進一步來說，是比喻的、假設的革命。他相信這種反體制、破壞性的思想的發動，對健全社會來說是不可或缺的。也就是所謂健全的香料。然而他所率領的學生們所追求的，卻是真正流血的真正革命。當然深田也有責任。搭上時代的潮流發出令人熱血奔騰的言論，把不著邊際的神話灌輸到學生的頭腦裡。卻沒說這只是作作樣子的革命噢。他是一個誠實的男人，頭腦也很好。以學者來說是優秀的。但遺憾的是，有過於善辯而自我陶醉的傾向，也看得出缺乏深層內省和實證的地方。

就這樣，「先驅」公社分裂為二。穩健派以「先驅」的名字繼續留在最初的村莊，武鬥派則移到距離五公里外的廢村去，以那裡為革命運動的據點。深田一家和其他所有帶著家眷的都決定留在「先驅」。那大致上是友好的分離。建立分支公社所需要的資金，深田似乎也從某個地方募集來。分離後兩個農場表面上也維持著互相協助的關係。彼此交換必要物資，生產的東西以經濟為理由也利用相同的流通管道。微小的共同體為了生存下去，還是有必要彼此互助。

然而舊的「先驅」和新的分支公社之間，隨著時間的過去，人員的往來事實上卻逐漸斷絕了。因為他們的目標未免差異太大。只是深田，和他以前所率領的先銳學生們之間，分離後仍繼續保持聯繫。深田對他們還有強烈的責任感。因為原本就是由他所組織，帶到這山梨縣的山中來的成員。不能因為自己的方便就隨便把他們趕出去。再加上分支公社，也需要深田所掌握的祕密資金來源。

「深田可以說處於一種分裂狀態。」老師說。「他已經不再打從心底相信革命的可能性和浪漫了。但話說回來，也不能全盤否定。要全盤否定革命，等於在全盤否定他過去所度過的歲月，在大家面前承認自己的錯誤。這他辦不到。他的自尊心太強無法這麼做，而且想到如果自己退下的話，學生們之間一定會產生混亂。因為在那階段，深田對學生們某種程度還擁有控制力量。

「因此他在『先驅』和分派公社之間過著來往往的生活。深田擔任『先驅』的領導，另一方面也擔任武鬥派分支公社的顧問。內心已經對革命不相信的人，還要繼續對人們發表革命理論。分支公社的成員們在農事之外，還要嚴格實施武鬥訓練和思想教育。而且政治上，和深田的意思相反，越來越尖銳化。這個公社徹底採取祕密主義，完全不讓外人進入。公安警察把高唱武裝革命的他們列為需要注意的團體放在和緩監視之下。」

老師再看了長褲的膝上一次。然後抬起臉來。

「『先驅』分裂是一九七六年的事。繪里從『先驅』逃出來，到我們家來是在那翌年。而且從那時候開始，分支公社開始用起『黎明』這個新名字。」

天吾抬起頭，瞇細眼睛。「請等一下。」他說。黎明。記得確實也聽過這個名字。然而記憶不知道怎麼非常模糊而無從掌握。他能伸手觸及的，只是像事實的東西的幾個曖昧片段而已。「這個『黎明』是不是在不久以前，發生過很大的事件？」

「沒錯。」戎野老師說。而且以之前沒有的認真眼光轉向天吾。「在本栖湖附近的山中和警察部隊發生槍戰。就是那個著名的『黎明』啊。當然。」

槍戰，天吾想。記得聽過這件事。是一個大事件。但不知道為什麼卻想不起那細節。事情的前後混淆不清。要勉強回想時，全身就有一種像被強烈扭曲般的感覺。簡直像上半身和下半身各自朝相反方向扭轉似的。頭的中心隱隱作痛，周圍的空氣急速變稀薄。好像在水中時那樣聲音悶在裡面。現在那個「發作」好像就要來襲了似的。

「怎麼了嗎？」老師似乎擔心地問。那聲音從非常遠的地方傳來。

天吾搖搖頭。然後擠出聲音。「沒問題。一下子就會過去。」

第11章

青豆

肉體才是人類的神殿

像青豆這樣熟悉撩陰腿踢睪丸的人，應該只有寥寥可數。關於踢睪丸的招式她也每天不斷地鑽研，不停做實地練習。準備施展踢睪丸時最重要的事情是排除猶豫的心情。朝對方最脆弱的部分，毫不慈悲地、熾烈地、閃電般地攻擊。就像希特勒無視於荷蘭和比利時的中立國宣言，加以蹂躪，因而衝破防衛線的弱點，輕易攻陷法國一樣。不能猶豫。一瞬間的猶豫都會致命。

一般說來，女性除了用這個方法之外，要對抗比自己高大而強壯有力的男性，要一對一打倒對方幾乎不可能。這是青豆毫不動搖的信念。那個肉體部分，是男人這種生物所擁有的——或垂掛的——最大弱點。而且在許多情況下，那並沒有被有效地防禦。這種有利點哪有不利用的道理？

睪丸被狠狠一踢之痛，是什麼樣的感覺，身為女人的青豆當然具體上無法理解。也無從推測。不過這好像是相當痛的樣子，從對方被踢之後的反應和臉上的表情大約可以想像到。不管多有力的男人、多強悍的男人，似乎都無法忍受那痛。而且其中似乎還伴隨著自尊心的大幅喪失。

「那痛，是讓人瞬間懷疑是不是世界末日似的痛。沒有其他適當的比喻。和單純的痛不同。」有一個男人被青豆要求說明時，經過一番深思熟慮之後這樣說。

青豆對這個比喻仔細思考了一會兒。世界末日？

「那麼反過來說，所謂瞬間世界末日來臨，是不是就像睪丸忽然被狠狠一踢時那樣？」青豆問。

「因為還沒有體驗過世界末日，所以無法正確回答，不過也許是這樣。」那個男人說，以茫然的眼神睨著空中。「這時候只有深深的無力感而已。黑暗、悲傷、無助。」

青豆在那之後碰巧在電視的深夜時段看到電影《海灘》（On the Beach）。那是一九六〇年前後拍攝的美國片。美國和蘇俄爆發全面戰爭，大批核子飛彈像飛魚群般在大陸之間盛大穿梭交飛，地球幾乎瞬間毀滅，世界大部分地方的人類都死光了。不過可能由於風向的關係，只有南半球的澳洲死亡的灰燼還沒來臨。話雖如此，大難降臨也只是遲早的問題了。人類的滅絕無論如何都無法避免。還活著的人們在那片土地上，束手無策地等待著即將來臨的末日。各自以不同的方式度過人生最後的日子。這樣的劇情。無可救藥的黑暗電影（不過，雖然如此，大家也都在內心深處期待著世界末日的降臨，青豆一面看著那部電影一面重新這樣確信）。

不管怎麼樣，深夜一個人一面看著那部電影，青豆推測：「原來如此，睪丸被狠狠一踢，是這種感覺嗎？」有一點懂了。

青豆從體育大學畢業之後有四年左右，在生產運動飲料和健康食品的公司上班，是該公司女子壘球隊的核心選手（王牌投手兼第四棒打者），十分活躍。球隊獲得不錯的成績，在全國大賽中也幾次進入前八強。不過在大塚環去世的第二個月，青豆就向公司提出辭呈，為壘球選手的生涯畫上休止符。因為已經不再有心情繼續參加壘球比賽了。生活也想乾脆重新來過。於是在大學時代的學長推薦下，到廣尾的健身俱樂部去擔任指導員。

在健身俱樂部主要負責肌力訓練，和與武術有關的課程。這是一個以收取高入會費和會費聞名的高級俱樂部，也有很多名人會員。她開了幾個女性防身術的班。這是青豆最擅長的領域。她製作了仿高大男人身材的帆布人形，在胯下縫了黑色粗布手套充當睪丸，讓女性會員徹底練習踢那裡。為了製造真實感，還在黑手套裡塞兩顆壁球，讓會員迅速地、無慈悲地反覆踢。許多女性會員對那訓練樂在其中，技術也眼看著進步神速，不過也有些人看到那光景而皺眉頭的（當然其中很多是男性會員），「那樣做未免太過分了吧。」向俱樂部的上級提出這樣的抱怨。結果，青豆被經理叫去指示，踢睪丸的練習還是收斂一點好了。

「可是不踢睪丸，女性要保護身體免於男性的攻擊，現實上並不可能。」青豆極力說服俱樂部的經理。「大體上男人身體高大，孔武有力。對女性來說迅速地攻擊睪丸是唯一的致勝機會。毛澤東也說過。要找出對方的弱點，先發制人一舉擊破。只有這個方法，游擊隊才有戰勝正規軍的機會。」

「妳也知道，我們是都內有數的高級健身俱樂部。」經理一臉為難地說。「會員中很多是名人。我們在各方面，都必須保持品味。形象很重要。妙齡女子集合在一起，一面發出怪叫，一面練習猛踢人體模型的胯下，不管理由是什麼，還是有欠品味。想要入會的人前來參觀時，碰巧看到妳們班上課的樣子，也有人就因此打了退堂鼓。不管毛澤東怎麼說、成吉思汗怎麼說，這種景象都會讓很多男人感到不安、焦躁、不快的。」

會帶給男性會員不安、焦躁、不快感，青豆絲毫不覺得愧疚。如果和費盡力氣抵抗還被強暴的一方的痛苦比起來，那樣的不快感根本不值一提。不過上司的指示總不能違抗。青豆所主持的防身術班級，不得不大幅降低攻擊度的水準。也不能使用人體模型。因此練習內容變得相當馬虎而形式化。以青豆來說，當然覺得很無趣，會員也發出不滿的聲音，不過站在一個受雇者的立場很難怎麼樣。

讓青豆來說的話，當遇到男人使蠻力強迫要侵犯時，如果不能有效踢中他的睪丸的話，其他幾乎沒有別的可做了。抓住對方伸出的手腕，往背後扭轉，這種高度技巧，實戰中不可能做得俐落。現實和電影不一樣。與其去嘗試這種事，不如什麼也不做趕快拔腿就逃，還好一點。

不管怎麼說，青豆已經研究出十種左右的睪丸攻擊法。還讓學弟戴上護具實際試過。「青豆學姊的撩陰腿，戴上護具還是很痛。饒了我們吧。」他們叫苦連天。如果有必要時青豆會毫不遲疑地將那些洗練的技能付諸實踐。她已經下定決心，要是有魯莽之徒膽敢來犯，那時會讓他們好好嘗嘗世界末日的滋味。讓他們清楚直視天國降臨。把他們直接送到南半球去，和袋鼠、小袋鼠一起，蒙受死亡灰燼的厚厚覆蓋。

青豆一面尋思天國降臨的種種，一面在酒吧的吧檯小口小口地啜飲著Tom Collins雞尾酒。她假裝和人有約，偶爾看看手錶，實際上並沒有人會來。她只是在來到那裡的客人中，物色合適的男人而已。手錶指著八點半。她在Calvin Klein的茶褐色夾克裡，穿著淺藍襯衫、深藍迷你裙。今天也沒帶特製的冰錐。那在衣櫥的抽屜裡，用毛巾捲起來和平地休息著。

酒吧在六本木，以單身酒吧著名。很多單身男人，來這裡想找單身女人——或相反——以這個聞名。外國人也多。內部裝潢的氣氛取自海明威在巴哈馬一帶常去的酒吧。牆上裝飾著旗魚，天花板垂掛著魚網。掛著許多人們釣到大魚的相片。也有海明威的肖像畫。開朗的海明威老爹。其實這位作家晚年為酒精中毒所苦，以獵槍自殺，但來這裡的人似乎並不在意這些。

那天晚上有幾個男人過來打招呼，但青豆一個也沒看上眼。有兩個一組看來很會玩的大學生過來邀她，也嫌麻煩而沒理會。對眼神不正的三十歲左右的上班族則說：「因為跟人有約所以……」而斷然拒絕。年輕男人大多不合青豆的胃口。他們趾高氣揚、信心滿滿，卻話題貧乏、言語乏味。而且在床上貪婪性急，不懂得做愛的真正樂趣。她喜歡開始有點倦怠感，最好頭髮稍微有點變薄的中年男人。而且沒有低級的地方，最好感覺乾淨。而且頭型一定要好。不過這種男人不容易發現。因此無論如何都需要所謂妥協的空間。

青豆一面環視店內，一面無聲地嘆息。為什麼世界上「合適的男人」這麼難見到呢？她想一想史恩．康納萊。腦子裡才浮現他的頭型，身體深處就隱約作疼。如果這時候史恩．康納萊忽然出現在這裡的話，我無論如何都要定了他。不過不用說，史恩．康納萊是不可能在仿巴哈馬的六本木單身酒吧露面的。

設置在店內牆上的大型電視上，正在播放Queen皇后合唱團的影像。青豆不太喜歡皇后合唱團的音樂。因此盡量不朝那邊看。也盡量努力不聽喇叭送出來的音樂。皇后合唱團終於播完了，接下來換成ABBA阿巴合唱團的畫面。要命，青豆想。預感到會是很糟的一夜。

青豆在上班的健身俱樂部認識「柳宅」的老婦人。她參加了青豆所主持的防身術班。就是那個短命結束，以攻擊人體模型為主題的激進課程。個子嬌小，在班上是年紀最大的，但她的動作卻很輕盈，踢腿也很猛。青豆想，這個人遇到狀況時應該能毫不猶豫地猛踢對方的睪丸吧。她廢話不說，也不拐彎抹角。青豆喜歡這個女性這樣的地方。

「到了我這個年紀，已經不太需要防身了。」她在下課後對青豆這樣說，高雅地微笑。

「這不是年紀的問題。」青豆斷然說。「這是生活態度本身的問題。經常認真地保護自己的身體這種姿勢很重要。受到攻擊卻只放任對方的話，什麼也解決不了。慢性的無力感只會侵蝕自己，造成損傷。」

老婦人暫時什麼也沒說，只看著青豆的眼睛。青豆話中的什麼，或那口氣，似乎帶給她強烈的印象。然後她安靜地點頭。「妳說得很對。真的是這樣。妳的想法很實在。」

幾天後，青豆收到一個信封。那信封是託俱樂部的櫃檯轉交的。裡面有一封短信，美麗的字跡寫著老婦人的名字和電話號碼。妳想必很忙，如果能抽空聯絡則不勝感激。

電話是像祕書的男人接的。青豆報了名字，對方什麼也沒說就轉到內線。老婦人來接聽，謝謝妳特地打電話來。我想如果不麻煩的話，可以找一個地方一起用餐嗎？因為有個人的事想慢慢跟妳談談。非常樂意，青豆說。那麼明天晚上怎麼樣？老婦人問。青豆沒有異議。只是覺得奇怪，對方找自己到底要談什麼呢？

兩個人在麻布安靜地區的一家法國餐廳一起進餐。老婦人好像是這家店的老主顧，被領到後面的上座，受到應該是熟識的資深侍者周到的服務。她穿著裁剪優雅的淺綠色素面洋裝（看來像是六〇年代的Givenchy），戴著翡翠項鍊。席間經理過來恭恭敬敬地打招呼。菜單上青菜類菜色多，味道高雅而清淡。那天特製的湯，剛好是青豆湯。老婦人喝了一玻璃杯Chablis酒，青豆也陪著喝。味道和餐點一樣高雅而順口的葡萄酒。青豆點了網烤白肉魚當主菜。老婦人只點了蔬菜料理。她吃蔬菜的方式像藝術品那麼美。到了我這個年紀，只要吃一點點就能活下去，她說。然後半開玩笑地補充道：「盡量吃高級的東西。」

老婦人請青豆為她做個人指導。可以每星期兩天或三天，到她家教她武術嗎？如果可能，也請她幫忙做肌肉的伸展運動。

「當然可以。」青豆說。「個人到府家教，可以透過健身房的櫃檯安排。」

「很好。」老婦人說。「不過，課程時間希望能直接跟妳談。我想中間再夾進別人傳話太麻煩了，最好避免。這樣可以嗎？」

「沒關係。」

「那麼就從下星期開始吧。」老婦人說。

這樣，事情就談定了。

老婦人說：「上次在健身房跟妳談時，妳說的話讓我好佩服。關於無力感的話。無力感對人的傷害有多大的事。妳記得嗎？」

青豆點頭。「記得。」

「我可以問一個問題嗎？」老婦人說。「不過為了節省時間我想開門見山。」

「請隨便問。」青豆說。

「妳是女性主義者或女同性戀嗎？」

青豆的臉稍微紅起來，然後搖搖頭。「我想不是。我的想法只是個人性的。既不是女性主義也不是女同性戀。」

「很好。」老婦人說。而且她好像放心了似的，非常優雅地把花椰菜送進嘴裡，非常優雅地咀嚼，喝一小口葡萄酒。然後說：

「就算妳是女性主義者或女同性戀者，我都一點也不介意。對那件事沒有任何影響。不過真要說的話，不是的話，事情會比較單純。妳了解我的意思嗎？」

「我想我了解。」青豆說。

一星期有兩次，青豆到老婦人的宅邸去，在那裡指導她武術。老婦人的女兒還小的時候，有一間為了練芭蕾舞而裝潢起來、牆面貼鏡子的練習場，兩個人在那裡依照順序仔細運動身體。她的身體以年齡來說算是很柔軟的，學得也快。個子雖小，但由於常年用心注意，身體保養得很好。此外青豆也教她基本的伸展，幫她做放鬆肌肉的按摩。

青豆很擅長肌肉的按摩。在體育大學時這方面的成績比誰都好。她把人類身體的所有骨骼，和所有肌肉的名稱都刻進腦子裡。對每塊肌肉的功能和性質、鍛鍊方法和維持方法都很有心得。肉體才是人類的神殿，這裡無論祀奉什麼，都應該盡量保持強韌、保持美麗清潔，這是青豆毫不動搖的信念。

光是一般的運動醫學還不夠，她還因個人興趣而學習針灸。向中國老師正式學了幾年。老師很佩服她的進步快速。說她從此可以出師自成專家了。青豆記性好，對人體機能的細部擁有無窮的探究心。而且更重要的是，她擁有感覺極端靈敏的手指。就像有些人擁有絕對音感，有些人有能力發現地下水脈一樣，青豆的指尖能瞬間觸知左右身體機能的微妙穴道。那並不是誰教的。她就是自然知道。

青豆和老婦人的練功和按摩結束後，兩個人一面喝茶一面閒聊，開始談到各種話題。每次都由Tamaru端著銀盤盛著的成套茶器過來。Tamaru在第一個月左右，因為在青豆面前沒有開口說過一句話，因此青豆不得不問老婦人，那個人是不是不能說話。

有一次老婦人問青豆，以前為了保護自己的身體，有沒有實際施展過撩陰腿。

只有一次，青豆回答。

「順利嗎？」老婦人問。

「有效。」青豆很小心，簡短地回答。

「妳覺得用撩陰腿對付我們的Tamaru管用嗎？」

青豆搖搖頭。「恐怕不管用。Tamaru先生對這方面的事很清楚。如果被已有心得的人看出動向，就沒轍了。撩陰腿只適用於不習慣實戰的外行人而已。」

「換句話說，妳知道Tamaru不是『外行人』嗎？」

青豆選著用語。「是的。他的氣和普通人不一樣。」

老婦人在紅茶裡加奶精，用湯匙慢慢攪拌。

「妳那次的對象是外行男人吧，個子高大嗎？」

青豆點點頭，但什麼也沒說。對方體格很好，看來也很有力。不過態度傲慢，以為對方是女人就沒有防備。過去從來沒有被女人踢過睪丸的經驗，也沒想過自己會碰到這種事情。

「那個人有受傷嗎？」老婦人問。

「不，沒有受傷。只是暫時感到強烈的疼痛而已。」

老婦人沉默了一會兒。然後問：「妳到目前為止有沒有攻擊過哪個男人，不只是讓對方疼痛而已，而是刻意讓他受傷呢？」

「有。」青豆回答。說謊不是她擅長的領域。

「關於那件事可以說嗎？」

青豆輕輕搖頭。「很抱歉，那不是容易說的事。」

「沒關係。想也知道應該不是容易說的事。不必勉強。」老婦人說。

兩個人默默喝著茶。一面分別想著不同的事情。

老婦人終於開口了。「不過，什麼時候如果妳覺得可以說了，能不能告訴我那時候發生的事？」

青豆說：「也許有一天能說。也許一直不能說。老實說，我自己也不知道。」

老婦人暫時看著青豆的臉。然後說：「我並不是因為好奇才問的。」

青豆沉默。

「我可以看出，妳內心抱著什麼活著。某種相當沉重的東西。從第一次見到妳的時候開始就感覺到了。妳有下了決心的堅強眼神。老實說，我也有**這種東西**。也抱著沉重的東西。所以我知道。不急。不過哪一天最好把那個吐出來比較好。我是個口風很緊的人，也有幾個現實上的管道。順利的話也許能幫得上妳。」

青豆後來乾脆對老婦人坦白說出那件事時，她也打開了人生的另一扇門。

「嘿，妳在喝什麼？」有人在青豆的耳邊說。是女人的聲音。

青豆回過神來，抬頭看對方。頭髮梳成五〇年代的馬尾樣子的年輕女子，在旁邊的高凳上坐下。穿著小碎花洋裝，肩膀背著小型Gucci側背包。指甲漂亮地擦著淺粉色指甲油。算不上胖，但因為圓臉，看起來顯得豐盈。一臉親切的樣子。胸部很大。

青豆有點困惑。因為沒有預期會被女人開口招呼。這是男人對女人搭訕的地方。

「Tom Collins。」青豆說。

「好喝嗎？」

「不怎麼樣。不過不太烈，可以小口小口喝。」

「為什麼叫做Tom Collins呢？」

「嗯，不知道。」青豆說。「大概是第一次調出來的人的名字吧。雖然不覺得是多驚人的發明。」

那個女人揮手叫酒保，說也要Tom Collins。不久Tom Collins就送來了。

「可以坐在妳旁邊嗎？」女人問。

「可以呀。空著啊。」已經坐下來了不是嗎？青豆想，但嘴巴沒說。

「沒跟誰約在這裡吧？」那個女人問。

青豆並沒有回答，默默觀察著對方的臉。大概比青豆年輕三、四歲。

「嘿，我對那方面幾乎沒興趣，所以妳不用擔心。」女人小聲坦白似地說。「我是說如果妳在提防那個的話。我也覺得以男人為對象比較好。跟妳一樣。」

「跟我一樣？」

「因為一個人到這裡來，是想找看來不錯的男人吧？」

「看得出嗎？」

對方輕輕瞇細眼睛。「這一點是看得出來的。這裡就是為了做這種事而存在的場所。而且我們彼此看來都不是職業的。」

「當然。」青豆說。

「嘿，要不要兩個人組成一組？男人哪，面對兩個在一起的女人，要比面對單獨一個的女人容易開口的樣子。我們也是，與其一個人不如兩個人來得輕鬆，好像比較可以安心吧？我看起來比較女性化，妳看起來感覺比較緊繃像男孩子，以組合來說我覺得不錯。」

像男孩子，青豆想。第一次被人這樣說。

「雖說組成一組，不過對男人的偏好可能各自不同吧。會順利嗎？」

對方嘴角輕輕一撇。「妳這麼說來，確實是。偏好問題嘛……嗯那麼，妳偏好什麼樣的男人？」

「最好是中年。」青豆說。「我不太喜歡年輕的。最好稍微開始有點禿。」

「哦。」女人似乎很佩服地說。「原來如此，中年哪。我比較喜歡年輕有朝氣、俊俏的，對中年的不太有興趣，不過如果妳說這樣的好，也可以陪妳試一下。任何事情，都要經驗一下。中年的好嗎？也就是，我是說做愛方面。」

「我想因人而異。」青豆說。

「當然。」女人說。然後像在查證某個學說般瞇細了眼睛。「當然不能把做愛一般化。不過如果勉強要一概而論的話？」

「還不壞。雖然次數不能勉強，但時間可以拉長。不會急躁。順利的話可以讓妳達到幾次都行。」

對方稍微考慮了一下這個。「這麼說，我好像開始有一點興趣了。來試一次看看怎麼樣？」

「隨妳高興。」青豆說。

「嘿，妳試過四個人的做愛嗎？中途換對象那種？」

「沒有。」

「我也沒有，不過有興趣嗎？」

「我想大概沒有。」青豆說。「嗯，我想成組是可以，不過就算只是一時性的，既然要一起行動，我想先對妳多了解一點。要不然，可能會中途接話不順。」

「可以呀。這確實是正確的意見。那麼，比方說妳想知道什麼？」

「比方說，對了……妳在做什麼樣的工作？」

女人喝一口Tom Collins，把那放在杯墊上。然後用紙餐巾輕輕拍似的擦嘴巴，檢查一下紙餐巾上沾的口紅顏色。

「這個，還滿好喝的嘛。」女人說。「基酒是琴酒吧？」

「琴酒加檸檬汁加蘇打水。」

「確實不算多偉大的發明，不過味道不錯。」

「那就好。」

「嗯，那麼，我是做什麼工作的？這是個有點難的問題喲。而且就算老實說了，妳可能也不會相信。」

「那，我先說好了。」青豆說。「我在健身俱樂部當指導員。主要教武術。還有肌肉伸展。」
「武術。」那個女人好像很佩服的樣子。「好像李小龍那樣的嗎？」
「類似。」
「很強嗎？」
「馬馬虎虎。」
女人笑咪咪的，像要乾杯似的拿起玻璃杯。「那麼萬一遇到狀況或許可以組成無敵二人組囉。我看起來雖然沒什麼，也練了很長時間的合氣道。老實說，我是警察。」
「警察。」青豆說。嘴巴微微張開，說不出其他的話來。
「在警視廳上班。看不出來吧？」對方說。
「確實。」青豆說。
「不過真的是這樣。真的。名字叫Ayumi。」
「我叫青豆。」
「青豆。是真名嗎？」
青豆重重地點頭。「說到警察，不是要穿制服、佩帶槍、坐巡邏車，在街上巡邏嗎？」
「我是想做這些而當警察的，可是上面卻不太讓我做。」Ayumi說。然後拿起缽裡沾鹽的紐結餅喀喀地發出聲音咬著。
「穿著可笑的制服、開著迷你巡邏車、取締違規停車，是我目前的主要工作。當然不讓我佩槍。因為對把TOYOTA Corolla停在消防栓前面的一般市民，沒有必要鳴槍示警吧。雖然我的射擊訓練成績還滿好的，但那種事情誰也不會注意。只因為是女人，所以每天每天都讓妳拿著棒子尖端附的粉筆，在柏油路面到處寫時間和車號。」

「妳說手槍，是射擊半自動的貝瑞塔嗎？」

「對。現在大家都換成這種了。貝瑞塔對我來說有點過重。記得如果裝滿子彈的話，重量應該是將近一公斤。」

「本體重量八五〇公克。」青豆說。

Ayumi以像在鑑定手錶價值的當鋪老闆的眼神看青豆。「嘿，青豆姊，妳怎麼連這麼詳細的事情都知道呢？」

「一直對各式槍枝都很感興趣。」青豆說。「不過當然，並沒有實際射擊過這種東西。」

「是嗎？」Ayumi似乎認可了似地說。「其實我也喜歡射擊手槍噢。貝瑞塔雖然確實重了點，不過擊發時的後座力沒有舊式的那麼大，所以只要多練習的話，個子小的女生也能操作得順手。但上面的傢伙可不這麼想。認為女人怎麼能用槍呢？因為警界那些高層，全都是些大男人主義像法西斯一樣的傢伙。我的警棍術成績也非常好噢。不輸給大部分的男人。可是完全沒有受到好評。只會被拿來當成開黃腔嘲弄的材料。像是警棍的握法相當高明嘛，如果想再多做實地練習的話別客氣來找我吧，之類的。那些傢伙的想法，真是落伍一個半世紀左右。」

Ayumi這麼說著，從包包拿出一包Virginia Slims，以熟練的手勢拿出一根叼在嘴上，用金色細打火機點火。並朝天花板慢慢吐出煙。

「起初為什麼會想當警察？」青豆問。

「原本並沒有打算當什麼警察的。不過我不想做一般的事務性工作。可是也沒有專門的一技之長。那麼，可以選擇的行業就有限了。於是大學四年級的時候參加了警視廳的徵人考試。而且我們家的親戚，不知道怎麼有很多警察。老實說，我父親和哥哥也是警察。也有一個叔叔是警察。警察基本上是自成一個圈子的社會，所以如果家人裡有警察的話會優先錄取。」

「警察世家。」

「沒錯。不過，在實際進去以前不知道警界是重男輕女這麼嚴重的職場。提到女警，在警察世界就像二等公民一樣。只會分派到取締交通違規，或坐辦公桌處理公文，或到各小學去宣導兒童安全教育，或女嫌犯的搜身檢查之類，一點意思都沒有的工作。明顯比我能力差的男人，一個個都被派到有意思的現場去。高層表面上說什麼採取男女機會平等的開明措施，實際上卻沒這麼簡單。好不容易懷有的工作意願也消失了。妳懂嗎？」

青豆同意。

「這種事情真叫人火大。真的。」

「沒有男朋友嗎？」

Ayumi皺起眉頭。並注視了一會兒手指間夾著的細長香菸。「女人一當上警察之後，現實上要交男朋友就變得非常困難了。因為值勤時間不規律，跟一般上班的人時間不合，就算稍微有一點進展，只要知道我是警察，普通的男人一個個都會溜掉。就像螃蟹從沙灘逃到海裡去一樣。妳不覺得很過分嗎？」

青豆同意地點頭。

「就這樣，剩下的路子只有所謂的職場戀愛了，不過，這邊又沒有什麼像樣的男人，全是些只會講黃色笑話的沒水準的傢伙。不是天生頭腦不好，就是滿腦子只想升官，這兩種之一。就是這些傢伙在維持社會安全的。日本真是前途無亮啊。」

「妳看起來很可愛，應該很受男人歡迎的。」青豆說。

「嗯，並不是不受歡迎。只要我不說穿職業的話。所以才會在這種地方，假裝是在保險公司上班的。」

「常來這裡嗎？」

「也不能算常。只是偶爾。」Ayumi說。稍微想了一下後才坦白說出：「偶爾會想做愛。說得坦白一點是想要男人。就是，有點週期性的啊。那時候就會打扮漂亮，穿上華麗的內衣，來到這裡。然後找一個合適對象痛快地做一個晚上。這樣心情才能暫時安穩下來。只是擁有健康的性慾而已，並不是色情狂或性愛狂，一旦發洩過後就好了。並不會拖著尾巴。第二天開始又能勤快地上路去取締違規停車了。妳呢？」

青豆拿起Tom Collins的玻璃杯安靜地啜一口。「嗯，大概差不多吧。」

「沒有男朋友？」

「我不打算交。因為不喜歡麻煩。」

「固定的男人是麻煩。」

「嗯。」

「可是有時候忍不住想做。」Ayumi說。

「想發洩，比較喜歡這種說法。」

「想擁有浪漫的一夜，這怎麼樣？」

「這也不錯。」

「不管怎麼樣，喜歡只有一夜，不要拖個尾巴。」

青豆點頭。

Ayumi在桌上托著腮，對這沉思了一會兒。「我們可能有不少共通的地方。」

「可能。」青豆承認。只不過妳是女警，我是殺手。我們分別處在法律的內側和外側。這一定會是很大的差別。

「這樣吧，」Ayumi說，「我們在同一家產物保險公司上班。公司名字保密。青豆姊是前輩，我是後輩。今天在公司發生一件不愉快的小事，所以兩個人就來喝酒。然後心情變得還不錯。這樣的狀況設定好嗎？」

「這好是好，可是我對產物保險的事可一竅不通呢。」

「這方面就交給我來辦。隨便瞎扯而不出紕漏，是我的拿手好戲。」

「就交給妳了。」青豆說。

「對了，我們正後方那桌有兩個一起的，像中年人，從剛才開始就以尋找目標的眼光到處打量。」Ayumi說。「妳可以若無其事地轉過頭去，觀察一下。」

青豆依照她說的若無其事地轉過頭朝向後面。在隔一桌的餐桌位子上，坐著兩個中年男人。兩個看來都像是工作完鬆一口氣的上班族，穿著西裝，打著領帶。西裝並不邋遢，領帶品味也不錯。至少沒有不潔的感覺。看來一個將近五十，一個不到四十。年長的瘦瘦的長臉，額頭髮際開始後退。年輕的，有一種以前在大學參加過橄欖球隊，但最近因為運動不足開始長出贅肉的感覺。青年時期的容貌依舊，但下顎周圍卻開始變厚了。兩個人邊喝著兌水威士忌邊談笑，視線則確實有意無意地在店內物色著。

Ayumi分析這二人組。「看起來，他們對這種場所好像不太習慣。雖然是來玩的，不過卻沒辦法好好跟女孩子搭訕。而且兩個人大概都有太太。也有一點愧疚的感覺。」

青豆很佩服對方敏銳的觀察力。在談話之間居然不知不覺已經看出這些狀況了。所謂警察世家也不是浪得虛名的。

「青豆姊，妳喜歡頭髮薄的對嗎？那麼我就要那個結實的好了。這樣可以嗎？」

青豆再轉身向後一次。頭髮稀薄的那個看來頭型還馬馬虎虎。雖然跟史恩・康納萊有幾光年的距離，不過暫且給他及格吧。畢竟是一連聽了皇后合唱團，又聽了阿巴合唱團的夜晚，不能太奢求。

「可以。就這樣。不過要怎麼樣讓他們來邀我們呢？」

「總不能悠閒地等到天亮。我們主動出擊吧。笑嘻嘻友好而積極地。」Ayumi說。

「說真的？」

「當然。我過去輕鬆地把話敲定。交給我吧。青豆姊只要在這裡等就行了。」Ayumi說。猛喝一口Tom Collins，雙手用力搓一搓手掌。然後把Gucci皮包甩在肩上，燦爛地微笑。「好吧，警棍術的時間到了。」

第12章 天吾

願祢的王國降臨

老師轉向深繪里，說：「繪里，不好意思請妳去泡個茶來好嗎？」

少女站起來走出客廳。安靜地關上門。天吾在沙發上調整呼吸，讓意識重新清楚過來。老師什麼也沒說地等著。他把黑框眼鏡拿下來，用看來也沒多乾淨的手帕擦擦鏡片，重新戴上。窗外的天空有小小的黑色物體快速飛過。可能是鳥。或誰的靈魂正被吹到世界盡頭去。

「很抱歉。」天吾說。「已經沒問題了。不礙事。請繼續說。」

老師點點頭開始說：「激烈槍戰的結果，分支公社『黎明』就毀滅了，那是一九八一年的事。現在的三年前。繪里到這裡來的四年後發生那件事。不過目前看起來『黎明』的問題應該和這次的事情沒有關係。

「繪里開始跟我們一起生活是十歲的時候。沒有任何預告就出現在我們家門前的繪里，跟我以前所認識的繪里有很大的不同。本來話就少，對陌生人是不會敞開心的孩子。雖然如此，從小就很黏我，經常跟我說話。然而那時候的她，卻處於對誰都說不出話的狀態。好像失去了說話能力似的。跟她說話，她也只會點頭或搖頭那樣程度的反應而已。」

老師的說話方式變得多少快了些，聲音的響法也更清楚。可以感覺到他想趁深繪里離席的時候把話往前推展到某種程度的氣氛。

「看來她跋涉到這山上來之前吃了不少苦頭。雖然帶了一點現金，和寫有我家住址的紙條，但因為一直在孤立的環境中成長，再加上又沒辦法好好開口說話。雖然如此，她還是一手拿著紙條，一連換乘了幾種交通工具，最後終於來到我們家門前。

「我一眼就看出她身上發生了什麼不好的事情。一個幫我忙的婦人和薊，兩個人幫忙照顧繪里。幾天後繪里總算鎮定下來了，我打電話到『先驅』去，說想找深田。但對方回答說現在深田正處於無法接電話的狀態。我問是什麼狀態，也不肯講。我說那麼我想跟他太太說話。卻說他太太也無法接電話。結果跟兩人都沒說上話。」

「那時候您有沒有跟對方說，繪里在府上？」

老師搖搖頭。「不，如果不能直接跟深田說，我覺得還是不要提繪里在這裡比較好。當然後來我也試過幾次，想跟深田取得聯絡。用盡各種手段。但都沒有用。」

天吾皺起眉頭。「換句話說這七年來，一次都聯絡不上她的父母？」

老師點頭。「七年間，完全音訊斷絕。」

「繪里的雙親，在這七年間也沒有尋找女兒的去向嗎？」

「是啊，這怎麼想都是無法理解的事情。因為深田夫妻無比疼愛她，一直很寶貝她。而且如果繪里會去投靠誰的話，只可能來我這裡。他們夫婦都跟老家斷絕關係，繪里從小到大連祖父母的面都沒見過。說起來繪里能投靠的地方只有我家。而且他們也教繪里萬一發生什麼事就來我家。然而兩個人卻一句話也沒跟我聯絡。這是無法想像的事。」

天吾問：「剛才您說『先驅』是開放的公社。」

「沒錯。『先驅』自從開設以來，一貫以開放的公社營運過來。但自從繪里逃出來的稍前開始，『先驅』就漸漸關閉和外界的交流。我開始發現有這個徵兆，是和深田的聯絡開始不順的時候。深田以前是動筆勤快的人，他會寄長信給我，告訴我公社內部發生的事，寫一些自己的心境等。這從某個時間開始卻中斷了。我寄去的信也沒回。打電話也不幫我接給他。就算接通了，對話也短得像被限制了。而且深田好像知道有人在旁聽般，語氣冷淡。」

老師合起雙手放在膝上。

「我親自到『先驅』去過幾次。因為有必要和深田商量繪里的事，如果電話和信都不通，只有直接去看看了。可是他們不讓我進去裡面。在入口處名副其實毫不理睬地被趕出來。不管怎麼交涉都不理會。『先驅』的領地周圍不知何時已經圍起高高的圍牆，外人一律禁止進入。

「從外面無法看到，公社內部到底發生了什麼事。武鬥派的『黎明』採取祕密主義可以理解。他們的目標在武力革命，也有不得不隱藏的東西。然而『先驅』只是和平地經營有機農業而已，從一開始就一貫擺出對外部世界友好的姿態。因此當地人對他們也懷有好感。然而現在，這公社卻簡直像個要塞了。裡面人的態度和神色似乎已完全改變。鄰近的人也和我一樣對『先驅』的改變感到困惑。一想到在裡面的深田夫婦身上是不是發生了什麼不好的事，就擔心得不得了。不過當時除了收留繪里、好好扶養她之外，我什麼也幫不上忙。就這樣七年過去了。什麼事都還沒明朗。」

「深田先生是不是還活著，連這個都不知道？」天吾問。

老師點頭。「沒錯。完全沒有頭緒。我盡量不往壞的方向去想。不過深田七年之間一句話都聯絡不上，這事絕對不尋常。只能想到他們身上一定發生了什麼事。」他在這裡壓低聲音。「或許被強制拘禁在內部。或許情況更糟糕也不一定。」

「更糟糕？」

「也就是說，絕對無法排除最壞的可能啊。『先驅』已經不是以前那樣的和平的農業共同體了。」

「您是說『先驅』這個團體，已經開始朝危險的方向前進了嗎？」

「我這樣覺得。據當地的人說，出入『先驅』的人數遠比以前增加了。車輛頻繁出入。很多是掛東京車牌的車子。鄉間罕見的大型高級車也頻頻出現。公社的組成人員似乎急速增加。建築物和設施的數量增加了，內容也充實了。以便宜價格再積極加買附近的土地，也購入牽引機、挖土機和水泥攪拌機等。農業生產還像以前那樣繼續，那應該是可觀的收入來源。『先驅』品牌的蔬菜知名度越來越高，以自然素材為賣點的餐廳直接從這裡進貨。和高級超級市場簽約供貨。利潤應該也提高不少。不過和這同時並進的，是除了農業以外似乎還有別的什麼在那裡進行著。光靠販賣農產，無法籌措擴大規模所需的資金。而且『先驅』內部不管在進行著什麼，從徹底保持神祕主義來看，想必是難以公諸於世的事情？這是當地人所感受到的印象。」

「是指他們又開始政治性活動嗎？」天吾問。

「應該不是政治性運動。」老師立刻說。「『先驅』在和政治不同的方面動著。所以他們才會在某個時點不得不把『黎明』切割出去。」

「可是在那以後『先驅』裡面發生了什麼事，使繪里小姐不得不從那裡逃出來。」

「一定發生了什麼，」老師說，「有重要意義的事件。大到不得不拋棄雙親，隻身逃出來的事。但繪里對那個卻什麼也不說。」

「可能受到打擊，或太傷心，無法用語言適當表達吧。」

「不，並沒有受到打擊、害怕什麼，或離開雙親孤單一個人會不安之類的氣氛。只是沒有感覺而已。雖然如此，繪里依然毫無困難逐漸適應在我們家的生活。反倒可以說是輕鬆自在就融入了。」

老師看一眼客廳的門。然後視線轉回天吾的臉上。

「不管繪里身上發生了什麼，我都不想勉強去撬開她的心。我想這孩子需要的應該是時間。所以我故意什麼都不問，即便她都不說話，也裝成不在意的樣子。繪里經常和薊在一起。薊從學校回來後，吃飯都匆匆忙忙地，吃完就兩個人躲在房間裡。我不知道兩個人在裡面做什麼。或許她們之間成立了類似只屬於兩個人的對話。不過我沒有特別去過問，讓她們隨便高興怎麼樣。而且除了不說話之外，一起生活完全沒有問題。這孩子頭腦好，也很聽話。和薊成為彼此唯一的親密朋友。只是那個時期，繪里沒辦法上學。一句話都不能說的孩子沒辦法送去學校。」

「老師和薊在那之前是兩個人生活嗎？」

「我太太大約十年前過世了。」老師說。然後稍微停一下。「是汽車追撞意外，當場死去的。留下我們兩人。有一個遠房親戚住在附近，家事全部由這位女士幫忙。也幫我照顧女兒。妻子去世對我來說和對薊來說都是非常難過的事。因為實在死得太突然了，我根本沒有心理準備。所以繪里能來我家一起生活，不管經過情形怎麼樣都是值得高興的事。就算沒有對話，只要有她在旁邊我們的心情就不可思議地安定下來。而且這七年之間，繪里也逐漸又可以說一點話了，雖然進步只是一點一點的。但跟剛來到我們家時比起來，對話能力已經看得出進步了。別人聽起來可能會覺得那種說話方式很不尋常而且奇怪。但對我們來說已經是顯著的進步了。」

「繪里小姐，現在有上學嗎？」

「沒有，沒有上學。只有形式上在學校設籍。但要繼續過學校生活現實上有困難。所以我，還有到我家的學生有空的時候，都會進行個別輔導。話雖這麼說，畢竟是零碎的東西，根本稱不上有系統的教育。因為她自己讀書有困難，所以有機會就朗讀給她聽。也給她市售的有聲書錄音帶。這差不多就是她所受的全部教育了。不過她是個聰明得驚人的孩子。自己決定要吸收的東西就可以迅速、深入，而有效地吸收。這種能力無比優越。可是沒興趣的事幾乎看都不看一眼。差別非常大。」

客廳的門還沒有打開。不過是燒開水、泡茶，怎麼去這麼久呢。

「而後繪里小姐對薊說了〈空氣蛹〉的故事是嗎？」天吾問。

「我剛才說過，繪里和薊一到晚上就兩個人關在房間裡。我不知道她們在做什麼。那是只屬於兩個人的祕密。不過從某個時候開始，繪里說故事這件事，似乎就成為兩個人溝通的主題了。繪里說的故事，薊以筆記下或錄音，再用我書房的文字處理機打成文章。那時候繪里好像感情慢慢開始恢復了。整體像被一層膜覆蓋著的漠不關心也消失了，臉上的表情逐漸恢復，接近以前的繪里了。」

「從那時候開始復元的嗎？」

「並不是全面的。終究只是部分。不過確實是這樣。可能因為說故事，所以繪里才開始復元的。」

天吾思考這件事。然後改變話題。

「關於深田夫婦失聯的事，找警察商量過嗎？」

「啊，我去找過當地的警察噢。沒有提繪里，只說跟裡面的朋友長期聯絡不上，我懷疑會不會是被關起來了。不過在那個時間點他們也無從插手。『先驅』所在的是私有地，那裡只要沒有犯罪行為的確實證據，警察是不能隨便踏進去的。不管怎麼交涉都不理會。而且以一九七九年為界，要深入內部去搜查事實上已經不可能了。」

老師好像想起那時候的事似的，搖了幾次頭。

「一九七九年發生了什麼事嗎？」天吾問。

「那一年『先驅』申請宗教法人獲得許可。」

天吾一時說不出話來。「宗教法人？」

「真是令人驚奇的事。」老師說。「『先驅』不知不覺間已經變成宗教法人『先驅』了。山梨縣知事正式發給許可。一旦冠上宗教法人的名稱，警察要進入所有地中搜查就非常困難了。因為這會威脅到憲法上所保障的信仰自由啊。而且『先驅』似乎還設有法務人員，採取相當確實的防禦態勢。地方警察無法拿他們怎麼辦。

「我也從警察那裡聽到宗教法人的事，非常驚訝。彷彿青天霹靂般，剛開始還無法相信，他們讓我看了相關文件，親眼確認過是事實之後，還沒辦法輕易理解。我和深田往來很久了。很了解他的個性和為人。我因為專攻文化人類學的關係，接觸宗教也不淺。但是他跟我不同，他根本是一個政治性的人，以講理推動事情的人。可以說生理上就很厭惡宗教的一切。就算是基於戰略上的原因，也不至於去申請宗教法人許可的。」

「而且要得到宗教法人的認證應該也不容易。」

「那倒也未必。」老師說。「雖然確實有許多資格的審查，必須通過政府單位一層層的繁雜手續才行，不過只要背後有政治力在運作，要打通關節某種程度就簡便多了。什麼是正常的宗教，什麼是狂熱的迷信，本來界線就很微妙。並沒有確實的定義，全憑一個解釋。而且有解釋空間的情況，經常也會產生政治力和利益介入的空間。一旦拿到宗教法人的認證之後，除了能得到減稅優惠之外，法律上也受到嚴密的保護。」

「總之『先驅』已經不再是單純的農業公社，變成宗教法人了。而且是封閉得可怕的宗教團體。」

「新宗教。以更坦白的語言來說，就是崇拜團體。」

「我不太明白。這麼大的轉變，一定有什麼重大契機吧。」

老師望著自己的手背。手背上長著許多灰色捲曲的毛。「沒錯。這轉變應該有很大的契機。關於這一點我也想了很久。想過各種可能性。不過完全想不通。那契機到底是什麼樣的東西？他們徹底採取祕密主義，已經無法得知內部的情況了。而且『先驅』的指導者深田的名字，之後也完全沒有再公開出現過。」

「然後三年前發生了槍擊事件，『黎明』就消滅了。」天吾說。

老師點頭。「實質上捨棄了『黎明』的『先驅』卻存活下來，以宗教團體的名義確實地繼續發展。」

「換句話說，槍擊事件對『先驅』並沒有太大的打擊嗎？」

「是啊。」老師說。「何只這樣，反而得到宣傳效果。他們是頭腦好的傢伙。一切都往對自己有利的方向改變。不過無論如何，那是繪里離開『先驅』之後所發生的事。剛才也說過，應該是和繪里沒有直接關係的事件。」

似乎需要轉換話題的樣子。

「您讀過〈空氣蛹〉嗎？」天吾問。

「當然。」

「覺得怎麼樣？」

「是很耐人尋味的故事。」老師說。「很優秀而富有暗示性。不過那在暗示什麼，老實說我也不懂。不明白盲目的山羊是什麼意思，Little People，和空氣蛹等，又是什麼意思。」

「您是否覺得，那個故事可能暗示繪里小姐實際上在『先驅』裡面所經驗，或目擊的什麼具體事情嗎？」

「可能是這樣。不過到什麼地方是現實，從什麼地方是幻想，很難分別。可以當成像某種神話，也可以當成巧妙的寓言來讀。」

「繪里小姐告訴我說真的有Little People小小人。」

老師聽了一時臉色有點為難。然後說：「換句話說你認為〈空氣蛹〉所描寫的故事是實際上發生的事嗎？」

天吾搖頭。「我想說的是，這個故事連細部都描寫得非常真實而詳細，這對小說來說會成為一個很大的強項。」

「而且你，正準備用你的文章或文脈把那故事改寫，把那所暗示的什麼轉換成更明確的形式。是這樣嗎？」

「如果順利的話。」

「我專攻的是文化人類學。」老師說。「雖然已經不再當學者了，不過這精神到現在還滲透在體內。這學問的目的之一，是將人們所持有的個別印象相對化，從中找出人類普遍的共通項來，重新把那再一次回饋給個人。藉著這樣做，人或許可以獲得自立而屬於什麼的定位。我說的事你明白嗎？」

「我想我明白。」

「你必須做的可能是和那相同的工作。」

天吾雙手攤開在膝上。「好像很難。」

「不過好像有嘗試的價值。」

「我連自己是不是有這個資格都不知道。」

老師看看天吾的臉。他的眼睛裡現在有特別的光。

「我想知道的是在『先驅』裡，繪里身上發生了什麼事？還有深田夫婦到底經歷了什麼樣的命運？這七年裡，我自己也努力試圖去弄清楚，結果卻找不到任何頭緒。擋在面前的牆如此厚實堅固，我只能舉手投降。或許〈空氣蛹〉這個故事中，隱藏著解開謎語的鑰匙也不一定。就算只有些微的可能性，只要有那可能性，我願意主動去賭一下。我不知道你有沒有那資格。不過你對〈空氣蛹〉評價很高，也投入很深。那或許可以成為一種資格。」

「有一件事情，我想清楚確認是Yes或No。」天吾說。「今天我到這裡來也是為了這個。老師已經給我改寫〈空氣蛹〉的許可了嗎？」

老師點頭。然後說：「我想一讀你所改寫的〈空氣蛹〉。繪里好像也很信任你。這樣的對象除了你沒有別人。當然我是指除了薊和我之外。所以你可以去試試看。作品就交給你。換句話說，答案是Yes。」

話一旦中斷，沉默簡直就像已經決定的命運那樣，沉重地在這個房間落坐。這時候正好繪里端茶進來了。就像算準兩個人的談話結束了一樣。

回程時只有天吾一個人。深繪里帶狗出去散步了。天吾配合電車來的時刻請老師幫忙叫了計程車，搭到二尾站。然後在立川轉中央線。

在三鷹站，一對母女坐在天吾對面。穿著清爽的母親帶著女兒。兩個人穿的都絕對不是昂貴的衣服，也不新了。但很乾淨，整理得很用心。白的部分很白，也用熨斗燙得很平整。女兒大約小學二年級或三年級左右。眼睛大大的，容貌清秀的女孩子。母親瘦瘦的，頭髮綁在後面，戴著黑框眼鏡，帶著褪色的厚布製的包包。布包裡好像塞了很多東西。她的容貌也相當端正，不過雙眼外側的邊邊卻滲出神經性的疲憊，讓她看起來可能比實際來得老。才不過四月中而已，卻帶著陽傘。陽傘簡直像曬乾的棍棒那樣收捲得緊緊的。

兩個人一直坐在椅子上，始終沉默著。母親好像在腦子裡盤算著什麼。坐在旁邊的女兒沒事可做，無聊地看看自己的鞋子，看看地板，看看天花板垂掛的廣告，偷偷看看坐在對面天吾的臉。好像對他身材的高大和皺皺的耳朵感興趣的樣子。小小孩經常會以這樣的眼光看天吾。好像在看無害的珍奇動物那樣。那小女孩的身體和頭幾乎都完全沒動，只有眼睛靈活地動著，觀察著周圍的各種東西。

母女在荻窪站下車。電車速度減緩後，母親拿起陽傘，一語不發快速站起來，左手拿陽傘，右手拿布包。女兒也立刻跟著行動。快速站起來，跟在母親身後下了電車。從座位站起來時，再一次瞄了天吾的臉一眼。眼神裡有某種像在要求什麼，又像在訴說什麼似的，不可思議的光。雖然只是很微弱的光，但天吾卻看出來了。這女孩子正在發出某種訊息——天吾這樣感覺。但不用說，就算收到了訊息，天吾也無法做什麼。既不清楚情況，也沒有干涉的資格。小女孩和母親在荻窪一起下了電車，車門關上，天吾還坐在那裡朝下一站前進。小女孩坐過的位子，有三個像剛考過模擬考試回來的中學生坐下。並開始大聲吵鬧地說話。雖然如此，少女安靜的殘像還暫時留在那裡。

那少女的眼神，讓天吾想起一個小女孩。他小學三年級到四年級的兩年間，同班的女同學。她也有跟剛才的小女孩同樣的眼睛。那眼睛一直注視著天吾。而且……

那女孩的雙親是宗教團體「證人會」的信徒。屬於基督教的一個分派，講末世論，熱心傳教活動，對於聖經的內容，都照字義去實行。例如完全不認同輸血。因此如果發生車禍受了重傷，存活的可能性便大為降低。也不可能接受大手術。相對的在世界末日來臨時，則能以神的子民活下去。而且在至福的世界繼續存活千年。

那個女孩也像剛才的少女一樣，有一對美麗的大眼睛。令人印象深刻的眼睛。容貌姣好。不過她臉上卻經常蒙著一層像不透明的薄膜般的東西。為了消除存在的氣息。沒有必要時，不會在人前開口。也不會在臉上露出感情。薄薄的嘴唇經常筆直地緊閉著。

天吾第一次關心這個少女，是因為她每逢週末都會和母親一起去傳教。在「證人會」的家庭，如果孩子長到能走路之後，父母就會被要求帶著一起去傳教。從三歲開始主要是跟母親一起走，挨家挨戶拜訪，分發「洪水前」的小冊子，說明「證人會」的教義。現在的世界出現了多少毀滅前的跡象，把這事實以容易懂的方式向人們說明。他們稱呼神為「上主」。當然大多數的人家都會請吃閉門羹。門就在鼻尖啪嗒地關上。他們的教義未免太褊狹、太一廂情願、太脫離現實了——至少和世間大部分的人所想的現實離得太遠了。不過非常偶然地，也有人願意好好聽他們說。不管談的是什麼樣的內容，世上就是存在著需要說話對象的人。而且其中，雖然這也是非常偶然地，也有人願意去參加聚會。為了這千中尋一的可能性，他們從一家走到一家去按門鈴。他們這樣繼續努力，只為了要盡量讓世人覺醒，這是他們被賦予的神聖職責。而且這職責越嚴格，門檻越高，他們被賜予的至福也將更輝煌。

那位少女和母親一起去到處傳教。母親一手拿著塞滿「洪水前」的布袋，另一手大多拿著陽傘。小女孩跟在幾步之後。她經常緊閉著嘴唇，面無表情。天吾被父親帶著去繞ＮＨＫ收訊費的收款路線時，有幾次在路上和這位小女孩相遇。天吾認出她的身影，對方也認出天吾的身影。每次他都看見小女孩的眼裡悄悄閃著某種光。不過當然沒有說話。也沒有打招呼。天吾的父親忙著提高收款業績，少女的母親則忙著到處說明世界末日即將來臨。男孩和女孩只有在星期天的路上，在父母拉著快步走時擦身而過，瞬間視線相交而已。

全班都知道她是「證人會」的信徒。她常常因為「教義上的理由」無法參加聖誕節的活動，也無法參加拜訪神社和佛教寺院的遠足和旅行。不參加運動會，也不唱校歌和國歌。那怎麼想都是很極端的行為，使她在班上越來越孤立。而且她在中午吃營養午餐之前，一定要先做特別的禱告。而且必須很大聲，以大家都聽得見的聲音清楚唱出來才行。當然，周圍的孩子對這禱告很不以為然。她應該也不願意在大家面前這樣做。不過飯前禱告已經成了習慣，不能因為其他信徒看不見就偷懶。因為一切事情「上主」都會從高處看得詳詳細細。

天上的主啊。願人都尊的名為聖，
願祢的王國降臨。
請饒恕我們的許多罪過。
請賜福我們微小的每一步。阿門。

記憶真不可思議。二十年前的事情了，居然想得起那字句。**願祢的王國降臨**。「那到底是什麼樣的王國？」每次那禱告傳進耳裡時，還是小學生的天吾就會想。那裡有ＮＨＫ嗎？一定沒有。如果沒有ＮＨＫ也就沒有收款了。那麼，或許那個王國早一刻來臨也很好。

天吾從來沒有跟她說過話。因為就算同班，天吾也完全沒有機會直接跟她說話。少女經常都跟大家保持距離一個人孤零零的，除非必要跟誰都不說話。天吾覺得好像沒有必要特地過去找她說話。不過在心中同情著她。他們也有在假日被父母帶著，不得不挨家挨戶按門鈴，這種特異的共通點。雖然有傳教活動和收款業務的不同，然而把這種任務強行施加於小孩身上對小孩心理會造成多深的傷害，天吾非常了解。星期天，小孩應該和小孩同伴們一起盡情地玩耍。而不是去到處威脅人們繳款，去到處宣傳恐怖的世界末日。這種事情──如果必要的話──大人去做就好了。

天吾只有一次，碰巧因為一個小狀況，對那個女孩伸出過援手。那是四年級秋天的事情。在做理科實驗時，同一桌實驗的同學對她說了嚴厲的話。因為實驗的步驟搞錯了。是什麼樣的錯已經不記得了。當時有一個男生因為證人會的傳教活動而揶揄她。說她挨家挨戶去散發愚蠢的小冊子。而且稱呼她為「上主」。那實在是很罕見的情況，因為跟欺負她、嘲笑她比起來，大家更把她當不存在的東西看待，打從心底忽視她。可是像理科實驗那樣的共同作業時，總不能只把她排除在外。那時候對她丟出的話，就相當毒了。天吾在隔桌那組，無論如何都無法裝沒聽見。不知道為什麼。不過就是沒辦法置之不理。

天吾走過去，叫她轉到自己這一組來。沒有深入思考，沒有猶豫，幾乎是反射性地這樣做。然後仔細向她說明實驗要領。少女用心注意聽天吾說的，理解了，沒再犯同樣的錯。同班兩年，天吾那還是第一次對她開口說話（而且也是最後一次）。天吾成績好，身體高大強壯。大家都對他另眼看待。所以天吾袒護她，也沒有人嘲笑天吾──至少當場──沒有一個人。不過由於維護「上主」的關係，他在班上的評價無形中似乎下降了一格。由於和這個女孩牽連在一起，可能被認為多少受到污染了吧。

不過天吾毫不介意這種事情。因為天吾很清楚，她只是極普通的女孩子。如果雙親不是「證人會」信徒的話，她應該會以極普通的女孩子長大，而被大家接受。應該可以跟大家成為好朋友。可是只因雙親是「證人會」的信徒，在學校就被當成透明人般對待。誰也不跟她說話。甚至不看她一眼。天吾認為這是相當不公平的事。

天吾在那之後並沒有特別跟少女說話。因為既沒有必要開口，也沒有那樣的機會。不過由於某種情況眼光相遇時，她臉上會浮現稍微緊張的神色。天吾看得出來。或許是對天吾在理科實驗時為她所做的事，感到有些困擾也不一定。或許覺得什麼也不做別管她就好，因此而生氣也不一定。天吾這方面無法適當判斷。因為那時還是小孩，從對方的表情還無法讀出細微的心理動向。

然後有一次這個女孩握了天吾的手。那是天氣很晴朗的十二月初的午後。窗外看得見晴朗的天空，雪白筆直的雲。放學後在打掃完畢的教室裡，碰巧只有天吾和她兩個人留下。沒有其他任何人。她好像下了什麼決心似的快步穿過教室走向天吾，站在他身旁。然後毫不猶豫地握住天吾的手。並且一直仰望著他的臉（天吾的身高比她高十公分左右）。天吾也驚訝地看她的臉。兩個人目光相遇。天吾在對方的瞳孔中，看到了過去從來沒看過的透明的深度。這位少女長久間一直無言地緊握著他的手。非常用力，瞬間都沒有放鬆力氣。然後她忽然放手，任裙子下襬翻飛著，小跑步離開教室。

天吾莫名其妙地留在原地，一時呆站在那裡不動，說不出話來。他首先想到的是，幸虧沒有被人看到這一幕。如果被誰看到了，不知道會引起多大的騷動。他環視周圍一圈，先呼一口氣。然後陷入深深的困惑。

從三鷹站到荻窪站坐在對面座位的母女，說不定也是證人會的信徒。可能正要去進行平常的星期日傳教活動。膨脹的布包裡看起來也像塞滿「洪水前」的小冊子。母親所帶的陽傘，和少女眼中浮現的一閃光輝，讓天吾想起同班同學中沉默的女孩。

不，那電車上的兩個人並不是什麼證人會的信徒，或許只是坐車要去上什麼課的極普通母女而已。布包裡可能是鋼琴的琴譜，或文房四寶之類的也不一定。我一定是對各種事情太敏感了，天吾想。然後閉起眼睛，慢慢吐氣。星期天的時間以奇怪的流法流著，光景以不可思議的歪法歪著。

回到家，做了簡單的晚餐吃。突然想到中餐也沒吃。晚餐後想給小松打電話。他一定想聽見面的結果。不過那天是星期天，他沒去公司。而且天吾不知道小松家的電話號碼。算了，如果他想知道，應該會打電話來。

時鐘指著十點，正想差不多該上床時，電話鈴響了。想來大概是小松，拿起聽筒卻聽見年紀大的有夫之婦女朋友的聲音。「嘿，不太能挪出時間，後天下午只有一點時間可以過去你那裡一下嗎？」她說。

可以聽到背後小聲的鋼琴音樂。丈夫好像還沒回家的樣子。可以呀，天吾說。她來的話，〈空氣蛹〉的改稿工作就必須暫時中斷。不過在聽到她的聲音時，天吾發現，自己正強烈地想要她的身體。掛上電話走到廚房，把 Wild Turkey 注入玻璃杯，站在流理台前喝著純威士忌。然後上床，讀了幾頁書，便睡了。

天吾漫長奇妙的星期天，就這樣結束。

第13章 青豆

天生的受害者

醒來時，知道自己正處於相當嚴重的宿醉狀態。青豆從來沒有宿醉的經驗。不管喝多少，第二天早晨頭腦總是清清楚楚，可以立即進行下一個動作，並以此自豪。然而今天太陽穴卻不知怎麼隱隱作痛，意識微微罩著一層薄靄。感覺頭腦周邊，像被鐵圈緊緊箍著似的。時針已經繞過十點了。將近中午的早晨光線，像針扎般讓眼睛深處疼痛。外面路上奔馳的機車引擎聲，像拷問機器的轟隆聲般震響房間。

身上一絲不掛地赤裸躺在自己床上，但怎麼回到家的，卻完全沒有記憶。昨夜穿的衣服全部胡亂脫掉散落一地。看來應該是自己甩掉似地脫下的。皮包放在桌上。她跨過地上散亂的衣服走到廚房，一連喝了好幾玻璃杯的自來水。然後到浴室去用冷水洗臉，從大鏡子照看看赤裸的身體。仔細檢查過所有細部，但身上沒有留下任何痕跡。她終於安心地嘆一口氣。還好。雖然如此，下半身依然微微留下激烈性愛之後翌晨的那種感覺。身體深處被推拉攪拌過般的甜蜜倦怠。還發覺肛門也有輕微不對勁的感覺。真是的！青豆想。然後用手指壓壓太陽穴。那些傢伙，連那裡也做嗎？不過並不記得做了什麼會後悔的事。

依然懷著陰沉而白濁的意識，手扶著牆壁沖了熱水浴。全身用肥皀用力搓遍洗清，把昨夜的記憶——接近記憶的沒有名字的什麼——從身上消除。性器官和肛門尤其洗得仔細。也洗頭髮。一面忍受牙膏的薄荷味一面刷牙，把嘴裡悶著的氣味消除。然後把臥房地上的內衣和絲襪全都撿起來，別開眼睛丟進洗衣籠裡。

檢查一下桌上皮包裡面的東西看看。錢包還在。信用卡、金融卡也還在。錢包裡的錢幾乎沒減少。她昨天晚上付的現金，好像只有回家的計程車費。皮包裡少的只有預先準備的保險套。算了一下少了四個。四個？錢包裡塞著折起的便條紙，上面寫著都內的電話號碼。但，是誰的號碼，則完全不記得。

再一次躺回床上，回想一下昨天晚上，盡量想一想後來怎麼樣了。Ayumi走到男人那桌去，笑嘻嘻地把話說定，四個人一起喝酒，大家都開心起來。然後就是固定的行程。到附近的都市飯店去開兩個房間。青豆依照預定先選頭髮薄的那位。Ayumi則跟年輕的大個子。做愛相當不錯。兩個人一起洗澡，然後久久的細心做口交。插入前保險套也沒偷懶地戴上。

一小時後電話打進房間，Ayumi說現在可以過去那邊嗎？大家再來喝一點嘛。好啊，青豆說。過一會兒，Ayumi和一起的男人來了。於是叫客房服務點了一瓶威士忌和冰塊，四個人喝。

後來的事想不太起來。四個人重新聚在一起之後，好像忽然就醉了。大概是威士忌的關係吧

（青豆平常不太喝威士忌），或者因為和平常不一樣，不是和男人單獨兩個人，旁邊還有搭檔在，所以心情放鬆吧。後來好像有交換對象，再做一次的模糊記憶。我在床上被年輕的擁抱，Ayumi和頭髮薄的在沙發做。好像是這樣。然後……後來就在深深的霧裡了。什麼也想不起來。哎，這樣也好。想不起來就這麼忘掉吧！我不顧一切地盡興做了愛。只是這樣而已。而且以後可能再也不會和他們碰面了。

不過第二次的時候，有沒有確實戴上保險套？這是青豆所擔心的。總不能因為這樣無聊的事而懷孕，或得性病吧。不過大概沒問題。我不管醉得多厲害，意識變得模糊不清，這種地方還是很注意。

今天有排什麼工作嗎？沒有工作。今天是星期六，沒排工作的日子。不，不對。不是這樣。下午三點要去「柳宅」，幫老婦人推拿。幾天前Tamaru打電話聯絡，說因為必須去醫院做個檢查，所以星期日的約可以改成星期六嗎？完全忘了這件事。不過到下午三點，還有四個半小時的時間。那時候頭痛應該已經好了，意識也會清楚多了。

泡了熱咖啡，勉強把好幾杯送進胃裡。然後全身只披上浴袍就在床上仰頭躺下，望著天花板度過整個上午。沒心情做任何事。只眺望著天花板。天花板上雖然沒有什麼有趣的東西，但也不能抱怨。天花板並不是要讓人覺得有趣而在那裡的。時鐘指著正午，但完全沒有食欲。機車和汽車的引擎聲還在頭腦裡響著。這麼真實的宿醉還是第一次。

不過雖然如此，做愛對她的身體似乎有好的影響。讓男人擁抱，注視赤裸的身體，好好撫摸，舔一舔，咬一咬，讓陰莖插入，體驗幾次高潮，體內原有的積鬱似的東西已經順利解開。宿醉當然難過，不過卻有了足夠補償這還有餘的解放感。
不過我要繼續這樣多久呢？青豆想。這種事到底能持續到什麼時候？我馬上就快三十歲了。不久四十就在望了。
不過不要再想這問題了。以後再慢慢想吧。現在還沒迫在眉睫。要認真思考這種事，我——
這時電話鈴響了。那在青豆耳裡聽來轟轟作響。好像坐在特快車上穿過隧道似的。她搖搖擺擺地離開床，拿起聽筒。牆上大鐘指著十二點半。
「青豆姊？」對方說。有點沙啞的女人聲音。是Ayumi。
「是。」青豆說。
「沒問題嗎？好像剛剛被巴士輾過的聲音。」
「可能很接近。」
「宿醉？」
「嗯，相當嚴重。」青豆說。「妳怎麼知道我的電話號碼？」
「妳不記得嗎？妳自己寫了電話號碼給我的不是嗎？還說過幾天再見的。我的電話號碼應該也在妳的錢包裡。」
「是嗎？什麼都不記得了。」
「嗯。我就猜可能這樣。很擔心所以打個電話看看。」Ayumi說。「不曉得妳是不是安全回到家了。是在六本木的十字路口把妳送上計程車，告訴司機地址的。」
青豆嘆一口氣。「沒有記憶，不過好像是到家了。因為醒來時躺在我家床上。」

「幸虧。」

「妳現在在做什麼?」

「在工作啊,乖乖的。」Ayumi說。「從十點開始,開著迷你巡邏車取締違規停車。現在正在休息一下。」

「了不起喲。」青豆佩服地說。

「還是有點睡眠不足。不過,昨天晚上很快樂噢。第一次氣氛那麼熱烈。這是託青豆姊的福喔。」

青豆用手指壓著太陽穴。「老實說,後半部分的事我不太記得了。也就是說,你們來我們房間以後的事。」

「哦。那太可惜了。」Ayumi以認真的聲音說。「後來很精彩喲。四個人做了各種事。真是難以置信。像黃色電影一樣。我跟青豆姊,還脫光學女同性戀。還有嘛……」

青豆趕快把話打斷。「這個算了,有沒有好好戴上保險套?記不得了,我擔心這個。」

「當然。這個部分,我最嚴格檢查了,所以沒問題。因為我除了做交通違規取締之外,還到區內的各高中,把女學生集合在禮堂教她們正確的保險套戴法之類的,指導得相當詳細呢。」

「保險套的戴法?」青豆吃驚地問。「為什麼警察要教高中生那種事?」

「原本的目的是到各學校去宣導約會強暴的危險,和如何對付色狼、性犯罪防治方法等,可以說順便吧,我以個人的訊息,補充上去的。我說因為某種程度來說是沒辦法不做愛的,只是必須確實注意不要懷孕和得性病,之類的。當然,在老師們面前不會說那麼清楚。所以,這方面已經變成職業本能一樣了。不管喝多少酒,都不會疏忽。妳完全不用擔心。青豆姊妳乾淨溜溜。沒有保險套的地方不插入。這是我的座右銘。」

「謝謝。聽到這個鬆一口氣。」

「嘿，我們昨天晚上做了什麼？妳不想詳細聽嗎？」

「下次好了。」青豆說。把肺裡積的悶悶的空氣吐出外面。「找時間再詳細聽妳說。不過現在不行。光聽到這些，頭就像快裂開了似的。」

「明白了。下一次吧。」Ayumi以開朗的聲音說。「不過，青豆姊，今天早晨醒過來我一直在想，我們可以組成很好的搭檔的。可以再打電話給妳嗎？我是指，如果還想做像昨天那樣的事。」

「可以呀。」青豆說。

「太好了。」

「謝謝妳打電話給我。」

「保重噢。」Ayumi說完掛上電話。

下午兩點時，由於喝了黑咖啡和睡了一下的關係，意識清楚多了。幸好頭也不疼了。只有身體還留有些微的倦怠。青豆拿著運動袋走出家門。當然沒帶特製的冰錐。只有要換的衣服和毛巾。Tamaru像平常那樣在玄關迎接她。

青豆被帶到狹長形的陽光房。大片玻璃窗面向庭園開著，但卻拉上蕾絲窗簾，從外面看不見裡面。窗子邊排列著觀葉植物。從天花板的小型喇叭播出巴洛克式安穩的音樂。附有大鍵琴伴奏的木笛奏鳴曲。房間中央擺設著按摩用的床，老婦人已經趴躺在上面。她穿著白色袍子。

Tamaru走出房間之後，青豆換上運動時穿的服裝。老婦人從台子上轉頭望著青豆脫衣服的樣子。青豆的身體讓同性看也不在乎。只要當上運動選手，這種事已經是家常便飯了，老婦人接受按摩時穿的也幾乎接近赤裸。這樣比較容易確認肌肉的情況。青豆脫掉棉長褲和襯衫，穿上針織上衣和長褲。然後把脫下的衣服摺好，疊放在房間的角落。

「妳的身體非常緊繃結實。」老婦人說。然後坐起來把袍子脫掉，剩下薄絹的上下身。

「謝謝。」青豆說。

「我以前也是這樣的身體。」

「我知道。」青豆說。應該真是這樣，青豆想。上了七十歲的現在，她的身體還姣好的留下年輕時的影子。體型既沒有走樣，乳房也還相當有彈性。節制的飲食和日常的運動，使她身上還保持著自然的美。其中應該還加上適度的美容整型手術，青豆猜測。定期去皺紋，眼角和嘴角的拉皮。

「您現在身體都還很美。」青豆說。

老婦人嘴唇輕輕彎曲。「謝謝。不過不能跟以前比了。」

青豆沒回答這個。

「身體我已經充分享受過了。也讓對方相當快樂。我想說的妳懂嗎？」

「我懂。」

「怎麼樣？妳也在享受嗎？」

「有時候。」青豆說。

「有時候可能不夠。」老婦人趴下來說。「這種事必須趁年輕好好享受。盡情盡興地。等年紀大了不能做這種事之後，還可以用從前的回憶溫暖身體。」

青豆想起昨夜的事。她的肛門還留下些微插入感。這種記憶難道也能溫暖老後的身體嗎？

青豆把手放在老婦人身上，開始細心地推拿肌肉。剛才還留下的些微身體倦怠現在已經消失。換上針織的運動衣，從手指接觸老婦人的身體時開始，她的神經已經研磨得十分清晰了。

青豆像在沿著地圖的路線登山那樣，以手指一一確認老婦人的肌肉。對每塊肌肉的鬆緊情況、硬度、反彈程度，青豆都一一記憶下來。就像鋼琴師把長曲子的譜背起來那樣。青豆對身體，尤其具備這種細密的記憶力。就算她忘了，手指也還記得。如果什麼地方的肌肉摸起來稍微有和平常不一樣的感覺，她會對那裡從各種角度，給與各種強度的刺激。然後確認有什麼樣的反應。這時產生的是痛，是快感，還是沒感覺。僵硬堵塞的地方，不僅要鬆開，還要指導老婦人靠自己的力量運動那個部位的肌肉。當然也有光靠自己的力量很難鬆解的部分。這樣的地方就仔細推拿。不過肌肉最鼓勵、最歡迎的，還是日常的自助努力。

「這裡會痛嗎？」青豆問。大腿根部的肌肉比平常僵硬得多。僵硬到不懷好意的地步。手伸到她骨盤的縫隙間，把大腿稍微往特別的角度彎。

「很痛。」老婦人一面歪著臉說。

「很好。能感覺痛是好事。如果不覺得痛，就不妙了。會更痛一點，可以忍耐一下嗎？」

「當然。」老婦人說。不用一一問。老婦人的個性是忍耐力很強的人。大多的事情都默默忍耐。不會歪一下臉也不會叫一聲。青豆過去看過很多被她按摩的強壯大男人，都忍不住叫出來。所以老婦人的意志之強，總讓她不得不佩服。

青豆以右手肘為槓桿支點般固定著，將老婦人的大腿更彎曲。聽見喀噠一聲，關節移位了。老婦人倒吸一口氣。不過沒出聲。

「這樣之後就沒問題了。」青豆說。「會覺得輕鬆。」

老婦人吐一口大氣。額頭滲出汗來。「謝謝。」她小聲說。

青豆花了整整一小時，徹底放鬆老婦人的身體，刺激她的肌肉，伸展拉開，鬆緩關節。這些都伴隨著相當的疼痛。不過不痛就沒法解決。青豆知道這點，老婦人也知道。所以兩個人幾乎無言地，經過一小時。木笛奏鳴曲不知什麼時候已經結束，CD唱盤沉默下來。除了飛來庭園的鳥啼聲之外什麼也聽不見。

「身體覺得輕鬆多了。」過一會兒老婦人說。她疲倦地趴著。按摩用的床上鋪的浴巾顏色被汗濕染暗了。

「很好。」青豆說。

「妳肯留在身邊，幫助很大。如果沒有妳，我一定很難過。」

「沒問題。現在還沒有消失的打算。」

老婦人好像有點猶豫，稍微沉默一下才問：「我可以問一個冒昧的問題嗎？妳有沒有喜歡的人？」

「有喜歡的人。」青豆說。

「那就好。」

「不過很遺憾，那個人並不喜歡我。」

「我的問題也許有點奇怪，」老婦人說，「為什麼對方不喜歡妳？客觀看來，我覺得妳是個非常有魅力的年輕女孩。」

「因為那個人根本不知道我的存在。」

老婦人尋思了青豆說的事一會兒。

「妳這邊沒有想把妳存在的事實，傳達給對方的念頭嗎？」

「現在沒有。」青豆說。

「妳自己不能主動去接近，有什麼原因嗎？」

「有幾個原因。不過幾乎都是我自己的心境問題。」

老婦人佩服地看看青豆。「我遇到過各種奇怪的人，妳可能也是其中之一。」

青豆嘴角稍微放鬆。「我並沒有特別奇怪的地方。只是坦白面對自己的心情而已。」

「自己一旦決定的規則就一定遵守嗎？」

「沒錯。」

「而且有點頑固、易怒。」

「可能也有這樣的地方。」

「不過昨天有點玩過火了噢？」

青豆臉紅起來。「看得出來嗎？」

「看皮膚就知道。聞氣味也知道。男人的痕跡還留在身上。上了年紀很多事情都會知道噢。」

青豆把臉別過一點。「這種事有必要。有時候。雖然知道是不太值得鼓勵的事。」

老婦人伸出手，輕輕疊放在青豆手上。「當然。這種事偶爾也需要。不用在意。我不是在責備妳。不過我覺得妳似乎可以更平凡地得到幸福。跟喜歡的人結合，有個快樂結局之類的。」

「我也希望這樣。不過很難吧。」

「為什麼？」

青豆沒有回答。這不容易說明。

「如果是妳個人的事情，想找人商量的話，請跟我商量。」老婦人說，把重疊的手收回來，用擦臉毛巾擦拭臉上的汗。「無論任何問題。或許有什麼我可以幫上忙的地方。」

「謝謝。」青豆說。

「有些是放縱一下也消解不了的事。」

「說得沒錯。」

「妳並沒有做任何有損自己的事。」老婦人說。「一件也沒有。妳知道吧？」

「我知道。」青豆說。青豆覺得她說得沒錯。她沒有做任何有損自己的事。雖然如此還是會安靜地留下什麼痕跡。就像葡萄酒瓶底的沉澱一樣。

大塚環死去前後的事，青豆現在都還記得很清楚。而且一想到已經無法再跟她見面談話時，就會覺得身體像撕裂了一般。環是青豆有生以來第一次交上的親密朋友。不管任何事情都可以毫不隱藏地彼此攤開來說。在環之前青豆沒有一個這樣的朋友，在她之後也沒出現任何一個人。沒有人可以代替。如果沒有遇到她，青豆的人生一定會比現在更悲慘、更暗淡。

兩個人同年，是都立高中壘球隊的隊員。青豆從初中到高中，把熱情都獻給了壘球這種競技。剛開始並不起勁，只因成員人數不夠被邀參加而隨便陪著打，漸漸變成她生活的意義。她像一個快被強風吹走的人抱緊柱子那樣，抓緊那項競技活著。她需要一個這種東西。而且她本人並沒發現，以一個運動選手來說，青豆本來就擁有卓越的資質。在初中、高中都成為球隊的核心選手，靠她的關係球隊才能很得意地朝勝利之路挺進。那給了青豆自信似的東西（正確說來，雖然不能稱為自信，卻是很接近的東西）。在球隊中自己擁有絕對不算小的存在意義，那就算是個狹小的世界，卻給了她明確的地位，讓青豆比得到什麼都開心。因為有人需要我。

青豆是投手兼第四棒打者，名副其實是投打的中心。大塚環是二壘手，隊上的要角，也擔任隊長。環雖然個子嬌小，但擁有非常優越的反射神經，知道怎麼用腦筋。也能迅速而整合性地讀取狀況。每次投球都懂得要把身體重心傾向哪一邊才好，當打者打到球後，她能立即看出球會飛往什麼方向，跑到準確的守備位置。有這種能耐的內野手可不多見。由於她的判斷力不知道化解了多少危機。她雖然不是像青豆那樣的長距離打者，不過打擊非常準確銳利，腳程也快。而且她也是一個優秀的領導者。能統合隊員，擬訂戰略，給大家有益的建議，鼓勵大家。雖然指導嚴格，卻深得隊員們信服。在她領導下球隊日漸強壯，在東京都大會打進總決賽。也參加高中聯賽。青豆和環都被選為關東代表隊的成員。

青豆和環彼此最了解對方的優點，很自然地互相吸引開始親近，終於成為獨一無二的密友。球隊遠征時，兩個人長時間在一起。彼此毫不隱瞞地互相剖白成長過程。青豆小學五年級時就下定決心和雙親斷絕關係，去舅舅家讓他們照顧。舅舅一家了解情況，把她當家人的一員溫暖地迎接她，雖然如此，但那裡畢竟是別人家。她一個人孤單單的，渴望溫情。不知該去哪裡尋找活下去的目的和意義，就那樣過著渾渾噩噩的日子。環的家庭雖然富裕也有社會地位，但雙親感情極端不好，因此家裡都荒廢了。父親幾乎不回家，母親常常陷入錯亂狀態。有時頭痛嚴重，幾天都躺在床上起不來。環和弟弟幾乎處於被遺棄的狀態。兩個孩子的三餐多半在附近的餐廳或速食店解決，或買現成的便當。她們分別都有不得不熱衷投入壘球的原因。

兩個有問題的孤獨少女，可以談的話題多得像山一般高。暑假兩個人單獨去旅行。可說的話暫時說完時，她們在旅館的床上，觸摸彼此赤裸的身體。只是突發性僅限一次的事情而已，沒有第二次，而且以後也不再提起。不過因為有這件事，兩個人的關係更加深，變成更帶同伴性了。

高中畢業進了體育大學之後，青豆還繼續打壘球。因為是全國性高評價的女子壘球選手，因此被私立體育大學邀請入學，領到特別的獎學金。在大學校隊依然以核心選手活躍球場。她一面打壘球，一面對運動醫學產生興趣，開始認真學習。也對武術有興趣。她想在大學在學期間盡量學習更多知識和專門技術。並沒有悠閒遊玩的空閒。

環則考進一流私立大學的法學院。高中畢業後，她就和壘球競技切斷關係。對成績優異的她來說，壘球只是一時的過程而已。她打算參加司法考試，當一個法律人。不過即使走的路各自不同，兩個人彼此依然是獨一無二的密友。青豆住進了免住宿費的學生宿舍，環則依然住在荒廢的——但經濟上有餘裕的——自己家，通車上學。兩個人每週會一起吃一次飯，聊累積了一週的話。怎麼聊，話題都聊不完。

環在大學一年級的秋天失去童貞。對方是網球社高一年的學長。在聚會後被邀到他的房間，在那裡幾乎是被強迫侵犯的。她對男方並不是沒有好感。所以被邀請時就那樣一個人跟著去了他的房間，沒想到卻被暴力強求性行為，而且那時對方所顯示的任性粗暴態度，讓她深受打擊。因此社團也不去了，暫時陷入憂鬱狀態。那件事似乎在環的心裡留下很深的無力感。食欲也喪失了，一個月瘦了六公斤。環對那個男生期望的，是類似理解和體貼的東西。如果能如此表現，而且給她一點時間準備的話，身體給他這件事本身應該不是那麼大的問題。環怎麼都無法理解。為什麼非要那樣用暴力不可？根本沒有那個必要的。

青豆安慰她，並建議應該想辦法給那個男生一點教訓。不過環沒有同意。我自己也有不夠小心的責任。她說事到如今再向哪裡投訴都沒有用了。被一邀約就那樣一個人跟去他的房間，我也有責任。大概只能把事情忘記吧。環說。不過青豆痛心地知道，因為這件事好友受到多深的傷害。那並不是所謂處女情節，或這一類表面性的問題。而是人的靈魂的神聖問題。任何人都沒有像穿著鞋踏進人家家裡，那樣的權力。而且所謂的無力感，會多麼嚴重地繼續侵蝕人們的心。

所以青豆決定個人代替她施加制裁。她從環那裡聽說了男生住的公寓地址，用塑膠製大型圖筒裝壘球球棒，到那裡去。當天，環因為親戚的法會還是什麼事去了金澤。這樣她的不在場證明應該成立。青豆事先已經確定過男生不在房間。用起子和鐵槌破壞門鎖，進入房間。然後把球棒用毛巾捲好幾層，一面盡量不發出聲音，一面把房間裡的東西全部打爛。從電視、立燈、鐘、唱片、烤吐司機、花瓶，能破壞的東西一個不留地全部破壞。電話線用剪刀剪斷。書的話，則把書背弄破讓書頁散落一地。把牙膏和刮鬍膏全部擠到地毯上。床上澆上醬汁。抽屜裡的筆記撕破。原子筆和鉛筆折斷。電燈泡全部敲破。窗簾和椅墊都用刀子割破。衣櫥裡的襯衫也都用剪刀剪破。內衣和襪子的抽屜裡淋滿番茄醬。冰箱的溫控保險絲拔掉丟到窗外。把馬桶水箱的把手拆掉。蓮蓬頭弄壞。每個角落都仔細地徹底破壞。房間就像前一陣子報紙上刊登的照片所顯示的，貝魯特街上遭砲擊後的光景。

環是個頭腦聰明的女孩（學校成績是青豆所無法企及的），壘球比賽時是不會有漏洞、小心謹慎的選手。青豆一遇到危險，她會立刻跑到投手丘，給予簡短有利的建議，微笑一下，用手套拍一下她的屁股，回到守備位置。視野寬廣，心地溫厚，並擁有幽默感。學業上很努力，口才也很好。如果就那樣繼續用功下去應該可以成為優秀的法律人。

然而當她面對男人時，判斷力卻會明顯分散瓦解。環以前喜歡英俊的男生。很挑長相。而且這個傾向，在青豆眼裡看來，幾乎到了病態的地步。男人不管人品多好，能力多優秀，當他們來邀請時，如果外表不符合環的偏好，她都毫不動心。不知道為什麼，她所關心的，都是臉蛋帥而內容空洞的男人。而且一牽涉到男人，環就會變得非常頑固，不管青豆說什麼都聽不進去。平常她對青豆的意見，總是很順從地傾聽、尊重的，只有對男朋友的批評一概不接受。青豆也漸漸放棄，不再勸告她了。她不想為了這個爭吵，破壞和環的友誼。這終究是環的人生。只能隨她高興了。總之在大學期間，環跟很多男生交往，經常被捲入麻煩，遭到背叛受到傷害，最後還被拋棄。每次都幾乎陷入半瘋狂狀態。做過兩次墮胎手術。以男女關係來說，環真是天生的受害者。

青豆不交固定的男朋友。有時受到邀請會去約會，其中也有相當不錯的對象，但沒有變成深入的關係。

「妳也不交男朋友，難道打算一直當處女嗎？」環問青豆。

「因為太忙了。」青豆說。「我每天都好不容易才能勉強過日子。沒時間跟男朋友玩。」

環大學畢業後，留在研究所準備司法考試。青豆到運動飲料和健康食品公司上班，在那裡繼續打壘球。環還是從自己家通車上學，青豆住在代代木八幡的公司宿舍。和學生時代一樣，兩個人到了週末會見面吃飯，不厭其煩地聊各種事情。

環二十四歲時和大兩歲的男人結婚。訂婚的同時就不再到研究所上學，也不再繼續攻讀法律了。因為丈夫不允許。青豆只見過男方一次，是企業家的第二代，正如預料的長得很端正，但容貌好卻沒有深度。興趣是駕遊艇。口才不錯，腦筋也還好的樣子，但為人缺乏厚度，言語不見穩重。正是環向來偏愛的男人類型。而且其中還有令人感覺某種不祥的東西。青豆一開始就不喜歡那個男人。對方可能也不太喜歡她。

「這婚姻不可能順利喲。」青豆對環說。雖然不想多管閒事，不過這怎麼說都是結婚。不是單純的戀愛遊戲。對方既然是多年的密友，青豆不可能保持沉默當沒看到。兩個人那時候第一次激烈口角。環因為結婚被反對而變得歇斯底里，對青豆吐出幾句很不堪的話。包括青豆最不想聽的話。青豆連結婚典禮都沒去參加。

不過青豆和環不久就又和好如初。蜜月旅行回來後，環立刻毫無預告就到青豆的住處，為自己的不禮貌道歉。說希望能全部忘記那時她說的話。我不知道自己怎麼搞的。蜜月旅行的時候，一直在想著妳的事。別介意那個，我已經都不記得了，青豆說。於是兩個人緊緊擁抱。彼此開開玩笑開心地笑著。

雖然如此，結婚後兩個人見面的機會卻急速減少。雖然書信頻繁來往，也會打電話聊聊。不過環似乎沒辦法挪出兩個人見面的時間。家裡很多事情要忙，環如此解釋，專職主婦也很辛苦噢。不過從那口氣裡可以感覺到，她丈夫好像不希望她在外面跟人見面。而且環和公婆一起住在同一棟豪宅裡，似乎很難自由外出。青豆也沒有被招待到環的新居。

婚姻生活很順利，環有事沒事都對青豆這樣說。丈夫很溫柔，公公婆婆人也很親切。生活上什麼也不缺。他們偶爾週末會駕遊艇去江之島。放棄攻讀法律也沒什麼可惜。因為司法考試壓力太大。終究這種平凡的生活，或許最適合我也不一定。不久可能也會生小孩，那麼我就變成只是到處可見的無聊媽媽了。可能連妳都不理我。環的聲音經常很開朗，口中所說的事，也沒有理由非懷疑不可。那太好了。青豆說。她真的覺得太好了。跟不祥預感成真比起來，不如預感不準來得好，當然。環的心中可能找到了某個安定的地方了，青豆推測。或者，盡量這樣想。

因為沒有其他可以稱得上朋友的人，跟環的接觸開始減少之後，青豆的日常生活變得有點難以打發了。壘球也沒辦法再像以前那樣集中精神。好像自從環由自己的生活遠離而去之後，自己對那競技的興趣也變淡了似的。青豆已經二十五歲了，依然還是處女。心情不安定時，有時會自慰。這種生活並不特別覺得寂寞。跟誰擁有個人性的深入關係，對青豆而言是痛苦的。那樣不如繼續孤獨還好。

環自殺，是在二十六歲生日的三天後，風很強的晚秋的日子。她在自己家上吊而死。翌日傍晚，出差回家的丈夫才發現。

「家裡沒有問題，也沒聽她說過不滿。完全想不到自殺的原因。」丈夫對警察說。丈夫的雙親說法也一樣。

不過這是謊言。由於受到丈夫不斷的性虐待式的暴力，環在身體上和精神上都傷痕累累。丈夫所採取的行為近乎偏執的程度。公公婆婆大致上也知道。警察在驗屍時，看到她身體的狀態也察知事情的原因，不過並沒有提起公訴。雖然把丈夫叫去調查訊問，但她的死因顯然是自殺，而且她死的時候丈夫到北海道出差。他並沒有受到刑事處罰。環的弟弟日後才把這樣的事情，悄悄向青豆坦白說出。

暴力從一開始就有，隨著時日的過去據說逐漸變得執拗而淒慘。然而，環卻無法從那噩夢般的場所逃出來。這種事情對青豆一句話都沒提過。因為就算商量，也早知道答案會是什麼。現在立刻離開那個家，一定會這樣說。可是我沒辦法那樣。

臨自殺前，最後的最後，還給青豆寫了一封長信。信一開頭就寫道，自己從一開始就錯了，青豆從一開始就對。她最後這樣結尾。

每天的生活就是地獄。但我無論如何都無法逃出這個地獄。因為逃出這裡以後，也不知道該去哪裡才好。我正關在所謂無力感這個可怕的牢獄裡。我自己主動進去，自己上了鎖，把鑰匙丟得遠遠的。這個婚姻當然是個錯誤。就像妳說的那樣。不過最嚴重的問題，不在丈夫、不在婚姻生活，而在我自己心裡。我所感覺到的所有疼痛，都是我應該承受的。我無法責備任何人。對我來說，妳是我唯一的朋友，也是這個世界上我唯一可以信賴的人。不過我已經無可救藥。如果可能，希望妳永遠記得我。但願兩個人能永遠一起打壘球。

青豆讀著那封信時，心情變得越來越惡劣。身體不停地發抖。打幾次電話到環家裡，都沒有人拿起聽筒。只有轉到答錄機而已。她搭上電車，走到她位於世田谷區奧澤的家。有高高圍牆的大宅院。按了門上的對講機，還是沒有回答。只有裡面的狗在吠著。只好放棄退了回來。當然青豆無從知道，那時候環已經斷氣了。她在樓梯的欄杆上穿過繩子，一個人孤零零地吊在那裡。在安靜的屋子裡，只有電話鈴、門鈴繼續空虛地響著而已。

得知環的死訊時，青豆幾乎沒有感到驚訝。一定是腦子裡的什麼地方已經預期會有這種結果了吧。也沒有湧起哀傷。可以說接近處理公事的回答，把電話掛上，在椅子上坐下，然後經過相當長的時間後，感覺體內的所有體液都往外溢似的。長久之間無法從椅子上站起來。打電話到公司，說身體不舒服要請幾天假，只是一直關在家裡。不吃東西、不睡覺、連水都幾乎沒喝，也沒去參加葬禮。她內部有一種什麼發出喀嚓一聲切換掉了似的。以這為分界，我已經不是以前的我了，青豆這樣強烈地感覺到。

那個男人必須加以制裁，青豆那時這樣下定決心。無論如何必須確實給他世界末日。不這樣的話，那傢伙一定還會對別人反覆做出同樣的事情。

青豆花很多時間擬定周密的計畫。從脖子後面的什麼角度，以銳利的針刺下可以讓對方瞬間致死，她擁有這樣的知識。當然這不是誰都能辦到的，但她能。必要的，是磨練出能在短時間內找出那極微妙穴道的靈敏感覺，和弄到適合那行為的工具。她把工具準備齊全，花時間，製造出看起來像細小冰錐的特殊器具。那針尖像毫不饒恕的觀念般銳利而冰冷。而她則累積各種方法專心練習。並在認為可以之後，付諸行動。毫不遲疑，冷靜而確實地，把王國帶到那個男人頭上。她在事後甚至唱出祈禱。祈禱文的句子幾乎反射性地從她口中出來。

天上的主啊。願人都尊的名為聖，願祢的王國降臨。請饒恕我們的許多罪過。請賜福我們微小的每一步。阿門。

青豆開始週期性，而且激烈地需求男人的身體，是在那之後的事。

第14章 天吾

幾乎所有的讀者過去都沒看過的東西

小松和天吾約在老地方見。新宿車站附近的喫茶店。一杯咖啡的價格雖然不便宜，不過座位和座位之間留有距離，說話可以不用擔心別人的耳朵。空氣比較乾淨，小聲播放著無害的音樂。小松照例遲到二十分鐘才來。小松從來不會準時出現，天吾則從來沒有遲到過。這已經是決定好的事情似的。小松提著裝公文的皮包，穿著看慣的綾織西裝上衣，深藍色Polo衫。

「不好意思讓你等了。」小松說，但並沒有覺得特別抱歉的樣子。看起來心情比平常好，嘴角掛著黎明的新月般的笑容。

天吾只是點點頭，什麼也沒說。

「讓你這麼趕不好意思。很多事情一定辛苦了吧。」小松在對面的座位坐下，這樣說。

「我並不想誇大其詞，不過這十天，簡直不知道自己是活著還是死了。」天吾說。

「不過真是幸虧有你幫忙。能順利獲得深繪里監護人的許可，小說也確實地改寫好了。真了不起。對於平常遠離世俗的天吾來說，真的寫得很好。我對你刮目相看了。」

天吾把這讚美隨便聽過去。「您讀過我就深繪里的背景所寫的類似報告的東西了嗎？長的那個。」

「啊，讀了。當然。我仔細讀過了。怎麼說呢，相當複雜的過程。簡直像一部大河小說似的。不過姑且不提那個，真沒想到那位戎野老師居然成了深繪里的監護人。世界實在太小了。那麼老師對我的事說了什麼嗎？」

「小松先生的事？」

「是啊，關於我。」

「並沒有特別說什麼。」

「那就怪了。」小松一副不可思議的樣子說。「我和戎野老師以前一起工作過。還去大學研究室拿過他的稿子呢。很久以前了，我還是年輕編輯的時候。」

「以前的事，大概忘了吧。因為他甚至還問我小松先生是什麼樣的人。」

「不。」小松這樣說，臉色難看地搖著頭。「沒這回事。絕對不可能。那位老師是不會忘記任何事情的人。記憶力好得驚人，而且那時候我們談過很多事啊……不過這沒關係。那個老爹可不容易對付。那麼，根據你的報告，圍繞著深繪里的事情看來相當麻煩啊。」

「可不是什麼相當麻煩而已。我們名副其實像抱著炸彈一樣呢。深繪里怎麼說都不簡單。並不只是單純的漂亮的十七歲女孩子而已。她有dyslexia，連好好讀書都沒辦法。也不太能寫文章。還有某種精神性創傷，似乎因此而喪失了部分記憶。在類似公社的地方長大，幾乎沒上過學校。父親是左翼革命組織的領導，和『黎明』所涉及的槍戰似乎也間接有關。寄住的地方是鼎鼎大名的文化人類學者家。如果小說造成話題，媒體蜂擁而來，許多可口的事實都將曝光。事情可就不可收拾了。」

「嗯，確實可能會鬧得沸沸揚揚。」小松說。雖然如此，嘴角依然掛著微笑。

「那麼計畫要中止嗎？」

「計畫中止？」

「事情變得太大。太危險了。稿子還是換回原來的好了。」

「可沒那麼簡單。你所改寫的〈空氣蛹〉已經校對過送到印刷廠了。一旦印出來，立刻會送到總編輯、出版部長和四個評審委員那裡。事到如今，『對不起，那個搞錯了。請當成沒看見還給我吧。』這種話我可說不出來。」

天吾嘆一口氣。

「沒辦法。時光無法倒流。」小松說。並在嘴上叼一根Marlboro，瞇細眼睛，用店裡的火柴點火。「剩下的事情我會好好思考。天吾可以什麼都不用想。如果〈空氣蛹〉得了獎，也盡量不會讓深繪里公開露面。只要把她歸類為不喜歡在人前出現的謎樣少女作家，適度守在這一線就行了。我會以責任編輯的身分，充當她的發言人。對這方面的安排我心裡有譜，所以沒問題。」

「我不是懷疑小松先生的能力，只是深繪里和一般常見的普通女孩子不同。並不是會照人家的話默默行動的類型。如果她決定要這樣做的話，不管別人說什麼都會這樣去實行。不合意的事情，她根本聽不進耳裡。沒那麼簡單。」

小松什麼也沒說，把手中的火柴盒翻轉了幾次。

「不過，天吾，不管怎樣，既然已經走到這一步，我們只好橫下心去做了。首先第一，你改寫的〈空氣蛹〉寫得非常好。遠超過預期的漂亮。幾乎接近完美。這鐵定可以拿到新人獎，造成話題。事到如今已經不可能把它掩埋起來了。讓我說的話，那是一種犯罪。而且就像剛才說的那樣，事情已經一直往前推了。」

「一種犯罪？」天吾看著小松的臉說。

「也有這樣的說法。」小松說。「『所有的藝術，所有的希求，和所有的行動和探索，都可以想成指向某一種善。因此，事事物物都可以從所指向的東西，正確地界定出善的東西。』」

「這是什麼意思？」

「亞里斯多德啊。《尼各馬科倫理學》。你讀過亞里斯多德嗎？」

「幾乎沒有。」

「可以讀。你一定會喜歡。我沒書可讀的時候就會去讀希臘哲學。讀不膩。經常可以從中學到一些東西。」

「這引用的重點在哪裡？」

「事物的歸結即是善。善即所有的歸結。懷疑留到明天吧。」小松說。「這是重點。」

「亞里斯多德對猶太人大屠殺怎麼說？」

小松讓那新月形的微笑顯得更深。「亞里斯多德在這裡談的主要是藝術、學問，和工藝。」

認識小松的時間絕不算短。在那之間天吾看多了小松表面的臉，也看多了背面的臉。小松在業界是獨來獨往的一匹狼，看起來像隨心所欲地活著。許多人被這表面所蒙蔽。但如果把前前後後的情況好好放進腦子裡，仔細觀察的話，就會知道他的行動其實是經過相當精密計算的。以下棋來說，是看出之後的好幾步。雖然喜歡出奇招，不過在適當地方會畫出一條線，注意不再踏出那裡一步。甚至可以說個性算起來是屬於神經質的。他那無賴式的言語舉動，多半只是表面的演技而已。

小松很用心地給自己投了幾種保險。例如他為某家報紙的晚報寫每週一次的文藝專欄。在那裡褒貶各種作家。貶的時候言詞相當嚴厲苛刻。他很擅長寫這種文章。雖然是匿名的專欄，不過業界的人大家都知道那是誰寫的。當然沒有人喜歡被報紙說壞話。所以作家都小心注意盡量不去得罪小松。如果他的雜誌有委託寫稿時，盡量不拒絕。至少幾次會接受一次。要不然不知道他會在專欄上寫出什麼話來。

天吾不太喜歡小松這種會算計的一面。一面有點輕視文壇，一面方便地利用著這個系統。小松擁有身為一個編輯的優越第六感，也幫了天吾不少忙。關於寫小說方面他的忠告大多非常珍貴。不過天吾和小松交往刻意保持一定的距離。不要太接近，萬一太深入時不小心踏空了腳底的梯子，就不妙了。在這層意義上，天吾也是一個很小心的人。

「就像剛剛說的，你改寫的〈空氣蛹〉接近完美。了不起。」小松繼續說。「不過只有一個地方，只有一個地方，如果可能我希望能改寫。不是現在也沒關係。新人獎的水準這樣就夠了。拿到獎，要在雜誌上刊登的階段，重新修改就行了。」

「什麼地方？」

「Little People做好空氣蛹的時候，月亮變成兩個。少女抬頭看天空時，天上浮現兩個月亮。你記得這部分吧？」

「當然記得。」

「要是讓我發表意見的話，對於那兩個月亮的描述還不夠。寫得不充分。希望能描寫得更詳細更具體。要說要求的話，只有這個部分。」

「確實描寫可能有點不夠周到。只是以我來說，不想說明太多，破壞了深繪里原文所擁有的節奏。」

小松把夾著香菸的手舉起來。「天吾，你這樣想。讀者對於浮著一個月亮的天空，過去看過很多次。對嗎？不過應該沒看過天上浮著兩個月亮並排著。要把過去讀者從來沒有看過的東西，寫進小說中時，有必要盡量詳細而精確地描寫。能省略，或不得不省略的，幾乎都是讀者已經有看過的東西的描寫。」

「明白了。」天吾說。小松說的確實有道理。「那兩個月亮出來的部分，會更仔細地描寫。」

「很好。那樣就完美了。」小松說。然後把香菸按熄。「其他就沒話說了。」

「我寫的東西被小松先生誇獎當然高興，不過只有這次卻沒辦法坦然感到高興。」天吾說。

「你，正在急速成長。」小松把用語切斷似地慢慢說。「以寫手來說，以作家來說，都在成長。這方面你可以很坦然地感到高興。由於改寫〈空氣蛹〉，你應該學到很多關於寫小說的事。下次你寫自己的作品時，應該很有幫助。」

「如果有下次就好了。」

小松笑嘻嘻的。「不用擔心。你做了該做的事。接下來輪到我出場了。你到場邊板凳坐著悠閒地看比賽進行就好了。」

女服務生走來，在玻璃杯注入冷水。天吾把那喝了一半。喝完後才發現並沒有想喝水。

「人的靈魂是由理性、意志，和情慾所組成的，這是亞里斯多德說的嗎？」天吾問。

「那是柏拉圖。亞里斯多德和柏拉圖，以比喻來說，就像歌手梅爾・托美（Mel Torme）和平・克勞斯貝（Bing Crosby）的差別那樣。不過不管怎麼樣，以前的事情總是比較單純。」小松說。「想像看看理性和意志和情慾開會，圍著桌子熱烈辯論的樣子你不覺得很有趣嗎？」

「只不過大體上可以預測，誰不會勝利。」

「我喜歡天吾的地方啊，」小松把食指舉向空中說：「就是幽默感。」

這並不幽默，天吾想。不過沒開口。

天吾和小松分開後，走進紀伊國屋書店去買了幾本書，在附近的酒吧一面喝啤酒，一面讀剛買的書。在所有的時間中，這應該是他最能放鬆的時間。在書店買了新書，走進附近的餐廳，手上拿著飲料一面翻開書頁。

不過那夜不知道為什麼精神無法集中在讀書上。平常在幻影中見到的母親的影子模糊地浮現他眼前，一直不消失。她撥開白色長襯裙的肩帶，露出形狀美好的乳房，讓男人吸乳頭。那男人不是父親。是更高大年輕的，容貌也端正。嬰兒床上的幼兒天吾正閉著眼睛，發出沉睡的鼻息。母親一面讓男人吸著乳頭，臉上一面露出忘我的表情。那表情，和他年長的女朋友迎接高潮時的表情有一點類似。

天吾以前，出於好奇心曾經拜託過她。嘿，妳可以穿一次白色長襯裙來嗎？「可以呀。」她笑著說。「下次為你穿來。如果你喜歡的話。其他還要指定什麼嗎？我什麼都聽你的，不用害羞說看看。」

「如果可以請穿白襯衫來好嗎？盡量簡單的。」

她在上星期，穿著白襯衫白色長襯裙來。他讓她脫下白襯衫，撥開長襯裙的肩帶，吸那下面的乳頭。就像在他的幻影中出現的男人所做的同樣姿勢，以同樣的角度。那時候他有輕微暈眩的感覺。腦子裡好像瀰漫著朦朧的雲霞，前後的狀況變得不明。下半身產生陰沉的感覺，那急速膨脹。一留神時，他的身體顫抖，激烈地射精了。

「嘿，怎麼了，已經出來了嗎？」她驚訝地問。

天吾不清楚，發生了什麼事。不過他在她長襯裙的腰際射精了。

「對不起。」天吾道歉。「我沒這個意思。」

「不必道歉啊。」女朋友好像鼓勵天吾似地說。「這只要用自來水輕輕沖洗一下就行了。只是平常的那個吧。如果是沾到醬油或紅葡萄酒，可能就不太容易洗掉了。」

她脫下長襯裙，到洗臉檯去把沾到精液的部分搓洗掉。並把那晾在浴簾桿子上。

「是刺激太強了嗎？」她說著溫柔地微笑。並以手掌慢慢撫摸天吾的腹部。「你喜歡白色長襯裙噢，天吾。」

「不是這樣。」天吾說。但他也無法說明自己拜託她的真正理由。

「如果有這類幻想，都可以對姊姊說清楚。我會好好幫你忙。我也很喜歡幻想。多多少少，如果沒有幻想的話，人很難活下去。你不覺得嗎？那麼，你要我下次也穿白色長襯裙來嗎？」

天吾搖搖頭。「不用了。一次就夠了。謝謝。」

在那幻影中出現的，吸著母親乳頭的年輕男人，會不會是自己生物學上的父親？天吾常常這樣想。因為不知道為什麼，被稱為自己父親的人物——ＮＨＫ優秀的收費員——在所有的方面都不像天吾。天吾個子高，體格壯，額頭寬，鼻子細，耳朵形狀圓圓皺皺的。父親個子矮矮胖胖，沒什麼風采。額頭窄，鼻子扁平，耳朵像馬般尖尖的。容貌和天吾幾乎可以說是相對照的，完全相反的不同。天吾的容貌說起來算是悠閒的、氣宇軒昂的，相對之下，父親則是神經質的、有點吝嗇的長相。很多人看著他們兩人，都說不像父子。

不過天吾對父親感覺不親近，與其說因為容貌，不如說是因為精神上的資質和傾向。父親幾乎完全讓人看不出有稱得上知性的好奇心。確實父親受的教育不算多。生長在貧苦家庭，也沒有餘裕自己充實有系統的知識。那樣的境遇天吾也覺得還滿可憐的。不過即使這樣，他對於獲得普遍水準知識的基本願望——天吾認為這應該是人或多或少都應該有的自然欲求——也未免太薄弱了。雖然要活下去所需的現實上的智慧，多少發揮著功能，然而卻完全看不到想更努力提升自己，增加深度，開拓更寬廣視野，以眺望大世界的姿態。

他在狹窄拘束的世界，遵守著狹量的規則，一面汲汲於營生，一面對那環境的狹小和空氣的沉悶，似乎並沒有特別感到痛苦。在家也從來沒看到他拿起書來讀。連報紙都沒訂（他說只要看ＮＨＫ的整點新聞就夠了）。對音樂和電影也完全沒興趣。甚至沒出去旅行過。稍微有一點興趣的，好像只有自己所分配到的收款路線而已。他製作了這個地區的地圖，在上面用各種顏色的筆畫上記號，一有空閒就拿出來檢視。簡直像生物學者在區別染色體那樣。

和他比起來，天吾從小就被視為數學神童。算數成績卓越超群。小學三年級時就能解開高中的數學習題。其他學科方面，沒看到他特別努力，成績卻比別人都好。而且一有空就興致勃勃地猛讀各種書。好奇心強，像用挖土機挖土般，有效率而廣泛地涉獵各種知識並充分吸收。因此每次看到父親的樣子，總難相信自己身上存在的生物學上至少占一半的，會是那樣氣量狹小而無教養的男子的遺傳因子。

自己的真正父親應該在某個別的地方，這是天吾少年時代所得到的結論。由於某種原因，天吾才由這位他稱為父親，但其實完全沒有血緣關係的男人親手扶養到現在的。就像狄更斯小說中苦命的孩子那樣。

這種可能性對少年時代的天吾來說，既是噩夢，同時也是個很大的希望。他貪婪地讀著狄更斯的小說。第一次讀到的是《孤雛淚》，從此以後就迷上狄更斯了。圖書館裡狄更斯的作品他全都讀遍了。一面周遊在那樣的故事世界，一面對自己的身世，耽溺於各種想像。那些想像（或妄想）逐漸在他腦子裡長久留下，變得複雜起來。類型雖然只有一種，卻生出無數變化。不管怎麼樣，自己本來應該在的地方不是這裡。天吾這樣對自己說。我被錯誤地關在錯誤的牢籠裡。真正的父母，總有一天會在偶然的機緣正確的引導下，找到我。並把我從這狹小痛苦的醜陋牢籠裡救出去，帶我回去本來應該屬於我的地方。並獲得美麗和平而自由的星期天。

天吾在學校成績特別優異，父親很高興。也以這件事感到得意。在附近鄰居面前覺得自豪。不過同時，內心的某個地方對兒子的聰明和能力的高強，有時候看得出似乎也覺得無趣。天吾面對書桌做功課時，往往，可能是刻意的會去妨礙他。叫他做家事，挑剔可有可無的缺點，固執地嘮叨個不停。嘮叨的內容經常相同。自己身為一個收款人，儘管不時捱罵，每天還是得走多長的距離，辛辛苦苦地工作。比較起來你卻多麼輕鬆，多麼幸運地過著日子。自己在天吾的年齡時，在家要幫多少忙，還時不時被父兄拳打腳踢。肚子也吃不飽，像家畜般被對待。別以為你在學校成績不錯，就得意起來了。父親這種嘮叨沒完沒了地唸個不停。

這個男人可能在嫉妒我，天吾從某個時候開始這樣想。我這個人的存在，或我所處的立場，可能讓這個男人嫉妒得不行吧。不過父親會對親生兒子感到嫉妒嗎？實際上真的這樣嗎？當然身為小孩的天吾無法做這樣困難的判斷。只是從父親的言行所透出來的某種氣量狹小的地方，天吾不可能沒有感覺，那在生理上讓他難以忍受。不，不只是嫉妒而已。這個男人也憎恨著兒子身上的什麼，天吾每每這樣感覺。父親不是憎恨天吾這個人本身。而是憎恨他身上所含有的什麼。感覺無法容許那個。

數學給了天吾有效的逃避手段。由於逃進了數學程式的世界，他終於可以逃出所謂的現實這個麻煩的牢籠。只要把頭腦裡的開關切換過來，自己就可以毫不困難地轉移到那個世界——他從小就發現了這個事實。而且只要在那無限整合的領域裡探索、漫遊，他就無比的自由自在。他在巨大建築物的彎彎曲曲的走廊上前進，一一打開寫著號碼的門。每次嶄新的光景展現眼前時，留在現實世界的醜陋痕跡就變淡了，完全消失了。數學程式所管轄的世界，對他來說，是合法的，而且無比安全的隱藏場所。天吾對那個世界的地理比誰都能正確理解，可以選出正確的道路。誰都無法追上他。在那邊的世界，他可以把現實世界所勉強推給他的規則和沉重包袱忘得一乾二淨，可以完全忽視。

相對於數學程式是壯麗的虛擬建築物，狄更斯所代表的故事世界，對天吾來說則像深深的魔法森林。對照於數學的不斷往天上伸展，森林則在他眼底無言地擴展出去。那黑暗而強壯的根，往地底深入地擴張下去。那裡既沒有地圖，也沒有寫著號碼的房間。

從小學到初中，他都一頭栽進數學的世界裡。因為那明快和絕對的自由比什麼都有魅力，而且也是活下去所必需的。不過自從進入青春期之後，卻漸漸感覺只有這個是不夠的了。在數學的世界裡沒有任何問題。一切都順利進行。前方沒有東西阻礙。然而一旦離開那裡回到現實世界（不可能不回來），他依然處在跟以前一樣，沒有改變的悲慘牢籠裡。狀況沒有任何改善。甚至覺得枷鎖好像變得比以前更沉重了。那麼，數學有什麼用呢？難道那只是一時的逃避手段而已嗎？只是反而讓現實狀況更惡化嗎？

隨著這種疑問的膨脹，天吾開始刻意讓自己和數學之間保持距離。另一方面，故事的森林則開始更強烈地吸引他的心。當然讀小說也是一種逃避。一旦闔上書本，還是不得不回到現實世界。不過有一次天吾發現，從小說的世界回到現實時，不會產生像從數學的世界回到現實時那樣嚴重的挫折感。為什麼呢？他深入思考這件事，終於得到一個結論。在故事的森林裡，無論事情的關連性多麼明朗，都不會有明快的解答。這是和數學不同的地方。故事的功用，以大致的說法來說，是把一個問題轉換成另一種形式。並藉著那移動的性質和方向性，以故事啟示解答的可能方法。天吾得到那啟示，回到現實世界。那就像寫著無法理解的咒語的紙條一樣。有時缺乏整合性，無法立即產生實際效用。不過那含有可能性。也許有一天自己能解開那咒語。那樣的可能性，從深處慢慢溫暖他的心。

隨著年齡的增長，故事所擁有的這種啟示性，似乎越來越令天吾感興趣。在長大後的現在，數學依然是對他來說的很大喜悅之一。在補習班教學生數學時，小時候所感受到的同樣喜悅會自然湧上來。他想跟人分享這種觀念上自由的喜悅。這是很美好的事。不過現在，天吾已經無法毫不保留地讓自己一頭栽進數學程式所掌管的世界了。因為他知道無論在那個世界探索得多深，都無法得到自己所追求的解答了。

天吾小學五年級時，在想了很多之後，對父親宣言。

星期天，我想不要再像以前那樣，和父親一起去收ＮＨＫ的收訊費了。我想用那時間自己做功課，想讀書，也想去什麼地方遊玩。就像父親有父親的工作那樣，我也有我該做的事情。我想過跟別人一樣的理所當然的生活。

天吾只這樣說。簡短，但合乎道理。

父親當然非常生氣。不管其他家庭怎麼樣，那都跟我們家沒關係。我們家有我們家的做法，父親說。什麼是理所當然的生活。別說得那麼了不起。你對理所當然的生活，懂得什麼？天吾沒有反駁。只是一直沉默。從一開始就知道說什麼都可能說不通。好吧算了，父親說。不聽父親話的傢伙，以後不能再給飯吃了，你快給我滾出去！

天吾依他說的，把行李整理好就離家出走。本來就下了決心，不管父親怎麼生氣，怎麼怒罵，就算動手打人（實際上並沒有打），也一點都不害怕。反而因為獲得許可，可以離開牢籠，而鬆了一口氣。

話雖這麼說，但一個十歲的孩子，一個人沒辦法活下去。沒辦法，放學後，去找班導師，坦白說出自己所處的狀況。說今天晚上也沒地方可住。並說明星期天和父親一起去收ＮＨＫ的收訊費，對自己來說是多麼大的心理負擔。班導師是三十五歲左右的單身女性。長得不算美，戴著樣子奇怪而非常厚的眼鏡，但為人公正、心地溫暖。體格矮小，平常沉默寡言、性情溫厚，但看不出來也有性急的地方，一旦生起氣來整個人就變了，誰都阻止不了。大家都為那落差之大而啞然吃驚。不過天吾卻相當喜歡那個老師。就算她生起氣來，天吾都不覺得可怕。

她聽了天吾的話，理解他的心情，也同情他。那天晚上，就讓天吾住在自己家。在客廳的沙發鋪上毛毯讓他睡。也為他做了早餐。並在翌日傍晚，陪天吾回去父親那裡，跟他長談。

他們要天吾先離座，所以他並不知道兩個人之間到底談了些什麼。不過結果，父親不得不收起矛來。不管怎麼生氣，總不能讓一個十歲的孩子流落街頭。法律上規定父母有扶養孩子的義務。

商談的結果，天吾星期天可以依自己喜歡的方式去過沒關係。上午必須幫忙做家事，不過之後就隨便做什麼都可以了。這是天吾有生以來第一次因為勝過父親而取得的有形權利。父親很生氣，暫時不跟他說話，不過這對天吾來說是微不足道的事情。他已經獲得重要得多的東西了。那是邁向自由和獨立的第一步。

小學畢業之後，有很長期間沒有見到那位導師。有時會收到同學會的通知，如果去參加就可以見面，但天吾不打算出席那樣的聚會。對於那間小學幾乎沒有任何快樂的回憶。雖然如此他還是常常想起那位女老師。畢竟她有一個晚上留自己住在她家，幫他說服了頑固無比的父親。無法輕易忘記。

和她再見是在高中二年級的時候。天吾那時參加柔道社，小腿肚受傷，兩個月無法參加柔道比賽。因為這個緣故，他被抓去充當管樂隊的臨時打擊樂手。由於比賽近在眼前，兩個打擊樂手之一卻突然轉學出去，另一個又得了重感冒，管樂社因而陷入急需幫手的困境，只要會拿兩根鼓棒，不論什麼人都可以。音樂老師碰巧看到因為腳傷而沒事可幹的天吾，以可以吃大餐、期末報告分數從寬為條件，讓他開始練習演奏。

天吾過去從來沒有演奏過打擊樂器，也從來沒有過興趣，但實際試了之後，那和他頭腦的資質竟然順應得驚人的地步。把時間暫時分割成微細的片段，再把它重新組合，變成有效的音列，他對這種事情感到自然的喜悅。所有的音化為圖形，在腦子裡以視覺浮現。然後像海綿吸水般，他開始把各種打擊樂器的系統一一理解下去。在老師的介紹之下，他到一個在某交響樂團擔任打擊樂手的人家裡去，接受定音鼓演奏的基礎指導。幾小時的課程下來，他學會了那種樂器的大概結構和演奏法。由於樂譜和數學程式類似，因此要記得讀譜方法並不太難。

音樂老師發現他擁有優越的音樂才能感到非常驚喜。你好像天生具有複合韻律感覺。音感也很靈敏。這樣下去，如果專門學下去也許可以成為專家，老師說。

定音鼓雖然是很難的樂器，不過有獨特的深度和說服力，音的組合隱藏著無限的可能性。他們當時練習的是，楊納傑克的《小交響曲》的幾個樂章選輯，編成吹奏樂器用的曲子。高中管樂隊比賽，他們選擇這首曲子作為「自選曲」。楊納傑克的《小交響曲》讓高中生來演奏算是困難的曲子。而且開頭的鼓號曲部分，就是定音鼓無拘無束地活躍揮灑。樂隊指導的音樂老師，本來算好自己擁有優秀的打擊樂手而選了這首曲子。然而就像剛才說的那樣，卻忽然失去了打擊樂手，所以正傷腦筋。當然，頂替的天吾所承擔的是重要角色。然而天吾並沒有感受到壓力，而能真心享受那演奏。

比賽的演奏順利結束後（雖然沒有拿到冠軍，但有進入前幾名，還得了獎），那位女老師走到他面前來。並誇獎說演奏得非常優美。

「我一眼就看出是天吾同學。」那位小個子的老師說（天吾想不起她的名字）。「心想定音鼓敲得非常好，仔細看清楚臉，居然是天吾同學嘛。雖然比以前長大多了，不過一看臉就知道了。什麼時候開始學音樂的？」

天吾簡單地說明了經過情形。她聽了很佩服。「你擁有各種才華噢。」

「不過學柔道還是輕鬆多了。」天吾笑著說。

「對了，你父親還好嗎？」她問。

「還好。」天吾說。不過他只是順口說而已。父親是不是很好，他並不知道，也不特別去想這個問題。那時候天吾已經搬出家裡住在學生宿舍，很久沒跟父親說話了。

「老師怎麼會來這裡？」天吾問。

「我姪女參加一個高中的樂隊，她是吹單簧管的，說是有一段獨奏要我來聽。」她說。「你以後還會繼續學音樂嗎？」

「腳好了以後會回去柔道社那邊。怎麼說還是繼續學柔道好，不會沒飯吃。我們學校比較重視柔道。可以住宿舍，還發給學生餐廳每天三餐的餐券。參加管樂社可沒有這些福利。」

「盡量不想讓你父親照顧嗎？」

「因為是那樣的人哪。」天吾說。

女老師微笑。「不過很可惜。你有這樣卓越的才華。」

天吾重新低頭看著這位矮小的女老師。並想起自己在她公寓住一夜的往事。腦子裡浮現她住的地方，一個非常實用的小巧房間。蕾絲窗簾，幾盆盆栽。熨馬、讀到一半的書。牆上掛著粉紅色小洋裝。讓他睡的沙發的氣味。然而現在，她站在自己眼前，天吾發現她簡直像個小女生般忸忸怩怩。也重新發現自己已經不是十歲的無力少年，而是一個十七歲的大個子青年了。胸部厚實，長出鬍子，也有了難以處理的旺盛性慾。而且跟比他年長的女性在一起時，不可思議地會覺得比較安心。

「能見面真好。」那位老師說。

「我也覺得能見到老師真高興。」天吾說。那是他的真心話。不過卻怎麼也想不起她的名字。

第15章 青豆 氣球綁上錨般穩固

青豆對每天的飲食很用心思。青菜料理是她所做的日常飲食的中心，此外再加上魚介類，主要是加白身魚。肉的話，只有偶爾吃雞肉而已。食材只選擇新鮮的，調味料只用最低限度的量。排除脂肪多的食物，碳水化合物控制在適量。生菜沙拉不加醬料，只加橄欖油、鹽和檸檬汁拌著吃。不只多吃青菜，還仔細研究營養素，盡量均衡搭配各種青菜，適度組合著吃。她自己製作特別菜單，在健身俱樂部也應要求擔任指導。她的口頭禪是，忘掉卡洛里的計算吧！只要能掌握選擇正確食物適量吃的感覺，就可以不必介意數字了。

不過她也不是只抱著那種禁慾式的菜單活著，非常想吃的時候，也會衝進某個餐廳點一份厚厚的牛排或小羊排。偶爾不知道為什麼會忍不住很想吃時，身體會沒來由地尋求那樣的食物，發出訊號，她想。於是她就順從那自然的呼聲。

她喜歡喝葡萄酒和日本酒，不過為了保護肝臟，控制糖分，所以節制著不喝過量，規定每星期有三天不喝酒類。身體正是青豆神聖的神殿，必須經常保持乾淨才行。一塵不染，一點污點都不容許。至於那裡要祭祀什麼則是另一個問題。關於這個以後再想好了。

她的肉體現在沒有贅肉。有的只有肌肉。她每天站在鏡子前面脫光衣服完全赤裸，仔細確認那事實。並不是為自己的身體而陶醉。反而相反。認為乳房不夠大，而且左右不對稱。陰毛長得像被行軍的士兵踐踏過的亂草叢似的。她每次看到自己的身體就不得不皺起眉頭。不過雖然如此還是沒有贅肉。沒辦法用手指抓起多餘的肉來。

青豆過著樸實的生活。她用錢最花心思的是在食物上。對食材的支出她很捨得，葡萄酒也只喝高級的。偶爾在外面吃飯時會挑選很用心調理的餐廳。除此之外的事她幾乎都不關心。

對衣服、化妝品、飾品也不太關心。到健身俱樂部上班，只要穿牛仔褲和毛衣這種休閒穿著就夠了。一旦進入健身房，反正就要換成上下一套的針織運動服過一整天。身上當然沒戴裝飾品。而且她也幾乎沒有必須特別盛裝外出的機會。沒有男朋友，也沒有和誰約會的機會。自從大塚環結婚後，一起吃飯的女友也沒有了。要找臨時做愛對象時會化妝，也穿得像樣一點，但那一個月頂多也只一次。不需要很多衣服。

必要時就到青山的服裝店逛逛，新買一套「殺手服」，買一兩件搭配那套衣服的飾品，一雙高跟鞋，就夠了。平常她穿平底鞋，頭髮綁在後面。用肥皂仔細洗臉，只要擦上基礎保養品，臉上就經常容光煥發。只要有一個乾淨健康的身體，一切就足夠了。

從小時候開始，她就習慣沒有裝飾的樸素生活。禁慾和節制，從有記憶開始她腦子裡首先就被灌輸這樣的觀念。家裡沒有任何多餘的東西。「**太浪費了**」是她家人最頻繁掛在嘴上的用語。沒有電視，也沒訂報紙。在她們家，連資訊都是不需要的東西。魚和肉很少擺上餐桌，青豆主要是從學校的營養午餐補給成長所必需的營養。大家都說「難吃」而把午餐留下，她則是連別人的份也想吃的地步。

穿的衣服經常是別人穿過給她的。信徒組織中有這種不要的舊衣交換會。所以除了學校指定的體育服之類的之外，家裡一次也沒買過衣服給她。她也不記得穿過尺寸剛好合身的衣服和鞋子。顏色和花樣搭配也很糟糕。如果家裡因為貧窮不得不過這樣的生活，那也沒辦法。不過青豆家絕對不是貧窮。父親的職業是工程師，也有和別人相當的收入和儲蓄。他們只是在那樣的主義下，選擇過那樣極樸素的生活。

無論如何，她所過的生活，和周圍的一般孩子差異未免太大了，因此長久之間她都未能交到一個朋友。她沒有可以穿著和朋友一起出遊的衣服，而且也沒有去哪裡玩的餘裕。她沒有零用錢，就算被招待到誰的生日派對（幸運或不幸一次也沒有過），也買不起一個小禮物。

所以她很恨父母親，也深深憎恨雙親所屬的世界和那思想。她所追求的是和大家一樣的**普通生活**，並不希望奢侈。只要極普通的微小生活就好了。只要有這個其他什麼都不需要，她想。她希望快快長大、能早早離開雙親，一個人過著自己喜歡的生活。想吃的東西盡量吃，錢包裡有錢可以自由使用。穿上喜歡的新衣服、尺寸合腳的鞋子，想去哪裡就去哪裡。希望能交很多朋友，可以互相交換包裝精美的禮物。

然而長大後青豆發現一個事實，就是自己感覺最自在的時候，竟然是過著禁慾式節制生活的時候。她所追求的，並不是穿得漂漂亮亮跟誰出去玩，而是穿著運動衫，一個人在自己房間裡消磨時間。

環死了以後，青豆辭掉運動飲料公司的工作，搬出過去住的員工宿舍，在自由之丘租了一房一廳的公寓。雖然不算寬敞的房子，但看起來還是空蕩蕩的。烹調用具雖然齊全，但家具則只有最低限度的。擁有的東西也很少。雖然喜歡讀書，但讀過之後就賣給舊書店。也喜歡聽音樂，但不可能收集唱片。不管什麼東西，只要眼前堆積有屬於自己的東西，就會覺得痛苦。每次在什麼店裡買什麼東西時都有罪惡感。心想這種東西其實沒有必要。看到衣櫥裡稍微美麗的衣服和鞋子時會覺得心痛，呼吸困難起來。那樣的自由而富裕的光景，反過來說，只有讓青豆憶起自己什麼也沒有被賦予的不自由而貧窮的童年時代。

所謂人變自由到底是什麼樣的事情？她經常自問。就算能從一個檻欄順利逃脫出來，那裡也只不過是另一個更大的檻欄嗎？

她把被指定的男人送到另一個世界後，麻布的老婦人會給她報酬。用紙包裝得硬邦邦的，沒有寫收件人和寄件人姓名地址的整疊現金包裝，放在郵局的私人信箱裡。青豆從Tamaru那裡拿到信箱鑰匙。拿出裡面的東西，事後歸還鑰匙。密封的包裹，她並沒有確認內容就丟進銀行的保險箱。裡面已經有兩包，像堅硬的磚塊般躺在保險箱裡。

青豆連每個月的薪水都花不完。自己也有一點儲蓄。所以完全不需要那樣的錢。她第一次領到報酬時，就對老婦人這樣說。

「這只是一個形式。」老婦人以輕細安穩的聲音對她曉諭似地說。「妳就當這像是規定的事來想吧。所以妳必須先收下。如果不需要錢，就不要動用好了。或者如果這樣也討厭，就匿名地捐給什麼團體也沒關係。怎麼用是妳的自由。不過如果妳願意聽我的忠告，那我建議那錢不妨先不要動，放到什麼地方暫時保管起來。」

「不過以我來說，不想因為這種事情，而把錢拿來拿去。」青豆說。

「這種心情我可以了解。不過幸虧妳把那些沒用的男人巧妙移走，省掉麻煩的離婚訴訟，也不用引起監護權的爭奪。讓那些女人不必害怕丈夫什麼時候會來，把自己的臉打到變形的地步。可以領到保險金，和遺族年金。交給妳的這個錢，妳就當成是那些人表示感謝的形式。妳做了沒有錯的正確事情。但那不能是無償的行為。妳知道為什麼嗎？」

「不清楚。」青豆老實說。

「因為妳既不是天使，也不是神。我知道妳的行為是出自單純的心情。所以也可以理解妳不想拿錢的心情。不過所謂沒有雜質的純粹心情，也自有那危險。活生生的人要抱著那樣的東西活下去，並不是簡單的事。所以妳為了安撫那心情，就像為氣球綁上錨那樣，有必要把它牢牢固定在地上。是那樣的東西。並不是說事情只要正確，只要心情純粹，就什麼都可以做。妳明白嗎？」

考慮了一下之後，青豆點頭。「我不太明白。不過總之暫且依照您說的去做。」

老婦人微笑。然後喝一口香草茶。「不要存入銀行戶頭裡。如果稅務署發現的話，會懷疑這是什麼來歷。就以現金放進銀行的保險箱吧。什麼時候也許會有用處的。」

好的。青豆說。

從健身俱樂部回來，正在準備餐點時，電話鈴響了。

「青豆姊。」女人的聲音說。有點沙啞的聲音。是Ayumi。

青豆把聽筒抵著耳朵，一面伸手把瓦斯火關小說：「怎麼樣，警察的工作順利嗎？」

「拚命開違規停車罰單，讓全世界的人討厭。也沒有男人緣，正努力工作著。」

「那最好。」

「嘿，青豆姊，現在正在做什麼？」

「正在做晚飯。」

「後天有空嗎？我是說傍晚以後。」

「有空，不過不打算像上次那樣了。那方面暫時休息。」

「嗯，我也暫時不用了，那樣的。只是最近都沒有跟青豆姊見面，想見個面聊一聊而已。」

青豆稍微考慮了一下。不過一時下不了決心。

「嘿，我現在正在炒東西。」青豆說。「沒辦法放手。妳過三十分鐘左右，再打來好嗎？」

「好啊，三十分鐘以後我再打喔。」

青豆掛斷電話，把菜炒好。然後做了豆芽味噌湯，和糙米飯一起吃了。罐頭啤酒只喝一半，剩下的倒進流理台丟掉。洗了餐具，坐回沙發喘一口氣時，Ayumi的電話又打來了。

「如果可以，本來想一起吃飯的。」Ayumi說。「因為經常一個人吃飯也很無聊。」

「妳平常都一個人吃飯嗎？」

「我住在有供餐的宿舍，所以平常都跟大家一面吵吵鬧鬧地大聲聊著一面吃飯。不過有時偶爾也會想慢慢安靜地吃一點美味的東西。可能的話到有點時髦的地方。不過又不想一個人去。這種心情妳了解吧。」

「當然。」

「不過這種時候能一起用餐的對象，周圍卻一個也沒有。不管男的也好，女的也好。說起來大家都屬於居酒屋型的。結果，就想到也許青豆姊可以一起去那種地方也不一定。會不會帶給妳麻煩？」

「麻煩倒不會。」青豆說。「可以呀，到什麼地方去吃個時髦的飯吧。我也有一陣子沒做這種事了。」

「真的？」Ayumi說。「那真是太高興了。」

「後天可以吧？」

「嗯，第二天不用值班。妳知道什麼地方有好餐廳嗎？」

青豆說出乃木拃一家法國餐廳的名字。

Ayumi聽到那名字倒吸一口氣。「青豆姊，那不是非常有名的店嗎？價格也非常高，預約要提早兩個月，我在哪個雜誌上讀到的。以我的薪水實在去不起。」

「沒問題，那家的老闆兼大廚是我們健身房的會員，我教過他個人訓練課程。有關菜單的營養價值方面也給過他建議。所以如果拜託他的話可以優先幫我訂桌，價格也會算便宜很多。不過相對的，可能不是很好的桌子。」

「要是我的話，壁櫥裡也沒關係喲。」

「那就好好打扮得時髦一點吧。」青豆說。

掛上電話之後，青豆知道自己對這位年輕女警察懷有自然的好感，有點驚訝。對人懷有這種感覺，是大塚環死後第一次。當然這和對環所懷有的感覺完全不同。不過雖然如此，跟誰兩個人一起用餐本身，或出去吃個飯也好的想法本身，都好久沒有過了。而且對方碰巧還是現任警察。青豆嘆一口氣。世間真不可思議。

青豆穿一身藍灰色短袖洋裝，披一件白色小毛衣，Ferragamo高跟鞋。戴耳環和金色細手鐲。平常帶的皮包放在家裡（當然冰錐也是），換成小型La Bagagerie皮包。Ayumi則穿Comme des Garçons簡單黑色上衣，大領口的茶色T恤，花紋摺裙，拿和上次一樣的Gucci皮包，戴真珠小耳環，穿茶色低跟皮鞋。比上次看到的時候要可愛多了，高雅多了。絕對看不出是警察。

兩個人約在酒吧，稍微喝一點含羞草雞尾酒，然後被領到餐桌。還不錯的桌子。大廚親自露面，和青豆說一下話。然後說葡萄酒由餐廳招待。

「不好意思已經開瓶了，可以享用的份量變少了。昨天，有人抱怨味道不好，雖然換了一瓶給他，但其實，原來的那瓶味道一點也不差。只是對方是以前名氣很大的政治家，在那個世界被稱為葡萄酒通。其實對葡萄酒一竅不通。只是喜歡在人前，裝模作樣一番故意抱怨的。說是這瓶勃根地味道好像有點衝噢，因為顧客總是顧客，所以我也說：『是啊。味道可能有點衝。大概進口業者的倉庫管理不夠好吧。我立刻幫您換一瓶。不過果然是某某先生。您真內行啊。』這樣適度說了，再拿另一瓶出來。才不會得罪客人。嗯，這不能大聲說，不過算帳的時候多少膨脹一點就行了。反正對方也是以交際費報帳的。不過不管怎麼說，以我們餐廳來說，一旦有人抱怨退回來的，就不能再拿出去了。這是當然的。」

「你想如果是我們應該沒關係吧。」

大廚眨一隻眼。「沒關係吧？」

「當然沒關係。」青豆說。

「一點都沒關係。」Ayumi說。

「這位美麗小姐是妳妹妹嗎？」大廚問青豆。

「像嗎？」青豆問。

「臉雖然不像，但氣質有點像。」大廚說。

「是朋友。」青豆說。「她還是警察呢。」

「真的？」大廚一副難以相信的表情重新看看Ayumi。「帶著槍巡邏的那種嗎？」

「不過還沒開槍射過人。」Ayumi說。

「我沒說什麼不妥的話吧？」大廚說。

Ayumi搖搖頭。「沒有，沒有。」

大廚微笑著，雙手在胸前合十。「不管對方是誰，總之這是我有信心推薦的極好的勃根地葡萄酒。有歷史的釀酒廠出品的，年份也好，一般點的話要上萬圓呢。」

服務生走過來，在兩個人的玻璃杯裡注入葡萄酒。青豆和Ayumi以那葡萄酒乾杯。玻璃杯輕輕相碰時，發出像遙遠的天國鐘聲般的聲音。

「啊，這輩子還沒喝過這麼美味的葡萄酒。」Ayumi喝一口後，瞇細眼睛說。「到底什麼地方的誰會抱怨這樣的葡萄酒呢？」

「不管什麼東西都會有人抱怨的。」青豆說。

然後兩個人仔細看菜單。Ayumi以精明的律師閱讀重要契約時似的銳利眼神，讀了兩次菜單檢查每個細部的內容。看看有沒有看漏什麼重要東西，看看有沒有什麼地方藏著巧妙的漏洞。腦子裡檢討著上面寫的各式各樣的條件和項目，充分考慮那將帶來什麼樣的結果。把利益和損失放在天秤上仔細秤一秤。青豆從對面的座位興趣濃厚地看著她那樣子。

「決定了嗎？」青豆問。

「大概。」Ayumi說。

「那麼，點什麼？」

「九孔貝淡菜湯，三種蔥的沙拉，然後波爾多葡萄酒燉岩手產小牛腦漿。青豆姊呢？」

「扁豆湯，春季溫室青菜總匯，然後紙包烤魚，搭配義大利玉米餅（polenta）。雖然跟紅葡萄酒不太搭，不過人家請客的不能抱怨。」

「可以各交換一點嗎？」

「當然。」青豆說。「還有如果可以的話，前菜點個炸小車蝦兩個人分吧。」

「好主意。」Ayumi說。

「決定之後不妨把菜單闔起來。」青豆說。「因為不這樣的話，服務生永遠都不會過來。」

「確實。」Ayumi說著很惋惜地把菜單闔上，放回桌上。服務生立刻走來，接受兩個人點菜。

「每次在餐廳點完菜，就會覺得自己好像點錯了。」服務生走掉之後，Ayumi說。「青豆姊呢？」

「就算錯了，也只不過是食物而已。比起人生的錯誤來，就不算什麼了。」

「當然是這樣。」Ayumi說。「不過這對我來說是相當大的事情。我從小開始就一直這樣。每次每次點完菜之後就會後悔：『啊，不該點漢堡，應該點蝦可樂餅的。』青豆姊從以前就這麼冷靜嗎？」

「我成長的家庭，因為很多原因，沒有外食習慣。完全沒有。自從我有記憶開始，一次也沒有踏進過餐廳之類的地方一步。進餐廳、看菜單，從裡頭選什麼喜歡吃的東西，是長很大以後才有的經驗。在那之前每天每天，只能默默地吃端出來的東西。難吃也好，量少也好，討厭的東西也好，都沒得抱怨。老實說，現在也一樣，什麼都沒關係。」

「哦？是這樣啊。我不太清楚原因是什麼，不過看不出來是這樣。看起來青豆姊好像從小就習慣這種地方似的呢。」

這些事情都是大塚環一一教她的。到高級餐廳的時候舉止該如何，要怎麼點菜才不會被看輕，要怎麼點葡萄酒，怎麼點甜點，怎麼對待服務生，餐具的正式使用法，這些環都得心應手，連細節都一一詳細地教給青豆。服裝的選法、飾品的搭配法，化妝法，都是環教給青豆的。對青豆來說這一切都是新發現。環成長在東京高級住宅區的富裕家庭，母親是社交名媛，特別講究禮儀和服裝。因此環從高中時候就學會這方面的社交知識。大人出入的場所，她都不怯場地大方進去。這些知識青豆貪婪地一一吸收。如果沒有遇到環這位好老師的話，青豆今天可能會變成不一樣的人。有時候會覺得環好像還活著，悄悄藏在自己的身體裡面似的。

Ayumi剛開始有點緊張，但喝了葡萄酒之後心情好像漸漸放鬆了。

「嘿，我想問青豆姊一個問題。」Ayumi說。「如果妳不想回答可以不回答。不過我有一點想問。妳不會生氣吧？」

「不會生氣呀。」

「就算問了奇怪的問題，我也沒什麼惡意。請妳了解喲。只是好奇心很強而已。不過這種事情有時候有人會非常生氣。」

「沒問題。我不生氣。」

「真的嗎？大家都一面這樣說一面其實在生氣呢。」

「我不一樣。所以沒問題。」

「嘿，妳小時候有被男人做過奇怪事情的經驗嗎？」

青豆搖搖頭。「我想沒有。為什麼？」

「只是問一下而已。沒有就好了。」Ayumi說。然後改變話題。「嘿，妳到現在為止交過男朋友嗎？我是指認真交往過的。」

「沒有。」

「一個也沒有？」

「一個也沒有。」青豆說。然後猶豫一下後說：「老實說，我到二十六歲為止還是處女。」

Ayumi一時語塞。把刀子和叉子放下，用餐巾擦一下嘴角，然後瞇細眼睛凝視了青豆的臉一會兒。

「像青豆姊這麼出色的人？很難相信哪。」

「我對這種事完全沒興趣。」

「妳是說對男人沒興趣？」

「我喜歡的只有一個人。」青豆說。「十歲的時候喜歡上那個人，握過手。」

「十歲的時候喜歡上男孩子。這樣而已？」

「這樣而已。」

Ayumi拿起刀子和叉子，好像在深思似地把小車蝦切成小塊。「那麼，那個男孩子現在在什麼地方做什麼呢？」

青豆搖搖頭。「不知道。他是我在千葉縣的市川國小三年級和四年級時的同班同學，我五年級的時候轉學到東京都內的小學，從此以後一次也沒見過。也沒有說過話。我對他所知道的，只有如果還活著現在已經二十九歲了而已。到秋天應該就三十歲了。」

「那麼也就是說，那個孩子現在在什麼地方做什麼，青豆姊都沒有想去調查嗎？我想這並不太難調查啊。」

青豆又再斷然搖頭。「我不想自己去調查。」

「好奇怪喲。如果是我一定會運用所有的手段去查出他在哪裡。如果那麼喜歡的話，就把他找出來，當面告訴他說我喜歡你，不好嗎？」

「我不想這樣做。」青豆說。「我希望有一天在什麼地方偶然遇到他。例如在路上對面遇到，或共乘一輛巴士。」

「命運的邂逅。」

「嗯，可以這麼說。」青豆說著，喝一口葡萄酒。「那時候，我會對他說清楚。說我一生中所愛的人只有你一個。」

「我覺得那是非常羅曼蒂克的。」Ayumi驚訝地說。「可是實際上會這樣相遇的機率，我覺得很低吧。而且已經二十年沒見了，所以對方的容貌可能也變了噢。在路上遇見還會認得嗎？」

青豆搖搖頭。「不管容貌怎麼變，只要看到一眼我就會知道。不會錯的。」

「是這樣嗎？」

「是這樣。」

「而且青豆姊，相信會有這樣的偶然邂逅，一直在繼續等待著。」

「所以我每次走在街上都不敢懈怠地注意著。」

「哦？」Ayumi說。「不過妳既然這麼喜歡他，還和其他的男人做愛沒關係嗎？我是指二十六歲以後。」

青豆想了一下。然後說：「那種事只是通過而已。什麼也沒留下。」

暫時沉默一下，在那之間兩個人集中精神吃著東西。然後Ayumi說：「好像問得太冒昧了，不過二十六歲的時候青豆姊身上發生了什麼事情嗎？」

青豆點頭。「那時候我身上發生了一件事情，讓我完全改變了。不過現在在這裡不想談這個。很抱歉。」

「沒關係。」Ayumi說。「我好像問太多了，妳有沒有不高興？」

「一點也不。」青豆說。

湯送來了，兩個人靜靜地喝著。在那之間談話中斷。兩個人放下湯匙，服務生把那收走之後談話再開始。

「不過，青豆姊不會害怕嗎？」

「例如怕什麼？」

「因為，說不定永遠都遇不到他啊。當然可能有偶然的重逢這回事。我也覺得這樣很好。我真的這樣希望。不過以現實問題來說，無法重逢就結束的可能性，也很大吧？而且就算能重逢，說不定他已經跟別人結婚了。可能孩子都有兩個了。對嗎？如果那樣的話，青豆姊以後的人生可能一個人孤零零的過。在這個世界上可能不會跟任何一個喜歡的人結合。這樣想不會害怕嗎？」

青豆看著玻璃杯裡的紅葡萄酒。「可能會害怕。不過至少我有喜歡的人。」

「就算對方不喜歡青豆姊嗎？」

「就算只有一個也好，心裡只要能喜歡誰，人生就有救了。就算不能跟那個人在一起。」

Ayumi為這件事沉思了一會兒。服務生走過來，在兩個人的玻璃杯裡添加葡萄酒。喝了一口，青豆重新想道，Ayumi說的沒錯。什麼地方有誰會抱怨這麼棒的葡萄酒呢？

「青豆姊真了不起。能這麼達觀。」

「並不是達觀。只是很直地這樣想而已。」

「我也有過喜歡的人。」Ayumi坦白地說出來。「高中剛畢業，我第一個做愛的對象。比我大三歲。不過對方馬上就跟別的女孩子在一起。然後我，情緒變得激動不穩。這種情況相當難過。我雖然放棄那個人了，不過那時候激動不穩的部分並沒有完全復元。腳踏兩條船的無聊傢伙。好得意的樣子。不過那個歸那個，我還是喜歡他。」

青豆點頭。Ayumi也拿起葡萄酒杯喝了一口。

「到現在那傢伙還偶爾會打電話來。問說能不能見個面。當然目的只有身體喲。我知道。所以我不見。因為如果見了面反正又會變得很慘。不過，頭腦雖然知道，身體方面卻自然會有反應。熱辣辣地想讓他擁抱。這種事情幾次累積下來，偶爾就會啪一下想掙脫束縛。這種情況，青豆姊可以了解嗎？」

「了解呀。」青豆說。

「真的是很差勁的傢伙。本性小氣，做愛也並沒那麼行。不過那傢伙至少不怕我，總之在見面的時候非常疼惜我。」

「說起來這種心情是無從選擇的喔。」青豆說。「因為是對方不請自來的。不像從菜單上選菜。」

「只是錯了之後事後後悔這點，倒是很像。」

兩個人笑了。

青豆說：「不過不管是菜單也好，其他的什麼也好，我們覺得好像是自己在選似的，其實或許什麼也沒有選。那可能是一開始就已經決定的事，只是做出讓你選擇的樣子而已。說什麼自由意志，可能只是自我陶醉而已。我有時會這樣想。」

「如果是這樣，人生就相當陰暗了。」

「也許吧。」

「不過如果能打心裡愛一個人的話，不管是多麼糟糕的對象，就算對方並沒有愛自己，至少人生還不是地獄。就算有幾分陰暗。」

「就是這樣。」

「不過啊，青豆姊。」Ayumi說。「我這樣想，這個世界呀，既不講理，也相當不親切。」

「也許是。」青豆說。「不過事到如今也不能更改。」

「早就已經過了退貨期限了。」Ayumi說。

「連收據都丟了。」

「真的是。」

「不過，沒關係。這樣的世界一轉眼就會結束的。」青豆說。

「這樣想起來，就很快樂。」

「然後王國就要來臨了。」

「我等不及了。」Ayumi說。

兩個人吃了甜點，喝了Espresso咖啡，分別付了帳（便宜得驚人）。然後經過附近的酒吧，進去各喝了一杯雞尾酒。

「嘿，那邊那個男的，會不會是青豆姊喜歡的類型？」

青豆望過去。個子高高的中年男人，坐在吧台的一端一個人喝著馬丁尼。成績很好運動很行的高中生，就那樣上了年紀變成中年似的類型。頭髮開始變薄了，不過臉還很年輕。

「也許吧，不過今天不提男人。」青豆斷然說。「而且這裡是高級酒吧啊。」

「我知道啦。只是說一下而已。」

「下次吧。」

Ayumi看看青豆的臉。「妳是說，下次要再陪我嗎？也就是說，去找男人的時候那件事。」

「可以呀。」青豆說。「一起去吧。」

「太好了。跟青豆姊兩個人，我覺得好像什麼都行得通似的。」

青豆喝著龍舌蘭酒。Ayumi喝著Tom Collins。

「對了，上次在電話上，妳說過跟我做了學女同性戀的事情對嗎？」青豆說。「那麼，妳到底做了什麼樣的事？」

「啊，那個啊。」Ayumi說。「沒做什麼不得了的事啊。只是為了讓氣氛熱起來所以做了一點學同性戀的動作而已。難道妳完全不記得嗎？青豆姊那時候也很放得開喲。」

「都不記得了。忘得一乾二淨。」青豆說。

「就是兩個人脫光了，摸一下乳房，吻一下那裡……」

「吻了**那裡**？」青豆這樣說出之後，急忙看一看周圍。因為安靜的酒吧裡她的聲音太響。幸虧她說出口的話，似乎沒有傳進任何人的耳裡。

「所以我說只是形式而已呀。並沒有用到舌頭。」

「真要命。」青豆用手指壓著太陽穴，嘆一口氣。「真是的！太過分了！」

「對不起。」Ayumi說。

「算了。妳不用在意。是我不好，不該喝醉到那個地步。」

「不過青豆姊的那個地方又可愛又漂亮噢。感覺好像新品一樣。」

「怎麼這樣說？實際上就跟新品一樣啊。」青豆說。

「只有偶爾才用？」

青豆點頭。「就是這樣。嘿，妳會不會有女同性戀的傾向？」

Ayumi搖搖頭。「那種事情，有生以來是第一次做。真的。不過因為我也很醉了，而且心想如果是跟青豆姊的話，應該可以試一下吧。如果只是做樣子的話，當作玩耍總可以吧。青豆姊呢，是那種嗎？」

「我也沒有那種意思。不過只有高中的時候，跟一個女的好朋友做過。本來沒有那個打算，但順其自然就試了一下。」

「可能也會有這種事情。那麼，那時候有感覺嗎？」

「嗯，我想有感覺。」青豆老實說。「不過只有那一次。我想這種事情不行，就不再做第二次了。」

「妳是說女同性戀不行嗎？」

「不是這個意思。我不是說女同性戀不行，或不潔，這樣的意思。只是覺得不該跟那個人有那樣的關係。我不想把重要的友情變成那種肉體的形式。」

「這樣子啊。」Ayumi說。「青豆姊，如果方便的話今天晚上能不能讓我在青豆姊家住一夜？我不想就這樣回宿舍。一旦回去那裡的話，好不容易醞釀起來的優雅氣氛就會瞬間被破壞光。」

青豆喝了最後一口龍舌蘭酒，把玻璃杯放在吧檯。「留妳住可以，但不能作怪喲。」

「嗯，可以。不是要那樣啦。只是想跟青豆姊再多在一起而已。讓我睡哪兒都行。我睡地上睡哪兒都可以睡著。而且明天不值班，所以早晨可以慢慢來。」

搭地下鐵轉車回到自由之丘的公寓。時鐘指著快十一點。兩個人都醉得很舒服，也很睏。把沙發鋪成床，借睡衣給Ayumi。

「可以在床上一起躺一下嗎？只是想靠在一起一下。不會作怪。我跟妳約定。」Ayumi說。

「好啊。」青豆說。到目前為止殺了三個男人的女人，和現任女警察一起躺在床上，她很感慨。世界真不可思議。

Ayumi鑽到床上，雙臂摟著青豆的身體。她結實的乳房壓在青豆的手臂上。氣息中混著酒精味和牙膏味。

「青豆姊妳覺不覺得我的乳房太大？」

「沒這回事。看起來形狀非常美。」

「不過，乳房大好像頭腦不好的樣子。跑起來會搖搖晃晃的，好像兩個沙拉缽似的胸罩排著在曬衣架上晾著，實在不好意思。」

「男人好像就喜歡這樣啊。」

「而且乳頭也太大了。」

Ayumi把睡衣的釦子解開，露出一邊乳房，讓青豆看乳頭。「妳看，這樣大啊。不覺得奇怪嗎？」

青豆看看那乳頭。確實不小，不過那尺寸倒也不覺得需要擔心。只是比環的乳頭大一點。「很可愛呀。曾經被人家說太大過嗎？」

「被一個男的。說從來沒看過這麼大的乳頭。」

「那個男的沒見過世面。這很普通啊。只是我的太小而已。」

「不過，我喜歡青豆姊的乳房。形狀高尚，有知性印象喔。」

「怎麼會？太小了，而且左右形狀不一樣。所以選胸罩時很傷腦筋呢。因為左右尺寸不同。」

「是嗎？每個人活著都各有掛心的事。」

「沒錯。」青豆說。「所以睡吧。」

Ayumi的手伸到下面，手指想伸進青豆的睡衣裡。青豆抓住那手推開。

「不行。剛才不是約定了嗎？說不作怪的。」

「對不起。」Ayumi說著把手縮回去。「對，剛才確實約好了。大概醉了吧。不過啊，我喜歡青豆姊。像不成熟的高中生那樣。」

青豆沉默著。

「嘿，青豆姊是不是把對自己最重要的東西，很珍惜地留給那個男孩子？一定是。」Ayumi小小聲地悄悄說。「我好羨慕妳喲。有一個特地為他保留的對象。」

也許是這樣，青豆想。不過對我來說最重要的東西，到底是什麼？

「睡吧。」青豆說。「在妳睡著以前我抱著妳好了。」

「謝謝。」Ayumi說。「對不起。給妳添麻煩。」

「不用道歉哪。」青豆說。「也沒添什麼麻煩。」

青豆腋下繼續感覺到Ayumi溫暖的呼吸。聽得見遠方狗在吠著，有人把窗戶啪嗒地關上。在那之間，她一直撫摸著Ayumi的頭髮。

青豆把睡著的Ayumi留在那裡，從床上起來。看來她今夜要睡沙發了。她從冰箱拿出礦泉水，倒在玻璃杯裡喝了兩杯。然後走出狹窄的陽台，坐在鋁製椅子上，眺望街上。安穩的春天夜晚。從遠方的道路上，像人工海鳴般的聲音，乘著微風傳過來。已經過了午夜，霓虹燈也減少幾分了。

我對Ayumi這個女孩，似乎確實懷有好感。可能的話也想珍惜她。自從環死了以後，長久以來，決心對誰都不要深交，就這樣活著。從來沒想過需要新朋友。不過對Ayumi，不知道為什麼可以自然地敞開心。也可以把心情坦白說出到一個地步。不過當然，她跟妳完全不同，青豆對自己心中的環說道。妳是特別的存在。我跟妳一起長大。其他的任何人都無法跟妳比較。

青豆把頭往後仰，以那樣的姿勢仰望天空。眼睛一面眺望天空，她的意識一面徘徊在遙遠的記憶中。和環度過的時間，兩個人談過的話。還有互相觸摸過的身體……。不過不久，她發現到現在眼睛看到的夜空，和平常所看到的夜空有什麼地方不同。有什麼和平常不一樣。有一種微小的，卻無法消除的不對勁的感覺。

不同在哪裡？花了一點時間才想到。而且在想到之後，要接受那事實也不得不經過相當的掙扎。因為視野所捕捉到的東西，意識無法認證。

天上浮著兩個月亮。一個小月亮，和一個大月亮。兩個並排浮在天空。大的是平常看慣的月亮。接近滿月，黃色。但是在那旁邊，有另外一個別的月亮。是形狀沒看慣的月亮。有幾分歪斜，顏色也淡淡的像長了青苔般帶著綠色。那是她的視野所捕捉到的東西。

青豆瞇細了眼睛，一直凝神眺望著那兩個月亮。然後閉一次眼睛，停一陣子，深呼吸，再睜開一次眼睛看看。期待一切都恢復正常，月亮只有一個。然而狀況完全一樣。既不是光線的惡作劇，也不是視力出問題。天空沒有問題，也沒有看錯，兩個月亮美麗地並排浮著。黃色的月亮，和綠色的月亮。

青豆想叫醒Ayumi。想問她看看，是不是真的有兩個月亮排在那裡？不過改變主意作罷了。「那當然。月亮從去年開始就增加成兩個了啊。」Ayumi可能這樣說。或可能說：「妳說什麼話，青豆姊。只看得見一個月亮啊。妳眼睛怎麼了嗎？」不管怎麼樣，我的問題都無法解決。只有加深而已。

青豆用雙手覆蓋臉的下半部。並繼續凝神注視著那兩個月亮。沒錯，有什麼事情正在發生，她想。心臟的跳動加速。世界怎麼樣了嗎？或者我怎麼樣了呢？這兩者之一。是瓶子有問題？還是蓋子有問題？

她回到房間，把玻璃門鎖上，窗簾拉上。從櫃子裡拿出白蘭地，注入玻璃杯。Ayumi在床上很舒服地發出沉睡的鼻息。青豆一面眺望著那姿勢，一面啜飲著白蘭地。雙肘支在廚房的桌上，努力不去想窗簾背後的東西。

她想，說不定，世界真的正在結束。

「然後王國就要來臨了。」青豆小聲說出口。

「我等不及了。」什麼地方有人說。

第16章

天吾

妳喜歡我高興

天吾花了十天動手修改〈空氣蛹〉，總算讓稿子變成新的作品了，交給小松之後，無風的平穩日子便造訪天吾。每週到補習班去上三天課，和身為別人妻子的女朋友見面。此外的時間就花費在做做家事，散散步，寫寫自己的小說上。四月就這樣過去。櫻花謝了，新芽露出臉來，木蓮開始盛開，季節的腳步正踩著階梯一步步移動。每天生活規律，平滑，無事地流過。這才是天吾所追求的生活——一週沒有間斷地自動和下一週連上。

不過其中看得出有一個變化。是好的變化。天吾一面寫著小說，一面發現自己內部出現了新的泉源般的東西。並不是有那麼多水滾滾流出。而是像從岩縫間湧出的些微泉水。不過就算量少，水還是不斷地滴湧出來。不急。也不用焦躁。只要安靜等候岩石的凹處水逐漸積起來就行了。水積起來，可以用手掬起來。然後只要面對書桌，把掬起來的東西化為文章的形式就行了。這樣故事就會自然地往前進展。

可能由於集中精神專心做著〈空氣蛹〉的改稿工作，把過去阻塞泉源的岩石搬開了也不一定。為什麼會這樣，天吾也不知道道理何在，不過確實感受到這種「沉重的蓋子終於打開」的反應。身體變輕鬆了，覺得手腳可以從狹小的地方出來自由伸展了。可能〈空氣蛹〉這部作品，刺激了他心中本來就有的什麼東西。

天吾並感覺到自己心中正產生像動機般的東西。這是天吾有生以來，不記得有過的感覺。從高中到大學，柔道教練和學長們常常說：「你有資質，有力量，也常常練習，可是卻缺少所謂的動機。」確實可能是這樣。「無論如何都要戰勝」的想法，天吾不知道為什麼很薄弱。所以他會進到準決賽或決賽，但到了最重要的決勝關頭，卻多次乾脆地敗下陣來。不只柔道而已，不管什麼事情天吾都有這種傾向。可以說從容不迫吧，卻沒有緊緊抱住石頭不放的拚命姿勢。小說也一樣。會寫不錯的文章，也能寫出相當有趣的故事。卻沒有向讀者剖心傾訴的強度。讀完後會留下「還有什麼地方不夠」的不滿。所以每次都沒有進入最後決審，無法獲得新人獎。正如小松所說的那樣。

不過天吾在改寫〈空氣蛹〉之後，有生以來第一次感覺到類似後悔的感覺。正在改寫時，反正一心埋頭寫著。只是什麼都不想地動著手。但把稿子完成交給小松之後，一股深沉的無力感卻襲擊他。那無力感告一段落之後，接下來是類似憤怒的東西，從腹底湧上來。那是對自己的憤怒。我借用他人的故事，形同詐欺般改寫。而且比寫自己的作品時更熱心。這樣一想，天吾覺得很羞恥。找出潛藏在自己內部的故事，以正確的語言把那表現出來才是作家，不是嗎？不覺得自己不爭氣嗎？這樣的東西，如果有心的話你自己應該也能寫啊。難道不是？

但他必須證明這個。

天吾把以前寫到一半的稿子乾脆捨棄。然後開始從白紙寫起完全嶄新的故事。他閉上眼睛，久久傾聽著自己心中那細小泉源的水滴聲。語言終於自然浮上來。天吾把那一點一滴，花時間整理成文章。

進入五月，小松已經好久沒打電話來了。晚上快九點時打來。

「確定了。」小松說。聲音中聽得出些微興奮的感覺。這對小松是很罕見的。

剛開始小松在說什麼，天吾還不太明白。「你在說什麼？」

「不用問說什麼吧？〈空氣蛹〉獲得新人獎剛剛確定了啊。評審委員全體一致同意。沒有爭論之類的。不過，這是當然的。因為是這麼有力的作品嘛。不過最重要的是，事情已經開始往前進展了。這樣一來，往後我們就要所謂一蓮托生了噢。彼此努力幹吧。」

看一眼牆上的月曆。這麼說今天是新人獎評審會的日子。天吾正專心寫自己的小說，忘記日期的感覺了。

「那麼，接下來會怎麼樣呢？我是說日程上。」天吾問。

「明天，會有新聞發表。全國的報紙會一起報導出來。說不定也有照片出來。十七歲的美少女，光是這一點就夠造成話題了。這麼說有點怎麼樣，不過比方說跟看起來像冬眠醒來的熊般，三十歲的補習班數學講師獲得新人獎，新聞價值就大不相同了。」

「天壤之別。」天吾說。

「五月十六日在新橋的飯店有頒獎典禮。會在那裡舉行記者招待會。」

「深繪里會出席嗎？」

「應該會。只有這一次。新人文學獎的頒獎典禮得獎人不出席沒道理呀。只要這次沒有大過錯，其他可以採取徹底的祕密主義。很抱歉，作者不喜歡在人前出現。以這條線巧妙推掉。這樣就不會露出破綻。」

天吾想像著深繪里在飯店大廳出席記者招待會的情形。現場排列著麥克風，聚集著鎂光燈。那種光景不太能適當想像。

「小松先生，你真的要舉行記者招待會嗎？」

「不舉行一次的話就不成個樣子啊。」

「一定會很糟糕。」

「所以，要讓它變成不會很糟糕，是天吾的任務。」

拿著話筒的天吾沉默下來。不祥的預感像烏雲般出現在地平線上。

「嘿，你還在嗎？」小松問。

「在呀。」天吾說。「你說的到底是什麼意思？所謂我的任務？」

「就是說，你要把記者招待會的性質和對策之類的事情密集教給深繪里呀。在那種地方出現的問題，大概都類似。所以你預先準備好可以預料到的一連串問題的答案，讓她全部照背起來。你也在補習班教書。很懂這方面的要領吧？」

「你要我去做這個嗎？」

「是啊，沒錯。深繪里不知道為什麼很信任你。只要你說的話她就會聽。要我就不行。她到現在還不肯見我呢。」

天吾嘆一口氣。如果可能，他真想和〈空氣蛹〉的問題乾脆切斷關係。已經照吩咐的做完了，接下來想集中精神做自己的工作。卻有一種不會那麼順利的預感。而且不好的預感往往比好的預感準的機率更高。

「後天傍晚有沒有空？」小松問。

「有空啊。」

「六點在新宿每次的喫茶店。深繪里會在那裡。」

「嘿小松先生，我沒辦法做這種事的。我不太清楚記者招待會是怎麼回事。因為我從來都沒見過這種事啊。」

「你不是想當小說家嗎？所以去想像啊！想像從來沒看過的事情是作家的工作不是嗎？」

「可是只要把〈空氣蛹〉改寫完，就可以什麼都不做。接下來的事情交給我辦，你只要悠閒地坐在椅子上看戲繼續演就行了，這不是小松先生自己說的嗎？」

「天吾啊，只要是我能做的事，我都很樂意主動做。我也不喜歡拜託別人做事。但就因為不行才這樣向你低頭啊。如果以在急流中搭船比喻的話，我正在忙著掌舵，雙手沒辦法放開。所以把槳交給你。如果你說不行的話，船會翻覆，我們可能全部滅頂。包括深繪里在內。你不想變成那樣吧。」

天吾再嘆一次氣。為什麼每次都這樣，被逼到無法推辭的地步。「明白了。做得到的，我盡量試試看。不過不能保證順利喲。」

「就這樣吧。我很感謝。因為深繪里這孩子好像決定只聽天吾的話似的。」小松說。「還有一件事。我們要設立新公司。」

「公司？」

「事務所、辦公室、工作室……叫什麼名字都行。總之是為了處理深繪里的文字工作的公司。當然是紙上公司。表面上是由公司支付深繪里報酬。請戎野老師當代表。天吾也是公司的職員，要掛什麼職稱都可以。總之從那裡領報酬。我也以名字不對外公開的形式加入。如果被知道我也分一杯羹的話，那才成問題呢。就這樣分配利益。你只要在文件的幾個地方蓋章就行了。其他都由這邊全部明快地處理。我有朋友是能幹的律師。」

天吾想了一想。「嘿，小松先生，可不可以把我從那裡除外。我不需要報酬。改寫〈空氣蛹〉很愉快。學到很多事情。深繪里能獲得新人獎太好了。我會盡力幫忙安排，讓她能順利參加記者招待會。到那為止的事，我會盡力去做。不過我不想牽涉到那樣麻煩的公司。那樣就完全是組織性詐欺了啊。」

「天吾，已經不能退回去了。」小松說。「組織性詐欺？要這麼說也許確實是這樣。也可以用這種說法吧。不過這種事你應該一開始就知道了。深繪里這個半虛構的作家是我們把她塑造出來，一開始就打算蒙蔽世人的。不是嗎？當然這就牽涉到錢了，要處理這個自然也就需要有周密的組織。不是小孩子的遊戲。事到如今才說：『太可怕了，我不想跟這有關。我不需要錢。』是行不通的。如果要下船，要在更早，水流還平靜的時候就該下去。到現在已經太遲了。設立公司，必須要有名義上的人數，在這裡不可能把不明狀況的人拉進來。無論如何還是不得不請你加入公司。事情正以確實包括你在內的形式進行著。」

天吾動著腦筋。然而無法湧現任何好想法。

「我有一個問題。」天吾說。「聽小松先生的口氣，好像戎野老師對這次的計畫打算全面加入似的。成立紙上公司擔任那代表，也已經認可了似的。」

「作為深繪里監護人的戎野老師對一切事情都了解，也認可，發出『Go!』指令的正是他。上次聽完你的話後，我立刻打了電話給戎野老師。戎野老師當然還記得我噢。只是想從天吾口中，聽一聽對我這個人物的評價而已。他很佩服說你對人物的觀察相當敏銳。你到底對他說了什麼關於我的話？」

「戎野老師參加這個計畫到底能得到什麼好處？應該不是為了錢。」

「沒錯。他不是會被這種程度小錢所動的人物。」

「那麼為什麼要涉入這樣危險的計畫？能得到什麼呢？」

「這個我也不清楚。因為他是個城府很深的人。」

「如果小松先生都無法摸清他的底細的話，一定是城府很深吧。」

「嗯，可以這麼說。」小松說。「表面上看來好像是到處可見的無害的爺爺，其實是個完全猜不透的人。」

「深繪里對這些事情知道多少？」

「背後的事情什麼都不知道，也沒有必要知道。深繪里信任戎野老師，也對天吾有好感。所以要請你再兩肋插刀地幫忙到底了。」

天吾把聽筒換邊。有必要再追究事情的進展情況。「對了，戎野老師已經不是學者了吧？大學的工作辭掉了，書也沒寫了。」

「是啊，和學問方面的事斷絕關係。以前是優秀學者，但現在好像對學術世界並不留戀的樣子。本來就跟權威和組織不對盤，說起來算是異端的人。」

「現在在做什麼職業呢？」

「好像在做股票操盤師。」小松說。「如果說做股票操盤師有點古老的話，可以說當投資顧問。從外面聚集雄厚的資金，一面操作一面賺取佣金。人躲在山上，發出買進賣出的指令。第六感非常靈。也擅長資訊分析，建立起自己的系統。本來是為了興趣，後來終於變成正業。聽說，在這個世界相當有名。有一點可以確定，就是他不缺錢。」

「文化人類學和股票之間到底有什麼關係？真搞不懂。」

「對一般人來說沒有關係。對他來說有。」

「所以說他城府很深。」

「沒錯。」

天吾用手指按著太陽穴一會兒。然後放棄地說：「我後天傍晚六點，到新宿每次那家喫茶店去見深繪里，和她兩個人商量有關即將來臨的記者招待會。這樣可以了吧？」

「程序是這樣安排的。」小松說。「嘿，天吾，不要把這一時的記者招待會想得那麼難。只要順其自然就好了。這種事情，一輩子沒有幾次。這是華麗的惡徒冒險小說的世界。就下定決心，享受這濃濃的惡臭吧。享受這急流中的隨波逐流吧。然後從瀑布上方墜落時，就一起痛快地墜落吧。」

兩天後的傍晚，天吾在新宿的喫茶店和深繪里見面。她穿著可以明顯看出胸部曲線的夏季薄毛衣，修長的藍牛仔褲。頭髮筆直，皮膚滑潤。周圍的男士眼光都悄悄瞄向她這邊。天吾感覺到那視線。但深繪里自己似乎並沒有留意到。確實這樣的少女如果獲得文藝雜誌的新人獎，可能會引起一陣不小的騷動。

深繪里已經收到通知，知道〈空氣蛹〉獲得新人獎的事了。不過對這件事既沒有特別高興，也沒有很興奮的樣子。得不得新人獎，好像都無所謂。那是個會令人想到夏天的日子，但她卻點了熱可可。而且用雙手捧著杯子，珍惜地喝著。並沒有事先告訴她有記者招待會的事，聽了之後也沒表示任何反應。

「妳知道記者招待會是什麼樣的事情吧？」

「ㄐㄧˋ ㄓㄜˇ ㄓㄠ ㄉㄞˋ ㄏㄨㄟˋ。」深繪里重複一次。

「就是報紙和雜誌的記者聚集起來，向坐在台上的妳提出各種問題。拍照。說不定電視記者也會來。妳的回答會被報導給全國的人。十七歲的女孩子得了文藝雜誌的新人獎很稀奇，會成為社會新聞。評審委員全體一致強力推薦也會成為話題。因為從來沒有過這種事情。」

「會提ㄨㄣˋ ㄊㄧˊ。」深繪里問。

「他們提問題，妳回答。」

「什麼樣的ㄨㄣˋ ㄊㄧˊ。」

「所有各方面的事情啊。關於作品，關於妳自己，私生活、興趣，以後的計畫。對這些問題的回答，現在就先準備起來可能比較好。」

「為什麼。」

「因為那樣比較安全哪。才不會答不出來，也避免說出會引起誤會的事。某種程度準備一下不會損失。就像預先排演一樣。」

深繪里什麼也沒說地喝著可可。然後以「這種事情我並不關心，不過如果你想有必要的話就做吧」的眼神看著天吾。她的眼睛有時候比她的語言更會表達。至少會用更多的句子。只是總不能光靠眼神舉行記者招待會。

天吾從皮包拿出紙來攤開。上面寫著為記者招待會所預想的問題。天吾前一天晚上，花很長時間絞盡腦汁擬出來的。

「如果我問問題，妳可以當我是新聞記者回答我嗎？」

深繪里點點頭。

「到目前為止妳寫了很多小說嗎？」

「很多。」深繪里回答。

「從什麼時候開始寫的？」

「從以前。」

「這樣就好。」天吾說。「只要答得短短的就可以。不必說多餘的話。這樣就好。換句話說是薊幫妳寫的嗎？」

深繪里點頭。

「這個不用說。這是我跟妳之間的祕密。」

「這個不說。」深繪里說。

「投稿新人獎的時候，有沒有想到會得獎？」

她微笑，但沒有開口。繼續沉默。

「不想回答嗎？」天吾問。

「對。」

「那就好。不想回答的時候沉默地微笑就可以了。反正是無聊的問題。」

深繪里再點頭。

「〈空氣蛹〉的故事是從哪裡想到的？」

「從瞎眼的ㄕㄢ ㄧㄤˊ開始的。」

「瞎眼不太好，」天吾說，「眼睛看不見的山羊的說法比較好。」

「為什麼。」

「因為瞎眼是歧視用語。如果聽到這樣的用語，新聞記者中可能有人會輕微地心臟病發作。」

「ㄑㄧˊ ㄕˋ ㄩㄥˋ ㄩˇ。」

「這要說明太花時間了。總之不要說瞎眼的山羊，就說**眼睛看不見**的山羊好嗎？」

深繪里停了一下後才說。「從眼睛看不見的ㄕㄢ ㄧㄤˊ開始的。」

「這樣很好。」天吾說。

「**瞎眼**不行。」深繪里確認。

「是的。不過這回答相當好。」

天吾繼續問：「學校的朋友，對這次的得獎怎麼說？」

「沒有去ㄒㄩㄝˊ ㄒㄧㄠˋ。」

「為什麼沒有去學校？」

沒有回答。

「以後還會繼續寫小說嗎？」

還是沉默。

天吾把咖啡喝乾，杯子放回碟子上。從嵌在店裡天花板的喇叭，小聲傳來弦樂器演奏《真善美》的配樂。喜歡雨滴、玫瑰、小貓的鬍子……。

「我的回答不妙。」深繪里問。

「不會不妙。」天吾說。「一點都不會不妙。這樣就很好。」

「那就好。」深繪里說。

天吾是真心說的。就算一次只說一個句子，就算缺乏句讀，她的回答方式某種意義上都是完美的。最令人喜歡的是間不容髮地立即回答的地方。而且她一面筆直看著對方的眼睛，不眨一眼地回答，是老實作答的證據。並不是輕視別人才簡短回答的。何況，她所說的是什麼，正確的說誰也無法理解。這才是天吾所希望的。一方面給人誠實的印象，一方面巧妙地向對方放出煙霧。

「妳喜歡的小說是？」

「ㄆㄧˊㄥ ㄐㄧㄚ ㄨˋ ㄩˇ。」

太美的答案了天吾想。「喜歡《平家物語》的什麼地方？」

「全部。」

「其他呢？」

「ㄐㄧㄣ ㄒㄧˊ ㄨˋ ㄩˇ。」

「《今昔物語》。不讀新的文學嗎？」

深繪里想了一下。「ㄕㄢ ㄐㄧㄠ ㄉㄞˋ ㄈㄨ。」

太美了。森鷗外寫《山椒大夫》應該是在大正時代初年。那對她來說就是新文學了。

「興趣喜歡什麼？」

「聽音樂。」

「什麼音樂？」

「巴哈很好。」

「特別喜歡的曲子呢？」

「從BWV846到BWV893。」

天吾想了一下後說：「是《平均律鋼琴曲集》。第一卷和第二卷。」

「對。」

「為什麼以編號回答？」

「那樣比較容易記。」

「對喜歡數學的人來說，《平均律鋼琴曲集》真是天上的音樂。十二音階全部均等使用，長調和短調各作了前奏曲和賦格曲。全部二十四曲。第一卷和第二卷合計四十八曲。在這裡形成完全的循環。」

「其他呢？」

「ＢＷＶ２４４。」

ＢＷＶ２４４是什麼，天吾一下想不起來。雖然記得號碼，但曲名卻想不起來。

深繪里開始唱起來。

Buß' und Reu'
Buß' und Reu'
Knirscht das Sündenherz entzwei
Buß' und Reu'
Buß' und Reu'
Knirscht das Sündenherz entzwei
Knirscht das Sündenherz entzwei
Buß' und Reu'
Buß' und Reu'
Knirscht das Sündenherz entzwei
Buß' und Reu'
Knirscht das Sündenherz entzwei
Daß' die Tropfen meiner Zähren
Angenehme Spezerei

Treuer Jesu, dir gebären.

天吾一時失去了語言。雖然音程不是那麼確實，但她的德語發音卻明瞭而且驚人的正確。

「《馬太受難曲》。」天吾說。「妳記得歌詞啊！」

「我不記得。」這位少女說。

天吾想說什麼，但言語卻浮不上來。沒辦法只好看一下手頭的筆記，移到下一個問題。

「妳有男朋友嗎？」

深繪里搖頭。

「為什麼沒有？」

「因為不想ㄏㄨㄞˊ ㄩㄣˋ。」

「我想有男朋友，也不必一定要懷孕。」

深繪里什麼也沒說。只是安靜地眨幾次眼而已。

「為什麼不想懷孕？」

深繪里依然只是一直閉著嘴。天吾覺得自己好像提出了非常愚蠢的問題。

「好了，到這裡為止。」天吾一面把問題表收進皮包一面說。「不知道實際上會出現什麼樣的問題，不過那些只要隨妳高興回答就好了。妳可以辦到。」

「太好了。」深繪里好像放心了似地說。

「妳在想採訪的答案，怎麼準備都沒有用是嗎？」

深繪里輕輕聳肩。

「我也贊成妳的意見。我也不喜歡做這種事。只是被小松先生拜託了才做的。」

深繪里點頭。

「只是，」天吾說，「我改寫〈空氣蛹〉的這件事，希望妳不要跟任何人說。這點妳明白吧？」

深繪里點兩次頭。「是我一個人寫的。」

「不管怎麼說，〈空氣蛹〉都是妳一個人的作品，不是任何別人的作品。這是從一開始就說清楚的。」

「是我一個人寫的。」深繪里重複說。

「我動手過的〈空氣蛹〉妳讀了嗎？」

「薊讀給我聽了。」

「怎麼樣？」

「你寫得很高明。」

「也就是，表示妳喜歡嗎？」

「好像我寫的一樣。」深繪里說。

天吾看著深繪里的臉。她拿起可可的杯子來喝。需要努力才能不看她美麗的胸部曲線。

「很高興聽到妳這麼說。」天吾說。「改寫〈空氣蛹〉是非常快樂的事情。不過當然也很辛苦。為了不要損傷到〈空氣蛹〉是妳一個人的作品的事實。所以完成的作品妳能不能喜歡，對我很重要。」

深繪里默默點頭。然後好像要確認什麼似的，伸手摸一下形狀小巧的耳垂。

女服務生走過來，為兩個人的玻璃杯注入冷水。天吾喝了一口，潤一下喉。然後鼓起勇氣來，把從剛才就一直有的想法說出口。

「我個人想拜託妳一件事。當然也要妳覺得可以才行。」

「什麼樣的事。」

「可能的話，請妳穿和今天同樣的衣服出席記者招待會好嗎？」

深繪里一臉不明白的表情看天吾。然後一一確認自己所穿的衣服。好像到目前為止還沒注意到自己穿著什麼似的。

「穿這個ㄧㄈㄨˊ去那裡。」她問。

「對。妳現在穿的衣服就這樣穿到記者招待會去。」

「為什麼。」

「因為很搭配。也就是說，胸部曲線很美麗地顯露出來，而且這雖然只是我的預感，不過新聞記者的眼光會不知不覺地轉向那邊，就不會提出太嚴格的問題了。如果妳不喜歡就算了。因為我不是要勉強拜託妳。」

深繪里說：「ㄧㄈㄨˊ全部是薊選的。」

「妳沒有選？」

「我穿什麼都沒關係。」

「今天的衣服也是薊選的嗎？」

「薊選的。」

「不過非常搭配喲。」

「這件一ㄈㄨˊ胸部形狀好。」她提出省略問號的問題。

「就是這樣啊。怎麼說好呢?醒目。」

「毛衣和胸罩的組合很好。」

被深繪里一直注視著他的眼睛,天吾感覺臉頰紅了起來。

「組合怎麼樣我不太清楚,總之該怎麼說呢?好像帶來很好的結果。」他說。

深繪里又再一直注視著天吾的眼睛。然後認真地問:「眼睛自然會看過來。」

「我不得不這樣承認。」天吾慎重地選擇用語回答。

深繪里拉起毛衣領子的地方,把鼻子鑽進去似的往裡面窺視。可能要確認自己今天穿的是什麼樣的內衣吧。然後像在看很稀奇的東西似地,看了一會兒天吾潮紅的臉。過一會兒才說:「會照你說的做。」

「謝謝。」天吾道了謝。然後結束了談話。

天吾送深繪里到新宿車站。許多人脫掉外套走在路上。甚至看得見穿無袖衣服的女性。人們的嘈雜聲,和車輛的聲音混為一體,形成都市特有的開放性聲音。清爽的初夏微風穿過道路。新宿街頭到底從哪裡吹來氣味這麼美好的風?天吾覺得不可思議。

「現在要回到那個房子嗎?」天吾問深繪里。電車很擠,而且回到家還要花非常長的時間。

深繪里搖搖頭。「信濃町有房子。」

「太晚了就住那邊嗎？」

「二尾太遠了。」

走到車站以前，深繪里像以前那樣握著天吾的左手。簡直像小女孩握著大人的手一樣。雖然如此，被像她這樣的美麗女孩握著手，天吾還是自然地心跳起來。

深繪里到了車站，不再握天吾的手。然後在自動販賣機買了往信濃町的票。

「不用擔心ㄐㄧˋ ㄓㄜˇ ㄓㄠ ㄉㄞˋ ㄏㄨㄟˋ。」深繪里說。

「我沒有擔心哪。」

「不擔心也能順利。」

「我知道。」天吾說。「我什麼都不擔心。一定會順利的。」

深繪里什麼也沒說，就那樣消失到剪票口的人潮裡去了。

和深繪里分手後，天吾走進紀伊國屋書店附近的小酒吧點了Gin Tonic。那是一家他常去的酒吧。喜歡那裝潢古典，不放音樂的地方。一個人坐在吧台，什麼也沒特別想地頻頻望著自己的左手。深繪里剛才握過的手。那手上還留有少女手指的觸感。然後浮現她胸部的形狀。胸部曲線很美。因為實在太端正美好了，因此甚至幾乎失去性的意味。

在想著這種事情時，天吾開始想打電話跟年長的女朋友說話。任何話題都可以。對孩子教育的抱怨、中曾根政權的支持率等，什麼都沒關係。總之只是非常想聽她的聲音。可能的話，真想立刻在什麼地方見面做愛。可是卻不能打電話到她家。她丈夫可能會來接電話。小孩可能會來接電話。他不會主動打電話給她。這是兩個人之間的約定。

天吾再點了一杯Gin Tonic，在等待之間，想像一下自己正乘著小船順著急流往下漂。「從瀑布上方墜落時，就一起痛快地墜落吧。」小松在電話上說。但是他說的話可以就那樣相信嗎？來到瀑布前面時，小松會不會忽然一個人跳到附近的岩石上去呢？「天吾，很抱歉。我想起一件不能不做的事。接下來就拜託你了。」丟下這樣一句話。於是沒逃成而從瀑布痛快墜落的，只有自己一個人，事情可能會變成這樣。不是不可能。不，非常可能。

回到家睡覺，做了夢。很久沒有做這麼清楚的夢了。夢見自己變成巨大拼圖玩具中的一小片。不過他並不是固定的一片，而是每個瞬間不斷在變形的片段。因此到任何地方都沒辦法順利被吻合收納。當然。何況和尋找自己的地方這個工作同時並行的，是必須在被賦予的時間中收集撿拾定音鼓的樂譜。那樂譜被強風吹散了，到處飛揚。他正一張一張地撿起來。而且必須一面確認著頁碼，依照順序整理才行。在這樣做著之間，他自己還像變形蟲般繼續變形。事態越發不可收拾。終於深繪里不知從什麼地方走來握住他的左手。這麼一來天吾停止變形。風也忽然停了，樂譜不再飛揚。這下好了，天吾想。然而和這同時被賦予的時間也即將結束。「這就結束了。」深繪里小聲告知。還是只有一個句子。時間倏忽停止，世界到此終結。地球慢慢停止轉動，一切聲音和光都消滅。

翌日醒來時，世界還無事地繼續著。而且一切事物都已經朝前方動起來。就像印度神話的巨大車輪一般，把在前面的一切生物一一輾殺過去。

第17章

青豆

不管我們將幸福或不幸

第二天夜晚，月亮依然還是兩個。大的月亮是平常的月亮。簡直像剛剛從灰的山穿過來似的整體帶著不可思議的白色，除了這點之外，還是看慣的舊月亮。一九六九年那炎熱的夏天，阿姆斯壯以他的一小步印下人類最初的一大步的那個月亮。還有那旁邊，形狀歪斜、小一點的綠色月亮。簡直就像沒生好的小孩那樣，有點客氣地靠在大月亮旁邊浮著。

我的頭腦一定有問題，青豆想。月亮自古以來都只有一個，現在也應該只有一個。如果月亮忽然增加成兩個，地球上的生活應該也會產生各種現實上的變化。例如漲潮退潮的關係可能會大為改變，那應該成為世間的重大話題。那麼無論如何我都不可能沒注意到。這跟因為某種原因而疏忽看漏的報紙報導是道理不同的事情。

但真的是這樣嗎？我能斷言，自己有百分之百的確信嗎？

青豆暫時皺起眉頭。最近，周圍一直在發生一些奇怪的事。在我不知道的地方，世界以擅自的方式進行著。就像在玩著只有我閉上眼睛時，大家才可以動的遊戲那樣。那麼，天空有兩個月亮並排掛著，或許也不是多奇怪的事了。在我的意識正沉睡間的某個時候，那就從宇宙的某個地方忽然出現，像月亮的遠房表兄弟般的臉色，就那樣決定留在地球的引力圈內了也不一定。

警察的制服和制式手槍換新了。警察隊和激進派在山梨縣的山中展開激烈槍戰。那一切都在我不知道之間發生。還有美國和蘇聯共同在月球表面建立基地的新聞。和月亮數目增加的事之間有什麼關連嗎？在圖書館讀到的新聞微縮版上，有沒有關於新月亮的報導？試著搜尋一下記憶，卻沒有任何發現。

如果能問誰就好了，但青豆想不到，該問誰和怎麼問才好。「嘿，我覺得天上掛著兩個月亮呢，妳幫我看一下好嗎？」這樣問好嗎？但這怎麼想都是很笨的問題。如果月亮增加成兩個是事實，那麼連這種事都不知道反而奇怪了，而且如果月亮還像以前那樣只有一個的話，被人家認為自己頭腦出問題，就完了。

青豆身體沉進鋁管椅上，雙腳架在扶手上，試著想出十種提問方式。也實際說出口看看。然而每一種聽起來愚蠢程度都一樣。沒辦法。事態本身太脫離常軌了。關於這個不可能提出合情合理的問法。自己太清楚了。

第二個月亮的問題決定暫時束之高閣。觀察一陣子再說吧。因為目前那並沒有造成什麼實際上的困擾。而且，說不定一留神時不知道什麼時候已經消失了也不一定。

翌日中午過後到廣尾的健身俱樂部去，上了兩堂武術課，一堂個別指導。走近俱樂部櫃檯時，很稀奇地有老婦人的留言。寫著，有空時請聯絡。

像平常那樣，電話是Tamaru接的。

如果方便的話，明天可以請妳過來嗎？想請妳做每次的流程。然後如果可能就一起用個簡單的晚餐。Tamaru說。

四點多可以到那邊，晚餐樂意奉陪，青豆說。

「好的。」對方說。「那麼明天四點多見。」

「嘿，Tamaru最近有沒有看月亮？」青豆問。

「月亮？」Tamaru說。「天上的月亮嗎？」

「對。」

「最近並沒有刻意看過的記憶。月亮怎麼了嗎？」

「沒怎麼樣。」青豆說。「那麼，明天四點多。」

Tamaru稍微隔一下後掛上電話。

那天晚上月亮也有兩個。兩個形狀都是滿月後兩天的缺法。青豆手上拿著白蘭地的玻璃杯，像眺望怎麼也拼不對的拼圖般，久久眺望著那大小一對的月亮。越看越覺得，那組合更充滿了謎。如果可能，她真想朝月亮發問。到底因為什麼，妳突然有了那個綠色小跟班？不過月亮當然不會回答。

月亮比誰都長久地，就近眺望著地球的姿態。想必這個地球上所發生的任何現象，所進行的任何行為都看在眼裡。然而月亮卻沉默不語。始終冷冷地、確實地抱著沉重的過去而已。那裡既沒有空氣，也沒有風。真空適合保存記憶，不會造成損傷。誰也無法解開那樣的月亮的心。青豆朝月亮舉起玻璃杯。

「最近有沒有和誰擁抱著睡覺？」青豆向月亮發問。

月亮沒回答。

「有朋友嗎？」青豆問。

月亮沒回答。

「這樣冷靜地活著有時候不覺得累嗎？」

月亮沒回答。

Tamaru像平常那樣在玄關迎接青豆。

「我看了月亮噢，昨天晚上。」Tamaru一開始就說。

「是嗎？」青豆說。

「被妳一說掛心起來呀。不過好久沒看了，月亮看起來真好。看了令人心情安穩。」

「跟情人一起看嗎？」

「是啊。」Tamaru說。然後手指摸一下鼻子旁邊。「那麼月亮怎麼樣了嗎？」

「沒怎麼樣。」青豆說。然後選擇用語。「只是最近，不知道為什麼很關心月亮。」

「沒有理由？」

「沒什麼理由。」青豆回答。

Tamaru默默點頭。他好像在推測著什麼。這個男人不相信沒有理由的事情。不過沒有再深入追究，就像平常那樣在前面領著青豆到陽光房去。老婦人身上穿著上下一套的針織運動服，坐在讀書用的椅子上，一面聽著英國作曲家兼魯特琴演奏家約翰·道蘭（John Dowland）的器樂合奏曲「*Lachrimae*」一面讀書。這是她喜愛的曲子。青豆也聽了幾次，記得那旋律了。

「昨天才約今天，對不起喔。」老婦人說。「應該更早預約的，但因為這個時間剛好空下來。」

「請不用跟我客氣。」青豆說。

Tamaru把泡了花草茶的茶壺，放在托盤上送來。然後往兩個優雅的茶杯注入茶。Tamaru走出房間，關上門，老婦人和青豆聽著道蘭的音樂，一面眺望著燃燒般怒放的庭園裡的杜鵑花，一面安靜地喝著茶。青豆每次來，都覺得這裡像另一個世界。空氣中有重量。而且時間有特別的流法。

「聽著這音樂時，常常會對所謂時間這東西，有不可思議的感慨。」老婦人好像讀出青豆的心理般說。「四百年前的人，竟然也聽著和我們現在聽的同樣音樂。這樣想時，妳不覺得很奇妙嗎？」

「是啊。」青豆說。「不過說到這個，四百年前的人，也和我們看著同樣的月亮。」

老婦人好像有點驚訝地看青豆。然後點頭。「確實是這樣。正如妳說的那樣。這樣想起來，隔著四世紀的時間聽同樣音樂這回事，或許也沒什麼特別不可思議了。」

「也許應該說**幾乎**同一個月亮。」

青豆這樣說著，看看老婦人的臉。但她的話似乎沒有給老婦人帶來任何感覺。

「這片光碟的演奏也是古樂器演奏的。」老婦人說。「用和當時同樣的樂器，照當時的樂譜演奏的。也就是音樂的響法大致和當時相同。就像月亮一樣。」

青豆說：「只是東西雖然一樣，人們的感受可能和現在相當不同也不一定。當時的夜晚黑暗可能更深、更暗，因此月亮的光輝可能顯得更亮、更大。而人們不用說，沒有唱片、錄音帶和光碟。日常生活中並不能經常擁有像這樣，隨時喜歡聽，就能以完整形式聽到音樂的狀況。那畢竟還是很特別的東西。」

「沒錯。」老婦人承認。「因為我們是住在這樣方便的世界，因此感受性也相對鈍化了。天空浮著的月亮就算相同，我們或許看到的是不同的東西。四世紀前，我們可能擁有更接近自然的豐富靈魂。」

「不過當時卻是個殘酷的世界。一半以上的小孩，因為慢性疾病和營養不良，還來不及長大就夭折了。人們因為小兒麻痺、結核病、天花、麻疹，轉眼就喪失性命。一般庶民間，超過四十歲的人應該不太多。女人生很多小孩，三十幾歲就開始掉牙齒，老得像老太婆。人們為了生存，往往不得不依靠暴力。小孩從小開始，就必須從事骨頭都會變形的重勞動，少女賣春是家常便飯。或也有少年賣春。很多人在和感性和靈性的富足無緣的世界過著最低限度的生活。城市的道路上充滿了身體殘障的人、乞丐和罪犯。能懷著感慨眺望月亮，能被莎士比亞的戲劇感動，能聆聽道蘭的美麗音樂的，恐怕只有極少數人而已。」

老婦人微笑。「妳是個很有趣的人。」

青豆說：「我是個極普通的人。只是喜歡讀書而已。主要是關於歷史方面的書。」

「我也喜歡讀歷史書。歷史書教給我們的，是以前和現在基本上是一樣的這個事實。就算服裝和生活樣式多少不同，我們所想的事情和所做的事情並沒有什麼改變。人類這東西，終究對遺傳因子來說只是承載物，是通道而已。它們就像一直換馬騎一樣，把我們一代又一代地騎下去。而且遺傳因子並不考慮什麼是善什麼是惡。不管我們將幸福或不幸，他們都不管。因為我們只是手段而已。他們所考慮的，只有什麼是對他們自己最有效率的而已。」

「雖然如此，我們還是不可能不思考什麼是善什麼是惡。對嗎？」

老婦人點頭。「沒錯。人不可能不思考這個問題。不過支配我們的生活方式的根本，是遺傳因子。當然，其中就產生矛盾了。」她這樣說著微笑起來。

關於歷史的談話就到此結束。兩個人喝了剩下的香草茶，開始轉而練習武術。

那天在宅院裡簡單用餐。

「只會做簡單的東西，這樣可以嗎？」老婦人說。

「當然沒關係。」青豆說。

食物是Tamaru用推車推著送來的。餐點可能是專門的廚師做的，但送來和服侍則是他的任務。他打開冰桶裡白葡萄酒的瓶栓，以熟練的手勢注入玻璃杯。老婦人和青豆喝著酒。香味好，冰涼的程度正好。菜是川燙白蘆筍、尼斯沙拉、和蟹肉蛋包飯而已。搭配捲麵包和奶油。食材全都新鮮而美味。量也適度足夠。無論如何，老婦人經常只吃一點點。她優雅地使用著刀叉，簡直像小鳥般少量少量往口中送。在那之間Tamaru一直在房間最遠的地方候著。像他那樣體格壯碩的男人，竟然能長時間消聲匿跡真令人驚訝，青豆每次都很佩服。

在吃著東西之間，兩個人只斷斷續續地說一點話。集中精神在吃的上面。音樂小聲流著。海頓的大提琴協奏曲，也是老婦人喜歡的音樂之一。

餐具收下，咖啡壺送來了。Tamaru 注入咖啡後正要退下，老婦人對他舉起手指。

「這邊沒事了。謝謝。」她說。

Tamaru 輕輕點個頭。然後像平常那樣腳步不出聲地走出房間。門安靜閉上。兩個人喝著餐後咖啡之間光碟播完了，新的沉默造訪房間。

「妳跟我互相信任。不是嗎？」老婦人筆直看著青豆的臉。

青豆簡潔，但毫不保留地同意。

「我們共同擁有重要祕密。」老婦人說。「也就是說彼此把身體交給對方。」

青豆默默點頭。

她第一次向老婦人坦白說出祕密，也是在這同一個房間。那時候的事青豆還記得很清楚。她內心的沉重包袱遲早必須向誰告白。自己一個人把那放在心裡繼續活著的負擔，差不多已經到達極限。因此在老婦人的順勢引導下，青豆就把長久緊閉的祕密門扉乾脆打開了。

自己獨一無二的親密好友常年被丈夫暴力對待，精神失去平衡，卻無法逃出，在痛苦到極點時，終於自殺。青豆經過將近一年時間做好準備到那男人家去。並設定好巧妙狀況，以尖銳的針尖從脖子後方插入將他殺害。只那麼一刺，不留傷痕也沒出血。被當成單純的病死處理。誰也沒有懷疑。青豆不認為自己做了不對的事，現在還不認為。也沒感到良心的苛責。不過雖然如此，畢竟是在有意圖之下奪走一個人的生命，這件事的沉重卻不可能減輕。

老婦人側耳傾聽青豆漫長的告白。直到青豆說說停停地，把事情的經過全部說完為止，她只默默聽著。等青豆說完之後，才對不明白的細節提出幾個問題。然後伸出手，長久之間用力握著青豆的手。

「妳做了正確的事。」老婦人慢慢地仔細說明。「如果那個人還活著，終究還會對其他女人做出類似的事情。他總是可以從什麼地方找出被害者來。還會去重複做同樣的事情。妳把那禍根斬斷。這跟單純的個人復仇不一樣。請放心吧。」

青豆把臉埋在雙手中痛哭起來。她是為環而哭的。老婦人拿出手帕來幫她擦眼淚。

「真是不可思議的偶然。」老婦人以毫不猶豫的安靜聲音說。「我也可以說是以完全相同的理由讓人消失過。」

青豆抬起臉來看老婦人。不太說得出話來。她到底要說什麼呢？

老婦人繼續說：「當然不是我親自動手的。我沒有那樣的體力，也沒學到像妳那種特殊技術。我採取了該採取的手段讓人消失。但沒有留下任何具體證據。就算我現在報出姓名去告白，那也不可能當成事證。就像妳的情況一樣。如果有所謂死後的審判這回事的話，我可能會被神審判。不過我對那個一點都不害怕。我沒有做錯事。在任何人面前都可以堂堂正正地說出理由。」

老婦人吐了一口類似為了安心的氣。然後繼續。

「好了，這下子妳和我，互相握有對方重要的祕密了。對嗎？」

青豆這樣還沒完全明白，對方想說的是什麼。讓人消失？青豆臉上的表情介於深深的疑問和激烈的衝擊之間，快失去正常形狀了。老婦人為了讓青豆鎮定下來，又用安穩的聲音補充說明。

她的親生女兒也在遭遇到類似環的情況之後，斷絕了自己的生命。女兒和錯誤的對象結了婚。老婦人從一開始就知道，婚姻生活可能不順利。從她的眼裡看來，男方顯然擁有扭曲的靈魂。以前也出過問題，那原因可能是根深柢固的東西。不過誰也沒辦法阻止兩人結婚。果然不出所料，激烈的家暴一再重演。女兒漸漸喪失自尊心和自信，被逼得沒辦法，陷入憂鬱狀態。自立能力被剝奪，就像掉落沙援子的螞蟻一樣。無法從那裡逃出來。於是有一天，就配著威士忌吞下大量的安眠藥。

驗屍時，發現她身上有暴行痕跡。有挫傷和激烈的毆打傷痕，有骨折傷痕、有像用香菸菸頭按壓的多處傷痕。雙手手腕有被緊緊捆綁過的痕跡。用繩子似乎是這個男人的偏好。乳頭變形了。做丈夫的被警察傳喚，接受調查。丈夫承認某種程度用了暴力，但說那只是作為性行為的一部分在對方同意下進行的事，還主張妻子其實喜歡這樣。

結果，和環的情況一樣，警察無法對丈夫追究法律責任。因為妻子不可能向警察告訴，她已經死了。丈夫則有社會地位，請了能幹的刑事律師。而且死因是自殺這點並沒有懷疑的餘地。

「是妳殺了那個男的嗎？」青豆乾脆這樣問。

「不，沒有殺那個男的。」老婦人說。

青豆依然看不到話裡的含意，默默注視著老婦人。

老婦人說：「我女兒以前的丈夫，那個卑鄙的男人，還活在這個世界上。每天早晨在床上醒來，靠自己的腳走在路上。我並不打算殺那個男人。」

老婦人稍微停一下。等自己所說的話在青豆腦子裡安定下來。

「我對以前那個女婿所做的，是讓他在世間生不如死。而且是讓他體無完膚地毀滅。我正好有這樣的力量。那個男人是軟弱的男人。頭腦算是可以動的，口才也很好，在社會上某種程度被認可，但基本上是個軟弱惡劣的男人。會在家庭裡對妻子和孩子使用激烈暴力的，一定是性格軟弱的男人。正因為軟弱，所以不得不找到比自己更軟弱的人來當餌。要讓他們毀滅是很容易的事，那樣的男人一旦毀滅了，就再也浮不上來。我女兒死去已經是很久以前的事了，但我到現在還不停地監視那個男人。當他想浮上來時，我不會容許。他雖然還活著，但等於行屍走肉。他不會自殺。因為他沒有足以自殺的勇氣。那是我的做法。不會輕易殺他。讓他在死不了的程度下，不斷地、沒有人會對他慈悲地繼續痛苦。就像活生生地被剝皮般。我讓他消失的是其他的人。現實上有理由不得不讓他們移到別的地方去。」

老婦人再對青豆說明。女兒死去的第二年，她為同樣因家暴所苦的女性，設立了一所私人庇護所。她在麻布宅邸旁的土地上，擁有兩層樓的小公寓，打算不久將拆除，因此沒有租出去。她把那棟建築物簡單整理過，收容無處可去的女性，當成她們的庇護所。並開設「家暴受害女性會客室」，主要請都內的律師來當義工，輪班接受面談和電話諮詢。他們從那裡跟老婦人聯絡。如果有需要緊急避難的女性，就送到庇護所來。也有不少女性是帶著幼兒的。其中也有受到父親性暴力的十幾歲女孩子們。在她們找到安定的地方之前，可以住在這裡。目前需要的生活用品經常齊備。也供應食物和換洗衣服，她們一面互相幫忙一面過著一種共同生活。費用全都由老婦人個人負擔。

律師和輔導員定期到庇護所來，照顧她們，商談以後的對策。老婦人有時間也會露面，一個個聽取那些女性的話，給她們適當的建議。有時也幫她們找工作和安定的去處。如果發生需要外力介入的糾紛時，就由Tamaru出面適當解決。例如丈夫知道了行蹤，跑來發飆要帶妻子回去的情況並不是沒有。於是沒有人比Tamaru更能迅速有效地處理這方面的麻煩。

「不過只有我和Tamaru還處理不完，不管擁有多少法律上的支持，還是有些現實上找不到救援對策的例子。」老婦人說。

隨著談話的進展，青豆眼裡看出老婦人臉上開始泛起特殊的赤銅色光輝。平常溫厚而高雅的印象隨著變淡、消失。可以窺見超越單純憤怒和嫌惡的某種什麼。那可能是精神最深處的，又硬又小，而且沒有名字像核一樣的東西。雖然如此，唯有聲音的冷靜始終不變。

「當然，並不能因為如果人不在了就可以省掉離婚訴訟的麻煩，可以馬上領到保險金，這種實際性的理由，而左右一個人的存在。而是要公正而嚴密地檢討過一切要素之後，只有在得到對這個男人沒有給予慈悲餘地的結論時，才會不得不採取行動。他們是只會吸取弱者的生血活下去的寄生蟲般的男人。擁有扭曲的精神，沒有治癒可能性，沒有更生意志，在這個世界完全找不到繼續生存下去的價值的傢伙。」

老婦人閉上嘴，以穿透岩壁般的眼神暫時看著青豆。然後還是以安穩的聲音說：

「對那些人只好以某種形式請他們消失。以完全不引起世間注意的做法。」

「這種事情可能嗎？」

「人的消失有各種消失法。」老婦人選著用語說。然後稍微停頓一下。「我可以設定某種消失法。我有這種能力。」

青豆對這個尋思一番。然而老婦人的說法未免太模糊了。

老婦人說：「我們都分別以毫無道理的形式失去重要的人，深深受到傷害。這心的傷痕可能無法痊癒。不過總不能一直坐著望著傷口。有必要站起來移到下一個行動。而且不是為了個別復仇，而是為了更廣泛的正義。怎麼樣？要不要幫我工作？我需要可以信賴而且有能力的協助者。能夠分擔彼此的祕密，共同扛起使命的人。」

把話整理一遍，花了一點時間弄清楚她說的意思。那既是難以相信的告白也是提案。而且對那提案要定下心來又花了更多時間。在那之間老婦人坐在椅子上沒有改變姿勢，一面凝視著青豆一面只保持沉默。她並不急。好像打算一直等下去似的。

這個人無疑處於某種瘋狂狀態，青豆想。不過頭腦並沒有瘋狂。精神也沒有毛病。不，她的精神反倒冷徹得不可動搖的安定。事實也都有憑有據。那與其說是瘋狂不如說是類似瘋狂的什麼。也許更接近正確的偏見。現在她所追求的，是我能和她共有這瘋狂或偏見。以擁有同樣的冷徹。她相信我擁有那樣的資格。

考慮了多久？在陷入深思熟慮之間，時間的感覺好像在什麼地方消失了。只有心臟堅硬地刻著一定的節奏。青豆造訪自己內在的幾個小房間，就像魚溯著河川游那樣追溯著時間。那裡有看慣的風景，有長久遺忘的氣味。有溫柔的懷念，有嚴苛的痛苦。不知從什麼地方射進一道細細的光芒，唐突地刺穿青豆的身體。有一種自己好像變透明了似的不可思議的感覺。把手伸出來照著那光看時，可以看透到對面。身體好像忽然變輕了。那時青豆想。現在在這裡的我如果任憑自己隨著瘋狂或偏見的大浪逐流，就算因而滅頂，就算這個世界完全消失，我到底又有什麼可損失的呢？

「明白了。」青豆說。咬了一下嘴唇，才再開口。「如果有我可以效勞的地方，我樂意幫忙。」

老婦人伸出雙手，緊緊握住青豆的手。從此以後，青豆和老婦人分享祕密，共有使命，並共有類似瘋狂的什麼。不，那或許完全就是瘋狂本身。然而那界線在哪裡呢？青豆無法看清。而且她和老婦人一起合力送往遙遠世界的，無論從任何觀點來看，都是找不到能給予絲毫慈悲餘地的男人。

「上次妳在澀谷的都市飯店，把那個男的移到別的世界以來，時間還不太久。」老婦人安靜地說。她說到「移到別的世界」時，聽起來簡直就像在談移動家具似的。

「再過四天就正好兩個月了。」青豆說。

「還不到兩個月。」老婦人繼續說。「因此，這時候要請妳幫忙下一個工作，怎麼看都不好。至少希望能間隔半年。如果間隔太近的話，妳的精神負擔太大。怎麼說好呢——因為這不是平常的事。再說，和我所營運的庇護所有關的男人心臟病發作死亡的機率，會不會有點過高？不久可能會出現這樣懷疑的人。」

青豆輕輕微笑。然後說：「因為世間有很多疑心很重的人。」

老婦人也微笑。「正如妳所知道的，我是個極慎重的人。我不指望偶然、看樣子或幸運之類的事。我會一直摸索更穩當的可能性，直到判斷無論如何都沒有可能性時才會選擇那個。而且不得不做那個時，會排除想得到的所有風險。用心仔細地檢討所有的要素，準備萬全之後，確信這樣沒問題了才會拜託妳。因此到目前為止，沒有任何問題。對嗎？」

「沒錯。」青豆承認。確實正如她所說的那樣。準備好工具到指定的地方去。狀況都在事先周全地安排好。她只要在對方脖子後面的固定一點，將銳利的針刺入一次。並確認對方已經「移到別的地方」之後離開那裡。過去一切都很順利地系統化進行過來。

「不過關於這次的對象，說起來我於心不忍，卻不得不有點勉強地拜託妳了。時機還沒十分成熟，不確定因素很多，有可能無法提供像過去那樣完整的狀況。這跟平常的情況有點不同。」

「怎麼個不同法？」

「對方不是普通立場的男人。」老婦人慎重地選擇用語。「具體說，第一點就是戒備森嚴。」

「是政治家之類的嗎？」

老婦人搖搖頭。「不是，不是政治家。關於這個我之後會再告訴妳。本來我們也考慮過各種不必動用妳的方法。可是每一種都不可能順利。以普通的方法都無法應付。很過意不去，不過除了拜託妳之外想不到別的辦法。」

「是需要趕的工作嗎？」青豆問。

「不，並不是說需要趕。也不是有到某某時候為止的期限。不過如果延遲，受傷的人可能又會因而增加。而且我們被賦予的機會有限。無法預測下次還要等到什麼時候。」

窗外已經完全暗下來，陽光房被沉默所包圍。月亮出來了嗎？青豆想。但從她所坐的地方看不見外面。

老婦人說：「我打算把情況盡量詳細說明給妳聽。不過在那之前我想先讓妳見一個人。我們現在就一起過去看她吧。」

「她住在這個房子裡嗎？」青豆問。

老婦人慢慢吸進一口氣，喉嚨深處發出微小的聲音。她的眼睛浮起平常所見不到的特別的光。

「六星期前從會客室送到這邊來。有四星期一句話也沒說，應該算是處於失心狀態吧，總之失去了一切語言。只知道名字和年齡，樣子非常糟糕地睡在車站時被警察發現，並加以保護、送到各個單位去，最後送到我們這裡來。我花時間跟她一點一點談。花了很長時間才讓她知道這裡是安全的地方，沒有必要害怕。現在，多少可以說一點話了。雖然是混亂的零碎說法，不過只要將片段組合起來，大致可以理解發生了什麼事。實在是難以啟齒的糟糕的事。令人心疼的事。」

「也是丈夫的暴力嗎？」

「不是。」老婦人以乾乾的聲音說。「她才十歲。」

老婦人和青豆兩人穿過庭園，拿鑰匙打開一個小木門，穿過門到鄰接土地上的庇護所。這是一間小巧的木造公寓，以前在宅邸裡工作的傭人還很多的時候，主要是供他們住的。兩層樓房，建築物本身雖然有風味，但要當成住宅出租給一般人則有幾分老朽。不過給走投無路的女性做為暫時棲身的避難所則沒有不足的地方。古老的橡樹像庇護著建築物般枝幹寬大地展開，玄關的玻璃門鑲著圖紋美麗的框框。房間總共有十間。有些時期比較擁擠，有些時期比較空，一般有五、六個女人靜悄悄地住在這裡。現在有一半左右房間的窗戶燈是亮著的。除了偶爾聽得見小孩子的聲音之外，經常都出奇地安靜。看起來好像建築物本身把聲息收斂起來似的。沒有生活所伴隨的嘈雜聲。靠近門邊繫著一隻母的德國牧羊犬，人靠近時就低聲呻吟，然後吠個幾聲。雖然不知道是誰以什麼方法訓練的，不過狗被教成有男人靠近時就會激烈狂吠，但是最親近的卻是Tamaru。

老婦人接近時，狗立刻停止吠叫，尾巴大大地搖著，很開心似地鳴響鼻子。老婦人彎下身，輕輕拍幾次牠的頭。青豆也搔搔牠的耳朵後面。狗記住了青豆的臉。是一隻頭腦很好的狗。而且不知道為什麼喜歡吃生的菠菜。然後老婦人用鑰匙打開玄關的門。

「住在這裡的一個女的，幫我照顧著那孩子。」老婦人對青豆說。「住在同一個房間，我請她眼睛盡量不離開她。因為這孩子單獨一個人獨處還令人擔心。」

在庇護所裡，女人在日常生活上都互相照顧，老婦人暗默中鼓勵她們彼此談談自己如何脫離危險，互相分擔所受到的痛苦。她們藉著這樣做，很多人逐漸自然痊癒了。從以前就住在這裡的人，教後來才進來的人生活要領，給她們生活必需品。打掃和煮飯則採取輪班制。當然其中也有人想一個人獨處，不想談任何自己的體驗。這樣的女性，大家就尊重她們的孤獨和沉默。不過大半的女性，希望跟其他和自己同樣遭遇的女性坦白交談彼此的體驗，互相關心。庇護所內雖然禁止飲酒和抽菸，也禁止未經許可的人出入，不過除此以外沒有其他特別的限制規定。

公寓裡有一具電話，一台電視機，這些放在玄關旁的共同客廳裡。客廳裡也放有一組舊沙發和餐桌椅。女人們似乎大多在這個房間裡度過一天的大半時間。不過幾乎沒有開電視。就算打開電視，音量也降低到好像聽得見又像聽不見的程度。女人們反而喜歡一個人看書、看報紙、編織東西，或跟誰額頭湊近說悄悄話。也有人一整天都在畫畫。那是個不可思議的空間。好像介於現實世界，和死後世界中間的暫時性場所似的，光線暗淡而沉滯。無論是晴朗的日子或陰霾的日子，白天或晚上，光線種類都一樣。每次造訪那個房間，青豆都會覺得自己不屬於那個場所，好像一個粗心大意的闖入者似的。那裡好像是個需要特別資格的俱樂部。她們所感到的孤獨，和青豆所感到的孤獨，是組成方式不同的東西。

老婦人一露面時，客廳裡的三個女人都站起來。一眼就看得出她們對老婦人懷有很深的敬意。老婦人要她們坐下。

「妳們不用起來。我只是想跟小翼說話而已。」

「小翼在房間裡。」可能跟青豆差不多年紀的女人說。頭髮直直長長的。

「跟佐惠子姊在一起。好像還不能下來的樣子。」年紀再大一點的女人說。

「可能還需要花一些時間。」老婦人微笑著說。

三個女人默默地各自點頭。所謂的花時間意味著什麼，她們都很清楚。

上到二樓走進房間時，老婦人對原來在那裡影子有點淡的小個子女人說，麻煩妳暫時離開一下好嗎？叫佐惠子姊的女人淡淡地微笑著，走出房間把門關上，走下樓梯。只留下叫小翼的十歲女孩子。房間裡放著用餐的小桌子。女孩子、老婦人，和青豆三個人，圍著那張桌子。窗戶拉上厚厚的窗簾。

「這位姊姊叫做青豆。」老婦人對少女說。「跟我一起工作的人。所以妳不用擔心。」

少女偷偷瞄一眼青豆的臉，然後輕輕點頭。幾乎會被看漏的小動作。

「這孩子叫小翼。」老婦人介紹。然後問少女：「小翼到這裡來有多久了？」

不知道，似的，少女的頭還是稍微搖頭而已。幾乎不到一公分吧。

「六星期又三天。」老婦人說。「妳可能沒有去算，不過我有好好算喔。妳知道為什麼嗎？」

少女又再輕輕搖頭。

「因為有時候，時間這東西會變成非常重要的東西喲。」老婦人說。「光是算時間這件事，就擁有重大的意義呢。」

在青豆的眼裡，這位叫做小翼的女孩子，看起來只是到處可見的十歲女孩子。和年齡比起來個子算高吧，瘦瘦的胸部還沒隆起。看起來可能是慢性營養不良。容貌不錯，但給人的印象非常微弱。瞳孔令人想到模糊不清的玻璃窗。想探頭看也看不清楚裡面。乾乾薄薄的嘴唇不時不安地動著，看起來好像要形成某種語言似的，卻沒有實際變成聲音。

老婦人從帶來的紙袋裡拿出巧克力的盒子。盒子上畫著瑞士山間的風景。裡面有十來顆美麗的巧克力，一顆顆形狀都不同。老婦人把其中一顆遞給小翼，一顆遞給青豆，一顆放進自己口中。青豆也把那放進口中。看到兩個人這樣做之後，小翼也同樣吃了一顆。三個人暫時沉默地吃著巧克力。

「妳記得自己十歲時的事情嗎？」老婦人問青豆。

「記得很清楚。」青豆說。那一年她握了一個男孩子的手，發誓要一生繼續愛他。在那幾個月後迎接初潮來臨。青豆身上有很多東西在那時候起了變化。她離開了信仰，和雙親斷絕了關係。

「我也記得很清楚。」老婦人說。「十歲那年，我父親帶我到巴黎去，在那裡住了大約一年。父親當時擔任外交官。我們住在盧森堡公園附近的一棟老公寓裡。那是第一次世界大戰末期，車站裡到處是受傷的士兵。有像還是小孩的士兵，也有老年人。巴黎雖然是一年四季都美得令人倒吸一口氣的都市，我卻只留下血淋淋的印象。前線正展開激烈的戰壕戰，許多斷腕缺腳失去眼睛的人，像被遺棄的幽靈般流離街頭。只有他們綁著的繃帶的白色，和女人手腕上所配戴喪章的黑色特別刺眼。許多新棺木用馬車載著運往墓地。棺木經過時，路上行人紛紛將眼光轉開，閉上嘴巴。」

老婦人手伸過桌子來。少女稍微考慮一下之後，把放在膝上的手抬起來，重疊在老婦人手上。老婦人握住少女的手。少女時代的老婦人，在巴黎街上遇到堆積著棺木的馬車經過時，父親或母親可能也同樣緊緊握著她的手。而且鼓勵她說，什麼都不用擔心。沒問題，妳在安全的地方，什麼都不用害怕。

「男人每天都製造數百萬個精子。」老婦人對青豆說。「妳知道這件事嗎？」

「詳細數目不清楚。」青豆說。

「當然尾數我也不知道。總之是無數之多。他們把那一次送出來。但女性送出的成熟卵子的數目卻有限。妳知道多少嗎？」

「正確是多少不清楚。」

「一輩子也不過才大約四百個。」老婦人說。「卵子並不是每個月新製造的，而是一出生就儲存在女性體內了。女性迎接初潮之後，每個月成熟一個排出體外。這孩子身上也儲存著這樣的卵子。雖然月經還沒有開始，幾乎還沒有動到。應該是還好好收藏在抽屜裡。這些卵子的功用，不用說是要迎接精子受胎的。」

青豆點頭。

「男性和女性精神上的不同，似乎很多是從這種生殖系統的差異所產生的。我們女性，純粹從生理學的觀點來說，是以保護這有限數量的卵子為主題而活著的。妳、我，和這孩子都一樣。」於是她嘴角浮現淡淡的微笑。「我的情況，當然要用活過這樣的過去式了。」

我到目前為止已經排出大約兩百個卵子了，青豆在腦子裡快速計算。大概還有一半還留在我身上。可能貼著「已預約」的標籤。

「不過她的卵子不會受胎。」老婦人說。「上星期，我送她去給認識的醫師檢查。她的子宮已經被破壞了。」

青豆皺起眉頭，看著老婦人。然後稍微轉頭看看少女。不太說得出話來。「被破壞了？」

「是的。被破壞了。」老婦人說。「就算手術，也沒辦法恢復。」

「到底有誰會做這種事？」青豆說。

「詳細情形還不知道。」老婦人說。

「Little People。」少女說。

第18章 天吾 不再有Big Brother出場的一幕

記者招待會後小松打電話來，說一切都沒有障礙地順利進行。

「非常成功喔。」小松稀奇地以興奮的口氣說。「啊，真沒想到能那麼無懈可擊地完成。回答得好高明，給全體在場的人很好的印象。」

聽到小松的話，天吾絲毫不驚訝。雖然沒有特別的根據，但天吾並不太擔心記者招待會。預料她自己一個人也能應付得很好。不過說到「好印象」，聽起來卻有一點不太適合深繪里的意味。

「沒有出現破綻嗎？」天吾慎重起見再確認。

「嗯，時間盡量縮短，不太妙的問題巧妙地岔開。而且實際上，幾乎沒有刁難的問題。對方畢竟是楚楚可憐的十七歲少女，記者也不喜歡當壞人。當然必須加上『至少到目前為止』的附註。以後會怎麼樣還不知道。這個世界風向會瞬間改變。」

天吾腦子裡浮現小松以認真的臉色站在高崖上，舔著手指測試風向的光景。

「不管怎麼說，這都幸虧天吾有事先預演，好好教過她。我很感謝。頒獎的報導和記者招待會的情況，明天的晚報應該會刊登。」

「深繪里穿什麼樣的衣服？」

「衣服？普通的衣服啊。很合身的薄毛衣和牛仔褲。」

「胸部很醒目嗎？」

「啊，這麼說來倒也是。胸部曲線美麗地露出。看起來好像剛剛出爐的暖烘烘的感覺。」小松說。「嘿，天吾，這孩子以天才少女作家來說，評語已經相當好噢。容貌也好，談吐雖然有一點突兀，但不管怎麼樣腦筋總是很靈。最重要的是有與眾不同的空氣。我到目前為止見識過許多作家的第一次出場。但這孩子很特別。當我說特別的時候，那就真的是特別喲。一星期後刊登〈空氣蛹〉的雜誌會在書店排出來，我跟你賭什麼都行，賭上我的左手和右腳都行。三天之內雜誌就會賣光。」

天吾謝謝他特地通知，掛上電話。然後多少鬆了一口氣。不管怎麼說，至少這下子過了第一關了。到底後面還有幾關在等著，還不知道。

記者招待會的報導刊登在第二天的晚報上。天吾從補習班上課回來，在車站的販賣店買了四種晚報，回到家試著比較著讀。每家報紙內容都類似。都不是很長的報導，不過以文藝雜誌新人獎的報導來說已經是打破慣例了（通常這些只以五行解決掉）。正如小松預料的那樣，十七歲少女得獎的事，讓媒體飛奔著聚集過來。報導上寫出四位評審委員全體一致選出她的〈空氣蛹〉為得獎作品。完全沒有類似爭議的事，評審會十五分鐘就結束。這是非常罕見的事。個人性格很強的現職作家四個人齊聚一堂，全體意見完全一致，本來是不可能的事。這部作品已經在業界造成不錯的評價。隨即在頒獎典禮的飯店一室舉行小型記者招待會，她對記者的問題「笑容滿面清晰地回答」。

對「今後還想繼續寫小說嗎？」的問題，她回答：「小說只是為了表達想法的一種形式而已。這次碰巧採取了小說的形式，不過下次還不知道會採取什麼形式。」很難想像深繪里真的能把這麼長的句子一次完整說出來。可能是記者把她細分的句子巧妙地銜接起來，適度補上空缺部分，整理成一句的吧。不過她也有可能實際這樣長地完整說出來。對深繪里沒有一件事情能夠確實說得準的。

「喜歡的作品是？」對這樣的問題，她當然回答《平家物語》。有一個記者問最喜歡《平家物語》的哪個部分。她把喜歡的部分背誦出來。大約花了五分鐘才把它背完。在場的記者全體深感佩服，背誦完畢後還暫時沉默。幸虧這樣（可以這樣說嗎？）沒有記者問她喜歡的音樂。

「得到新人獎，誰最為妳高興呢？」對這個問題，她隔了很久（天吾也可以想像得到那光景）才回答說：「這是祕密。」

從報紙上讀來，深繪里在那些問答之間，沒有說一句謊話。所說的事情全部都是真實的。報上登出她的照片。從照片上看來深繪里比天吾記憶中更美麗。實際面對面談著話時，注意力會被她的臉以外的肢體動作、表情變化，以及口中的話語所吸引而分心，看靜止的照片時，可以重新理解，她是容貌多麼端莊的少女這件事。雖然只是記者會現場所拍的小照片（確實和上次穿同樣的夏季薄毛衣），但可以感覺到某種光輝。那可能是和小松所謂「與眾不同的空氣」同樣的東西吧。

天吾把晚報摺起來整理好，站在廚房一面喝啤酒，一面做簡單的晚餐。自己所改寫的作品被滿場一致選出獲得文藝雜誌的新人獎，得到世間的好評，而且從今以後可能成為暢銷作品。一想到這裡就覺得怪怪的。既想坦然地高興，同時又覺得不安，無法鎮定。雖然是預定的事，然而事情就這麼簡單地一一順利進行下去，真的妥當嗎？

在準備著晚餐之間，發現自己的食欲已經完全消失。剛才還很餓的，現在卻已經什麼都不想吃了。他把做到一半的料理用保鮮膜包起來放進冰箱，在廚房的椅子上坐下來，一面望著牆上的月曆，一面只默默地喝啤酒。月曆是從銀行領的，因此搭配有富士山的四季照片。天吾還一次都沒上過富士山。也沒上過東京鐵塔。沒上過什麼地方的高樓屋頂。從以前開始，他就對高的地方沒興趣。為什麼呢？天吾想。可能因為一直只看著腳下生活過來吧。

小松的預言說中了。刊登深繪里〈空氣蛹〉的文藝雜誌幾乎在當天就已經賣光，從書店裡消失蹤影。文藝雜誌從來沒有賣光過。出版社每個月一面抱著赤字一面繼續出文藝雜誌。這方面的雜誌出版目的，是打算把雜誌上刊登的作品集結成單行本出版，或以刊登新人獎的載體提拔年輕的新人作家。雜誌本身的銷售和收益幾乎不被期待。所以雜誌能在剛出的當天內就賣光，就像琉球下雪同樣成為吸引人們耳目的新聞。雖然就算賣光也不能改變赤字的事實。

小松打電話來，告訴他這件事。

「那太好了。」他說。「雜誌賣光，世間的人對這作品會更感興趣，想讀看看到底是什麼樣的東西。而且印刷廠正在起勁地印著《空氣蛹》的單行本。正以最優先的順序緊急出版呢。這麼一來拿不拿芥川獎都沒關係。更重要的是趁著熱潮之間拚命賣書。這本書一定會變成暢銷書不會錯。我可以保證。所以天吾，你可以趁現在就先想想錢要怎麼用了。」

星期六的晚報文藝欄上刊登了有關〈空氣蛹〉的報導。以刊登作品的雜誌轉瞬就賣光為標題。幾個文藝評論家陳述對該作品的感想。一概都是善意的意見。筆力扎實、感性敏銳、而且想像力豐富，令人不覺得是十七歲少女所寫的。這部作品很可能在暗示著新的文學風格的可能性。一位評論家評論道：「想像力過分飛翔，不是沒有和現實缺乏接點之嫌。」這是天吾所看到的唯一負面意見。不過那位評論家也以「這位少女往後將寫出什麼樣的作品，真是耐人尋味。」這樣安穩地作結。目前的風向似乎還不壞。

深繪里打電話來，是在單行本出版預定日的四天前。早晨九點。

「起來了。」她問。依然以沒有抑揚頓挫的說法。也沒有附加問號。

「當然起來了啊。」天吾說。

「今天下午有空。」

「四點以後的時間有空。」

「可以見面。」

「可以見面。」天吾說。

「上次的地方可以。」深繪里問。

「可以呀。」天吾說。「四點到和上次一樣的新宿的喫茶店去。還有報紙上的照片拍得很漂亮噢。記者招待會的時候拍的。」

「穿了一樣的毛衣。」她說。
「跟妳很搭配。」天吾說。
「因為喜歡胸部曲線。」
「可能是。不過這種場合更重要的是，那個給人好印象。」
深繪里在電話上暫時沉默。好像把什麼放在手邊的架子上一直眺望般的沉默。可能在尋思好印象和胸部曲線的關係。想到這裡，天吾也漸漸不明白好印象和胸部曲線有什麼關係了。
「四點。」深繪里說。然後掛上電話。

將近四點到達平常那家喫茶店時，深繪里已經在那裡等著了。深繪里旁邊坐著戎野老師。淺灰色長袖襯衫，深灰色長褲的穿著。依然像雕像般背挺得筆直。天吾看見老師的身影時稍微吃了一驚。根據小松的話，他「下山」是極稀有的事。
天吾在兩個人對面的座位坐下，點了咖啡。還沒進入梅雨季，天氣卻已經熱得令人聯想到盛夏了。雖然如此，深繪里還是像上次一樣小口小口地啜著熱可可。戎野老師點的是冰咖啡，卻還沒動。冰塊融化了，上面形成一圈水的透明層。
「很高興你來了。」戎野老師說。
咖啡送來，天吾喝了一口。
「很多事情，到目前為止好像進行得很順利。」戎野老師好像在試音似的，以慢慢的語調說。「你的功勞很大。真的很大。首先必須向你道謝。」

「您這麼說我很感謝，不過關於這次的事，正如您所知道的，我對外是形式上不存在的人。」天吾說。「公開上不存在的人是沒有所謂功勞可言的。」

戎野老師好像在取暖似的，雙手在桌上搓著。

「不，你不用這麼謙虛。不管表面上怎麼樣，現實上你確實好好的存在著。如果沒有你的話，事情應該不會這麼順利地進行到這個地步。因為你，〈空氣蛹〉才能成為優越得多的作品。成為超過我的預期，擁有更豐富內容的作品。小松先生果然有識人的眼光。」

深繪里在旁邊像舔著牛奶的小貓般，默默繼續喝著可可。她穿著簡單的白色短袖襯衫，深藍色略短的裙子。和平常一樣沒有配戴任何飾品。向前彎身時臉便隱藏到筆直的長髮裡去。

「務必要直接向你傳達這個意思，所以還特地勞駕你跑這一趟。」戎野老師說。

「這種事情不必掛心。對我來說，改寫〈空氣蛹〉是很有意義的事。」

「我想一定要特地向你道謝才行。」

「道謝的事沒關係。」天吾說。「只是有關繪里小姐個人的事，我想可不可以請教一下？」

「當然。只要我能回答的。」

「戎野老師是不是繪里小姐的正式監護人？」

老師搖搖頭。「不，我並不是正式的監護人。可能的話盡量希望那樣。只是像前面說過的那樣，我和她的雙親還處於完全聯絡不上的狀態。以法律上來說，我對她沒有任何權利。我只是把七年前來到我家的繪里收留下來，就那樣扶養到現在而已。」

「那麼，如果是平常做法的話，老師可能會把繪里的存在悄悄放一邊不是嗎？讓她這樣放肆地暴露在聚光燈下，難保不發生麻煩。而且她還未成年。」

「如果她的雙親告我，說要把她領回去，那麼事態豈不麻煩嗎？好不容易才從那裡逃出來，會不會又強制被帶回去？你是指這個嗎？」

「是的。這方面我有一點不解。」

「這是當然的疑問。不過對方那邊，也有不太能採取檯面上動作的原因。繪里越受到世間注目，他們對繪里如果採取任何行動的話，越會引起世人的注目。那是他們所最不願意見到的事情。」

「他們，」天吾說，「您所說的，是指『先驅』嗎？」

「沒錯。」老師說。「是指宗教法人的『先驅』。我的確也養育繪里七年。繪里自己也明確希望就這樣繼續留下。而且繪里的雙親不管有什麼原因，畢竟這七年來，都把她置之不理。我也不可能那麼簡單地說，那麼好吧就輕易把人交出去。」

天吾在腦子裡整理。然後說：

「《空氣蛹》如果照預料的那樣暢銷。繪里小姐會引起世間的關心。那麼相反地『先驅』將無法簡單地動起來。到這裡我明白。那麼依戎野老師的打算，往後要怎麼進行呢？」

「這個我也不知道。」戎野老師淡淡地說。「往後對誰來說都是未知的領域。沒有地圖。轉過下一個轉角會有什麼埋伏著，不轉過去看看就不知道。也無法想像。」

「無法想像？」天吾說。

「對，聽起來可能不負責任，不過所謂無法想像的地方，正是這件事情的精髓。往深池裡丟石頭。撲通！巨大的聲音響徹周圍。往後會從池裡出來什麼，我們正吞著唾液密切守候。」

大家暫時沉默下來。三個人分別想像著水面擴展出去的波紋，天吾算準那虛構的波紋安定下來之後，慢慢開口。

「一開始我也說過了，這次我們所做的事情，或許可以乾脆說是一種詐欺行為。一種反社會的行為。往後，可能也會牽涉到不少金額的金錢吧，謊言會像雪球般越滾越大。謊言再召喚謊言，謊言和謊言之間的關係變得更加複雜麻煩，最後可能會變成誰也無法掌控的東西。而且當內情曝光時，和這有關的所有的人，包括繪里小姐，可能都會受到某種傷害，嚴重的話可能會毀滅。在社會上被葬送掉。這您能同意嗎？」

戎野老師手碰一下眼鏡框。「不得不同意吧。」

「雖然如此，根據小松先生的說法，老師，將成為和《空氣蛹》有關的紙上公司的代表。也就是從正面參與小松先生的計畫。換句話說，打算主動把泥巴往自己身上抹，不怕招人物議。」

「結果可能會變成這樣。」

「以我的理解，戎野老師擁有卓越的智慧、廣泛的常識、豐富的學識，和獨自的世界觀。然而，這個計畫明明吉凶未卜。無法預測下一個轉角會出現什麼。像老師這樣的人，為什麼會讓自己置身於這樣不確定而莫名其妙的場所呢？我對這點還不太能理解。」

「過分的評價不敢當，這個歸這個——」戎野老師這樣說完頓一口氣。「我很了解你想說什麼。」

一陣沉默。

「誰也不知道會發生什麼。」深繪里這時突然插嘴。然後又再回到原來的沉默。可可的杯子已經空了。

「沒錯。」老師說。「誰也不知道會發生什麼。就像繪里說的。」

「不過某種程度應該有類似計畫的東西吧。」天吾說。

「某種程度的計畫是有。」戎野老師說。

「我可以猜猜看那個計畫嗎？」

「當然。」

「《空氣蛹》這作品問世之後，繪里小姐雙親的身上到底發生了什麼事情，真相或許就會曝光。那就是往池子裡投石頭的用意嗎？」

「你的推測大致正確。」戎野老師說。「《空氣蛹》如果能暢銷，媒體就會像池裡的鯉魚般一起聚集過來。老實說，現在已經相當騷動了。自從記者招待會以來，雜誌和電視的採訪邀約紛紛湧來。當然全部拒絕了，不過現在開始朝書的出版方向發展，事態應該會更加過熱。這邊如果不接受採訪的話，他們可能會採取各種手段去調查出繪里的出身。於是繪里的身世早晚會曝光。雙親是誰，在什麼地方、如何長大的。還有現在，誰在照顧她。這些應該都將成為有趣的新聞。

「我也不喜歡去做這樣的事情。現在的我在山上過著輕鬆自在的生活。就這樣過到現在，並不想牽涉到引起世間耳目的事情上去。做這種事一文錢利益都沒有。不過對我來說，我想如果可以巧妙地放出釣餌，能把媒體的關心往繪里雙親的方向誘導就好了。往他們在什麼地方做著什麼的方向。換句話說把警察無法做的事，或沒興趣做的事，轉而讓媒體來代勞。也想到如果順利的話，說不定能利用這個機會把他們兩個人救出來。總之深田夫婦對我來說，還有當然對繪里來說都是極重要的存在。不可能就讓他們處於音訊杳然的狀態下，置之不理。」

「可是假定深田夫婦在那裡，到底有什麼理由必須被監禁七年之久呢？這歲月未免太長了。」

「我也不知道。純粹只是推測而已。」戎野老師說。「就像上次說過的那樣，以革命性農業公社開始的『先驅』，在某個時間點和武鬥派的集團『黎明』分離，公社路線大幅修改，搖身一變成為宗教團體。由於牽涉到『黎明』事件，警察進入教團搜查，但只知道『先驅』和事件完全無關。從此以後，教團一步一步地穩固自己的地位。不，與其說一步一步不如該說急速吧。話雖如此，他們活動的真相，卻幾乎沒讓世間知道。你也不知道。」

「完全不知道。」天吾說。「我不看電視，也很少看報紙，所以我想不太能當世間的基準。」

「不，不知道的並不只有你而已。他們盡量不讓世間知道地悄悄行動。其他新興宗教都盡量做一些顯眼的事，想盡量增加信徒，但『先驅』卻沒有這樣做。因為他們的目的不在增加信徒。一般宗教團體增加信徒人數，是為了讓收入穩定，但『先驅』似乎沒有這個必要。他們所追求的與其說是金錢不如說是人才。目的很明確，要吸收擁有各種專門能力、身體健康的年輕信徒。所以不會勉強勸誘信徒。也不是誰都接受。他們從想進來的人中，面談選拔。或募集有能力的人才。結果，成為士氣高昂、素質良好而富有戰鬥精神的宗教團體。他們表面上繼續經營農業，力行嚴格的修行。」

「到底是基於什麼樣教義的宗教團體呢？」

「可能沒有固定的教典。大概只是折衷性的東西。大致說來是密教系統的團體，跟詳細的教義比起來，勞動和修行才是他們的生活中心。而且相當嚴格。不是隨隨便便的。追求這種精神生活的年輕人，聽到傳聞從全國各地聚集而來。他們很團結，對外部的人一貫採取祕密主義。」

「有教祖嗎？」

「表面上沒有教祖。排除個人崇拜，以集團領導管理營運教團。不過內情並不清楚。我也在盡量收集情報，但洩漏出來的情報量極為稀少。只有一件事情可以說，那就是教團很確實地在發展著，他們的資金好像很充足。『先驅』所擁有的土地比以前更大，設施越來越充實。圍繞著那土地的圍牆也變得更堅固了。」

「而且『先驅』原來的領導深田的名字，不知何時從表面上消失了。」

「沒錯。一切都很不自然。沒辦法讓人接受。」戎野老師說。稍微看一下深繪里的臉，然後又再看天吾。「『先驅』隱藏著某種重大祕密。在某一個時間點，『先驅』裡面一定發生了類似地殼變動般的事情。不知道是什麼樣的事情。不過因為這樣，『先驅』從農業公社大大地轉變方向成為宗教團體。而且以那個為界線，原來對世間開放的穩健團體，驟然變成採取極端祕密主義態度的嚴格團體。

「在那個時間點，我想像『先驅』內部，是不是發生了類似政變的事情？然後深田是不是被捲進去了？就像前面說過的那樣，深田是絲毫沒有宗教性傾向的人。他是徹底的唯物論者。眼看著自己親手創立的共同體正要往宗教團體的路線變更時，他這個男人是不會袖手旁觀的。應該會使出全力阻止這樣的趨勢。在那時候『先驅』內部的主導權爭奪戰中他可能敗下陣來。」

天吾想了一下。「我明白您所說的，不過假定是這樣，他們只要把深田從『先驅』放逐出去不就好了嗎？就像當初把『黎明』和平地分離出去那樣。沒有必要特地監禁起來吧？」

「正如你說的那樣。如果是普通情況的話，根本不必用到監禁這種麻煩的事。不過可能因為深田掌握了『先驅』的祕密之類的東西。如果對世間公開恐怕不妙的事情。所以不能光把深田放出外面。

「深田既是共同體原來的創立者，常年以來又扮演實質上的領導者角色。因此對於到目前為止實施了什麼樣的事情，應該全都看在眼底。或許變成一個知道太多的人了。而且深田在世間也相當知名。深田保這名字是以一種現象和那個時代結合在一起的，到今天在部分地方還擁有偶像崇拜式的名氣作用。如果深田離開『先驅』到外面去的話，他的發言和行動無論如何應該還是會吸引人們的耳目。那麼，就算深田夫婦希望脫離那裡，『先驅』也不可能輕易放手。」

「所以想讓深田保的女兒繪里小姐當上作家，戲劇性地盛大出道，讓《空氣蛹》成為暢銷作品，以引起世間的關心，好從側面來動搖這種膠著狀態。」

「七年是相當長的歲月。而且我在那之間無論做什麼都不順利。現在如果不採取非常手段的話，謎可能永遠也解不開，一切就完了。」

「把繪里小姐當成誘餌，想把大老虎從叢林裡誘出來。」

「誰也不知道出來的會是什麼。可能不一定是老虎。」

「不過從談話的進展來看，老師好像把某種暴力性的東西放在念頭裡。」

「有這種可能性吧？」老師深思熟慮似地說。「你應該也知道。在一個密閉的同質性集團中，所有的事情都可能發生。」

一陣沉重的沉默。在那沉默中深繪里開口了。

「因為Little People來了。」她小聲說。

天吾看看坐在老師旁邊的深繪里的臉。她臉上和平常那樣，欠缺所謂表情這東西。

「Little People來了，因此『先驅』裡有什麼改變了是嗎？」天吾問深繪里。

深繪里沒有回答那問題。用手指摸弄著襯衫領口的釦子。

戎野老師以好像承接深繪里的沉默似的形式開口。「繪里所描述的Little People到底意味著什麼，我並不知道。她也無法以語言說明Little People是什麼。或者好像也不打算說明。不過不管怎麼樣，農業公社『先驅』急遽往宗教團體轉變之際，Little People好像扮演了某種角色，這件事似乎是確實的。」

「或者Little People式的東西。」天吾說。

「沒錯。」老師說。「那是Little People，或Little People式的東西，我也不知道是哪一種。不過至少繪里的小說《空氣蛹》中因為讓Little People出場，看起來好像要說什麼重要事實似的。」

老師望著自己的雙手一會兒，終於抬起頭來說。

「喬治．歐威爾在《一九八四年》中，正如你所知道的，讓叫做Big Brother的獨裁者出場。當然是將史達林主義寓言化的故事。於是Big Brother這個用語，從此以後開始變成一種社會性的圖騰在發揮作用。那是歐威爾的功勞。不過在這個現實的一九八四年，Big Brother實在太有名了，變成太容易看透的存在。如果在這裡Big Brother出現的話，我們可能會指著那個人物這樣說：『小心。那個傢伙是Big Brother！』換句話說，在這個現實世界已經沒有Big Brother出場的一幕了。取而代之的是，輪到這Little People式的東西出場了。你不覺得是很有趣的對比嗎？」

老師一直注視著天吾的臉，浮出類似微笑的表情。

「Little People是眼睛看不見的存在。我們連那是善的還是惡的，有實體或沒實體，都不知道。不過那卻似乎確實地把我們的腳下逐漸挖空下去。」老師在這裡稍微停頓一下。「為了知道深田夫婦身上，或繪里身上發生了什麼事，我們可能必須先知道所謂的Little People到底是什麼。」

「您就是想誘出Little People是嗎？」天吾問。

「我們真的能誘出不知道有沒有實體的東西嗎？」老師說。微笑還掛在嘴角。「或許你說的『大老虎』還比較有現實性？」

「不管怎麼樣，都把繪里小姐當成誘餌的事則沒有改變。」

「不，誘餌這字眼並不妥當。在製造一個漩渦的印象比較接近。這樣一來周圍的東西可能將開始配合那漩渦而旋轉。我在等待這個。」

老師的指尖在空中慢慢旋轉。然後繼續說：

「在那漩渦中心的是繪里。在漩渦中心的東西不必動，要動的是那周圍的東西。」

天吾默默聽著他的話。

「如果讓我使用你那聳動的比喻的話，可能不只繪里，連我們全部人可能都要變成誘餌了。」然後老師瞇細了眼睛看天吾的臉。「包括你在內。」

「我只要改寫〈空氣蛹〉就行了。也就是所謂底下做事的技術人員。這是小松先生最初告訴我的說法。」

「原來如此。」

「不過，事情好像從中途一點一點改變了。」天吾說。「也就是說，是不是小松先生所擬定的原始計畫，老師又加上修正了？」

「不，我並沒有打算要加上修正。小松有小松的打算，我有我的打算。現在這兩個打算的方向性是一致的。」

「兩個人的打算結成相乘的模樣，計畫正往前進展中是嗎？」

「也許可以這麼說。」
「兩個目的地不同的人共乘一匹馬在路上往前奔馳。到某一點為止只有一條路，但往後怎麼樣就不知道了。」
「你是寫文章的，果然形容得很高明。」
天吾嘆一口氣。「我不覺得前途有多光明。不過不管怎麼樣，好像已經不能倒退了。」
「就算能往後倒退，也很難回到原來的地方吧。」老師說。
對話到這裡結束。天吾也想不到還有什麼可說的。

戎野老師先離席。說有事要到附近和人見面。深繪里還留下來。天吾和深繪里兩個人暫時面對面，沉默不語。
「肚子餓不餓？」天吾問。
「不怎麼餓。」深繪里說。
喫茶店裡人開始多起來，因此兩個人不約而同地起身離開這家店。然後漫無目的地在新宿街頭走了一會兒。時刻已經接近六點，許多人正往車站快步走著，天空還很亮。初夏的陽光正包圍著都市。從地下的喫茶店出到外面時，那明亮感覺像人工的東西般怪怪的。
「現在要去哪裡？」天吾問。
「沒有特別要去的地方。」深繪里說。
「我送妳回家好嗎？」天吾說。「我是說信濃町的公寓大廈。今天要住那裡吧？」

「不去那裡。」深繪里說。

「為什麼?」

她沒有回答這個。

「妳是說妳覺得不去那裡比較好是嗎?」天吾問看看。

深繪里默默點頭。

本來想問她,為什麼覺得不去那裡比較好,但又覺得反正可能也不會有完整的答案。

「那麼。要回老師家嗎?」

「二尾太遠了。」

「其他還有地方可去嗎?」

「到你家住。」深繪里說。

「這可能有點不方便。」天吾慎重地選擇用語回答。「很小的公寓,我一個人住,戎野老師一定也不允許這種事情吧。」

「ㄉㄠˇㄕ不在乎。」深繪里說。然後做了聳肩似的動作。「我也不在乎。」

「我可能在乎。」天吾說。

「為什麼。」

「也就是……」話說一半,但接下去的話出不來。自己剛才想說什麼呢,天吾想不起來了。跟深繪里談話時常常會這樣。自己本來想以什麼文脈說的,會瞬間消失掉。像忽然颳起一陣強風,把演奏中的樂譜吹飛掉那樣。

深繪里伸出右手，像要安慰天吾似的悄悄握住他的左手。

「你不太知道。」她說。

「例如什麼事？」

「我們變成一個。」

「變成一個？」天吾吃驚地說。

「一起寫書。」

天吾的手掌感覺到深繪里手指的力量。雖然不強，卻是均勻而確實的力量。

「沒錯。我們一起寫《空氣蛹》。被老虎吃掉時也會在一起吧。」

「老虎不會出來。」深繪里很稀奇地以認真的聲音說。

「那太好了。」天吾說。不過並沒有因為這樣而感覺幸福。雖然老虎可能不會出來，但取而代之的是不知道什麼會出來。

兩個人站在新宿車站的售票處前。深繪里仍然握著天吾的手，看著他的臉。人們從兩個人周圍像河水般快速流過。

「好吧。想住我家，就住吧。」天吾放棄地說。「我可以睡沙發。」

「謝謝。」深繪里說。

這是第一次從她口中聽到感謝的話，天吾想。不，可能不是第一次。不過以前是什麼時候聽到的，怎麼也想不起來。

第19章 青豆 分享祕密的女人們

「Little People？」青豆一面注視著少女的臉一面以溫柔的聲音問。「嘿，Little People是誰？」

不過說出這話之後，小翼就再度緊閉嘴巴，瞳孔像之前那樣失去深度。好像光為了說出那話已經耗掉大半精力了似的。

「是妳認識的人嗎？」青豆說。

還是沒有回答。

「這孩子之前也說過幾次這話。」老婦人說。「Little People。不知道什麼意思。」

Little People這字眼含有不祥的聲響。青豆的耳朵可以感覺到那微小的聲響，像聽到遠方的雷聲那樣。

青豆問老婦人：「是那Little People危害她的身體嗎？」

老婦人搖搖頭。「不知道。不過不管那是什麼，Little People式的東西對這孩子來說，具有重要意義應該不會錯。」

少女把小小的雙手整齊放在桌上，姿勢沒有改變，只以那不透明的眼睛一直注視著空中的一點。

青豆問老婦人：「到底發生了什麼事？」

老婦人以算是淡淡的語氣說：「可以看出強暴的痕跡。而且是重複多次的。外陰部和陰道有幾處嚴重裂傷，子宮內部也有傷。因為還沒完全成熟的小子宮，被成年男子堅硬的性器插入。造成卵子著床部位被嚴重破壞。醫師判斷以後就算長大了，大概也不可能懷孕。」

老婦人看來半帶刻意的，在少女面前搬出那樣活生生的事來說。小翼什麼也沒說地聽著。從表情上看不出什麼變化。有時嘴巴有微小的動作，但並沒有從那裡發出聲音。看起來她就像半禮貌性地在傾聽著有關某個遠方不認識的人的話題似的。

「不只這樣。」老婦人安靜地繼續說。「如果萬一，由於某種處置，子宮機能恢復了，這孩子以後，可能也不會希望跟誰有性行為吧。因為受到這樣嚴重的損傷，插入時應該伴隨著相當大的痛苦，而且重複過幾次。那痛苦的記憶一定不會輕易消失。妳懂我的意思嗎？」

青豆點頭。她的雙手手指，在膝蓋上緊緊交握著。

「也就是說這孩子身上所準備的卵子，已經無處可去了。那些——」老婦人往小翼的方向瞄一眼，然後繼續：「已經變成不毛的東西了。」

小翼能聽懂多少話的內容，青豆並不知道。不過不管她理解多少，她活著的感情似乎都在別的地方。至少不在這裡。在別的某個地方上了鎖的黑暗小房間裡，她的心好像收藏在那裡。

老婦人繼續：「我不是說懷孕生小孩，對女性來說是唯一的生存意義。要選擇什麼樣的人生，是每一個人的自由。但一個女性，以女性生來應該擁有的權利，卻被誰以暴力事先剝奪，則是無論如何都難以原諒的事。」

青豆默默點頭。

「當然難以原諒。」老婦人反覆說。青豆發現她的聲音輕微顫抖。似乎漸漸無法壓制感情了。「這孩子從某個地方一個人逃出來。不知道是如何逃出來的。不過除了這裡也無處可去了。因為除了這裡以外的地方，對她來說都不安全。」

「這孩子的雙親在哪裡？」

老婦人臉色為難，用指甲輕輕敲著桌面。「是知道她雙親所在的地方。不過容許這樣殘酷的行為的，就是她的雙親。換句話說這孩子是從雙親身邊逃出來的。」

「也就是說，雙親認可自己的女兒被人強暴。妳是要這樣說嗎？」

「不但認可。還獎勵。」

「為什麼會有這種事……」青豆說。後面的話說不太下去。

老婦人搖搖頭。「真過分。無論如何都不可原諒。不過這件事不是普通辦法就能解決的。這和單純的家暴情況不一樣，醫師說有必要通報警察。不過我請他不要報警。因為我跟對方交情很好，所以總算說服他了。」

「為什麼？」青豆問。「為什麼不報警呢？」

「這孩子所受到的，顯然是違背人倫的行為，是社會也不應該忽視的事情。是應該受到嚴重刑事處罰的卑劣犯罪。」老婦人一面慎重地選擇用語一面說。「但雖然如此，現在就算在這裡報了警，他們會採取什麼樣的處置呢？妳也看見了，這孩子幾乎沒辦法開口。出了事嗎？自己身上發生了什麼事呢？都沒辦法好好說明對嗎？就算能說明，也沒辦法證明那是事實。就算警察受理了，這孩子也可能會被送回去父母身邊。沒有其他地方可去，何況雙親擁有監護權。那麼如果送回給父母，可能在那裡又會重複發生同樣的事情。我不可能讓他們這樣做。」

青豆點頭。

「這孩子我要自己扶養。」老婦人斷然地說。「不送去任何地方。不管雙親或誰來，也不打算交給他們。我會把她藏到別的地方去，我要收養她、教育她。」

青豆一時之間，交互看著老婦人和少女。

「那麼，對這孩子施加性暴力的男性已經確定知道了嗎？是一個人嗎？」青豆問。

「確定了。是一個人。」

「可是不能告那個人對嗎？」

「這個男人擁有很強的影響力。」老婦人說。「非常強的直接影響力。這孩子的雙親就在那影響力之下。而且現在還在那影響力之下。他們是依照那個男人的命令行動的人。沒有人格和判斷能力的人。對他們來說那個男人所說的話絕對正確。所以聽說有必要把女兒交給他時，沒辦法反抗。對方說的話完全照聽，歡歡喜喜地把女兒雙手奉上。就算知道在那裡會做什麼也一樣。」

花了一點時間才理解老婦人所說的事情。青豆頻頻轉動腦筋，整理著狀況。

「那是什麼，特殊的團體嗎？」

「是的。共同擁有狹小而病態精神的特殊團體。」

「像狂信崇拜的邪教？」青豆問。

老婦人點頭。「是的。而且是極其惡質而危險的邪教。」

當然。那只有邪教才有可能。聽從命令行動的人們。沒有人格和判斷能力的人們。同樣的事情即使發生在我身上也不奇怪，青豆咬著嘴唇一面想。

當然「證人會」的內部實際上並沒有發生類似強暴的事件。至少在她身上，並沒有受到性方面的威脅。周圍的「兄弟．姊妹」都是很安穩而誠實的人。認真地思考信仰，尊重教義——有時是捨命式的——活著的人。不過正確的動機不一定經常都能帶來正確的結果。而且所謂強暴，標的不一定只是肉體而已。暴力不一定只採取眼睛看得見的形式，傷口不一定經常會流血。

小翼讓青豆想起自己同樣年齡時的樣子。我憑自己的意志總算脫離那裡了。可是這孩子的情況，被傷害得這麼深，可能無法復元也不一定。可能再也無法找回自然的心也不一定。想到這裡，青豆的心激烈疼痛。青豆從小翼身上看到的是，自己也可能遇到這種遭遇的模樣。

「青豆小姐，」老婦人坦白承認，「我現在才說，明知道很失禮，還是去調查過妳的身世。」

被這麼一說青豆回過神來，看看對方的臉。

老婦人說：「是第一次在這裡跟妳見面談過話之後立刻做的。但願妳不會覺得不愉快。」

「不會，我不覺得不愉快。」青豆說。「被調查身世，以我的立場來說是當然的。因為我們所做的，不是普通的事。」

「沒錯。我們所做的，是非常微妙的，走在一根鋼索上的事。所以我們不得不互相信賴。不過對方是誰，該知道而不知道，是無法信賴別人的。所以有關妳的事，我全部調查過了。從現在追溯到很久以前的過去。當然是說幾乎全部。誰也不可能知道一個人的完全全部。或許連神都不可能。」

「惡魔也不可能。」青豆說。

「惡魔也不可能。」老婦人重複說。然後浮現淡淡的微笑。「我知道妳自己少女時代，也背負過狂信崇拜的心理傷痕。妳父母親是熱心的『證人會』信徒，現在還是。而且對妳捨棄了信仰絕對不饒恕。那件事到現在還讓妳很痛苦。」

青豆默默點頭。

老婦人繼續說：「如果讓我坦白陳述意見的話，『證人會』不能算是正常的宗教。如果妳小時候受了重傷，或得了需要手術的病的話，可能已經沒命了。以違背聖經的字義為理由，而反對實行維持生命所必須的手術的宗教，除了是狂信崇拜的邪教之外什麼都不是。那是越過界線的教義濫用。」

青豆點頭。拒絕輸血的理論，是「證人會」的小孩們最初就被灌輸的想法。與其違背神的教誨去輸血而墜入地獄，不如保持清淨的身體和靈魂死去，到樂園去會更幸福，孩子們被這樣教導。在這裡沒有妥協的餘地。要下地獄或進樂園，所走的路只有二者之一。孩子們還沒有判斷能力。也無從知道這種理論在社會常識上和科學上是否正確。孩子們只能把父母教的事，原原本本照著相信。如果我小時候，被迫處於必須輸血的立場的話，我應該已經依照父母命令而選擇拒絕輸血就那樣死去了。而且被帶到所謂樂園或什麼莫名其妙的地方去了。

「那個狂信教團有名嗎？」青豆問。

「叫做『先驅』。當然妳可能也聽過這名字。因為有一陣子幾乎每天名字都上報紙。」

青豆不記得聽過那名字。不過沒說什麼只曖昧地點頭。因為覺得這樣比較好。她發覺自己似乎不是活在本來的1984年，而是活在加上幾個變化的1Q84的世界。雖然只是假設，不過真實感卻日漸增加了。而且那個新世界好像還有很多資訊她都還不知道。她必須非常小心才行。

老婦人繼續說：「『先驅』本來從小小的農業公社開始，以從都市逃出的新左翼團體為核心營運著，但從一個時間點開始忽然轉變方向，變成宗教團體。轉向的理由和經過都不太清楚。要說奇怪也真奇怪。不過不管怎麼樣大部分成員似乎就那樣留在那裡。現在已經得到宗教法人的認證，但那教團的實體幾乎沒有讓世間知道。基本上據說是屬於佛教的密教系統，但教義內容可能像紙糊的東西那樣。不過這個教團迅速獲得信徒，繼續壯大起來。雖然跟那樣重大的事件有某種關聯，但教團的形象完全沒有受到損傷。因為他們非常漂亮地把事情解決掉。而且不如說反而得到宣傳效果。」

老婦人喘一口氣後再繼續說：

「世間雖然幾乎都不知道，但這個教團有一個被稱為『領導』的教祖。他被視為擁有特殊能力。有時還用那能力治療疑難雜症，能預言未來，產生各種超常現象。當然一定都是些技巧高明的詐騙手法，也因為這樣，很多人都聚集到他身邊去。」

「超自然現象？」

老婦人把形狀漂亮的眉頭皺起來。「那意味著什麼嗎？具體上的事情我也不清楚。明白說，我對這種狂信的東西完全沒有興趣。從很久以前開始世界就到處充斥著和這同樣的詐欺行為。不管在什麼時代，手法都相同。雖然如此，那樣卑鄙的騙術依然不見衰退。世間大多數人不是相信真相，而寧願相信希望是真相的事情。這些人，不管把兩眼睜得多大，其實都沒看見任何東西。以這些人為對象進行詐欺，簡直不費吹灰之力。」

「先驅。」青豆試著說出口。聽起來好像特快車的名字，她想。感覺不像宗教團體的名字。

「先驅。」聽到這名字，小翼好像反應其中祕藏著的特別音響似的，瞬間低下眼睛。但立刻又抬起眼睛，恢復和先前同樣沒有表情的臉。看起來好像她心中突然捲起一個小漩渦，然後立刻又靜下來似的。

「那所謂『先驅』教團的教祖，強暴了小翼。」老婦人說。「以賦予靈的覺醒為藉口，強行要求。對雙親說在初潮之前，必須完成那樣的儀式。只有那樣尚未污染的少女，才能給予純粹的靈的覺醒。這時候所產生的激烈疼痛，是為了升上更高一級，無可避免的關卡。雙親就那樣信了。人類能夠有多愚蠢，實在到了令人吃驚的地步。不只是小翼的例子而已。根據我們所得到的資訊，教祖對教團內其他少女也做過同樣的事情。教祖是擁有扭曲性癖好的變態者。毫無懷疑的餘地。教團和教義，只不過是隱藏那樣的個人欲望的方便外衣而已。」

「那位教祖的名字叫什麼？」

「很遺憾名字還不知道。只知道大家稱他為『領導』。是什麼樣的人物，什麼樣的經歷，臉長成什麼樣子都不清楚。怎麼搜尋，資訊都出不來。完全被封鎖。他躲在山梨縣的山中教團總部，幾乎沒有出現在人前。教團中也只有少數人才能見到他。據說他經常在昏暗的場所，在那裡冥想。」

「而我們無法放任那個人物撒野不管。」

老婦人看一眼小翼，然後慢慢點頭。「不能再增加犧牲者了。妳不覺得嗎？」

「換句話說，我們不得不採取什麼手段。」

老婦人伸出手，疊在小翼的手上。暫時陷入沉默中。然後才開口說：「沒錯。」

「說他重複做那樣的變態行為，確實是真的嗎？」青豆問老婦人。

老婦人點頭。「關於少女們的強暴，是以整個組織在參與進行的，確實有經過確認。」

「如果真是那樣，確實難以原諒。」青豆以安靜的聲音說。「正如您所說的，不能再增加犧牲者了。」

老婦人心中似乎糾纏著幾種念頭，正互相鬥爭。然後她說：

「關於這個叫做領導的人物，我們有必要知道得更詳細、更深入。不能留下曖昧的地方。畢竟事關人命啊。」

「那個人幾乎不出來外面嗎？」

「是的。而且可能戒備森嚴。」

青豆瞇細了眼睛，腦子裡浮現藏在衣櫥的抽屜深處，特製的冰錐。那尖銳的針尖。她說：「這工作似乎很難。」

「特別困難的工作。」老婦人說。然後放開疊在小翼手上的手，用那中指輕輕觸摸眉毛。那是表示老婦人——雖然不那麼常——正在認真思考什麼的動作。

青豆說：「我一個人到山梨縣的山中去，偷偷潛入戒備森嚴的教團中，把那個領導處理掉，再從那裡大大方方地出來。現實上好像很難。如果是忍者的電影還有可能。」

「我沒有想到要妳做到那個地步，當然。」老婦人以認真的聲音說。然後好像才想到那原來是開玩笑，嘴角加上淡淡的笑意。「那種事情不用說。」

「還有一件事我想不通。」青豆一面注視著老婦人的眼睛說。「就是關於Little People。Little People到底是什麼？他們到底對小翼做了什麼？關於這Little People的資訊，可能也有必要。」

老婦人手指還碰著眉毛說。「我也很在意那個。這孩子幾乎不開口，但就像剛才說的那樣，口中說過幾次Little People這個字。可能是有什麼重大意義吧。不過她並沒有告訴我Little People是什麼樣的東西。一提到這個，嘴巴就緊緊閉起來。請再給我一點時間。關於這件事我想再調查看看。」

「關於『先驅』，我想獲得更詳細的資訊，妳心裡有譜嗎？」

老婦人露出安穩的微笑。「沒有任何有形的東西，是錢買不到的。而我已經準備好大把鈔票。尤其關於這次的事件。可能要花一點時間，不過必要的資訊一定能到手。」

不管準備了多少錢，還是有買不到的東西，青豆想。例如月亮。

青豆改變話題。「妳真的打算領養小翼，把她扶養長大嗎？」

「當然是認真的。我想正式收為養女。」

「我想妳也知道，法律上的手續沒那麼簡單。因為畢竟還出了事。」

「當然我有心理準備。」老婦人說。「我會用盡辦法。只要我做得到的都會做。這孩子我不會交給任何人。」

老婦人的聲音中含有痛切的語氣。她在青豆面前從來沒讓感情這樣外露過。這讓青豆有點擔心。老婦人似乎讀出青豆表情中的這種驚懼。

她像坦然告白般，降低聲音說：「我從來沒有對誰說過這件事。到目前為止一直只藏在我心裡。因為說出口太難過了。老實說，我女兒自殺的時候已經懷有身孕了。六個月的身孕。我女兒可能不想生那個男人的孩子吧。所以把胎兒一起帶著走上絕路。如果順利生下來，應該和這孩子同樣年齡了。那時候我同時失去兩條寶貴的生命。」

「真可憐。」青豆說。

「不過請放心。我不會讓這種個人的因素，模糊了我的判斷力。我不會讓妳暴露在無用的危險中。妳對我來說也是重要的女兒。我們已經是一家人了。」

青豆默默點頭。

「有比血緣關係更重要的聯繫。」老婦人以安靜的聲音說。

青豆再點一次頭。

「那個男人無論如何都必須抹殺。」老婦人好像說給自己聽似地說。然後看青豆的臉。「可能的話有必要在快一點的機會，將他移到別的世界去。趁那個男人還沒再傷害別人之前。」

青豆望著坐在桌子對面的小翼的臉。那瞳孔的焦點沒有聚在任何一點上。她所望著的，只是虛擬的一點而已。在青豆的眼裡看來那個少女甚至像某種昆蟲褪去的空殼般。

「不過同時，事情也急不得。」老婦人說。「我們必須很注意，很有耐心才行。」

青豆把老婦人和名叫小翼的少女留在房間，自己一個人離開公寓。老婦人說，要陪在小翼身旁直到她睡著。一樓的客廳裡，四個女人正圍著圓桌，額頭靠近地，小聲說著悄悄話。在青豆眼裡，那並不像現實的風景。她們看來好像正在畫一幅虛構的畫。標題可能是「分享祕密的女人們」。青豆從前面通過時，她們所形成的構圖並沒有因而改變。

青豆在玄關外彎下身，摸了一會兒德國牧羊犬。狗興奮地猛搖尾巴。她每次見到狗，就覺得很不可思議，為什麼狗能這樣無條件地感覺到幸福呢？青豆從出生到現在，從來沒有養過狗、貓或鳥。也沒有買過一盆盆栽。然後她忽然想到，抬頭看天。但天空好像要讓人聞到梅雨季將來臨般，覆蓋著平板的灰色的雲，沒辦法看到月亮。無風的安靜夜晚。可以略微感覺到雲層深處有月亮透出來的光，但無法知道有幾個月亮。

青豆一面走到地下鐵車站，一面尋思著世界有多奇妙。就像老婦人說的那樣，如果我們只是單純的遺傳因子的載體的話，我們之中不少人為什麼非要採取奇怪的形式走過人生不可呢？我們為什麼不簡單地活著過簡單的人生，不要胡思亂想，專心維持生命努力生殖就好呢，這不是已經充分達到他們所謂傳遞ＤＮＡ的目的了嗎？人們何苦活得曲曲折折，辛苦麻煩，甚至只令人感覺異樣的各種人生，這對遺傳因子有多少好處呢？

藉由侵犯初潮前的少女來找到樂趣的男人，肌肉發達的同性戀保鑣，拒絕輸血選擇死亡的虔誠信徒，懷孕六個月仰藥自盡的女人，以尖針刺殺問題男人脖子的女人，恨女人的男人，恨男人的女人。這些人存在這個世界上，能為遺傳因子帶來多大利益呢？遺傳因子們對這些曲曲折折的插曲，會當成多彩多姿的刺激來享受，或為了某種目的而拿來利用嗎？

青豆不知道。她所知道的，只有事到如今已經沒有其他人生可以選擇了而已。不管怎麼樣，我只能在這個人生這樣活下去。總不能退貨換一個新的人生。那不管是多奇怪的人生、形狀多歪斜的東西，就是所謂我這個載體，這個運輸工具的生來模樣。

老婦人和小翼能幸福固然最好，青豆一面走一面想。甚至想到如果兩個人真的能幸福的話，自己犧牲掉都沒關係。因為我自己並沒有值得一提的未來。不過老實說，青豆也不認為，她們今後，能過著平穩滿足的人生——或至少普通的人生。我們多多少少是同類。青豆想。我們在人生的過程中，各自背負著過重的包袱。就像老婦人說的那樣，我們像一個家族那樣。一個內心擁有深深傷痕這個共通項目，抱著某種缺陷，繼續沒有終了的戰爭的擴大家族。

在思考著這種事情之間，青豆發現自己強烈地渴望男人的肉體。怎麼這麼唐突，為什麼會在這樣的時候想要男人呢？她一面走一面搖頭。那性慾的昂揚是由於精神的緊張所帶來的嗎？或是她體內儲存的卵子們所發出的自然呼聲？或是遺傳因子曲折的企圖呢？青豆無法判斷。不過這慾望似乎相當根深柢固。如果是Ayumi的話，一定會用「啪一下，來痛快地玩一場！」來表現吧。青豆尋思著怎麼辦？到每次的酒吧去找個適當的男人也好。到六本木地下鐵只有一站。不過青豆太累了。而且沒有穿上足以引誘男人的服裝，也沒有化妝，穿著運動鞋，拿著塑膠健身提袋。回家去開一瓶紅葡萄酒，自慰然後睡覺吧，她想。那樣最好。而且不要再想月亮的事了。

從廣尾到自由之丘，電車上坐在對面座位的男人，看起來就是青豆喜歡的類型。年齡大約四十五左右，雞蛋形臉，額頭髮際有幾分後退。頭形不錯。臉頰血色很好，戴著細黑框眼鏡。服裝也俐落。夏季薄棉罩衫，白色Polo衫，皮製文件皮包放在膝上。腳上穿著茶色Loafers輕便皮鞋。看來就像上班族，但服務的單位不像堅實的公司。可能是出版社的編輯，或小建築師事務所上班的建築師，或和成衣業有關的地方。他正熱心地看著封面套著書衣的文庫本書籍。

可能的話，青豆很想跟這個男人到什麼地方去，激烈地做愛。她想像著自己緊緊握著那個男人硬起來的陰莖的情景。想握緊得血流都快停止的地步。然後另一隻手，則溫柔地撫摸兩個睪丸。她的雙手在膝蓋上蠢蠢欲動。不知不覺間手指張張合合。每次呼吸，肩膀就一上一下。用舌尖慢慢舔著自己的嘴唇。

但她不得不在自由之丘下車。對方那個男的並不知道自己成為性幻想的對象，就那樣坐在位子上，繼續讀著文庫本，不知道要坐到哪裡。好像完全不關心對面坐著什麼樣的女人。下電車時，青豆衝動地想把那無聊的文庫本搶過來，不過當然作罷了。

凌晨一點，青豆在床上深深睡著。她作著性感的夢。在夢中她擁有葡萄柚般大小和形狀的一對美麗乳房，乳頭堅硬、巨大。她把那乳房壓在男人的下半身上。衣服脫掉丟在腳邊，她赤裸地張開腳睡著。正在睡覺的青豆不可能知道，不過這時候天空也並排浮著兩個月亮。一個是向來就有的大月亮，另一個是新的小月亮。

小翼和老婦人都在同一個房間裡睡著了。小翼穿著格子紋新睡衣，在床上把身體蜷縮成小小的睡著。老婦人穿著原來的衣服，躺在讀書用的椅子上睡著了。她的膝上披著毛毯。本來打算等小翼睡著自己就回去的，卻就那樣睡著了。高地深處的公寓周圍，靜悄悄的。只偶爾聽得見遠方街上提高速度通過的機車尖銳的排氣聲，和救護車的警報聲而已。德國牧羊犬也在玄關的門前蹲踞般睡著。窗戶的窗簾拉上，水銀燈的燈光將窗簾染成白色。雲開始裂開，兩個並排的月亮偶爾從雲間露出臉來。全世界的海正調整著海潮的水流。

小翼的臉頰緊緊貼著枕頭，嘴唇輕輕張開地睡著。呼吸聲不能再輕的輕。身體幾乎看不出有動。只有肩膀偶爾輕微縮緊地顫抖一下而已。劉海垂在眼睛上。

她的嘴終於慢慢張開，從那裡，Little People一一出來。他們一面窺探著周圍的樣子，一面小心地一個人，又一個人地現身出來。老婦人如果醒來的話，應該就可以看見他們的身影了，可惜她睡得很沉。一時之間還不會醒來。Little People知道這個。Little People的人數總共五個。他們從小翼的嘴裡出來的時候，只有小翼的小指頭那麼大，但完全出來之後，卻像摺疊式的道具打開時那樣，身體拉拉扯扯地蠢動幾下，就變成三十公分左右那麼大了。全都穿著沒有特色的一樣的衣服。容貌也沒有特徵，沒辦法分辨哪個是哪個。

他們從床上悄悄下到地上，從床下拉出一個肉包子般大小的物體。然後在那周圍圍成一圈，全體很認真地開始捏弄起來。那是個白色、富有彈性的東西。他們手伸向空中，從那裡以熟練的手勢抽出白色半透明的絲線，用那個，讓那輕飄飄軟綿綿的物體逐漸加大。那絲線看起來好像有適度的黏性。他們的身高在不知不覺之間已經變成將近六十公分。原來Little People的身高，可以因需要自由改變。

工作持續了幾小時，五個Little People一句話也沒說，專心地工作著。他們的團隊作業非常緊密，沒有缺陷。在那之間小翼和老婦人，始終沒動地繼續沉沉睡著。庇護所的其他女人們，也全都在各自的床上睡得比平常更熟。德國牧羊犬好像正夢見什麼，身體趴在草坪上，從無意識的深處擠出微小的聲音。

頭上兩個月亮好像約好了似的，以奇妙的光照著世界。

第20章 天吾

可憐的吉利亞克人

天吾睡不著。深繪里躺在他的床上，穿著他的睡衣，深深地睡著。天吾在小沙發上簡單地鋪了床單（他常常在那張沙發上睡午覺，所以沒什麼不方便），躺下來也完全沒有睡意，所以到廚房的桌子上繼續寫長篇小說。因為文字處理機放在臥室，所以就用原子筆寫在報告紙上。這對他也不覺得特別不方便。以寫的速度和便於保存紀錄來說，文字處理機確實很方便，但他一直很愛親手拿筆把字寫在紙上這種古典的行為。

天吾半夜寫小說，算是很稀奇的事。他喜歡在外面還亮著的時候，人們還很平常地在外頭走動的時間工作。在周圍被黑暗包圍的更深夜靜的時候寫，文章有時候會變得過於濃密。夜晚所寫的東西，到了白晝的光線下，常常不得不從頭改寫。如果要這麼麻煩的話，不如一開始就在明亮的時間寫文章會比較好。

不過很久沒有在半夜寫了，用原子筆寫著字時，頭腦轉動得很滑順。想像力伸出手腳，故事自由地流出來。一個創意自然地連接到另一個創意。那流動幾乎沒有斷。原子筆的尖端不休息地繼續在白紙上發出頑固的聲音。手累了就放下原子筆，像鋼琴家在練習虛構的音階般，右手指在空中動著。時鐘的針指著將近一點半。外面的聲音不可思議地聽不見。覆蓋在都市上空的厚厚的棉花般的雲，大概把多餘的聲音給吸掉了。

然後他再度拿起原子筆，在報告紙上排出字句。在寫著文章的途中，忽然想起來。明天是年長的女朋友要來這裡的日子。她經常在星期五上午的十一點前後來。在那之前必須把深繪里送到什麼地方去。幸虧深繪里沒有用香水或古龍水。如果有誰的氣味留在床上，她應該會立刻發現吧。天吾非常了解她的個性是非常小心，嫉妒心非常強的。自己常常跟丈夫做愛沒關係。但天吾如果跟別的女人出去的話，就會認真地生氣。

「夫婦之間的做愛，說起來又有點不同。」她說明。「那就像是另一筆帳一樣。」

「另一筆帳？」

「項目不同的意思。」

「是說用不同的心情嗎？」

「是啊。所用的肉體地方雖然相同，但因心情不同而分開使用。所以沒關係呀。以一個成熟的女性，我可以辦到這個。不過我可不許你跟別的女孩子睡覺。」

「我不會。」天吾說。

「就算你沒有跟別的女孩子做愛，」女朋友說，「光想到有這個可能性，我就覺得好像被侮辱了。」

「只為了有可能性嗎？」天吾吃驚地問。

「你好像不太了解女人的心情。還寫小說呢！」

「這樣子，我覺得相當不公平。」

「也許是。不過我會好好補償你。」她說。那倒沒說謊。

天吾對和這位年長女朋友的關係感到滿足。她以一般的意義來說並不算美女。容貌算屬於比較有特色的。或許也有人會認為醜。不過天吾不知道為什麼從一開始就喜歡她的長相了。以性伴侶來說她也無可挑剔。而且對天吾沒有要求很多。每星期一次，在一起度過三小時或四小時，用心做愛。可能的話做兩次。不接近別的女性。天吾被要求的基本上只有這樣。她很重視家庭，並無意為天吾破壞它。只是和丈夫的做愛無法得到完全的滿足而已。兩個人的利害大約一致。

天吾對其他女性並沒有特別感到慾望。他最想要的是自由和固定的時間。只要能確保有機會可以定期做愛的話，對女性就沒有別的要求了。和同年齡的女性認識、戀愛、擁有性關係，必然會帶來責任，那是他不太歡迎的。必須經歷的幾個心理階段，對可能性的暗示，感情和想法上不可避免的衝突……這一連串的麻煩希望盡可能不必背負。

責任和義務的觀念，經常讓天吾害怕、畏縮。他一面巧妙地避開必須站在負責任的立場，一面度過他過去的人生。不牽涉到複雜的人際關係，盡量避免被規則綁住，不發生借貸關係，一個人自由而安靜地活著。這是他一貫繼續追求的事情。為了這個他也準備忍受大多的不自由。

為了逃避責任和義務，天吾從人生的很早階段就學會讓自己不顯眼的方法。在人前只使出能力的一小部分，不發表個人意見，避免站在人前，努力讓自己的存在感盡量淡化。他從小就被放在不依賴誰，不得不只靠自己一個人的力量生存下去的處境。但小孩現實上並沒有力量。所以一旦颳起強風時，就不得不躲在什麼後面抓住什麼東西，以免被吹走。腦子裡經常要有這種打算。就像狄更斯的小說中所出現的孤兒們那樣。

到目前為止，對天吾來說事情大體上還算順利。他和所有的責任義務一直都錯身而過。沒有留在大學，沒有正式就業，也沒有結婚，選擇比較自由的職業，找到可以滿足（而且要求少）的性伴侶，利用充足的餘暇寫小說。遇到小松這樣的文學導師，託他的福而定期得到一些文字工作。寫出來的小說雖然還未見天日，不過目前的生活並不成問題。既沒有好朋友，也沒有必須履行約定的戀人。過去交往過十個左右的女性，有過性關係，但和誰都不長久。不過至少他是自由的。

然而自從著手改寫深繪里的〈空氣蛹〉原稿以來，他那種平穩的生活也看出幾個破綻來了。首先他幾乎是被勉強拉進小松所擬的危險計畫中。那位美少女個人從不可思議的角度動搖他的心。而且由於改寫〈空氣蛹〉，天吾心中似乎產生了某種內在的變化。因此他開始被一股想寫自己的小說的強烈欲望所驅使。這當然是好的改變。但同時，他到目前為止所維持的幾近完美的自給自足的生活循環，卻被迫起了某種改變也是事實。

無論如何，明天是星期五，女朋友會來。在那之前不得不把深繪里送到什麼地方去。

深繪里起來是凌晨兩點過後。她穿著睡衣打開門走進廚房。並用大玻璃杯喝了水龍頭的水。然後一面揉著眼睛一面在天吾所坐的桌子對面坐下。

「我打擾你了。」深繪里照例以沒有問號的疑問句問。

「沒關係呀。沒什麼打擾的。」

「在寫什麼。」

天吾把報告紙闔起來，放下原子筆。

「沒什麼。」天吾說。「而且正想差不多要停筆了。」

「可以在一起一下。」她問。

「沒關係呀。我想喝一點葡萄酒，妳想喝什麼嗎？」

少女搖搖頭。表示什麼也不要。「我想在這裡坐一下。」

「好啊，我也還沒睡。」

天吾的睡衣對深繪里來說太大，所以她把袖子和褲管大大地摺起來穿。一彎身，領口就可以看到乳房的隆起部分。看到穿著自己睡衣的深繪里的姿態，天吾呼吸困難起來。他打開冰箱，把瓶底剩的葡萄酒酒注入玻璃杯。

「肚子餓嗎？」天吾問。回公寓的途中，兩個人走進高圓寺車站附近的小餐廳吃了義大利麵。量不太多，而且時間已經過很久了。「我可以幫妳做三明治，或那類簡單的東西。」

「我肚子不餓。不如，你寫的東西讀給我聽。」

「我現在寫的嗎？」

「對。」

天吾拿起原子筆，夾在手指之間轉著。那在他的大手中看起來非常小。「不寫到最後，好好重新修改好之後，稿子是不能給別人看的。這是Jinx，會帶來厄運。」

「Jinx。」

「算是個人的原則。」

深繪里看了天吾的臉一下。然後把睡衣領口合攏。「那你讀什麼書吧。」

「讀書給妳聽才能睡著嗎？」

「對。」

「那麼戎野老師常常讀書給妳聽嗎？」

「ㄉㄠˋ ㄕ經常到天亮還沒睡。」

「《平家物語》也是老師讀給妳聽的嗎？」

深繪里搖頭。「那是從錄音帶聽的。」

「那樣就記起來了。可是相當長的錄音帶吧？」

深繪里用雙手表示錄音帶堆積起來的高度。「非常長。」

「記者會上妳背誦了哪一部分？」

「判官都落。」

「源義經滅亡平氏之後，卻被兄長賴朝追捕離開京都的那段。戰爭獲勝的一族裡卻展開骨肉之爭。」

「對。」

「妳還能背誦哪一個部分？」

「說說看想聽的部分。」

天吾試著回想《平家物語》有哪些插曲。因為故事太長了，有無數精彩的插曲。天吾隨便說了「壇浦合戰」。

深繪里默默集中精神二十秒左右，然後開始背誦。

源氏之士兵們，既已登上平家之舟，
水手、舵手，盡皆被射殺、砍殺，
舟尚不及調轉方向，人已倒臥舟底。
新中納言知盛卿，乘小舟參天皇之御舟
曰：「世上今已至此，大勢已去，宜皆投海。」
隨即奔走船尾船頭，掃除、擦拭、集塵、親自打掃。
女眷們聲口問道：「中納言殿下，戰事如何？如何？」
曰：「各位可難得一見東國武士耶。」哈哈大笑起來，
「值此緊要關頭，何開此玩笑。」口口聲聲尖聲呼叫。

二位尼殿下（譯注：幼帝外祖母）見狀，
思量平日早已覺悟，
遂取深灰色夾衣披頭上，練絹高束腰際，
神璽插腋下，寶劍配腰間，抱起幼帝曰：

「吾身雖為女子，不落敵手，將陪伴君側

忠心伴君人等，宜速續跟上。」遂移步舟邊。

幼帝，今年雖僅八歲，遠較年齡成熟穩重，

龍顏端麗，周邊光輝照耀，烏溜溜長髮，披垂御背。

幼帝御樣驚動曰：「奶奶，欲帶吾前往何處？」

二位尼殿下轉向幼帝，強忍淚曰：

「君有所不知，

因前世所行十善戒行之力，今生貴為萬乘之尊，

然因惡緣牽累，氣運已盡。

今宜先朝東方，向伊勢大神宮告辭，

後將蒙西方淨土來迎菩薩相迎，可朝西方唸佛，

此國乃粟散邊地，誠令心憂，

吾將伴君前往極樂淨土妙境。」

如此涕泣陳訴，

遂將山鳩色御衣結幼帝鬢頰，

御淚不止，小巧可愛御手合十，

先朝東伏拜，向伊勢大神宮告辭，

後再朝西唸佛，

二位尼殿下終安慰幼帝曰：

「浪下亦有都城。」

遂沉入千尋海底。

閉著眼睛，聽她背誦物語時，很有傾聽盲目琵琶法師說書般的趣味。《平家物語》本來就是口傳敘事詩，天吾重新注意到這點。深繪里平常說話方式非常平板，幾乎聽不出強弱和抑揚頓挫，然而一開始朗誦起物語時，那聲音卻鏗鏘有力，而且變得充滿豐富色彩。甚至令人感覺好像有什麼附在她身上似的。一一八五年在關門海峽所進行的悲壯海戰的模樣，在這裡鮮明地復甦。平氏的敗北已成定局，平清盛的妻子時子抱著幼小的安德天皇入水投海自盡。女官們也不願意落入東國武士的手中，紛紛跟進。知盛隱藏起悲痛之情，語帶玩笑地慫恿女官們自盡。這樣下去妳們會嘗到人間地獄的滋味。不如就在這裡自絕生命。

「要繼續聽更多。」深繪里問。

「不，到這裡就好。謝謝。」天吾還發呆地說。

新聞記者們驚訝得說不出話的心情，天吾也很能理解。「可是，怎麼能記得這麼長的文章呢？」

「錄音帶聽很多次。」

「錄音帶聽很多次，一般人也實在記不得。」天吾說。

然後他忽然想到。這個少女因為不能讀書，所以耳朵聽到的事情就那樣記憶起來的能力，可能比別人發達。就跟學者症候群（savant syndrome）的孩子們，可以瞬間將龐大的視覺資訊完全記憶起來一樣。

「希望你朗讀書。」深繪里說。

「什麼樣的書好呢？」

「你有剛才和ㄌㄠˇㄕ談到的書。」深繪里問。「有Big Brother出現的書。」

「《一九八四年》嗎？不，這裡沒有。」

「什麼樣的故事。」

天吾想起小說的情節。「這只是很久以前，在學校圖書館讀到的，所以細節不太記得，總之這本書是一九四九年出版的，在那個時間點寫一九八四年是很遠的未來。」

「就是今年。」

「對，今年正好是一九八四年。未來也有一天會成為現在。而且立刻會成為過去。喬治・歐威爾在那本小說中，把未來描寫成被全體主義所支配的黑暗社會。人們被所謂Big Brother的獨裁者嚴格管理。資訊被限制，歷史不斷被改寫。主角在公家機關上班，好像是在改寫語言的部門工作。新歷史寫出來後，舊的歷史全都廢棄掉。配合這個語言也改過，現在的語言意思也會改變。因為歷史太頻繁改寫了，不久誰也不知道什麼才是真相。也不知道誰是敵人誰是友方了。這樣的故事。」

「改寫ㄌㄧˋㄕˇ。」

「剝奪正確的歷史，就像剝奪人格的一部分一樣。那是犯罪。」

深繪里思考了一下這個。

「我們的記憶，是由個人性的記憶，和集合性的記憶合起來所形成的。」天吾說。「這兩者密切糾纏在一起。而歷史就是集合性的記憶。如果這個被剝奪了，或竄改了，我們就沒辦法維持正當人格了。」

「你也在做改寫。」

天吾笑著喝一口葡萄酒。「我只是把妳的小說整理得方便閱讀而已。這和改寫歷史是相當不同的。」

「可是現在這裡沒有那本Big Brother的書。」她問。

「很遺憾。所以沒辦法讀給妳聽。」

「其他的書也可以。」

天吾走到書架前，看看書的書背。到目前為止讀了很多書，但擁有的書卻很少。他不喜歡自己家裡放很多東西，不管是什麼。所以讀過的書除非是特別的東西，都拿去舊書店。只買立刻能讀的書，重要的書就熟讀多次牢記在腦子裡。其他必要的書則到附近的圖書館去借來讀。

選書花了一點時間。因為不習慣發出聲音讀書，所以不知道到底什麼樣的書適合朗讀。猶豫了一陣子之後，拿出上星期剛讀完的契訶夫的《薩哈林島》(庫頁島)。因為在興趣濃厚的地方貼了標籤，所以可能可以只挑出適當的地方來朗讀。

在出聲朗讀之前，天吾簡單說明了一下那本書。一八九〇年契訶夫到薩哈林旅行時，才三十歲。屬於托爾斯泰和杜斯妥也夫斯基下一個世代，是個受到高度評價的年輕新秀作家，在首都莫斯科過著華麗生活的都會人契訶夫，為什麼會決心一個人獨自到薩哈林這樣的邊陲之地，在那裡長期逗留呢？誰也不知道真正的原因。薩哈林主要是開發為流放地的地方，對一般人來說只有象徵著不祥和悽慘而已。而且當時因為沒有西伯利亞鐵路，所以他必須駕著馬車跑四千多公里，穿過極寒冷的荒地才能到達。這種苦行對於他本來就不強壯的身體，毫不容情地造成傷痛。而契訶夫結束長達八個月的極東之旅後，把結果寫成《薩哈林島》這本書，這樣的舉動卻令許多讀者不解。因為那是將文學性要素極端抑制的，接近實務性調查報告的地誌。周圍的人紛紛耳語：「為什麼契訶夫要把身為作家的重要時期，拿去做那樣沒有用處、而沒有意義的事情呢？」評論家之中有人斷定：「這只是以探討社會情況為幌子的單純賣名行為。」也有人提出：「大概是沒有東西可寫了，去尋找寫作素材。」的意見。天吾把書上附的地圖給深繪里看，告訴她薩哈林的位置。

「為什麼契訶夫會去薩哈林。」深繪里問。

「妳是問我對這個怎麼想嗎？」

「對。你讀過這本書。」

「讀過啊。」

「怎麼想。」

「契訶夫自己可能也不太清楚正確的理由。」天吾說。「或者，只是單純地想到那裡去而已。在看著地圖上的薩哈林的形狀之間，就沒來由地忽然蠢蠢欲動開始想去那裡了，這樣。我也有類似的體驗。在看著地圖之間，有時候就會開始產生『不管怎麼樣，一定要去這裡看看』的心情。而且不知道為什麼，很多情況，那裡碰巧都是極偏僻的地方。總之忍不住非常想知道那裡有什麼樣的風景，那裡在進行著什麼事情。就像出麻疹一樣。所以無法向別人指出那熱情的出處。只是純粹意義上的好奇心。無法說明的突發靈感。當然當時從莫斯科到薩哈林旅行是超越想像的困難行程，所以以契訶夫的情況，我想或許理由不只這樣而已。」

「例如。」

「契訶夫除了是小說家之外，同時也是醫師。所以他以一個科學家的身分，或許想對俄國這個巨大的國家的患部之類的東西，以自己的眼睛檢查一番。對於自己是住在都會的新銳作家的事實，契訶夫感到不自在。對莫斯科的文壇氣氛感到厭煩，對動不動就互扯後腿，裝模作樣的文學夥伴們也無法親近。對居心不良的評論家只覺得厭惡。到薩哈林旅行可能是為了洗清這樣的文學污垢的，一種巡禮性的行為。而且薩哈林，在許多意義上把他壓倒了。所以契訶夫，並沒有寫出任何一篇以薩哈林旅行為題材的文學作品，不是嗎？而且那患部，說起來已經成為他身體的一部分了。或許那才正是他所追求的東西。」

「這本書很有趣。」深繪里問。

「我讀了覺得很有趣。寫了很多一長串的實務性數字和統計，就像剛才說的那樣不太有文學性色彩。反倒把契訶夫科學家的一面濃厚地表現出來。不過我從這種地方，可以讀出契訶夫這個人的潔淨的決心似的東西。而且混合著這種實務性記述，在一些地方穿插的人物觀察和風景描寫令人印象非常深刻。話雖如此，光是排列出事實的實務性文章也不壞。依情況的不同還相當漂亮。例如描寫吉利亞克人的那一章。」

「吉利亞克人。」深繪里說。

「所謂吉利亞克人，是俄羅斯人來殖民的更久之前，就住在薩哈林的先住民。本來住在南方，但被來自北海道的愛奴人驅逐出去之後，開始在中央地帶住下來。本來就是被愛奴人與大和人驅趕才從北海道移來的啊。契訶夫就近觀察薩哈林島上由於俄羅斯化而急速喪失的吉利亞克人的生活文化，企圖盡量正確地書寫保存下來。」

天吾翻開寫著有關吉利亞克人的篇章來讀。為了讓聽的人容易了解，有時一面把文句適度省略、變更著讀。

吉利亞克人個子結實，體格壯碩，與其說中等身材不如說個子矮小。如果個子高大的話，可能在密林裡會感覺拘束。骨骼粗、肌肉密實附著的末端骨、脊椎、關節等，都顯著發達是其特徵。這件事，令人聯想到強壯的肌肉，和必須和自然不斷緊張鬥爭的背景。身體瘦瘦屬於肌肉體質，沒有皮下脂肪。看不到肥胖的吉利亞克人。很顯然，所有的脂肪都為了維持體溫而消耗掉。為了補充因氣溫極低和溼度極高所消耗的脂肪，薩哈林的人必須在體內製造出足夠的體溫。這麼想來，大概就可以理解為什麼吉利亞克人需要從食物中獲取那麼多脂肪了。油脂豐富的海豹肉、鮭魚、蝶鮫和鯨魚的脂肪，血淋淋的肉等，這些全都以生吃、曬乾，甚至更多是冷凍起來，大量地吃，由於這種粗雜吃法，使得和咬筋密接的地方都異常發達，牙齒都磨損得非常嚴重。雖然經常肉食，但偶爾，在家用餐，一起熱鬧飲酒時，會在肉和魚上搭配滿洲大蒜和草莓。根據俄國探險家Gennady Ivanovich Nevelskoy的證言，吉利亞克人把農業視為極大的罪惡，他們相信如果開始挖掘土地，種植什麼的話，那個人一定會死掉。不過俄國人教他們吃的麵包，則樂於當美食來吃。現在在亞歷山德羅夫和路易柯夫斯克，遇見腋下抱著巨大圓麵包走著的吉利亞克人也已經不稀奇了。

天吾讀到這裡停下來，喘一口氣。無法從一直入神聽著的深繪里臉上，讀取她的感想。

「怎麼樣，要再多讀一點？還是要換別本書？」他問。

「想多知道吉利亞克人的事。」

「那麼我就繼續讀。」

「到床上躺下沒關係。」深繪里問。

「可以呀。」天吾說。

於是兩個人移到臥室。深繪里在床上躺下，天吾把椅子搬過來在旁邊坐下。然後開始繼續讀。

因為吉利亞克人絕對不洗臉，因此連人類學者，都很難斷言，他們原來的膚色是什麼色。也不洗內衣，皮膚、衣服和鞋子，就像才剛剛從死掉的狗身上剝下來的樣子。吉利亞克人本身，也發出令人窒息作嘔的惡臭，靠近他們的住居時，就會有魚乾、腐魚的殘渣等，不快的，有時是難以忍受的氣味而立刻知道他們的住居就在附近。任何房子旁邊，都有供密密排列著剖成兩片的曬魚乾的場所，那從遠處看起來，尤其是在太陽照射下，簡直就像各色珊瑚線般。在這些曬場附近，Krusenstern看到地面滿滿覆蓋著三公分左右厚的，無數蛆蟲。

「Krusenstern。」

「我想是初期的探險家。契訶夫很用功，他把以前有關薩哈林所有的書都讀遍了。」

「繼續讀吧。」

到了冬天，從小房舍冒出許多從爐灶升起的嗆喉的煙，此外，吉利亞克人，連妻子小孩，也都在抽菸。關於吉利亞克人的病弱模樣和死亡率完全沒有明白記載，然而這種不健康的衛生環境，對他們的健康狀態不會招致惡劣影響嗎？這有必要多加思考。或許個子不高、臉浮腫、動作不靈活、吃力的模樣，原因可能都是這種衛生環境所引起的。

「可憐的吉利亞克人。」深繪里說。

關於吉利亞克人的性格，各種書的作者下了各自不同的解釋，只有一點，也就是他們不好戰，是不喜歡爭論和吵架，能跟任何鄰人妥協和平共處的民族，這一點都是一致的。有新的人來了，他們經常會對自己的未來感到不安，因而會以很深的懷疑眼光看待對方，卻毫不抵抗，立即親切地迎接。如果他們把薩哈林描寫得非常陰鬱，外來民族就會從島上離開—在這種想法下就算說了謊，那也是最大限度的抵抗。他們和Krusenstern的一行人，甚至感情好到擁抱的地步，L. I. Schlenk生病時，消息立刻在吉利亞克人之間傳開，引起大家真心的哀傷。他們會說謊，只限於在經商時，或遇到可疑的人物時，或和他們認為是危險人物談話的時候，在說謊之前還會彼此交換眼神，這一點完全像小孩的動作。在跟商業行為無關的普通社會，所有的說謊和吹牛，他們都嗤之以鼻。

「好可愛的吉利亞克人。」深繪里說。

受到別人拜託時，吉利亞克人會好好的盡力幫忙。過去從來沒有發生過吉利亞克人把郵件中途弄丟，或把別人的東西拿來使用的事件。他們很勇敢，領悟力高、開朗、容易親近，和有權力的人或有錢人在一起時，也完全不會感到拘束。他們完全不承認自己之上有任何權力，他們之間似乎也沒有所謂上下尊卑的觀念。經常聽說和讀到，吉利亞克人之間，沒有尊崇家長制度。父親既不認為自己是兒子的長輩，兒子更沒有尊敬父親，都過著隨隨便便的生活。老母親在家庭裡也不比流鼻涕的小女孩擁有更高的權力。根據波西尼亞克寫的記載，兒子踢了生母之後被從家裡打出來，但也沒看到一個人發表意見，他不只一次看過這樣的場面。在一個家族裡，男性都是平等的。如果要請吉利亞克人喝伏特加酒，連最小的小男孩也不能不敬。

另一方面家族裡的女性，不管是祖母也好、母親也好，或吃奶的幼兒也好，都是沒有權力的人，可以丟棄、賣掉，像踢狗那樣踢她，會當成東西或畜生般對待。吉利亞克人會寵愛狗，卻絕對不給女性好臉色看。結婚只是無聊的事情，一言以蔽之就是不如大家痛快喝酒重要，完全沒有舉行宗教性，或迷信式的儀式。吉利亞克人會用槍、小船、甚至狗等，交換女孩子，揹回自己的小舍，在熊毛皮上一起睡覺——這樣就結束了。也承認一夫多妻，不過雖然怎麼看都是女性多於男性，但這制度並沒有到普及的地步。在吉利亞克人之間，對女性的歧視，就像看待下等動物和物品一樣，連奴隸制度都覺得不方便而不予考慮的地步。在他們之間，女性顯然和香菸及棉布一樣，成為交易的對象。瑞典作家史特林堡寫過女性只要當奴隸，侍候男人討男人歡心就好了，是個著名的討厭女性的作家，本質上和吉利亞克人擁有同樣的思想。他如果造訪薩哈林北部的話，無疑會和吉利亞克人互相擁抱。

天吾讀到這裡休息一下，深繪里沒有發表任何感想，只是沉默不語。天吾繼續。

他們沒有法院，也不知道審判有什麼意義，從他們到現在為止，還完全無法理解道路的使命這一件事，就可以知道他們要了解我們是多麼困難了。他們在鋪有道路的地方，還依然在密林裡旅行。經常可以看到他們帶著家人和狗，排成一列從道路旁邊的泥濘地，勉強通過。

深繪里閉上眼睛，非常安靜地呼吸著。天吾看著她的臉一會兒。但天吾無法判斷她是睡著了還是沒有。因此又翻開另一頁就那樣繼續朗讀。如果睡著了，想確認那睡眠的深度，另外也想更大聲一點讀契訶夫的文章看看。

內淵河的河口，以前有內淵監視所。是在一八六六年建設的。俄國官吏密茲里來這裡時，民房和空屋合計有十八棟，還有小禮拜堂，和食品店。根據一八七一年造訪這裡的一位記者的文章記載，這裡在士官候補生的指揮下有過二十個士兵。在一間小舍裡，一位士兵的妻子是個身材高挑苗條的美女，以剛生下的雞蛋和黑麵包招待那記者，頻頻誇獎這裡的生活，然而只抱怨砂糖貴得不像話。現在這小舍已經不見蹤影，眺望著周遭荒涼的風景時，身材苗條的士兵妻子美女，感覺簡直像神話一般。這裡，現在只有一間新建的房子而已。大概是監視小屋，或旅社吧。看起來就很冷的樣子，混濁的海水發出怒吼，一丈多的白浪粉碎沙灘，這樣的風情令人絕望到了甚至想說：『主啊，為什麼要創造我們呢？』這裡已經是太平洋了。在這內淵的海岸，可以聽見建築工地服刑犯的斧頭聲，想像中遙遠的對岸則是美國。左手邊被濃霧深鎖的是薩哈林的海岬，右手邊也是海岬……周遭沒有人影，看不見一隻鳥、一隻蒼蠅。在這樣的地方，海浪到底想為誰怒吼呢？我離去之後，海浪將為誰繼續怒吼─連這個都開始想不通了。站在這海岸上，不是被思想，而是被情緒所捕捉。沒來由的恐怖，但同時，也想永遠繼續站在這裡，眺望單調的海浪的波動，聽著淒絕的海浪的怒吼。

深繪里似乎完全睡著了。側耳傾聽時可以聽見安靜的沉睡鼻息。天吾闔上書，把那放在床邊的小几上。然後站起來，關掉臥室的燈。最後再看一次深繪里的臉。她朝著天花板仰臥著，嘴巴閉成一直線，安穩地睡著。天吾關上門，回到廚房。

但他已經無法再寫自己的文章了。契訶夫所描寫的，薩哈林極荒涼的海岸風景，在他腦子裡穩穩盤踞著。天吾耳朵可以聽到那海浪的聲音。一閉上眼睛時，天吾便一個人站在那杳無人跡的鄂霍次克海的沙灘浪前，被深沉的愁緒所俘虜。可以和契訶夫共有那無處排解的，憂鬱愁緒。在那天涯海角的世界盡頭他所感受到的，是不是像壓倒性的無力感似的情緒。身為十九世紀末的俄國作家，恐怕就等於背負著無處可逃的慘烈宿命的同義詞。他們越想從俄國逃出，俄國越是把他們吞進體內。

天吾把葡萄酒杯用水沖乾淨，在洗臉台刷牙，然後關掉廚房的燈，在沙發躺下把毛毯蓋在身上，準備睡覺。耳朵深處還響著巨大的海鳴聲。然而那意識也終於變淡了，他被拉進深深的沉睡中。

醒來時是早晨八點半。深繪里的身影沒在床上。借給她的睡衣，揉成一團放進洗手間的洗衣機裡。袖子和褲管依然是捲起來的。廚房桌上有留言。用原子筆寫在便條紙上：「吉利亞克人現在怎麼樣了。我回家了。」字很小，硬邦邦的，看起來有點不自然。好像收集了貝殼，在沙灘上寫出來的字，從空中眺望的感覺那樣。他把那紙疊起來，收進書桌的抽屜裡。十一點應該會來的女朋友，如果發現這樣的東西，一定會引起一陣騷動。

天吾把床整理乾淨，把契訶夫的大作放回書架。然後泡了咖啡，烤了吐司。一面吃著早餐，發現自己胸中有什麼沉重的東西盤踞著。花了很長的時間才知道那是什麼。那是深繪里的安靜睡臉。

難道，我愛上那個女孩子了嗎？不，沒這回事，天吾對自己說。只是她身上的什麼，碰巧物理性地動搖了我的心而已。不過為什麼，這麼在意她穿過的睡衣呢？為什麼（沒有特別深的意識到）拿起來聞那氣味呢？

疑問太多了。「小說家不是解決問題的人。是提起問題的人。」這確實是契訶夫說的。真是名言。不過契訶夫不僅對作品而已，對自己的人生也以同樣的態度繼續面對。在這裡雖然有提起問題，卻沒有解決。明明知道自己得了不治的肺病（因為是醫師不可能不知道），卻盡量無視於那事實，一直到實際躺在臨死的病床上時為止，都不相信自己正步向死亡。一面激烈咳血，年輕輕的就死去了。

天吾搖搖頭，從位子上站起來。今天是女朋友要來的日子。現在開始不能不洗衣服和打掃了。等以後再想吧。

第21章

青豆

無論想去多遠的地方

青豆到區立圖書館去，依上次一樣的順序在桌上翻開新聞微縮版。為了再調查一次三年前秋天山梨縣所發生的，激進派和警官隊之間的槍戰。老婦人所提到的「先驅」教團本部在山梨縣的山中。而且這槍戰，也是在山梨縣的山中進行的。可能單純只是偶然的一致。然而青豆不太喜歡所謂偶然的一致。這兩者之間可能有什麼聯繫。老婦人口中「那樣重要的事件」的形容法，似乎也暗示著某種關聯性。

槍戰是三年前發生的，一九八一年（青豆假設是三年前），十月十九日。關於槍戰的詳情，她上次來圖書館時讀過報導，已經獲得大概的了解。所以那部分這次就快速瀏覽過去，決定閱讀日後出現的相關報導，和從各種角度對事件的分析為主。

第一次槍戰中，三個警察被中國製卡拉希尼科夫自動手槍射殺，兩個分別受到輕重傷。後來激進派的一批人武裝起來逃入山中，被武裝警官隊大規模在山中進行搜捕。和這同時，全副武裝的自衛隊空挺部隊乘著直升機進來。結果激進派三個人拒絕投降被射殺，兩個人負重傷（一個人在三天後死在醫院。另一個重傷者後來如何，無法從新聞報導得知），四個人無傷或輕傷被逮捕。自衛隊和警官由於穿了高性能防彈夾克，因此並沒有受傷。只有一位警官在追蹤時由懸崖墜落，腳骨折而已。激進派當中只有一個人依然行蹤不明。雖然經過大規模搜查，那個男人依然消失無蹤。

槍戰的衝擊告一段落後，報紙開始對這激進派的成立過程做了詳細報導。他們是一九七〇年前後大學紛爭所遺留下來的產物。半數以上成員曾經涉及占據東大安田講堂和日大的事件。這些大學生和部分教授的「要塞」在機動隊使用武力之下攻陷後，或被趕出大學，或覺悟到要在都市以大學校園為中心從事政治活動已經行不通。他們超越派系互相結合起來，在山梨縣成立農場開始公社的活動。起初他們加入以農業為中心的公社集合體「高島塾」，但對那裡的生活無法感到滿足，於是成員重新改組獨立出去，以超低價格買進深山的廢村，在那裡開始經營農業。剛開始好像很辛苦，後來適逢都市裡悄悄流行起吃有機農產品，他們開始成立郵購蔬菜的事業。就這樣搭上趨勢，他們的農場發展更加順利，規模慢慢擴大。無論如何他們畢竟是認真勤勉的人，在指導者之下巧妙組織起來。公社的名字叫做「先驅」。

青豆的臉大大地皺起來，吞入一口唾液。喉嚨深處發出巨大的聲音。然後她以手上的原子筆，叩叩叩地敲著桌面。

她繼續讀著新聞報導。

然而在經營安定的另一方面，「先驅」內部的分裂卻逐漸明顯化。以遵從馬克斯主義想繼續追求游擊戰式革命運動，傾向比較激進的「武鬥派」，和接受事實認為現在日本現實上不會選擇暴力革命，此外並否定資本主義精神，想追求與土地共生的自然生活，傾向比較穩健的「公社派」，團隊大致分為這兩派。事態並於一九七六年演變到人數占優勢的公社派把武鬥派從「先驅」放逐出去。

話雖如此，「先驅」並不是以暴力驅逐武鬥派。根據新聞報導，他們還幫武鬥派找到新生的土地，提供一定程度的資金，圓滿地「請收下」。武鬥派答應退出，在新的替代土地上建立起他們自己的公社「黎明」。而且他們從某個時間點開始擁有高性能武器。該武器的獲得管道和資金內容有待今後的搜查解開真相。

另一方面農業公社的「先驅」則從某個時間點，如何轉向到宗教團體，契機是什麼，警察和報社似乎都尚未掌握實情。只是順利將「武鬥派」分割出去的公社，從那前後開始似乎急速加深宗教傾向，一九七九年甚至獲得宗教法人的認證。並陸續收購周邊土地，農地和設施逐漸擴張。教團設施周圍築起高高的圍牆，外部的人不能再自由進出。理由是「以免妨礙修行」。這些資金是如何進來的？為什麼能這麼快取得宗教法人認證？依然還是不明。

轉移到新土地的激進派團體，除了農業作業之外並在土地範圍內加強祕密武鬥訓練，和鄰近的農民之間發生過幾次爭執。其中一次，是關於流過「黎明」土地內小河的水利權爭執。那條河自古以來，就是地方上共用的農業用水，然而「黎明」卻拒絕鄰近居民進入私有地內。紛爭持續了幾年，終於演變到對圍起來的鐵絲網圍牆提出抱怨的居民，被「黎明」的幾個成員激烈毆打的事件。山梨縣警拿著傷害事件的搜查令，到「黎明」去準備聽取事情原由。竟暴發意想不到的槍戰。

在山中展開激烈槍戰的結果，造成「黎明」消滅之後，教團「先驅」隨即發表公開聲明。穿著上班西裝，年輕英俊的教團發言人，舉行記者招待會宣讀聲明。論旨明確。「黎明」和「先驅」之間，無論過去如何，現在這個時間點已經毫無關係。分離之後，除了業務聯絡之外幾乎沒有來往。「先驅」是致力於農業，遵守法律，追求和平精神世界的共同體，和追求激進革命思想的「黎明」派成員，獲得無法再共同行動的結論，已圓滿分開。之後「先驅」也以宗教團體，受到宗教法人認證。發生如此流血事件誠屬不幸，對多位殉職警官及其家屬，在此深表哀悼之意。不管在任何形式上，教團「先驅」都與本次事件無關。雖然如此，「黎明」的出身母胎乃「先驅」是難以抹消的事實，如果與本次事件相關，當局必須做某種形式的調查，為免招致不必要的誤解，教團「先驅」已主動準備接受調查。本教團乃對社會公開的合法團體，沒有任何需要隱藏的東西，如有需提出的資訊，將盡量配合所求。

幾天後，像回應前項聲明般，山梨縣警手執搜查令狀進入教團，花一天時間繞行廣大基地，對內部設施和各種文件均詳細調查。對幾位幹部進行訊問。雖說表面上已經訣別，但分離後兩者間是否還有繼續交流，「先驅」對「黎明」的活動是否還在水面下參與，這是搜查當局的疑慮。但沒有找到像這方面的任何證據。在美麗的雜木林間的小徑兩側，只有木造修行設施像縫合般點點錯落散布，許多人在這裡穿著樸素的修行衣，厲行冥想和嚴格修行而已。另一方面信徒也進行農耕作業。只看到齊備著維護得很好的農機具和重機械而已，並沒有發現像武器的東西，也沒有看到暗示暴力的東西。一切都整齊、清潔。設有雅致的小餐廳，住宿處，也有簡單（而得要領）的醫療設施。二樓建築的圖書館中收藏著許多佛典和佛教書籍，有專家正在做研究和翻譯。看起來與其說是宗教設施，不如說更像小型私立大學的校園。警官鬆一口氣，幾乎是空手而回。

幾天後，這次教團招待的是報紙和電視的採訪記者，他們在那裡所看到的，是和警官們所看到的大體相同的風景。並不是常見的計畫之旅，記者們可以沒有人跟隨地自由在土地範圍內隨意參訪，可以和任何人自由交談，可以隨意寫成報導。只是為了保護信徒的隱私權，教團和媒體之間訂了約定，只有獲得教團許可的影像和照片才可以使用。穿著修行衣的幾個教團幹部，在集會用的大房間回答記者的問題，說明教團成立的宗旨、教義和營運方針。用語有禮而坦誠。完全排除宗教團體常見的誇張宣傳口氣。他們看起來與其說是宗教團體的幹部，不如說是熟悉簡報的廣告公司高階職員。只是身上穿的衣服不同而已。

我們並沒有明確的教義，他們說明。我們不需要成文化的手冊之類的東西。我們所進行的是初期佛教原理的研究，和實踐這時該有的種種修行，我們的目標是透過這種具體實踐，獲得不是字義上，而是更流動性的宗教覺醒。您可以想成，這種個別的個人性自發性覺醒，正在形成我們集合性的教理。不是先有教義才有覺醒，是首先有個別的覺醒，從其中，結果自然產生決定我們法則的教義。這是我們的基本方針。在這層意義上，我們和既成宗教的成立是大異其趣的。

關於資金方面，現階段，我們和許多宗教團體一樣，一部分靠信徒的主動捐獻。但最終，我們將不靠安逸的捐獻，而將以農業為主，確立自給自足的樸素生活為目標。在這樣的「知足」生活中，靠著清淨肉體，磨練精神，以求得靈性的平穩。在競爭社會的物質主義中感到空虛的人，為了追求更有深度的不同座標，陸續來到教團踏進山門。其中不少是受過高等教育，擁有專門職業，獲得社會地位的人士。我們和世間所謂的「新興宗教」畫開一線。我們不是輕易將人們現世的煩惱概括承受以幫助人的那種「速食」宗教團體，也不朝這個方向努力。救濟弱者當然是重要的事，但我們寧可對自力救濟意識高的人提供適當場所和確切幫助，也就是相當於所謂宗教的「研究所」設施。這樣想可能比較接近。

「黎明」的人和我們之間，從某個時間點開始對營運方針產生不同意見，也曾經對立一段時期。但經對談之後達成平穩的合意，決定分離，各自走不同的路。他們雖然也有他們所追求的純粹禁慾性的理想，但結果卻造成那樣慘的事件，只能說是悲劇。最大的原因可能是他們過於教條化，和現實的活生生的社會失去接點。藉這次機會，我們也應該更嚴格自律，同時牢牢銘記必須做一個對外窗口繼續開放的團體。暴力無法解決任何事情。希望各位理解的是，我們不是強迫推銷宗教的團體。既沒有勸誘信徒，也沒有攻擊其他宗教。我們所進行的，是為追求覺醒和精神性提升的人，提供適當有效的共同體式的環境。

媒體記者們，大致對這個教團懷著好感印象步上歸程。信徒不分男女都清瘦苗條，年齡也比較輕（雖然有時也看得見高齡者），眼睛美麗清亮。言語客氣，彬彬有禮。信徒們多半不想多談過去，許多看來確實受過高等教育的樣子。端出來的午餐（據說和信徒平常所吃的東西幾乎相同）雖然樸素，但食材是在教團的農地剛剛採下來的新鮮蔬果，相當美味。

因此許多媒體把移到「黎明」的一部分革命團體，定義為從原來朝追求精神價值方向努力的「先驅」分出來、本來就長得不像父母的「鬼子」，是個必然被篩落的存在。在八〇年代的日本，立基於馬克斯主義的革命思想等，已經落伍了。一九七〇年前後激進的政治青年們，現在已經在各行各業就職，正在經濟戰場的最前線互相激烈交鋒。或與現實社會的嘈雜和競爭保持距離，各自退到自己的場所努力追求個人的價值。無論如何，世界的潮流已經改變，政治季節已經成為遙遠的過去了。「黎明」事件雖然是極為血腥、不幸的事件，不過以長遠眼光來看，那只不過是過去的亡靈碰巧露面的，一個過季的突發插曲而已。這裡只能看出一個時代的布幕已經落下的意味。這是報紙的一般論調。「先驅」是新世界的一個有望選擇。另一方面「黎明」則已經沒有未來。

青豆擱下原子筆，深呼吸。然後腦子裡浮現小翼那始終沒有表情、缺乏深度的一對眼睛。那眼睛在看我。但同時，什麼也沒在看。那裡面失落了什麼重大的東西。

不是那麼簡單的事情，青豆想。「先驅」的實際狀態並不像報紙上所寫的那麼乾淨。那裡還有藏在深處的黑暗部分。根據老婦人所說，被稱為「領導」的人物強暴了十歲或不到十歲的少女們，主張那是宗教的行為。媒體相關人士並不知道這件事。他們只在那裡停留半天而已。被帶看整然有序的修行設施，招待新鮮蔬果做出的午餐，聽取有關靈魂覺醒的美麗說明，就心滿意足地回去了。他們的眼睛並沒有觸及在那深處實際進行的事情。

青豆從圖書館出來，走進喫茶店點了咖啡。用店裡的電話打到Ayumi的工作場所。那是她說隨時都可以打的號碼。同事來接，說她正在執勤，不過預定兩小時左右後會回署裡來。青豆報了名字，只說：「我還會再打。」

回到家，兩小時後青豆再打一次那個號碼。Ayumi接了電話。

「妳好，青豆姊，怎麼樣啊？」

「很好啊。妳呢？」

「我也很好。只是沒有好男人。青豆姊呢？」

「跟妳一樣。」青豆說。

「這樣不行喔。」Ayumi說。「像我們這樣有魅力的年輕女性，擁有豐富而健全的性慾卻不斷抱怨，這樣的世界好像有問題，不能不想辦法做點什麼。」

「話是沒錯……嘿，妳說這麼大聲沒問題嗎？你在上班吧。旁邊沒人嗎？」

「沒問題啦。妳什麼都可以講。」Ayumi說。

「我是說如果方便的話，有一件事想拜託妳。因為想不到其他可以拜託的人。」

「可以呀。不知道能不能幫上忙，不過先說來聽聽。」

「妳知道『先驅』這個宗教團體嗎？本部在山梨縣的山中。」

「『先驅』嗎？」Ayumi說。然後搜尋了十秒鐘記憶。「嗯，我想我知道。就是發生山梨縣槍擊事件的『黎明』激進派團體，以前所屬的宗教公社般的地方吧？開始互相開槍，三個縣警的警官被殺。真可憐。不過『先驅』跟那個事件沒關係。事件發生後有進入教團裡搜查，不過很乾淨沒什麼。怎麼了呢？」

「我想知道『先驅』在那槍擊事件之後，有沒有發生什麼事件。不管是刑事事件或民事事件。不過一般市民不知道該怎麼查。總不能把新聞微縮版全部看完。但我想如果是警察，說不定有什麼手段可以查到那方面的事情。」

「這很簡單哪。可以用電腦快速檢索立刻就出來了……想這樣說，不過很遺憾，日本的警察電腦化還沒進步到那裡。我想可能還要幾年才能實際應用。所以現在如果想知道這種事，可能要拜託山梨縣警，請他們把有關資料的影本郵寄過來才行。要這樣首先我們這邊要先寫出申請書，必須獲得上司許可。當然也要把理由確實寫出來才行。因為這裡是公家機關哪。大家都把事情弄得如此的繁瑣，這樣才好意思領薪水嘛。」

「是嗎？」青豆說。然後嘆一口氣。「那就算了。」

「不過妳為什麼想知道那個？妳有朋友牽涉到跟『先驅』有關的事情嗎？」

青豆猶豫不知道該怎麼辦，決定說實話。「接近這個。是有關強暴的事件。現階段詳細情形還不能說，不過是少女的強暴。有情報說，他們以宗教為保護傘，在組織內部進行那樣的事情。」

從電話裡可以知道Ayumi輕輕皺起眉頭的樣子。「哦，少女強暴。這個不太能原諒喔。」

「當然不可原諒。」青豆說。

「妳說少女，幾歲左右？」

「十歲，甚至以下。至少還沒迎接初潮的女孩子。」

Ayumi在電話上暫時落入沉默。然後才以平板的聲音說：「明白了。如果是這種事，我來想一想辦法。可以給我兩三天時間嗎？」

「好啊。麻煩妳跟我聯絡。」

然後漫無目的地聊了一下後，「好了，必須去工作了。」Ayumi說。

掛上電話後，青豆在窗邊讀書用的椅子上坐下望了自己的右手一會兒。修長的手指，剪短的指甲。指甲經常修剪得很好，但沒有擦指甲油。看著指甲時，忽然強烈感覺自己這存在只不過是極短暫，而脆弱的東西而已。就拿指甲的形狀一件事來說，就不是自己能決定的。是別人擅自決定的，我只能默默接受而已。不管喜歡不喜歡。到底是誰決定要讓我的指甲變成什麼形狀的呢？

老婦人上次對青豆說：「妳父母是熱心的『證人會』信徒，現在還是。」那麼，他們現在還一樣在努力傳教嗎？青豆有一個大四歲的哥哥。很乖的哥哥。當她決意離開家時，他還聽從父母的話，繼續過那守著信仰的生活。現在不知道怎麼樣了？不過青豆並不覺得特別想知道家人的消息。對青豆來說，他們是已經結束的人生部分。關係已經斷了。

十歲以前的事情全部忘掉吧，她長久以來一直這樣努力。我的人生實際上是從十歲開始的。在那以前的事全部像悲慘的夢一樣。那樣的記憶就捨棄掉吧。不過不管怎麼努力，每次有事沒事她的心就會被拉回那樣悲慘的夢中世界去。自己手中幾乎所有的東西，似乎都根植於那片黑暗土地，從那裡獲得營養。無論想去多遠的地方，結果都不得不回到這裡來，青豆想。

我一定要把那個「領導」送到那邊的世界去，青豆下定決心。就算為了自己。

三天後的晚上Ayumi打電話來。

「知道了幾件事實。」她說。

「關於『先驅』的事嗎？」

「對。我在東想西想之間，想到同期進來的一個同事，他有一個叔叔在山梨縣警。而且是相當高階的樣子。於是，我就拜託他看看。我說我們親戚有個年輕孩子想進那個教團，因此正為這麻煩事煩惱著之類的。所以正在收集有關『先驅』的資訊。不好意思，拜託，這樣。我這方面還滿行的。」

「謝謝。很感謝。」青豆說。

「於是他就打電話去給山梨的叔叔說明情況，叔叔就說那麼，把負責調查『先驅』的人介紹給我。經過這樣，我才可以打電話給那個人直接跟他談。」

「太棒了。」

「嗯，那時候談了相當久，我問了很多關於『先驅』的事，我想報紙登過的事，青豆姊可能已經知道了，所以我說現在不是那部分，而是想知道一般人不太知道的部分。這樣好嗎？」

「這樣很好。」

「首先是『先驅』到目前為止發生過幾次法律上的問題。幾件民事訴訟案。幾乎都是有關土地買賣的糾紛。這個教團似乎擁有相當足夠的資金，把附近的土地都一一買下來了。當然因為是鄉下，所以土地要說很便宜確實很便宜，不過雖然如此總是土地。而他們的做法往往有過分強求的地方。他們成立人頭公司當成掩護，形式上讓人不知道有教團牽涉在內，暗中大量買進不動產。因此常常和地主或地方政府發生糾紛。簡直像土地開發業者的詐騙手法一樣。不過現階段，都是民事訴訟，還不到和警察有關的地步。雖然相當走在法律邊緣，但還沒鬧到檯面上。可能牽涉到黑道和政治人物。如果從政治方面下手的話，警察有時也會酌情放水。事情如果鬧得更大，檢察官都出面的話，那就不一樣了。」

「『先驅』尤其在經濟活動方面，並不像表面看來那麼乾淨。」

「一般信徒怎麼樣不清楚，不過以不動產買賣的紀錄看來，有經手資金運用的幹部可能並不能說很乾淨。怎麼善意地看都很難認為，他們的金錢純粹用在追求精神生活。而且他們不只在山梨縣內而已，還在東京和大阪的中心地區購入土地和建物。還都是精華地段喏。在澀谷、南青山、松濤……這個教團似乎把視野放在全國性規模的拓展方面。我是說，如果他們沒有把業務改成不動產業的話。」

「在大自然中生活，以清潔嚴格的修行為終極目的的宗教團體，為什麼還非要在都市中心進出不可呢？」

「還有那整筆金額的大錢又是從哪裡出來的呢？」Ayumi提出疑問。「如果只是種蘿蔔和紅蘿蔔賣，不可能調度那樣的資金。」

「從搾取信徒的捐獻來的。」

「那應該也有吧，不過我想那還不夠。一定擁有某方面大筆的資金管道。除此之外，還發現有一點值得注意的資訊。青豆姊可能有興趣。教團裡有不少信徒的孩子，基本上他們也上當地的小學，這些孩子很多不久後就不再來上學了。小學是義務教育，所以學校方面會強求他們務必要出席，教團方面卻只說：『有些小孩，怎麼都不想上學。』而不予理會。他們主張對這些小孩，自己可以親手施加教育，所以不用擔心他們的學習。」

青豆想起自己的小學時代。教團的孩子不想去學校的心情她也可以理解。因為就算去學校也只會被當成特異份子欺負或忽視而已。「去上當地的學校可能不舒服吧。」青豆說。「而且不去上學也不是多稀奇的事。」

「不過根據當過孩子們的班導師們說，許多教團的孩子們，不分男女看起來似乎都有精神上的困擾。這些孩子剛開始還是普通的開朗孩子，但到了高年級時話就漸漸變少，表情也失去了，不久變得更極端不會有情緒變動，終於不再來學校。從『先驅』來的許多小孩，都分別經過這同樣的階段顯示出同樣的症狀。因此老師們都很懷疑，也很擔心。不到學校露面，躲在教團裡的孩子，後來到底處於什麼樣的狀態？是否健康地生活著？卻無法見到孩子們。因為他們拒絕一般人進入設施。」

這是和小翼一樣的症狀，青豆想。極端的不感動、無表情，幾乎不開口。

「青豆姊，是不是想像在『先驅』內部的小孩會不會受到虐待。組織性的。而且其中還包括強暴。」

「不過只是一般市民沒有根據的想像，警察是沒辦法動的對嗎？」

「嗯。因為所謂警察這種地方是硬邦邦的公家機構，所以上層只關心自己的升遷。雖然也有不是這樣的人，不過多半只圖個平安無事地出人頭地，但願退休後還能被派到關係機構或民間企業，這種空降利益就是人生的最大目標了。所以危險的事、燙手的東西，自己是不會出手的。說不定，他們連披薩都要等涼了才敢動手拿。如果現實上有被害者自己出面報出姓名，在法庭上明明白白說出證言的話，則另當一回事，不過這一定很難吧？」

「嗯，可能很難。」青豆說。「不過總之謝了。妳的情報相當有用。一定要答謝妳才行。」

「這個倒不必，過幾天，兩個人再到六本木一帶去逛逛吧。彼此把麻煩事啪一下忘掉。」

「好啊。」青豆說。

「這樣才好。」Ayumi說。「不過青豆姊妳對手銬有興趣嗎？」

「大概沒興趣。」青豆說。玩手銬遊戲？

「是嗎？真遺憾。」Ayumi很遺憾地說。

第22章 天吾 時間可以以歪斜的形式前進

天吾對自己的頭腦加以思考。關於頭腦有很多不得不思考的事情。

人類的腦在這兩百五十萬年之間，大小約增加了四倍。以重量來說，腦雖然只占人類體重的百分之二，然而，卻消耗身體總能量的約百分之四十（他上次讀的書上這樣寫著）。腦這器官由於這樣飛躍的擴大，人類所獲得的，是時間和空間和可能性的觀念。

時間和空間和可能性的觀念。

天吾知道，時間可以以歪斜的形式前進，雖然時間本身的組成方式是均一的，但那一旦被消耗掉之後就變成歪斜的了。有些時間變得非常沉重拉長，有些時間變得又輕又短。而且有時候會前後對調，嚴重的時候會完全消滅掉。應該沒有的也會被加上去。人們可能藉著把時間這樣擅自調整，來調整自己的存在意義。換一種說法，就是藉著加上這樣的加工，才能勉強保持不瘋掉。如果不得不把自己所穿過的時間，依照順序就那樣均勻地接受下來的話，人的神經一定無法忍受。那樣的人生一定接近拷問。天吾這樣想。

人類的腦子由於擴大的關係，雖然獲得了時間性這個觀念，但同時，也學會了變更調整它的方法。人一方面不休止地消耗時間，一方面並行地、不休止地再生出經過意識調整的時間。那可不是簡單的工作。難怪會說腦消耗身體總能量的百分之四十。

一歲半頂多兩歲時的記憶，真的是自己看過的東西嗎？天吾常常想。母親穿著長襯裙，讓不是父親的男人吸著乳頭的情景。手臂摟著男人的身體。一歲或兩歲的幼兒能看得這麼仔細嗎？那光景連細部都能記憶得如此歷歷眼前嗎？或者是日後天吾為了保護自身，而方便地捏造出來的虛假記憶呢？

或許有可能。為了證明自己不是那個稱為父親的人物生物學上的小孩，天吾的腦把別的男人（可能是真實的父親）的記憶，在某個時間點在潛意識之下製造出來。而且想把「稱為父親的人」從緊密的血液小組中排除出去。藉著把應該還活在某個地方的母親，和真正的父親這個假設性存在，設定在自己心中，準備在注定的沉悶人生裝上通往新可能性的新門扉。

然而那樣的記憶，卻伴隨著活生生的現實感。有確實的觸感，有重量，有氣味，有深度。就像附著在廢船身上的牡蠣那樣，非常堅固地緊緊吸附在他的意識的壁上。不管多用力地想甩落、想沖掉，都無法剝離。天吾實在無法想像，那樣的記憶，只是應自己的意識需要所捏造出來的贗品。以虛擬的東西來說未免太真實，也太堅固了。

就把這當成真實的、實際的記憶來想看看吧。

還是嬰兒的天吾目擊那情景，一定會很害怕。應該讓自己吸的乳房，卻被不知道是誰的別人吸著。比自己大而強壯的誰。而且在母親的腦子裡，自己的存在，就算是一時的也罷，看起來似乎是消失了。那狀況從根本威脅到弱小的他的生存。那時候的根本性恐怖，或許已經激烈地烙印在他意識的感光紙上了。

而且那恐怖的記憶，在毫無預期之下唐突地甦醒過來，化成山洪襲擊他。帶給天吾類似恐慌的狀態。那對他述說，讓他回憶。不管你想去哪裡，想做什麼，都無法逃過這水壓。這記憶會把你這個人規定，把你的人生定形，正要把你送進一個已經決定好的地方去。不管怎麼掙扎，你都無法逃離這股力量。

然後天吾忽然想到。他從洗衣機裡拿出深繪里穿過的睡衣，湊到鼻子前嗅著氣味時，或許是在那裡尋找母親的氣味。有這種感覺。但為什麼偏偏非要，從十七歲少女身上的氣味，去尋找失去的母親的印象呢？其他應該還有很多可以尋求的地方。例如年長的女朋友的身體。

天吾的女朋友比他大十歲，擁有接近他記憶中母親的乳房的，形狀美好的大乳房。穿白長襯裙也很搭配。不過天吾不知道為什麼卻沒有從她身上尋找母親的印象。對她身體的氣味也沒興趣。她非常有效地，從天吾身上搾取一星期份的性慾。天吾也能給她性的滿足（大多的情況）。那當然是很重要的成就。然而兩個人的關係，除此之外並沒有更深的意義。

她在性行為上大半部分帶頭。天吾幾乎什麼也沒考慮，都依照她的指示行動。沒有必要選擇什麼，也沒有必要判斷什麼。他被要求的只有兩件事。陰莖要硬起來，射精時間不要錯。「還沒，還沒喲。再等一下。」如果她這樣說，就盡全力忍耐。「好了，現在，快點來吧。」她在耳邊這樣細語時，就在那時間點確實地激烈射精。這樣她就會誇獎天吾。一面溫柔地撫摸臉頰說，天吾，你太帥了！而且追求精確，是天吾生來得意的領域之一。其中包括下正確的句讀，發現最短距離的數學公式。

在和比自己小的女性做愛時，可不能這樣。從開始到結束他都必須考慮各種事情，做各種選擇，並下判斷。那讓天吾不舒服。各種責任沉重地落到他的雙肩。心情像當上一艘駛出大海的小船的船長。不得不一下掌舵、一下檢查帆的情況、腦子裡還要記得氣壓和風向。不得不自律、提高船員的信賴感。一點小錯誤或過失就可能釀成悲慘事件。那與其說是做愛，不如說更接近執行任務。結果他不是緊張得弄錯射精時間，就是必要時卻硬不起來。而且變得對自己越來越懷疑了。

然而和年長的女朋友之間，至少就不會發生這種錯誤。她對天吾的性能力高度評價。經常誇獎他，鼓勵他。天吾只有一次過早射精之後，她就注意避免再穿白色長襯裙。不只長襯裙，連白內衣都不再穿了。

那天她也穿了黑色上下一套的內衣。並為他細心做口交。然後盡情享受陰莖的硬度，和睪丸的柔軟。天吾可以看見，她黑色蕾絲胸罩包裹著的乳房，隨著口的動作而上下動著。他為了避免過早射精，於是閉上眼睛開始想吉利亞克人的事。

在他們的地方沒有什麼法院，也不知道什麼叫做審判，從他們到現在都還無法理解道路的使命這一件事，就可以知道要他們理解我們有多困難了。在道路已經鋪好的地方，他們依然寧可穿越密林旅行。常常看見他們帶著家人和狗排成一列，從緊沿道路的泥濘地上，勉強通過。

想像穿著粗布衣服的吉利亞克人成群列隊，帶著狗和女人們，在沿著道路的密林中很少開口地走著的光景。在他們的時間和空間和可能性的觀念中，道路這東西並不存在。與其走在道路上，不如悄悄走在密林裡，就算不方便，但他們可能可以更明確地掌握自己的存在意義。

深繪里說，可憐的吉利亞克人。

天吾想起深繪里的睡臉。深繪里穿著太大的天吾的睡衣。捲起太長的衣袖和褲管。他從洗衣機裡拿出那睡衣，湊到鼻子前嗅那氣味。

不能想這種事情，天吾忽然回過神來。然而那時已經太遲了。

天吾在女朋友口中激烈地射精幾次。她到最後都把那接到口中，然後從床上起來到洗手間去。聽得見她打開水龍頭，用水漱口的聲音。然後若無其事地回到床上來。

「對不起。」天吾道了歉。

「忍不住了對嗎？」女朋友說。然後用指尖撫摸天吾的鼻子。「沒關係呀。嘿，那麼舒服嗎？」

「非常。」他說。「我想再等一下還可以。」

「非常期待。」她說。然後臉頰貼在天吾裸露的胸部。閉上眼睛就那樣安靜不動。天吾的乳頭可以感覺到，她安靜的鼻息。

「看著、摸著你的胸部，你知道我每次都想起什麼樣的事情嗎？」她問天吾。

「不知道。」

「黑澤明電影中出現的，城門。」

「城門。」天吾一面撫摸她的背一面說。

「不是有《蜘蛛巢城》和《暗堡裡的三惡人》，這種古老的黑白電影，會出現又大又堅固的城門嗎？門上釘著很多大圓釘。我經常想起那個。堅固、厚重。」

「不過並沒有釘圓釘。」天吾說。

「沒注意到這個。」她說。

深繪里的《空氣蛹》單行本發售後，第二週就進入暢銷排行榜，第三週就躍登文學書類別的榜首。天吾從放在補習班教職員休息室的幾種報紙，追蹤該書暢銷起來的過程。也看到兩次報紙廣告。廣告上除了書的封面照片之外，並附有她的小照片。就是那看過的緊身夏季薄毛衣，露出美麗的胸部曲線（大概是記者招待會時拍攝的）。披肩的直溜長髮，一對烏黑的謎樣眼珠從正面凝視著這裡。那眼睛透過相機鏡頭，似乎能直率地看穿人們內心所隱藏的什麼——平常連自己都沒意識到的什麼——中立、而且溫柔地。那十七歲少女毫不猶豫的視線，在解除被看者的防禦心的同時，也帶來些許不舒服的感覺。雖然只是一張黑白小照片，但應該也有不少人只看了這張照片，就想買書來看的。

開賣的幾天後，小松郵寄了兩本《空氣蛹》來，天吾並沒有翻開書頁。那上面印刷的文章確實是自己所寫的，他所寫的文章印成單行本當然是第一次，不過他並不想拿起來讀。連快速過目都提不起勁。看到書也湧不起喜悅的心情。就算是他的文章，但所寫的故事畢竟都是深繪里的故事。是從她的意識所產生的故事。他身為幕後技術人員的角色已經結束，任務已經達成，這部作品以後命運將如何，都是和天吾無關的事了。也是不該有關係的事了。他把那兩本書，原封不動地依舊包在塑膠袋裡，塞進書架不顯眼的地方。

深繪里在公寓過夜之後，天吾的人生暫時平安無事地平穩度過。經常下雨，但天吾幾乎不關心天氣。天候問題被趕到天吾重要事項表的相當下層。從那次以來，深繪里完全沒有聯絡。沒有聯絡可能表示沒有特別的問題吧。

在每天繼續寫小說的同時，他也寫了幾篇雜誌邀稿的短篇稿子。誰都會寫的無署名純領稿費的零星工作。倒也可以轉換氣氛，比起所費力氣報酬還算不錯。並照常每星期三次到補習班去教數學。他為了忘記各種麻煩事——主要是和深繪里的《空氣蛹》有關的事，比以前更深入數學的世界。一旦進入數學世界，他的頭腦迴路（發出微小的聲音）便切換頻道。他口中開始發出種類相異的語言，他的身體開始使用不同種類的肌肉。聲音腔調改變，臉上表情也稍微變了。天吾喜歡這種切換的感觸。好像從一個房間換到另一個房間那樣，或有從一雙鞋子換穿另一雙鞋子那樣的感覺。

一進入數學世界，他可以比在日常生活中時，或在寫小說時，心情放緩一個階段，也變得比較雄辯。不過同時，也覺得自己好像變成比較圖方便的人了似的。他無法判斷到底哪邊才是自己本來的姿態。不過他可以非常自然，不經意識地，進行這切換。他也知道自己多少需要這樣的切換作業。

身為數學老師，他從講台上灌輸到學生腦子裡的數學這東西，是多麼貪婪地追求著理論性這回事。在數學的領域中，不能證明的事沒有任何意義，一旦能證明的話，世界的謎就像柔軟的牡蠣那樣可以放在手上。他講課前所未有地熱心起勁，學生們為那雄辯不禁聽得入迷。他在實際而有效地教授數學問題的解答方法的同時，也華麗地開示那設問中所祕密隱藏的羅曼史。天吾環視教室一圈，知道有幾個十七、八歲的少女，正懷著尊敬的眼光注視著自己。他知道自己正透過數學這個隧道，在誘惑著她們。他的辯舌是一種知性的前戲。函數正撫摸著背，定理則往耳邊吹出溫暖的氣息。但自從遇到深繪里之後，天吾已經不再對那些少女懷有性的興趣。也不會想聞她們所穿睡衣的氣味。

深繪里一定是特別的存在，天吾重新感覺到。無法和其他少女比較。她對我無疑擁有某種意義。她該怎麼說呢？是向著我的一種總體訊息。然而我卻無論如何無法解讀那訊息。

不過，最好不要再跟深繪里有關，這是他的理性所獲得的明快結論。和書店店頭成疊排出的《空氣蛹》，或不知在想什麼的戎野老師，或充滿不明謎底的宗教團體都最好盡量保持距離。和小松，至少目前暫時最好也保持一點距離。否則，他一定會被拉進更混亂的地方去。被推到理論完全講不通的危險一角去，被逼到進退維谷的狀態中。

但在這個階段，天吾也非常清楚，要從這複雜的陰謀中脫身並不簡單。他已經涉入那個了。就像希區考克電影的主角那樣，並不是在不知道之間被捲入某種陰謀。而是明知道含有某種程度的危險，卻自己把自己捲進去。那裝置已經啟動。一旦加速度的東西已經停不下來了，而且毫無疑問地天吾已經成為那齒輪之一了。而且是主要的齒輪之一。他聽得見那裝置的低吟，體內也能感覺到那執拗地轉動的能量。

小松打電話來，是《空氣蛹》連續兩週蟬聯文學書暢銷排行榜第一名的幾天後。半夜十一點過後電話鈴響。天吾已經換上睡衣，躺在床上。暫時趴著看書，差不多要關掉枕邊的燈準備睡覺的時候。從鈴聲的響法，就可以想像到對方是小松。雖然無法說明，不過小松打來的電話他每次都知道。鈴聲的響法很特殊。就像文章有文體那樣，他所打來的電話鈴聲有獨特的響法。

天吾從床上起來走到廚房，拿起聽筒。本來不想接的。很想就這樣安靜地睡覺。西表山貓也罷、巴拿馬運河也罷、臭氧層也罷、松尾芭蕉也罷，不管什麼都行，總之想作個離這裡盡量遠的夢。但如果現在不拿起聽筒的話，十五分鐘或三十分鐘後可能還會再響起同樣的鈴聲。小松幾乎沒有時間觀念。對於過著平常生活的人更完全沒有絲毫體貼心。與其這樣不如現在就去接電話。

「嗨，天吾，已經睡了嗎？」小松照例以悠哉的聲音開口。

「正要睡。」天吾說。

「那真不好意思。」小松不像有多不好意思地說。「想告訴你一聲，《空氣蛹》賣得相當好喔。」

「那最好不過了。」

「像鬆餅一樣，一烤好當場立刻就賣出去。都快來不及做了，可憐的印刷裝訂廠都徹夜加班。不過，事先就預測到會賣出相當數量的，當然。十七歲美少女所寫的小說。也造成話題。暢銷條件都齊備了。」

「跟三十歲的，熊一樣的補習班講師所寫的小說不一樣。」

「就是這樣。話雖這麼說，卻很難說是富有娛樂性內容的小說。既沒有做愛場面，也沒有令人感動落淚的情節。所以能這麼暢銷我倒沒想到。」

小松好像要看天吾的反應似的在這裡稍微停頓。因為天吾什麼也沒說，於是繼續說下去。

「而且，不只是銷量好。評論也很漂亮。這跟平常年輕人想到什麼就寫的，只有話題性的輕佻小說不同。怎麼說內容還是很優越。當然這是因為天吾技巧穩固的出色文章，才讓那成為可能的。那真是完美的工作。」

讓那成為可能。天吾一面把小松的讚美隨便聽過去，一面用指尖輕輕按著太陽穴。小松每次放手讚美天吾時，後面一定還保留著不太妙的事情。

天吾說：「小松先生，那麼壞消息方面又是什麼樣的事情呢？」

「你怎麼知道有壞消息呢？」

「因為，小松先生在這樣的時間打電話到我這裡來呀。不可能沒有壞消息吧？」

「確實。」小松佩服地說。「確實正如你所說的。天吾果然第六感很靈。」

這種事情不是第六感。只不過是微不足道的經驗談，天吾想。但他什麼也沒說地等對方出招。

「沒錯。很遺憾，有一件不太好的消息。」小松說。並且煞有其事地停頓一下。他那一對眼睛在黑暗中，正像貓鼬的瞳孔那樣閃亮著，在話筒口可以想像到。

「那大概是關於《空氣蛹》的作者的事吧？」天吾說。

「沒錯。關於深繪里的事。有點棘手。老實說，她暫時失蹤了。」

天吾的手指繼續按著太陽穴。「暫時，是從什麼時候開始的？」

「三天前，星期三早晨她離開奧多摩的家，到東京。戎野老師送她出門。她沒說去哪裡。打電話回去說，今天不回山上的家，要住信濃町的公寓。那天戎野老師的女兒也預定住那裡。可是深繪里一直沒有回去公寓。從此以後就失去聯絡了。」

天吾回想那三天的記憶。但想不到什麼。

「消息杳然。於是我想說不定她會跟你聯絡。」

「沒有聯絡。」天吾說。她在天吾的住處過一夜已經是四星期以前的事了。

天吾有點猶豫要不要告訴小松，深繪里那時候說過，還是不要回信濃町的公寓比較好的事。她可能感覺到那個地方有什麼不祥的東西。不過結果他決定保持沉默。他不想告訴小松，深繪里住過自己的地方。

「她是個奇怪的孩子。」天吾說。「可能沒有聯絡，就一個人忽然到什麼地方去了。」

「不，沒這回事。深繪里這孩子，別看那個樣子其實是很守規矩的。人在哪裡經常都很明確。常常打電話聯絡說，現在在什麼地方，什麼時候要去哪裡。戎野老師這樣說。所以整整三天完全沒聯絡，有點不尋常。可能發生不妙的事情了。」

天吾低聲唸著：「不妙的事情。」

「老師和他女兒都非常擔心。」小松說。

「不管怎麼樣，如果她就這樣行蹤不明的話，小松先生的立場一定很為難吧。」

「是啊。如果警察出來的話。事情就會變得相當麻煩了。因為畢竟是寫出正在暢銷書排行榜上衝刺的書的美少女作家失蹤了。媒體顯然會很興奮。那麼我這個責任編輯也會被到處搶著徵詢意見。這可不太好玩。因為我始終是要站在幕後的人，不習慣日光。而且就在這樣之間，什麼地方會怎麼爆出內幕，都無法預測。」

「戎野老師怎麼說呢？」

「他說明天就要向警察提出搜索申請了。」小松說。「我想辦法拜託他，請他延後幾天。但沒辦法拖延太久。」

「如果媒體知道提出搜索申請的話，一定會出動吧？」

「不知道警方會怎麼對應，不過深繪里是當今紅人，跟一般少女的離家出走大不相同。對大眾一定很難隱瞞得住。」

或許，這正是戎野老師所希望的也不一定，天吾想。以深繪里為餌引起社會騷動，以那個為理由把她的父母和「先驅」的關係抖出來，以打探他們的下落。如果是這樣的話，老師的計畫現在正如預期地展開中。可是這有多大的危險性，老師是否能掌控住？應該知道吧？戎野老師不是沒有想法的人。本來深入考慮就是他的工作。而且環繞著深繪里的狀況，似乎還有若干沒讓天吾知道的重要事實。說起來，天吾好像被給予不完整的片段，而要他玩拼圖遊戲一樣。要是聰明人一開始就不會去惹這種麻煩。

「關於她的去向，天吾有沒有想到什麼？」

「目前沒有。」

「是嗎？」小松說。那聲音中透露出疲勞的跡象。小松很少表現出弱點。「很抱歉半夜把你吵起來。」

小松口中說出道歉的話也相當稀奇。

「沒關係，事情總得解決。」天吾說。

「以我來說，盡量不想把天吾捲進這種現實性紛紛擾擾的事情。因為你的角色只要寫好文章，而這任務你已經確實達成了。但事情往往無法那麼順利收場，是人世之常。而且就像我什麼時候說過的那樣，我們是共乘一條船漂在急流上的。」

「一蓮托生。」天吾機械式地補上一句。

「沒錯。」

「可是小松先生，深繪里的失蹤如果成為新聞的話，《空氣蛹》不是會更暢銷嗎？」

「已經夠暢銷了。」小松放棄似地說。「不需要再多做廣告了。渲染的醜聞只是麻煩的種子。我們反倒不得不好好考慮該如何平穩著地才是了。」

「著地的地點呢？」天吾說。

小松那頭的話筒發出，喉嚨吞進虛擬的什麼似的聲音。然後他乾咳一聲。「關於這個，下次再找個時間吃飯慢慢談吧。等把這次的紛紛擾擾解決以後。晚安，天吾。好好睡吧。」

小松這樣說完掛上電話，然而就像被詛咒了似的，天吾後來睡不著。雖然很睏，卻沒辦法睡。什麼「好好睡吧。」天吾想。乾脆到廚房桌子前坐下來工作好了。但也沒辦法動手。從櫥子裡拿出威士忌，注入玻璃杯一口一口純的喝。

深繪里果然如設定的那樣扮演起活生生的餌，教團「先驅」可能綁架了她。天吾想這可能性並不小。他們也許監視信濃町的公寓，當深繪里出現時，就幾個人上前強行把她押上車，帶走。如果動作快，而且只要狀況選得好，並不是不可能的事。當深繪里說：「信濃町的公寓最好不要回去」時，她或許已經感覺到這種跡象了。

Little People和空氣蛹都是實際存在的。深繪里對天吾說。她在名為「先驅」的公社裡不小心讓盲目的山羊死掉了，在受到處罰時，認識了Little People。每天晚上和他們一起做空氣蛹。結果她身上發生了某種具有重大意義的事。她把這事情變成故事的形式。天吾把這故事整理成小說的形式。換句話說改變成商品形式。而且這商品（借用小松的形容法）就像鬆餅一樣，一烤好當場立刻就賣出去。對「先驅」來說，那可能是不太妙的事。Little People和空氣蛹的故事，可能是不能對外公開的重大祕密。所以他們為了要阻止這祕密洩漏更多，不得不綁架深繪里，堵住她的嘴。就算她的失蹤會招來世間的懷疑，他們寧可冒這樣的風險，也不得不運用實力這樣去做。

不過這當然也只是天吾的假設而已。既拿不出證據，也無法證明。就算大聲告訴大家：「Little People和空氣蛹真的存在」，又有誰會相信呢？首先所謂「真的存在」具體上是意味著什麼樣的事，天吾自己都不太清楚。

或者深繪里只是對《空氣蛹》的暢銷騷動感到厭煩了，想一個人到什麼地方去隱居起來呢？當然這種可能性也可以考慮。要預測她的行動幾乎接近不可能。不過就算這樣，為了別讓戎野老師和他女兒薊擔心，她也應該會留下某種留言才對。因為找不到任何理由不這樣做。

可是如果深繪里真的被教團綁架了，天吾可以很容易想像到，她本身可能正處於相當危險的狀況。就像她的雙親從某個時間點開始完全無從聯繫一樣，她的消息也可能從此斷絕。深繪里和「先驅」的關係明朗化（不必多少時間就可以明朗），這件事不管媒體多騷動，如果警察以「沒有綁架的物證」不予受理的話，一切都流於空起鬨而已。她可能會一直被幽禁在教團的高高牆裡的某個地方。或遇到更糟糕的事情。戎野老師在擬定計畫時，是否已經把這些最壞的劇本也編進去了？

天吾想打電話給戎野老師，跟他商談這各種事情。不過時刻已經過了午夜。只能等到明天了。

天吾第二天早晨，撥了被告知的號碼，打電話到戎野老師家。但電話不通。只有電信局的錄音留言重複播出：「這個電話號碼現在沒有使用。請重新確認一次號碼，再播。」但重播幾次結果還是一樣。可能自從深繪里出道以來，採訪的電話大量湧來所以已經換號碼了。

然後經過一星期，沒有發生任何不尋常的事。只有《空氣蛹》繼續順利銷售。依然高掛全國暢銷排行榜的前幾名。在那之間，沒有任何人跟天吾聯絡。天吾打幾次電話到小松的公司，但他總是不在（這並不稀奇）。他在編輯部留言請他打電話來，但他一次也沒打（這也不稀奇）。每天毫不遺漏地過目報紙，然而並沒有看到深繪里的搜查申請出來的消息。結果戎野老師還是沒向警方提出搜查申請嗎？或提是提了，警方正在祕密搜查因此暫時不對外公布嗎？或者只當成常見的十幾歲少女的離家出走個案之一，不予認真理會？

天吾還是照常每星期三天到補習班教數學，其他日子每天面對書桌繼續寫長篇小說，星期五則和到公寓造訪的女朋友進行濃密的午後之愛。然而無論做什麼，都無法集中精神。就像錯吞了厚厚的雲的片段的人那樣，不爽快，每天都過著沉不住氣的日子。食欲也漸漸減退。半夜會在莫名其妙的時刻醒來，然後就再也睡不著了。一直醒著，想著深繪里的事。她現在在哪裡？做什麼？跟誰在一起？受到怎樣的對待？腦子裡想像各種狀況。每一種就算多少有別，但都是帶著悲觀色彩的想像。而且在他的想像中，她經常都穿著那件貼身的夏季薄毛衣，露出美麗的胸部曲線。那姿態讓天吾感到呼吸困難，在心裡激起更強烈的騷動。

在《空氣蛹》高掛暢銷排行榜進入第六週的星期日，深繪里的聯絡進來了。

第23章

青豆

這只是什麼事的開始而已

青豆和Ayumi對於建立一個小巧，卻足夠性感的一夜饗宴，可以算是相當理想的搭檔。Ayumi個子嬌小笑容可掬，會說話，不怕生，只要下定決心大多的事情都能以積極態度面對。也有健康的幽默感。和她比起來，肌肉體質身材苗條的青豆就比較沒有表情，有點難以融洽相處的地方。對初次見面的男人，也很難適度說出親切的話，隻字片語之間雖然只是些微的，卻可以聽出帶有諷刺和攻擊的意味。瞳孔深處隱約藏有不認同的光。雖然如此，青豆只要願意，也能發出自然吸引男人的冷靜靈氣般的東西。就像動物和昆蟲會應必要而放出帶有性刺激的芳香一樣。那並非刻意或努力學來的，應該是天生的。不，或許因為某種原因，她在人生的某個階段後天學到那種氣味也不一定。無論如何，那種靈氣，不但對男方對象，甚至對搭檔的Ayumi都產生微妙刺激，使他們的言語和舉動變得更華麗而積極起來。

找到適當的男人時，Ayumi首先會單獨出去偵察，發揮她所擅長的親和力，建立起友好關係的基礎。然後青豆伺機加入，製造出有深度的和諧。醞釀出像輕歌劇和黑色電影合一的獨特氛圍。到這裡以後就簡單了。轉移到該去的地方之後（如果用Ayumi的直率說法的話），只有痛快做了。最難的是發現適當對象。對方最好是兩個人，看起來乾淨，外表某種程度要光鮮。必須有一點知性成分才行，但過分知性可能也傷腦筋——無聊的對話會讓好不容易才有的夜晚白白浪費掉。看來有經濟餘裕也成為評價對象。當然男方應該付酒吧和俱樂部的帳和飯店的費用。

不過她們在六月接近尾聲時想試著建立微小的性的饗宴（結果那成為最後的活動），卻找不到適當的男人。她們花時間，換了幾個地方，結果都一樣。月底又是星期五夜晚，從六本木到赤坂的每家餐廳都冷清得驚人，客人數少，也就無從選擇男人。天空陰沉也有關係，整個東京街頭，好像在為誰服喪般散發著沉重的氛圍。

「今天好像不行喔。算了吧。」青豆說。時鐘指著十點半。

Ayumi也勉強同意。「真是的，從來沒看過這麼蕭條的星期五晚上。人家還特地穿了紫色性感內衣來呢。」

「回家去，在鏡子前面自己陶醉吧。」

「就算是我，也沒有那個膽子站在警察宿舍的浴室做這種事。」

「不管怎麼說，今天就乾脆放棄了，兩個人乖乖喝酒，回家睡覺吧。」

「也許這樣更好。」Ayumi說。然後想起來似地說：「對了，對了，青豆姊，回家前到什麼地方去吃一點東西好嗎？我還剩下三萬圓左右呢。」

青豆皺一皺眉。「剩下？怎麼回事呢？每次不都在叫窮說，薪水太低，沒錢什麼的不是嗎？」

Ayumi用食指搓著鼻子旁邊。「老實說，上次那個男的給我三萬圓喏。臨走時還給我計程車費。就是那個，在房地產公司上班的二人組那次啊。」

「妳就那樣收下了嗎？」青豆驚訝地說。

「他們可能以為我們是半職業的吧。」Ayumi一面吃吃笑著說。「他們一定沒想到是警視廳的警官和武術教練。不過算了沒關係吧。房地產業賺很多，所以可能錢太多了。我想事後要跟青豆姊一起去吃個美味的東西，所以特地留起來的。那種錢，還是很難用在生活費之類的。」

青豆沒有特別表示意見。跟不認識的男人萍水相逢共度一夜，收取那代價——這對她來說不覺得是現實中的事情。這種事居然會發生在自己身上，她還不太能接受。簡直像從歪斜的鏡子看見變形映出的自己的姿態那樣。不過從道德觀點來想一想，殺害男人收取金錢，和與男人做愛收取金錢比起來，到底哪一邊比較正當呢？很難判斷。

「嘿，收男人的錢，妳介意是嗎？」Ayumi不安地問。

青豆搖搖頭。「與其說介意，不如說覺得有點不可思議而已。倒是，女警官做類似賣春的行為，心情上會有點抗拒吧？」

「完全沒有。」Ayumi以明朗的聲音說。「這種事情我才不在乎呢。嘿，青豆姊，價錢決定在先才做的是妓女。而且經常要先付錢。大哥，脫褲子以前請先付錢喔。這是原則。做完以後才說：『老實說我沒錢』，生意就做不成了啊。不是這樣，事先沒談價錢，事後才說：『這是車資，』給一點錢，只不過表示感謝的心情。這跟職業的賣春不同。一條線清楚劃分。」

Ayumi的說法也自有道理。

上次，青豆和Ayumi所選的對象，是年紀三十五到四十五歲之間的兩個人，頭髮都還很茂盛，關於這點青豆妥協了。他們說是從事不動產方面工作的。不過從穿著Hugo Boss的西裝和Missoni Uomo的領帶看來，推測他們上班的並不是像三菱或三井等大型不動產公司。而是更積極、更靈活型的公司。公司名稱可能是片假名式有點洋味的。沒有囉嗦的公司規定，不拘泥於傳統尊嚴，和冗長會議。如果沒有個人能力可能做不下去，但相對的如果做成了收入也高。其中一個擁有嶄新Alfa Romeo的車鑰匙。他們說，東京的辦公室不敷使用。經濟已經從石油危機復甦，看出重新熱起來的徵兆，資本將更流動化。可能發生不管蓋多少新的高層大樓都不夠用的狀況。

「不動產業最近好像很賺錢的樣子啊。」青豆說。

「嗯，青豆姊。青豆姊如果有多的錢，可以買房地產喏。」Ayumi說。「像東京這樣限定的地區，有龐大資金流入，土地價格放著不管都會漲價。趁現在買起來不會損失。就像買知道會中的賽馬券一樣。可惜像我這樣的低階公務員，沒有那種多餘的閒錢。對了，青豆姊有做什麼理財之類的事嗎？」

青豆搖搖頭。「我只相信現金。」

Ayumi大聲笑起來。「嘿，這是犯罪者的心理喲。」

「把現鈔藏在睡覺的床墊底下，危險的時候把那抓起來就從窗戶逃走。」

「對，對，就是這樣。」Ayumi說，彈響手指。「就像史提夫・麥昆在《亡命大煞星》（*The Getaway*）

的電影裡那樣。鈔票和手槍。我喜歡這個。」

「與其站在執法者那邊，不如這邊嗎？」

「以個人來說啊，」Ayumi一面笑起來說，「我個人喜歡法外的那邊。與其開著迷你巡邏車取締違規停車，不如非法的那邊有魅力喲，絕對。而且我會被青豆姊吸引，可能也因為這樣。」

「我看起來像非法的嗎？」

Ayumi點頭。「怎麼說呢？有一點那種氣質。好像拿著機關槍的費·唐娜薇，雖然還不至於那樣。」

「我不用拿到機關槍。」青豆說。

「上次提到『先驅』的教團。」Ayumi說。

兩個人走進飯倉深夜營業的小義大利餐廳，在那裡一面喝著Chianti葡萄酒，一面吃一點點心。青豆點了鮪魚沙拉，Ayumi點了加羅勒醬的小丸子。

「嗯。」青豆說。

「興趣被引起來了，後來我自己也調查了一下。不過，越查越可疑喲，這地方。名義上是宗教團體，還拿到許可，卻完全沒有宗教實體之類的。教義上要說是解構還是什麼的呢，只是宗教印象的拼湊集合。這裡有New Age精神主義，有時髦的學院主義，有自然回歸和反資本主義，再適度灑上神祕主義的香料。這樣而已。完全沒有實體之類的東西。不如說沒有實體，就是這個教團所謂的實體。套句麥克魯漢的話，媒體本身就是訊息。這方面要說酷也很酷。」

「麥克魯漢？」

「我也有讀書喔。」Ayumi以不滿的聲音說。「麥克魯漢領先時代。有一段時期，因為變成流行所以有點被輕視，不過說的事情大多是對的。」

「換句話說包裝也包含內容本身。是這個意思嗎？」

「是這個意思。內容因包裝的特質而成立。不是那相反。」

青豆想了一下這點。然後說：

「雖然不知道『先驅』教團的內容，不過不知道沒關係，人們仍然會被吸引，而聚集到這裡來。是這樣的意思嗎？」

Ayumi點頭。「不敢說多得驚人，不過聚集的人數絕對不少。人一來，錢也跟著來。這是當然的事吧。那麼如果要問為什麼那麼多人被吸引來這個教團？我想，首先是因為不像宗教的關係。看起來非常乾淨而充滿知性，很有系統。說得快一點，就是看起來不窮。這種地方，最吸引專門職業和研究業的年輕世代的人。知的好奇心被刺激起來。在這裡能得到現實世界所得不到的成就感。手碰得到的有真實感的成就感。而且這些知識份子信徒，就像軍隊的軍官那樣，在教團裡形成強而有力的頭腦。

「還有被稱為『領導』的指導者似乎具備相當的領袖氣質。人們深深相信這個男人。不用說，這個男人的存在本身就產生像教義的核心那樣形式的機能。以成立來說接近原始宗教。基督教剛開始的時候或多或少也給人這種感覺。可是這個傢伙卻完全不公開露面。容貌也不被知道。名字和年齡也不清楚。原則上教團是以合議制在營運的，類似主宰者的地位由別的人坐，公共儀式就由這個人代表教團出面，實際上只是個擺飾而已。組織的中心，似乎是那位不明真相的領導。」

「那個男人，好像很想把自己的真面目隱藏起來喔。」

「可能有什麼必須隱藏的隱情，或不想把存在公開，而想把神祕的氛圍盡量推高？」

「要不然就是奇醜無比？」

「這也有可能。就像不是這個世界的東西，所謂的異形。」Ayumi說，還像怪物那樣低吟一下。

「這姑且不說，不只限於教祖，這個教團沒有公開的東西太多了。上次我在電話上提到的，那積極取得不動產的活動也是其中之一喲。公開出來的只是秀給人看的而已。漂亮的設施、帥氣的廣告、知性的理論、菁英出身的信徒、禁慾式的修行、瑜伽和心的平穩、物質主義的否定、有機農法的農業、新鮮的空氣和鮮美的菜食減肥……這些都像是經過計算的印象照片似的東西。就像星期天版的報紙夾著送來的高級休閒飯店的廣告那樣。包裝非常美麗。但裡面呢？則有正在進行著可疑企圖的氛圍。可能有部分是違法的事。那是在收集各種資料之後，我所得到的坦白印象。」

「但現在警察並沒有動？」

「或許水面下有什麼動作也不一定，這我就不知道了。不過，山梨縣警對這個教團某種程度好像在注意著。從跟我在電話上交談的負責人的口氣多少也可以感覺到那種氛圍。『先驅』再怎麼說也是那惹起槍戰的『黎明』的出身母體，中國製卡拉希尼科夫槍的來源管道，推測可能是北韓，但還沒弄清楚。所以『先驅』可能因此被盯上。不過對方既是宗教法人，就無法隨便出手了。已經進去搜查過，明白證明跟那槍擊事件沒有直接關係。只是公安怎麼動我們不會知道。那些人徹底採取祕密主義，從以前開始警察和公安向來感情就不好。」

「關於後來沒去上學的小學生，有沒有知道別的事情？」

「那也不知道。學生一旦不再去學校之後，好像就不再走出那道圍牆了。對那些小孩，我們也沒辦法調查起。如果有發生虐待兒童的具體事實則另當別論，不過目前也沒有這種事。」

「從『先驅』逃出來的人，不會提供關於這方面的資訊嗎？應該也有少數對教團感到失望，對嚴格的修行感到氣餒，而退出來的人吧？」

「當然教團會有人進出。有開始信的人，有失望而出來的人。基本上可以自由離開教團。只要同意，入會時以『設施永久使用費』所捐獻的高額金錢，根據當時所交給的契約書規定一分錢都不退回，就可以身無一物地退出。也有脫離者所組織的會，這些人主張『先驅』是反社會的危險邪教，在進行詐欺行為。也提起訴訟，出版了小會刊雜誌。但那聲音實在太小了，在世間幾乎沒有影響力。教團則擁有優秀的律師，在法律方面建立起滴水不漏的防禦系統，就算被控告也絲毫不動搖。」

「脫會者對領導，或對裡面信徒的小孩，有沒有說什麼？」

「我也沒有實際看到那會刊雜誌，所以並不清楚。」Ayumi說。「不過我大致檢查一下，發現這些脫會的不滿份子，大多是低階的。小人物。『先驅』這個教團，一面神氣地高唱否定現世的價值，卻相對地，某部分，比現世更露骨地實施階級社會喲。幹部和下屬明白區分。如果沒有高學歷或專門職業能力，就無法當上幹部。只限於少數幹部菁英信徒，才能見到領導接受指導，和教團組織的中樞有關。其他剩下的大部分人，只能獻上該獻的金錢，在新鮮的空氣中孜孜不倦地修行，努力從事農作，在冥想室耽溺於冥想，過著這種殺菌過的每一天而已。和羊群沒有兩樣。被牧羊人和牧羊犬管裡著，早晨被帶到放牧場去，傍晚回到宿舍，每天過著和平的日子。他們雖然期望能提高在教團裡的地位，等待有一天能親眼見到偉大的Big Brother，但那樣的日子卻不會來臨。所以一般信徒對教團的組織系統的內情幾乎一無所知，就算從『先驅』脫會，也沒有可以提供給世間的重要情報。連領導的臉都沒見過。」

「菁英信徒沒有人脫會嗎？」

「以我的調查，並沒有這種例子。」

「是不是一旦知道系統的祕密，就不容許抽身了？」

「如果到這個地步，發展就可能相當戲劇化了。」Ayumi說。然後短短地嘆氣。「那麼青豆姊，上次提到的少女強暴的事情，有多確實呢？」

「相當確實，不過目前還不到證實的階段。」

「那是在教團中有組織地進行的事嗎？」

「這也還不清楚。不過實際上有犧牲者存在。我見過那孩子。受害相當嚴重。」

「所謂強暴，也就是指被插入嗎？」

「不會錯。」

Ayumi嘴唇一撇，在想什麼。「知道了。我會更進一步深入調查看看。」

「不要太勉強。」

「不會勉強啊。」Ayumi說。「別看我這樣，我的個性是相當不會出差錯的。」

兩個人吃完，服務生把盤子收下。她們沒有點甜點，就那樣喝著葡萄酒。

「嘿，青豆姊上次說過小時候沒有被男人騷擾過的經驗，對嗎？」

青豆看了一下Ayumi的臉的樣子，然後點頭。「我的家庭信仰很虔誠，從來不會提到性的事。周圍也都是這樣。性是不能碰觸的話題。」

「不過，信仰虔誠和性慾強弱是不同的問題吧。神職者中很多是性狂熱者已經是社會的常識了。實際上因為賣春或色狼被警察抓到的傢伙中，很多是跟宗教有關和教育有關的人。」

「或許是這樣，不過至少我周圍，完全沒有那種跡象。也沒有做奇怪事情的人。」

「那真是太好了。」Ayumi說。「聽到這個我很高興。」

「妳不是嗎？」

Ayumi一面猶豫一面輕輕聳肩，然後說：「老實說，我被騷擾過很多次喔。小時候。」

「例如誰？」

「例如哥哥和叔叔。」

青豆稍微皺了眉。「兄弟和親戚？」

「沒錯。兩個人現在，都是現任警察。叔叔上次還獲得優良警察的表揚呢。因為連續工作三十年，對地方社會的安全和環境改善貢獻良多。還曾經因為救起誤闖平交道的糊塗狗母子，而上過報紙呢。」

「妳被他們怎麼騷擾？」

「被摸那裡，或要我舔雞雞。」

青豆臉上的皺紋加深了。「被哥哥和叔叔？」

「當然不是同時。我十歲，哥哥十五歲左右吧。叔叔則是更早以前。來我們家住的時候有兩三次吧。」

「這件事有對誰提過嗎？」

Ayumi慢慢搖了幾次頭。「沒有說。他們要我絕對不可以說，還威脅我如果告狀的話不會放過我。而且就算沒有威脅我，我也覺得這種事情說出來，被罵的反而是我，會倒楣。因為怕這樣，所以對誰都沒有說。」

「對母親也說不出口嗎？」

「尤其是母親哪。」Ayumi說。「我母親從以前就一直比較疼哥哥，我經常都很失望。因為我很粗魯，又不漂亮，太胖了，學校成績也沒什麼值得誇獎的地方。我母親想要的是別種類型的女孩子。像洋娃娃那樣，學芭蕾舞的苗條可愛女孩子。那種事情怎麼想，都是不可能強求的啊。」

「所以妳不想讓妳母親更失望。」

「是啊。我覺得如果我說哥哥對我做了什麼，她一定會更恨我，更討厭我喔。一定是我這邊有什麼原因，才會發生那種事情吧。與其責備哥哥，反而會這樣責怪我。」

青豆用雙手的手指，撫平臉上的皺紋。十歲時，我宣布要捨棄信仰之後，母親就從此不再跟我說一句話。如果有必要的事，就寫在便條上遞給我。不過沒有開口。我已經不是她的女兒。只是一個「捨棄信仰的人」而已。後來我就離家出走了。

「不過沒有插入？」青豆問Ayumi。

「沒有插入。」Ayumi說。「再怎麼說，也不可能做那樣痛的事。對方也沒要求到那個程度。」

「現在還和那哥哥和叔叔見面嗎？」

「我工作以後就離開家了，現在幾乎沒見面，不過總是親戚，而且又是同行，有時還難免會碰面。

那樣的時候，也會順其自然地笑笑。不會把事情鬧大。那些傢伙，一定不記得有過那種事情了。」

「不記得？」

「那些傢伙啊，可以忘記。」Ayumi說。「但這邊卻不會忘記。」

「當然。」青豆說。

「就像歷史上的大屠殺那樣。」

「大屠殺。」

「做的一方可以找個適當理由把行為合理化，也能忘記。不想看的東西可以把眼睛轉開。但受害者一方卻忘不了。眼睛也無法轉開。記憶從父母傳承給孩子。所謂的世界，青豆姊，就是一種記憶和相反一方的另一種記憶永不休止的戰鬥喔。」

「確實是。」青豆說。然後輕輕皺眉。**一種記憶和相反一方的另一種記憶永不休止的戰鬥**？

「老實說，我還想過，青豆姊可能也有過類似的經驗呢。」

「為什麼會這樣想呢？」

「我也不太會說明，總覺得這樣。因為有過這種事情，結果才會和不認識的男人來一夜情盡量痛快地做，過著這一類的生活吧。而且青豆姊的情況，看起來好像含有憤怒的成分似的。不知道是憤怒，還是氣憤。不管怎麼說，看起來沒辦法像一般人那樣，妳看，世間的人在做的那樣，正常交男朋友、約會、吃飯，很自然地只和那個人做愛之類的事情。我的情況也一樣。」

「因為小時候被騷擾過，所以沒辦法跟世間的人一樣依照一定的順序順利走下去嗎？」

「有這種感覺。」Ayumi說。然後輕輕聳肩。「以我自己的情況來說，男人很可怕喔。或者說，跟特定的誰有深入關係。完全接受對方的全部。光想起來就會退縮。可是一個人有時候也很難過。想讓男人擁抱。進入。實在忍受不了的想做。這樣的時候跟完全不認識的人比較輕鬆。得多。」

「害怕？」

「嗯，我想這樣的成分很大。」

「對男人的害怕心理之類的，我想我沒有。」青豆說。

「嘿，青豆姊有沒有害怕什麼？」

「當然有。」青豆說。「我最怕自己。怕自己不知道自己該做什麼。怕不清楚自己現在正在做什麼。」

「青豆姊現在正在做什麼呢？」

青豆望著自己手上的葡萄酒杯一會兒。「但願我知道。」青豆抬起臉來說。「可是我不知道。現在到底自己在哪個世界，在哪一年，都沒有自信。」

「現在是一九八四年，地點在日本東京啊。」

「但願能像妳這樣，擁有確信能斷言就好了。」

「真奇怪。」Ayumi說著笑了。「這種不用說自然明白的事實，根本不用確信也不必斷言吧。」

「現在還無法說清楚，不過我也無法說那是自然明白的事實。」

「是嗎？」Ayumi很佩服似地說。「我雖然不太明白這方面的原因，或感覺，不過，不管現在是什麼時候、這裡是哪裡，青豆姊有深深愛著的一個人。以我看來那是非常令人羨慕的事情。我連這樣的對象都沒有。」

青豆把葡萄酒杯放在桌上。用餐巾輕輕擦拭嘴角。然後說：「或許正如妳說的那樣。不管現在是什麼時候、這裡是哪裡，和這沒關係，我想見他。想見得要死的地步。好像只有這件事是確實的。只有這個我有自信可以說。」

「要不要我去查警察資料？只要他們給我資訊，或許就知道，那個人正在什麼地方在做什麼了。」

青豆搖搖頭。「不要找。拜託。我想以前也說過了，我會在什麼時候在什麼地方和他碰巧相遇。偶然間。我只能安靜等待那個時候。」

「像大河連續劇那樣。」Ayumi很佩服地說。「我很喜歡這種事。會發抖起來喲。」

「不過實際做起來卻很辛苦。」

「我知道很辛苦。」Ayumi說。並用指尖輕輕按太陽穴。「雖然如此，有了那麼喜歡的對象，還會有時候想和不認識的男人做愛嗎？」

青豆用指甲輕輕彈著薄薄的玻璃杯邊緣。「有必要這樣做。肉體之身的人為了保持平衡。」

「不過青豆姊心中的愛，並不會因為這樣而受到損傷嗎？」

青豆說：「就像西藏有的去煩惱的法輪一樣。法輪一轉動時，外側的價值觀就會上上下下。一會兒光輝，一會兒暗沉。不過真正的愛則被裝在車軸上不動。」

「太帥了。」Ayumi說。「西藏的煩惱法輪嗎？」

然後把玻璃杯裡剩下的葡萄酒喝乾。

兩天後的夜晚八點過後，Tamaru打電話來。也沒像平常那樣地打招呼，就以公事公辦的對話開始。

「明天下午有空嗎？」

「下午沒有任何約，可以依你們的方便過去拜訪。」

「四點半怎麼樣？」

青豆說可以。

「很好。」Tamaru說。聽得見在預定表上記上時刻的原子筆聲音。筆觸很用力。

「對了，小翼還好嗎？」青豆問。

「啊，我想那孩子還好。夫人每天走過去照顧她。孩子好像也很黏她的樣子。」

「那太好了。」

「那倒好。不過另一方面，發生了一件不太好玩的事情。」

「不太好玩的事情？」青豆問。當Tamaru說不太好玩時，表示那實際上非常不好玩，青豆知道。

「狗死了。」Tamaru說。

「你說狗，是指Bun？」

「是啊。喜歡吃菠菜的，古怪的德國牧羊犬。昨天晚上死掉了。」

青豆聽了嚇一跳。狗才五六歲。還不到死的年齡。「上次看到的時候還很有精神哪。」

「不是病死的。」Tamaru以沒有抑揚的聲音說。「天亮時發現變成零零散散了。」

「零零散散？」

「好像破裂了那樣，從內臟爆開飛濺得到處都是。四處散開。不得不用紙巾，到處一一收集肉片。」

屍體簡直像從內側整個翻出來似的狀態。好像有人在狗的肚子裡裝了小型炸彈的樣子。」

「真可憐。」

「狗的事情沒辦法。」Tamaru說。「死掉了不會復活。可以再找到替代的看門狗。我擔心的是，那裡到底發生了什麼事情。這可不是那附近的人幹得出來的事情喔。比方要在狗的肚子裡裝強力炸彈。說起來，那隻狗如果不認識的人接近時，會像地獄打開鍋蓋般狂吠不止。那種事情不是簡單能辦得到的。」

「確實。」青豆以乾乾的聲音說。

「庇護所的女性們也受到衝擊，害怕極了。負責餵狗的女性，早上目擊那個現場。禁不住吐了，然後打電話叫我。我問過她們。晚上有沒有什麼可疑的事情？什麼都沒有。沒有人聽到爆炸的聲音。如果有那樣巨大的聲音，大家一定會醒過來。因為她們是沒什麼事都已經戰戰兢兢過日子的人了。換句話說那是無聲的爆炸。也沒有人聽到狗的叫聲。異常安靜的夜晚。但天亮後那隻狗卻全身從裡面爆開了。新鮮的內臟濺得到處是，附近的烏鴉從早上就很高興。不過對我來說當然全都是不如意的事。」

「正在發生奇怪的事。」

「沒錯。」Tamaru說。「正在發生什麼奇怪的事。而且如果我的感覺正確的話，這只是什麼的開始而已。」

「有沒有聯絡警察？」

「怎麼可能？」Tamaru嘲笑般從鼻子發出微妙的聲音。「警察什麼用處都沒有。只會往錯誤的方向做出錯誤的事情，讓事情變得更麻煩而已。」

「夫人對這個，說了什麼嗎？」

「她什麼也沒說。她聽了我的報告只點頭而已。」Tamaru說。「關於安全的事情，由我完全負責處理。從頭到尾。因為這是我的工作。」

暫時有一段沉默。責任所附隨的沉重沉默。

「明天四點半。」青豆說。

「明天四點半。」Tamaru反覆說。然後安靜地掛斷電話。

第 24 章

天吾

不是這裡的世界是什麼意思呢？

星期四從早上就開始下雨。雖然下得不算大，卻是帶有非常執拗性質的雨。從前一天過午開始就一次也沒停過。才想到差不多該停了時，雨腳又像想起來似的開始轉強。七月已經過中旬了，梅雨卻還完全看不到即將結束的跡象。天空像加了蓋子般黑暗，全世界都帶著沉重的溼氣。

快到中午時，天吾穿上雨衣戴上帽子，想到附近去買東西，看見信箱裡有附硬墊的茶色厚信封。信封上沒有郵戳，也沒貼郵票。沒寫地址。沒有寄件人姓名。正面中央用原子筆寫著小而僵硬的字：「天吾」。好像在乾黏土上用釘子刻出來般的字體。好像是深繪里所寫的字。打開信封時，裡面放著一卷看來極公事性的ＴＤＫ六十分鐘的錄音帶。沒有附信或便條或任何東西。沒有盒子，錄音帶也沒貼標籤。

天吾猶豫一下，決定不去買東西，回房間聽那卷錄音帶。他把那錄音帶拿起來在空中照著看看，然後搖了幾次。雖然帶有幾分謎的意味，但怎麼看都是大量生產品。看起來，如果播出錄音帶應該不會爆炸。

他脫下雨衣，把收錄音機放在廚房桌上。把錄音帶從信封裡拿出來，設定好。為了可能有必要記錄，準備了便條紙和原子筆。看看周圍確定沒有任何人之後按下播放按鈕。

剛開始聽不見任何聲音。無聲的部分繼續了一陣子。開始想到會不會只是空白帶時，忽然聽見喀啦喀啦的背景音。好像是拉椅子的聲音。也聽得見輕輕乾咳（似的）。然後深繪里唐突地開始說話。

「天吾。」深繪里像在試發音那樣地說。深繪里正式叫天吾的名字，在天吾的記憶裡，這恐怕還是第一次。

她再一次乾咳，有一點緊張的樣子。

　　如果能寫信的話就好了，但因為不能所以就用錄音。與其打電話不如這樣比較能輕鬆說。電話不知道有沒有被竊聽。請等一下我喝一口水。

聽得見深繪里拿起玻璃杯，喝一口，再把那（大概）放回桌上的聲音。缺乏重音和問號和句讀點的，她獨特的說話方式，錄進錄音帶後，比實際對話時給聽的人更不平常的印象。甚至可以說是非現實的。不過總之在錄音帶上和對話時不一樣，她會把幾個句子累積起來說了。

　　聽到我失蹤的事。你可能正在擔心。不過沒問題我現在所在的地方是沒有危險的地方。我想告訴你這件事。本來是不可以的但我想還是告訴你比較好。

（十秒的沉默）

有人叫我不要告訴任何人。我在這裡。老師向警察提出我的搜索申請。但是警察並沒有開始行動。小孩離家出走並不稀奇。所以我暫時在這裡安靜等著。

（十五秒的沉默）

這是很遠的地方如果不在外面到處走的話誰也不會發現。非常遠。薊幫我送這錄音帶。用郵寄的不好。不得不很小心。等一下，我檢查一下有沒有錄進去。

（喀嗒一聲。稍停一下。再發出聲音）

沒問題有錄進去。

聽得見遠處在叫小孩的聲音。也聽得見微弱的音樂。可能是從開著的窗戶傳來的聲音。附近也許有幼稚園。

上次謝謝你讓我住你家。有必要這樣做。也有必要知道你。謝謝你讀書給我聽。吉利亞克人很吸引我。吉利亞克人為什麼不走寬廣的道路而要走森林裡的泥地呢？

（天吾在那後面悄悄加上問號）

道路雖然方便但吉利亞克人還是離開道路走在森林裡比較輕鬆。要走在道路上的話就要從一開始就重新學走路。要重新學走路的話其他事情也不得不重新學起。我無法像吉利亞克人那樣生活。不喜歡經常被男人毆打。也不喜歡有很多蛆的不乾淨的生活。不過我也不太喜歡走在很寬的道路上。我要再喝水。

深繪里在喝水。有一陣子沉默的時間，玻璃杯發出喀嗒的聲音放回桌上。然後有用手指擦嘴唇的時間。這位少女難道不知道錄音機有暫停鍵嗎？

我不見了你可能很傷腦筋。不過我並不想成為小說家。以後也不打算再寫什麼。關於吉利亞克人我請薊幫我查。薊到圖書館去查。吉利亞克人住在薩哈林，和愛奴和美國印地安人一樣沒有文字。也沒有留下紀錄。我也一樣。一旦成為文字那已經不是我的話了。你很巧妙地把那轉變為文字，我想誰都沒辦法像你那樣巧妙。不過那已經不是我的話了。不過不用擔心。這不怪你。只是離開寬闊的道路走著而已。

到這裡深繪里又停了一下。天吾想像著那位少女在離開寬廣的道路的地方，獨自一個人默默走著的光景。

老師擁有很大的力量和很深的智慧。不過Little People也不輸他地擁有很深的智慧和很大的力量。在森林裡要小心。重要的東西在森林裡。森林裡有Little People。要不受Little People傷害，必須找到Little People所沒有的東西。那樣就可以安全地穿過森林。

深繪里只有在這個地方幾乎一口氣地說完之後，大大地深呼吸一下。因為沒有從麥克風別開臉就這樣做，因此錄下像陣風吹過大樓谷間般的聲音。等這收斂之後，接下來聽得見遠方有汽車喇叭鳴響的聲音。大型卡車特有的，霧笛般深沉的聲音。短促的兩聲。她所在的地方似乎是離幹線道路不遠的地方。

（乾咳）聲音開始沙啞。謝謝你擔心我。謝謝你喜歡我的胸部曲線，讓我住你家，借我睡衣。可能暫時不能見面。把Little People寫成文字，Little People可能在生氣也不一定。不過不用擔心。我很習慣森林。再見。

在這裡發出聲音，錄音結束了。

天吾按了按鍵把錄音帶停下，倒帶到最前面。一面聽著從屋簷落下的雨滴聲，一面深呼吸幾次，把手上的塑膠原子筆一圈又一圈地弄轉著。然後把原子筆放在桌上。天吾終究沒有寫下任何紀錄。只安靜入神地聽著深繪里那和平常一樣獨特的說話聲。不過不需要記錄，深繪里訊息的重點很清楚。

（1）她不是被綁架，只是暫時躲藏在什麼地方而已。不用擔心。
（2）她不打算再出書。她的故事是口述的東西。不習慣印成文字。
（3）Little People擁有不輸給戎野老師的智慧和力量。要小心。

這三點是她要傳達的重點。其他還有吉利亞克人的事。不得不離開寬廣的道路走的一群人。

天吾到廚房泡咖啡。然後一面喝著咖啡，一面不經意地望著卡式錄音帶。然後從頭開始再聽一次錄音帶。這次為了慎重起見，在好些地方按下暫停鍵，將要點簡單寫下來。然後過目寫下的內容。並沒有什麼特別的新發現。

深繪里是不是一開始就列出簡單的備忘項目，再根據那個說的呢？天吾不認為這樣。她不是這種人。而是現場實況錄的（連暫停鍵都沒有按），一定是想到什麼就朝麥克風說出來。

她到底在什麼樣的地方？錄下來的背景音，並沒有帶給天吾多少暗示。遠遠有門砰一下關上的聲音。好像從敞開的窗戶傳來小孩的叫聲。幼稚園？大卡車的喇叭聲。深繪里所在的地方似乎並非很深的森林裡。感覺像是某個都會的一角。時間可能是稍晚的早晨，或下午。有關門聲，可能表示她不是一個人而已。

可以確定一件事，那就是深繪里是自己選擇那個地方藏身的。並不是被誰強迫錄下的錄音帶。聽聲音和說話方式就知道。雖然開頭部分聽得出多少有點緊張，但除此之外她似乎是自由地朝麥克風，說著自己想說的事。

老師擁有很大的力量和很深的智慧。不過Little People也不輸他地擁有很深的智慧和很大的力量。在森林裡要小心。重要的東西在森林裡。森林裡有Little People。要不受Little People傷害，必須找到Little People所沒有的東西。那樣就可以安全地穿過森林。

天吾重新播放一次這部分看看。深繪里這部分說得有幾分快。句子和句子間的間隔也稍微短一點。Little People對天吾，和對戎野老師，都可能有害。但在深繪里的口氣裡，聽不出把Little People當成邪惡東西的意味。從她的說法，感覺他們似乎是可以轉變的中立性存在似的。另外一個地方，也讓天吾特別注意到。

把Little People寫成文字，Little People可能在生氣也不一定。

如果Little People真的生氣的話，那生氣的對象中當然也應該包含天吾在內。因為他正是把他們的存在化為文字的形式，傳播到世間的主謀者之一。就算辯解說沒有惡意，他們一定也不會聽。

Little People到底會帶給人們什麼樣的傷害呢？但這種事天吾不可能知道。天吾把錄音帶重新倒帶一次，放進信封收進抽屜。再一次穿上風衣，戴上帽子，在下個不停的雨中出去買東西。

那天晚上九點過後小松打電話來。那時候也從拿起聽筒前，就知道是小松打來的。天吾正在床上讀著書。讓鈴響了三次之後才慢慢起床，到廚房的桌前拿起聽筒。

「嗨，天吾。」小松說。「現在，在喝酒嗎？」

「沒有，我沒喝。」

「聽過這件事之後，可能會想喝酒。」小松說。

「想必是愉快的事吧。」

「怎麼說呢？我想可能沒那麼愉快喲。如果以反諷式可笑點來說或許有幾分吧。」
「就像契訶夫的短篇小說那樣。」
「沒錯，」小松說，「像契訶夫的短篇小說那樣。說得妙。天吾的形容經常那麼簡潔而得體。」
天吾沉默著。小松繼續。
「事情變得有點麻煩了。因為戎野老師提出了深繪里的搜索申請，警察開始正式搜索。不過警察可能也還沒有真正用力搜索。因為並沒有開出贖身價碼啊。只想先丟在一邊，但如果真出事了也不好看，所以暫且做出有在動的樣子吧。只是媒體可沒那麼簡單放過。我這裡也有幾家報紙來詢問。我當然始終以『什麼都不知道』的姿態應付過去。因為現在這時候也沒什麼可說的。他們現在已經知道深繪里和戎野老師的關係，而且應該已經查出革命家雙親經歷之類的底細。這些事實可能也會陸續見報。問題是週刊雜誌。自由作者和記者，就像聞到血腥味的鯊魚那樣聚集而來。那些傢伙都是手腕高強，咬住不放的。畢竟他們就靠這個吃飯。誰還管什麼隱私權和節度分寸的。雖然同樣是寫文章的，但和天吾這樣溫文敦厚的文學青年可不一樣噢。」
「所以我最好也要多注意是嗎？」
「沒錯。要有覺悟，對周圍提高警覺比較好。因為不知道會從什麼地方跑出嗅覺靈敏的傢伙。」
天吾在腦子裡想像，小船旁邊圍著鯊魚群的情景。但那看起來只是一張沒有附帶妙語說明的一格漫畫而已。深繪里說：「必須找出Little People所沒有的東西才行。」那到底是什麼樣的東西呢？
「不過小松先生，事情會變成這樣，是不是早就在戎野老師的計畫中呢？」
「啊，有可能。」小松說。「我們可能只是被迂迴地利用了而已。不過從一開始我們就有點知道對方的想法了。因為老師並沒有隱瞞自己的意圖。在這層意義上，可以說是公平交易。那時候我們也可以拒絕說：『老師，這件事情很危險喏。我們不能參加。』如果是一般正常編輯一定會這樣做。不過我這個人天吾也知道的，不能稱為正常編輯。當時事態已經箭在弦上了，這邊也有所指望。所以防守就有點疏忽了吧。」

話筒沉默下來。短暫而緊密的沉默。

天吾開口了。「換句話說小松先生所擬的計畫，中途好像被戎野老師的計畫搶走了似的變相了。」

「也可以這樣說吧。換句話說那邊的意圖比較強烈地表現出來。」

天吾說：「戎野老師認為這個騷動能順利平息嗎？」

「戎野老師當然認為能。他是有遠見的人，也很有自信。也許像他想的那樣順利。不過如果這次的騷動，甚至超過戎野老師所想像的話，或許會變得不可收拾。不管多麼傑出的人，一個人的能力總是有限的。所以你最好繫緊安全帶。」

「小松先生，如果一起搭乘的飛機墜落的話，怎麼繫安全帶都沒有用的。」

「不過可以安心哪。」

天吾不禁微笑起來。雖然是無力的微笑。「那是這件事的重點嗎？雖然絕不愉快，卻可能含有若干反諷式可笑點？」

「我覺得很抱歉把你捲進這種事情。老實說。」小松以缺乏表情的聲音說。

「我沒關係。反正我沒有失去了會傷腦筋的東西。沒有家人，沒有社會地位，也沒有未來，反倒該擔心的是深繪里。她還只是個十七歲的女孩子。」

「我當然也擔心這個。不可能不擔心。但我們現在在這裡想東想西的，也沒有用啊，天吾。總之暫時，我們只能考慮被強風吹襲時，為了免於被吹走，只好把身體牢牢綁在堅固的地方。暫時最好仔細讀報紙喔。」

「我最近，注意每天看報紙。」

「那就好。」小松說。「不過關於深繪里的行蹤，有沒有想到什麼線索？不管什麼都行。」

「什麼也沒有。」天吾說。他不擅長說謊。而且小松有很靈的第六感。不過小松似乎沒有發現天吾聲音的微妙震動。自己的事情已經夠他傷腦筋了吧。

「如果有什麼消息再聯絡。」小松這樣說完掛上電話。

放下聽筒後天吾首先做的是，拿出玻璃杯，注入兩公分左右波本威士忌。正如小松說的那樣，講完電話後會需要喝酒。

星期五女朋友照常來到他的住處。雨已經停了，天空還毫無間隙地覆蓋著灰色的雲。兩個人吃過一點輕食，就上床。天吾在做愛中也斷斷續續地想起各種事情，但那並不減損性行為所帶來的肉體上的喜悅。她像平常那樣巧妙地把天吾身上一星期份的性慾引出來，俐落地處理好。而她自己也從中嘗到充分的滿足。就像能從帳簿數字的複雜操作中找出無上喜悅的能幹會計師那樣。雖然如此，她似乎還是看穿了，天吾正在為其他的什麼事而分心。

「最近威士忌好像減少相當多。」她說。像要品嘗愛的餘韻般，手搭在天吾厚實的胸部。無名指上戴著小巧，但光輝的鑽石結婚戒指。她說的是從很久以前就一直放在架子上的Wild Turkey威士忌瓶子。

和比自己年輕的男人擁有性關係的中年女性多半會的那樣，她眼睛也特別留意各種風景的細微變化。

「最近，常常在半夜醒來。」

「不是在戀愛吧？」

天吾搖搖頭。「沒有戀愛。」

「工作不順利嗎？」

「工作目前進行得很順利。至少有某部分在進行。」

「雖然如此，好像還是有什麼掛心的地方。」

「是嗎？只是睡不好而已。以前很少這樣。我本來屬於睡覺的時候都睡得很沉的類型。」

「可憐的天吾。」她說。用沒戴戒指那邊的手掌溫柔地按撫著天吾的睪丸。「那麼，會做討厭的夢嗎？」

「幾乎沒作夢。」天吾說。這是事實。

「我經常作夢。而且是同樣的夢作好幾次。在夢中自己都會發現：『我以前作過這個夢啊！』你不覺得很奇怪嗎？」

「例如什麼樣的夢？」

「例如，嗯，森林裡的小屋的夢。」

「森林裡的小屋。」天吾說。他想起森林裡的人。吉利亞克人，Little People，還有深繪里。「那是什麼樣的小屋？」

「你真的想聽那個故事嗎？別人的夢不會無聊嗎？」

「不，不會。如果方便的話，我好想聽。」天吾老實說。

「我在森林裡一個人走著。不是像格林童話中糖果屋的兄妹韓塞爾和葛蕾特迷路那樣，深不可測的不祥森林。而是輕量級的明朗森林。午後，溫暖而舒服，我在那裡輕鬆地走著。然後看見前方有一棟小房子。有煙囪，有小陽台，窗戶上掛著格子布的窗簾。換句話說外觀相當友善。我敲敲門，說：『有人在嗎？』但沒有回答。重新更用力地再敲一次之後，門自己開了。原來門沒有關好。我走進屋裡。『你好，有沒有人在？我要進去了喔。』一面這樣說著。」

她一面溫柔地撫摸著睪丸，一面看天吾的臉。「到這裡的氣氛你明白嗎？」

「明白。」

「只有一個房間的小屋。蓋得非常簡單。有小廚房，有床，有餐廳。正中央有燒柴的暖爐，桌上整齊地排著四人份的食物。盤子上正冒著白色熱氣。然而屋裡沒有一個人。菜都做好了，大家正要開動的時候，發生了什麼異樣的事情，例如像怪物忽然出現，大家慌忙往外逃出去那樣的感覺。不過椅子並沒有弄亂。一切都是平穩的，不可思議地保持日常的樣子。只是人不在而已。」

「桌上有什麼樣的菜？」

她歪著頭。「這個想不起來了。這麼說，是什麼菜呢？不過，在那裡食物的內容不是問題。還熱騰騰的剛做好才是問題。不管怎麼樣我在一張椅子上坐下來，等著住在那裡的家人回來。那時候我有必要等他們回來。為什麼必要則不清楚。因為是夢中嘛，一切事情並沒有確實附帶說明。可能想問他們回程的路怎麼走，或不能不得到某個東西，之類的事情。於是總之，我就一直等著他們回來。可是不管怎麼等，都沒有人回來。食物繼續冒著熱氣。看著那個。我肚子開始覺得非常餓。不過不管多餓，那家人不在，總不能擅自吃起桌上的東西。會這樣想對嗎？」

「我想大概會這樣想。」天吾說。「因為是夢中的事，所以我也不是那麼有自信。」

「不過在東等西等之間天就黑了。小屋裡也暗了下來。周圍的森林越變越暗。我想把小屋裡的燈點亮，但不知道該怎麼點法。我漸漸不安起來。然後忽然發現一件事情。很不可思議，從食物冒起來的熱氣的量絲毫沒有減少。過了幾小時了，食物全都還熱騰騰的。於是我才開始想真奇怪。有什麼不對勁。到這裡夢就結束了。」

「後來發生什麼事情就不知道了。」

「我想後來一定發生了什麼事情。」她說。「天黑了，也不知道回程的路，我在那莫名其妙的小屋裡一個人孤零零的。正要發生什麼事。感覺好像不是太好的事。可是每次夢到這裡就結束了。而且重複作同樣的夢，好幾次又好幾次。」

她停止撫摸睪丸，把臉頰貼在天吾的胸上。「那夢或許在暗示著什麼。」

「例如什麼樣的事？」

她沒有回答。反過來問：「天吾，你想聽這個夢最可怕的部分是什麼地方嗎？」

「想聽。」

她深深吐出一口氣時，那口氣就像越過狹小海峽吹過來的熱風般碰到天吾的乳頭。「那就是，我自己可能就是那個怪物也不一定。有一次我想到這個可能性。就因為我走進來了，看到的人就匆匆忙忙地中斷用餐，從家裡逃出去。而且只要我在那裡，那些人就不能回來。但雖然如此，我還是不得不在小屋裡一直繼續等著他們回家。這樣想起來就非常恐怖。簡直就沒救了嘛。」

「或者，」天吾說，「那裡是妳家，妳在等著逃出去的自己也不一定。」

這樣說出口之後，天吾發現不該說這種話的。但一旦說出口的話就收不回來了。她長久沉默不語。然後使勁地握他的睪丸。力量大得讓他無法呼吸的地步。

「你為什麼說這麼過分的話？」

「沒什麼意思啊。只是忽然想到而已。」天吾好不容易擠出聲音。

她把握著睪丸的手鬆開，嘆一口氣。然後說：「這次換你說說你的夢吧。天吾所作的夢的故事。」

天吾好不容易調整好呼吸後說：「剛才也說過了我幾乎不作夢的。尤其是最近。」

「總會作一點吧。因為世界上找不到完全不作夢的人。你那樣說，佛洛依德博士會很難過喔。」

「可能有作，只是一醒過來就不記得夢的事了。就算留下好像作過什麼夢的感覺，內容卻完全想不起來。」

她把變軟後的天吾的陰莖放在手掌裡，慎重地衡量著那重量。就像那重量述說著某種重要事實似的。「那麼，不談夢也好。談談你現在寫的小說。」

「現在寫的小說，可能的話我不想談。」

「嘿，我又不是要你把故事從頭到尾全部說出來。我不會這樣要求的。我很了解天吾雖然體格高大卻是非常敏感的青年。所以只要提到各種準備的一部分也沒關係，一點故事分出來的小插曲也可以，不管講一點什麼都行。把在這個世界上還沒有人知道的事情，只對我說出來。因為你對我說了太過分的話，所以我要你給我一點補償。我說的意思你懂嗎？」

「我想大概懂。」天吾以沒有自信的聲音說。

「那麼，說吧。」

陰莖還在她的手掌上，天吾說：「那是有關我自己的故事。或者以我自己為主角的誰的故事。」

「大概是這樣吧。」女朋友說。「那麼，我有沒有在那故事裡出現？」

「沒有。因為我所在的不是這裡的世界。」

「不是這裡的世界裡沒有我。」

「不只是妳。這個世界的人，都不在不是這裡的世界。」

「不是這裡的世界，和這裡的世界有什麼不同？現在自己在哪一邊的世界，你能分得出來嗎？」

「分得出來呀。因為是我寫的。」

「我說的是，對除了你以外的其他人。例如不知道怎麼搞的，我忽然弄錯了進入那邊的世界的話。」

「我想大概分得出來。」天吾說。「例如，不是這裡的世界有兩個月亮。所以可以知道不同。」

天空掛著兩個月亮的世界這設定是從《空氣蛹》移過來的。關於那個世界，天吾想寫出更長更複雜的故事——而且是他自己的故事。設定相同，日後可能會有問題。不過天吾現在，無論如何都想寫寫看有兩個月亮的世界的故事。以後的事以後再考慮算了。

她說：「換句話說一到晚上抬頭看天空，如果浮著兩個月亮的話，就知道：『啊，這裡就是不是這裡的世界』對嗎？」

「因為那是記號。」

「那兩個月亮不會重疊起來嗎？」她問。

天吾搖搖頭。「不知道為什麼，不過兩個月亮之間經常保持一定的距離。」

女朋友暫時一個人想了一下那個世界的事情。她的手指在天吾裸露的胸上描繪著什麼圖形。

「嘿，你知道英語中的lunatic和insane有什麼不同嗎？」她問。

「兩者都是造成精神異常狀態的形容詞。詳細的差別不清楚。」

「insane可能是天生就頭腦有問題。可以考慮最好能接受專門的治療。相對的所謂lunatic則是月亮引起的，也就是因為月神Luna而一時失去控制。在十九世紀的英國，如果被認定是lunatic的人即使犯了某種罪，那罪的處罰也可以減輕一等。理由是那與其說是本人的責任，不如說是受到月光誘惑的結果。雖然難以相信，但這種法律實際上是存在的噢。換句話說，月亮讓人的精神狂亂這件事，在法律上是曾經被承認的。」

「妳怎麼知道這種事情？」天吾驚訝地問。

「不用這麼驚訝吧。我比你多活了十年哪。所以，比你知道多一點事情也不奇怪。」

確實沒錯，天吾承認。

「正確說的話，是在日本女子大學的英文課上學到的。那是關於狄更斯作品的選讀課。老師很怪，盡說一些和小說無關的閒話。那麼我想說的是，現在只有一個月亮已經夠讓人狂亂了，如果天上高掛著兩個月亮的話，人的頭腦豈不是要更狂亂了嗎？潮水的漲潮退潮也會改變，女人的生理不順應該也會增加。我想不正常的事會一一出現。」

天吾想了一下。「或許確實這樣。」

「在那個世界，人們經常頭腦有問題嗎？」

「不，並沒有。頭腦沒有問題。不如說，和在這裡的我們大體上做著一樣的事情。」

她柔軟地握著天吾的陰莖。「在不是這裡的世界，人們和在這裡的世界的我們大體上做著同樣的事情。那麼，在不是這裡的世界的意義到底在哪裡呢？」

「在不是這裡的世界的意義，在於可以改寫這裡的世界的過去。」天吾說。

「可以隨心所欲地，依照自己喜歡地改寫過去嗎？」

「對。」

「你想改寫過去嗎？」

「妳不想改寫過去嗎？」

她搖搖頭。「過去或歷史，那種東西我一點都不想改寫。我想改寫的是，現在在這裡的現在喲。」

「不過如果改寫了過去的話，當然現在也會改變。因為現在是由過去的累積所形成的。」

她又深深嘆一口氣。然後把載著天吾陰莖的手掌上下動幾次。像在做電梯的試驗運轉般。「只有一件事情可以說。你是過去的數學神童、柔道上段高手，也在寫長篇小說。雖然如此，你對這個世界的事情卻什麼都不懂。一件也不懂。」

被這樣截然斷定，天吾卻沒有感到驚訝。最近對天吾來說，發現自己什麼都不懂，可以說已經成為常態了。並不是什麼特別的新發現。

「不過沒關係，什麼都不懂也沒關係。」年長的女朋友改變身體的方向，把乳房壓在天吾身上。「天吾，你是每天每天繼續寫著長長的小說，在作夢的補習班數學老師。就一直繼續這樣吧。我相當喜歡你的雞雞。形狀大小和手感都喜歡。硬的時候、軟的時候。生病的時候、健康的時候。而且最近一段時間，只屬於我一個人。對嗎？真的？」

「沒錯。」天吾承認。

「嘿，我是個嫉妒心很強的人，以前說過了吧？」

「聽說過啊。嫉妒之深超越理論。」

「超越所有的理論。從以前到現在一貫這樣。」然後她的手指慢慢開始立體地動起來。「馬上讓你再硬起來一次。對這一點有沒有什麼異議？」

沒什麼異議，天吾說。

「現在在想什麼？」

「妳是大學生，正在日本女子大學上著英國文學課。」

「課文是狄更斯的《馬丁．柴澤維特》（*Martin Chuzzlewit*）。我十八歲，穿著有摺邊的可愛洋裝，頭髮綁著馬尾。是非常認真的學生，當時還是處女。好像在講前世的事情似的，總之對lunatic和insane的不同，是上大學的最初所學到的知識。怎麼樣，光想像就會興奮嗎？」

「當然。」他閉起眼睛，想像有摺邊的洋裝和馬尾。非常認真的學生還是處女。但嫉妒很深超越任何理論。照亮狄更斯的倫敦的月亮。徘徊在那裡的insane的人們，和lunatic的人們。他們戴著很像的帽子，留著很像的鬍子，要從什麼地方區分才好呢？一閉上眼睛，現在自己屬於哪個世界，天吾已經失去自信了。

1Q84 BOOK1 4月-6月 終

AIP0990

1Q84 BOOK1

作　者—村上春樹
譯　者—賴明珠
編　輯—黃煜智
校　對—魏秋綢
行　銷—王小樨、吳儒芳
封面設計—朱疋
內頁排版—綠貝殼資訊有限公司

總編輯—胡金倫
董事長—趙政岷
出版者—時報文化出版企業股份有限公司
108019 台北市和平西路三段二四〇號七樓
發行專線—（〇二）二三〇六六八四二
讀者服務專線—〇八〇〇二三一七〇五
（〇二）二三〇四七一〇三
讀者服務傳真—（〇二）二三〇四六八五八
郵撥—一九三四四七二四時報文化出版公司
信箱—10899 臺北華江橋郵局第九九信箱

時報悅讀網—http://www.readingtimes.com.tw
思潮線臉書—https://www.facebook.com/trendage
法律顧問—理律法律事務所　陳長文律師、李念祖律師
印　刷—勁達印刷有限公司
初版一刷—二〇〇九年十一月九日
二版一刷—二〇二〇年八月十四日
二版四刷—二〇二四年二月二日
定　價—新台幣四二〇元
（缺頁或破損的書，請寄回更換）

時報文化出版公司成立於一九七五年，
並於一九九九年股票上櫃公開發行，於二〇〇八年脫離中時集團非屬旺中，
以「尊重智慧與創意的文化事業」為信念。

1Q84／村上春樹著；賴明珠譯 .-- 二版 .-- 臺北市：
時報文化，2020.08
432 面；14.8×21 公分
譯自：1Q84 Book 1

ISBN 978-957-13-8252-4（平裝）

861.57　　1090011

1Q84 Book 1
by Haruki Murakami

Originally published in Japan by SHINCHOSHA Publishing Co., Ltd., Tokyo.
Chinese (in complex character only) translation rights arranged with
Haruki Murakami, Japan
through THE SAKAI AGENCY and BARDON-CHINESE MEDIA AGENCY.

ISBN 978-957-13-8252-4
Printed in Taiwan